KB098454

무도연지겁 6

武道胭脂劫

무공지극(武功之極)

무도연지겁 6

武道胭脂劫

무공지극(武功之極)

사마령 지음 · 중국무협소설동호회 중무출판추진회 옮김

중무동 중무출판추진회에서 첫 번역작을 내며

중무출판추진회(위)가 중국무협소설동호회(중무동) 내의 소모임으로 출발한 것은 2007년 6월이었다. 당시 회주였던 고죽옹 님을 비롯하여 십여 명의 회원들은 침체되어 가는 중국 무협소설 시장을 모두 안타까워하며, 중국 무협소설 명작의 번역을 추진하게 되었다.

중국 무협소설에 무한한 애정을 가지고 있는 회원들의 토의를 거쳐 사마령의 『무도연지겁』을 번역하여 출판하는 것으로 의견을 모으고 사업을 추진하였다. 이 과정에서 와룡생, 양우생, 이량, 정풍 등 신구 무협소설 작가들의 많은 작품이 거론되었지만 사마령의 명작인 『무도연지겁』이 번역 대상작으로 선택된 것이다.

이어서 중무출판추진회에서는 번역을 위한 기금 마련을 시작했다. 당시의 기금은 필자를 비롯하여 강호야우, 무림명등, 하리마오, 심랑, 황석공, 죽산, 고죽옹, 출수무심, 허중, 만면소인 등(출자 일시 순) 회원들의 출자에 의해 마련되었다. 기금이 모인 후, 연변예술대학 장익선 교수의 도움으로 중국을 통해 1차 번역을 시작할 수 있었다. 번역 계약은 그해 7월 11일 일사천리로 이루어졌고, 우리 모임을 통해 사마령의 『무도연지겁』이 번역된다는 사실에 모든 회원이 한껏 기대에 부풀어 올랐다.

2008년 1월에 기대하던 1차 번역고가 도착했지만, 이 번역고는 중국 번역가들에 의해 진행되었기 때문에 교정과 윤문이 필요한 상태였다. 그렇기 때문에 윤문을 위한 비용이 필요했고, 그것은 필자의 일부 무협소설 고본을 정리하는 것으로 일부 마련할 수 있었다. 이후에 신춘문예에 당선된 한국예술종합학교 연극원 극작 전공의 김효정 씨가 1차 윤문에 참여해줌으로써 2008년 9월에 1차 윤문이 완성될 수 있었다. 그리고 1차 윤문본은 필자가 2012년까지 틈틈이 문장을 다시 다듬고, 1차 번역고에서 번역이 누락되었던 박본 8권 분량을 새롭게 번역하여 최종 번역본을 완성할 수 있었다.

하지만 번역보다도 더 어려웠던 것은 저작권을 확보하는 일이었다. 대만의 무협소설 중 일부 유명 작가의 저작권은 분쟁 중에 있는 경우가 많이 있었다. 사마령의 무협소설도 이러한 송사에 휩쓸려 있었기 때문에, 저작권 확보를 위해 저작권자를 찾는 것도 매우 어려운 일이었다. 채륜 대표와 함께 백방으로 저작권자를 알아봤으나 결국 찾는 데 실패했다.

시간은 계속 흘러 2010년 6월, 필자는 대만에 갈 기회를 잡았다. 수소문 끝에 중국무협소설사 연구의 권위자인 임보순林保淳 교수를 만날 수 있었고, 그는 필자에게 저작권 문제를 해결해 줄 수 있다는 뜻을 전했다. 하지만 이후 동호회가 둥지를 여러 번 옮기고, 모임지기인 필자 또한 다른 바쁜 일을 핑계로 저작권 확보는 늦어질 수밖에 없었다. 이후 임보순 교수를 통해 얻은 연락처를 통해 저작권자와 연락할 수 있었고, 오랜 협상 끝에 2012년 최종적으로 채륜에서 『무도연지겁』의 저작권을 확보하고 드디어 2013년에 와서야 마침내 사마령의 『무도연지겁』을 출판할 수 있게 되었다.

이러한 형태의 중국 무협소설 번역은 중국 무협소설 시장이 점차 줄어드는 현실 속에서 우리 모임이 찾은 하나의 자구책이 아닌가 생각된다. 이번 사마령의 『무도연지겁』 출판으로 발생하는 기금 일체는 향후 중국 무협소설 명작을 번역하는데 재투자하는 것을 기본 원칙으로 하였기에 이번 출판에 기대하는 바가 적지 않다. 아무쪼록 이번 번역 출판을 지지해주시는 현 중국무협소설동호회 소요자 회주님, 함께 모임을 이루며 이번 번역 사업을 진행했던 모든 회원님들께 깊은 감사의 말씀을 올린다.

5권이 발간되고 완간을 위해 더욱 박차를 가했다. 이는 2007년에 시작된 중무출판추진회의 중국 무협소설 번역 사업이 일단락을 맺어야 이후 이를 토대로 중국 무협소설의 번역이 꾸준히 지속될 것이라는 염원 때문이기도 했다. 마지막 권인 6권의 앞부분 일부는 필자의 단독 번역이며, 이후 부분은 앞서도 언급한 바와 같이 공동의 노력으로 완성된 것임을 알려둔다.

이번 6권에서는 려사가 추구하는 무공 최고의 경지가 무엇이지 알려준다. 그리고 려사와 심우의 복잡미묘한 관계가 모두 정리가 되는 카타르시스를 맛볼 수 있다. 그리고 심우 부친 심목령의 죽음의 원인이 밝혀지며 그의 영원한 벗인 애림과의 오해도 풀리는 결국을 접할 수 있다. 아무쪼록 『무도연지겁』을 통해서 와룡생, 고룡, 양우생, 김용 등과는 다른 새로운 무협소설의 느낌을 받기를 바라마지 않는다.

이번 출판을 통해서 중국무협소설동호회(중무동) 중무출판추진회

(위)는 사마령, 고룡, 와룡생 등 다양한 무협소설의 판권을 확보하고 있는 진선미출판사 발행인인 송덕령 선생과의 연계를 맺을 수 있었고, 또 다른 출판의 가능성을 확보하였다고 할 수 있다. 비록 『무도연지겁』이 중국 무협소설 번역 시장이 위축되고 있는 상황 속에서 출혈을 감수하며 발간하는 중국 무협소설이 되었지만, 이번 출판으로 이후 중국 무협소설의 미번역 명작 출판의 물꼬가 트였기를 기대해 본다.

마지막으로 다시 한번 『무도연지겁』 번역 사업 추진을 마음깊이 지원해주시는 중국무협소설동호회 소요자 회주님 이하 회원님들께 무한히 깊은 감사의 마음을 보내 드리며, 10년간 함께 하며 이번 출판을 물심양면을 도와주신 채륜에게 깊은 감사의 뜻을 표한다. 그리고 이번 출판을 허락해 주신 진선미출판사 송덕령 발행인에게도 고개 숙여 깊이 감사의 인사를 올리는 바이다.

2017년 5월

모임지기 풀잎 배상

| 추천하는 말, 하나 |

시대의 대가 사마령-무협소설의 새로운 시대적 의미

대만에서의 초기(1950~1974) 무협소설 독서 붐에서 알 수 있듯이 무협소설 읽기는 서민의 대표적인 여가 취미 생활 중의 하나였다. 내 고등학교 시절의 선생님은 1965년에 "무협소설은 사회와 민심을 안정시키는 역할을 한다"라고 말한 적이 있다. 사상이 비교적 폐쇄적이었던 당시 사회에서 정말 개방적이고 현실적인 평가였으며 지금 다시 그 시절을 회상하여 보아도 그 의미를 실감하게 된다.

세월이 흐른 후, 새로운 시각으로 사마령을 다시 보다

26부의 『사마령 작품집』은 나의 소년 시절과 동반 성장해 온 성장의 역사라고 해도 과언이 아니다. 어렸을 때는 전집이 다른 소설보다 재미있었다는 것이 기억의 전부였다. 미국에 와서 생활한 이 24년간 연구소에 취직하고 가정을 이루어 아이들의 부모가 된 후에도 늘 사마령의 전집을 다시 읽곤 했다. 어렸을 때의 이해와는 달리 전집은 해외 생활을 한 지 얼마 안 되었던 나에게는 향수를 달랠 수 있는 안식처였고 또 긴장한 생활에서 스트레스를 풀며 자유롭게 상상하는 여유를 주는 약이 되었다. 세월이 흐르고 인생의 경험이 쌓여가면서 나는 사마령의 전집을 새로운 시각으로 보게 되고 체험하게 되었다. 사마령의 작품은 한 번 읽으면 또 읽고 싶고 아무리 읽어도 싫증이 나지 않는다. 작품은 소설로서의 예술적인 아름다움을 갖추었을 뿐만 아니라, 다양한 메시지를 독자에게 전달하고 있었다. 그의 작품은 순수한 문학적인 가치와 유불도 3대 종파의 종교 학설뿐만이 아닌 천문, 지리, 의술, 풍수, 고고, 서화 등 아우르지 않은 영역이 없다. 삼라만상을 담은 방대한 내용을 책의 이야기 전개에 자연스럽게 반영시켰을 뿐만 아니라 저자의 견해를 담아 해석하고 있으며 학술적인 설명은 피하고 알기 쉬우면서도 재치있게 쓰고 있어 독자의 접근이 편하며 큰 공감을 자아내고 있다. 독자가 작품의 생동감 넘치는 서술에 깊이 매료되어 책을 읽고 있으면 자신도 모르는 사이에 유익한 정보를 얻게 되는 것이다. 따라서 많은 사람이 여가 소설을 읽는 것은 일종의 지성적인 여행이 되는 셈이다. 이것이 지식인들이 그의 작품을 즐기는 하나의 이유가 될 것이다. 그의 작품들은 오랜 세월 속에서 검증을 거쳤으며 세월이 흐를수록 새로운 맛을 더해가고 있다.

두뇌 운동 체조

독자들은 사마령의 작품을 읽을 때면 각각 다른 느낌을 체험한다. 하지만 모든 독자가 공감하는 부분은 그의 작품은 추리와 지혜, 모략과 계책이 뛰어나 일본 추리소설이나 서양 탐정소설처럼 추리를 위한 추리와는 다르다는 것이다. 사마령의 추리는 작품 속 등장인물의 일상생활에서 자연스럽게 전개되고 있으며 인물들 사이의 역동적인 관계는 두

뇌가 끊임없이 사고할 수 있게 만든다. 작품의 스토리는 한 걸음씩 세밀하게 나아가고, 합리적이며 논리적인 방향으로 전개되고 있어 좋은 사람이 갑자기 나쁜 사람으로 바뀌거나 긍정적 인물이 갑자기 부정적 인물로 바뀌는 극적인 반전이 일어나지 않는다. 다만 복잡한 인물의 심성을 현미경으로 자세히 관찰한 것처럼 드러나게 하고 있어 이야기의 결과가 뜻밖의 내용이 될 수는 있으나 그 과정은 합리적으로 엮어나가고 있다. 책을 읽는 과정은 독자가 두뇌 운동을 하는 과정이 되므로 읽고 나면 후련하고 뿌듯한 느낌이 들게 한다. 한 하이테크기업의 운영자는 자신이 사마령의 작품을 읽고 기업의 운영에 『손자병법』보다 더 많은 도움이 되었다고 말하고 있다. 나는 과감히 추천하는 바, 심리학, 커뮤니케이션학, 기업관리학, 책략학, 담판과 협상학 및 기타 관련 학문을 가르치는 교수가 사마령의 작품을 참고도서의 목록에 넣을 것을 추천한다.

생명과학의 새로운 페이지

사마령의 풍성한 창작 기법은 인성에 대한 깊이 있는 이해, 사람의 내면에 대한 통찰과 해부를 제외하고도 무예에 대한 깊이 있는 이해에서도 잘 나타나고 있다.

그의 작품인 『제강쟁웅기帝疆爭雄記』에서는 시가와 채찍 편법을 조화롭게 소화하고 있는데 한편으로 시를 읊으며 한편으로 채찍을 휘두르는 부분이 절묘한 조화를 이루고 있다. 또 『황허 강에서 말이 물을 마시다飮馬黃河』에서는 필묵으로 수묵화를 그리는 듯한 검술법으로 독자를 매료시키고 있으며 출중한 무예는 심신의 수련에서 비롯된다는 정신적인 경지를 작품의 '심령수련', '기류의 감응', '의지로 적을 극하기' 등을 통하여 보여주고 있는 바, 일종의 인생철학을 독자들에게 피력하고 있는 부분이기도 하다.

독자들은 대만대학교 이사잠李嗣涔교수가 다년간 국과회國科會의 지원사업으로 진행하여 왔던 기공프로젝트의 부분적인 연구로 사마령 작품 속 무술묘사의 진실성을 검증하였다는 것을 잘 알고 있다. 우리 선조들의 도가 양생학과 사마령의 무협소설 속의 상상은 현대과학의 그것과 너무나 잘 들어맞는다. 이는 미래 생명과학의 발전을 위해 새로운 한 페이지를 열어놓은 것이 될 것이다. (중국에서도 기공과 같은 학문에 관한 연구가 지속적으로 이루어져 왔고 구체적인 성과를 거두면서 이를 '인체 과학'으로 분류하고 있는데 필자는 근세의 서양 생명과학 영역에 큰 이바지 한 것으로 본다. 이 교수는 그의 인생 후반의 학술연구는 이 분야에 중점을 두겠다고 하였다.)

무협소설의 사회적 기능

상관정上官鼎은 사마령을 천재적인 작가로 보았고 고룡古龍, 대만 무협소설 대가은 사마령을 무척 존경하였으며 장계국張系國은 사마령을 '무협소설가의 소설가'로 추대하였으며 섭홍생葉洪生은 사마령이 대만 무협문학소설 창작 역사에 있어서 선인의 성과를 승계하고 후배를 이끄는 교두보의 역할을 하였다고 평가였고, 필자의 부친인 송금인宋今人, 진선미출판사 창시자선생은 사마령을 '신파의 수장'이라고 높이 평가하고 있다.

그의 작품은 전통을 계승하면서도 새로운 창의성을 잘 결부시킨 부분이 독보적이다. 또한, 문자의 구성이 잘 짜여 있었으며 기승전결이 잘

조화된 것이 특징이다. 20여 부의 작품 속의 등장인물들은 저마다 개성이 있어서 비슷하게 전개된 작품은 거의 찾아볼 수 없다. 작품은 여러 부분에서 인류 사회와 법의 질서 및 예의와 교리의 가치를 암시적으로 드러내고 있으며 도덕적 인성이 순기능 순환의 절차에 따라 필연적으로 이루어진다는 것을 암묵적으로 나타내고 있다. 독자는 책을 읽는 중에 스스로 중화 민족의 충, 효, 인, 의의 미덕을 공감하게 되고 무의식적으로 깨달음을 얻게 되며 이런 견지에서 사마령의 소설은 사회적으로 훌륭한 이바지 한 성과작으로 평가해야 한다.

전 세계 화교들이 공동으로 느끼는 정서

미국에서 생활하는 24년간 중화 문화에 대한 더없이 큰 애착을 느끼게 되었다. 개인적인 감상이라면 유럽에 SF소설이 있고 일본에 추리소설이 있다면 우리에게는 『사마령 작품집』이 있음이 자랑스럽다는 것이다. 이 점은 전 세계 화교들이 가슴을 내밀고 21세기로 들어설 때, 우리에게도 중화 문화를 대표하는 대중적인 읽을거리인 무협소설이 있다고 당당히 말할 수 있는 근거가 되어줄 것이다.

진선미출판사 발행인 송덕령

1997년 12월 5일

미국 캘리포니아에서

(글 옮긴이: 박은옥)

| 추천하는 말, 둘 |

사마령을 소개하는 기쁨

사마령司馬翎의 본명은 오사명吳思明, 1936년 광동에서 태어났으며 대만대학 재학 중 『관낙풍운록關洛風雲錄』과 『검기천환록劍氣千幻錄』을 써 독자의 시선을 끌었다. 1989년 세상을 뜨기까지 평생 40여 편의 무협소설을 썼는데, 문체가 깔끔하고 탈속했으며, 인물의 성격도 살아있는 듯 생동적이었다고 한다.

초기 작품으로 『금루의金縷衣』, 『백골령白骨令』, 『학고비鶴高飛』가 있고, 중기에는 『검담금혼기劍膽琴魂記』, 『제강쟁웅기帝疆爭雄記』, 『성검비상聖劍飛霜』, 『섬수어룡纖手馭龍』, 후기 작품으로는 『음마황하飮馬黃河』, 『검해응양劍海鷹揚』, 『분향논검편焚香論劍篇』 등이 꼽힌다.

한국에는 『음마황하』와 『분향논검편』을 비롯한 여러 작품이 번역되었는데, 그중 상당수가 다른 제목, 다른 저자, 특히 와룡생의 이름으로 나왔기 때문에 사마령의 작품인지도 모르고 본 독자들이 많다. 한국 무협번역업계의 잘못된 관행 때문이지만 사마령 만의 독특한 작품세계를 좋아하는 독자로서는 한국에서 그가 더 많이 알려지지 못한 것, 그 결과 더 많은 작품이 번역되지 못한 것이 아쉽고 안타깝다.

특히 그의 작품 『음마황하』는 내게 남다른 의미가 있는데, 생애 최초로 읽은 무협소설이 이 작품이기 때문이다. 1975년으로 기억하는데, 당시 초등학교 5학년이었던 나는 동네 만화방을 풀방구리 쥐 드나들듯 드나들면서도 만화방 한쪽 벽면을 가득 채우던 책들이 무협지라는 것도, 아니 그 전에 세상에 무협지라는 게 있는지도 모르고 있었다. 그러다가 옆집 형에게서 여덟 권짜리 반 양장본 책을 빌려서 읽게 되었는데, 당시 월부책 장수가 팔고 다녀서 좀 산다 하는 집에 꽂혀있던 여러 권짜리 책 중 하나가 그것이기 때문이었다. 그러니까 월탄 박종화의 『금삼의 피』, 김동인의 『운현궁의 봄』 같은 것들을 빌려 읽다가 그 속에 끼어있던 『마혈魔血』이라는 괴상한 제목의 책까지 읽게 되었던 것.

당시에는 『마혈』이 『음마황하』의 번역제목이었다는 것도, 작가가 와룡생이 아니라 사마령이라는 것도, 그리고 이게 무협지, 무협소설이라는 것도 모르고 그저 역사소설의 하나로만 알았던 나는 이 한국은 분명 아닌 것 같은, 하지만 진짜 중국 같지도 않은 무림이라는 괴상한 세계의 영웅 이야기에 걷잡을 수 없이 빠져들고 말았다. 다 읽고, 또 읽고, 다시 또 읽고 돌려준 뒤 다시 빌려서 또 읽고를 몇 번이나 반복했던지. 생각해보면 그게 오랜 세월 나를 사로잡은 무협 중독의 시작이고, 무협소설을 직접 쓰게까지 한 일의 단초이고, 오늘날의 작가 좌백을 만들게 한 결정적인 계기였던 거다.

만화방 무협지가 무협지임을 알고 탐독하게 된 것은 그로부터 삼 년이나 지난 후였다. 그리고 그때부터 수없이 많은 무협소설을 읽었다. 고룡과 와룡생, 김용을 비롯한 중국작가들, 사마달과 금강, 서효원과 야설록을 비롯한 한국작가들의 세계도 그에 못지않게 좋아했지만 돌이켜 보면 내 인생의 첫 무협소설을 사마령의 작품으로 시작한 것은 무척이나 다행스러운 일이었다. 그의 작품은 단순한 영웅담이 아니라 협객의 정신이 살아있는 진정한 의미의 무협소설이기 때문이다.

그의 소설에는 협의俠義가 담겨있다. 협의가 무엇인지 고민하고, 자신이 처한 상황에서 옳은 선택이 무엇인지 갈등하는 주인공이 그려져 있다. 협객은 윤리적으로 옳은 일을 하는 사람이 아니다. 그가 따르는 협의라는 가치관은 시대의 윤리가치와 다를 수 있기 때문이다. 협객은 성인군자가 아니라 자신이 생각하는 의를 위해, 가령 실수로 한 약속을 지키기 위해 범법행위를 주저하지 않고 행하는 사람이다. 이런 기준으로 보면 『영웅문』 1부의 곽정은 협객이라기보다는 대인이고, 군자이며, 민족의 장래를 걱정하는 지사이며, 영웅이다. 거기서 협객은 한순간 자존심 때문에 맺은 약속을 지키기 위해 십수 년의 세월을 바친 강남칠의가 더 적당하고, 나라를 팔아먹은 매국노의 간담을 꺼내 씹은 구처기가 더 어울린다. 그렇다고 곽정에게 협객의 정서가 없었던 것은 아니다. 김용이 협의를 몰랐다고 말하는 것도 아니고.

『영웅문』 2부에서 양과의 팔을 자른 곽부를 잡고 그 잘못을 보상해야 한다며 딸의 팔을 자르려고 한, 아마도 황용이 잡아채서 달아나지 않았으면 실행하고 말았을 곽정의 그 정서, 그 가치관은 분명 협객의 정서였으니까.

고룡이 따로 토로한 바 있는 것처럼 무협작가가 늘 협객을 그리는 것은 아니다. 독자는 진정한 협객, 그러니까 밝은 면만이 아니라 어두운 면, 협객의 광휘 뒤에 숨어있는 협객의 그늘까지 그리는 것을 때로는 안 좋아하기도 해서다. 독자들은 사실 협객보다는 성인군자를 더 좋아하는 것 같기도 하다. 그리고 대중소설을 쓰는 무협작가로서는 그 대중의 구미를 맞추어야 할 필요를 느낄 때가 있는 것이다.

하지만 사마령의 작품은, 적어도 내가 읽어본 작품들에서 그는 항상 협객을 그리고 있다. 가령 『분향논검편』에서 주인공 곡창해는 요녀들의 소굴인 적신교에서 피치 못할 선택의 상황에 처하고 만다. 사부의 연인인 천하제일미녀 허홍선을 구하기 위해 마굴에 침투했는데 구할 사람이 둘 더 있는 것이다. 어릴 때부터의 친구인 소녀를 구할 것인가, 아니면 침투한 후에 만났지만, 자신을 도와준 그곳 여인을 구할 것인가. 둘 중 하나만 구할 수밖에 없고, 남겨둔 하나는 적신교 요녀들에 의해 창녀가 될 것이 불을 보듯 뻔한 상황이다. 고민 끝에 주인공은 처음 만난, 하지만 자신을 도운 여인을 구하고, 어린 시절부터의 친구를 남겨두기로 한다. 어린 시절부터의 친구인 소녀는 나중에 어떤 신세가 되더라도, 그러니까 당시의 시대상과 가치관을 생각하면 결정적인 흠결을 지니게 되는 소녀는 자신이 아내로 거두어서라도 평생 보상해 줄 수 있지만, 기본적으로 모르는 사이와 다름없는 여인에게는 그렇게 보상하는 것도 불가능하기 때문이다. 즉 아는 사람을 두고 모르는 사람을 물에서 건져주는 선택을 하는 것, 이것이 협객의 선택이고, 협객이 협객이 될 수 있도록 하는 협의도俠義道라고 작가는 말하고 있는 것이다.

물론 이것은 '나는 이렇게 읽었다'는 이야기이고, 많은 독자는 동의하지 않을 수도 있다. 하지만 이런 해석이 가능할 수도 있게 한다는 바로 그 점에 사마령의 작품이 가진 많은 장점 중 하나가 있다고 나는 주장한다.

한편 사마령의 작품에는 김용의 무초승유초無招勝有招, 즉 '초식 없음이 초식 있음을 이김'—『소오강호』의 독고구검 같은—이나 고룡의 '싸움 없는 승부'—『소리비도』에서 병기보 서열 1위인 천기노인과 2위 상관금홍의 대결 같은—것 또한 있다. '싸움 이전의 승부', 이른바 '기세대결'이 그것이다.

사마령은 실제로 싸움에 들어가기 전에 마주한 상대의 기세대결을 중시했다. 그의 작품에서는 대결 이전에 이미 기세로 결판이 나서 굳이 칼을 들어 겨루지 않고도 승부를 가르는 장면이 여럿 나온다. 이 작품 『무도연지겁』의 1권에서 그려지고 있는 주인공과 칠살도의 대결 장면 역시 그러하다. 기세만으로 결판은 이미 나 있다. 칼을 들어 겨루는 것은 그 결과를 확인하는 것에 지나지 않는다. 그러니 싸울 필요가 없다고 말하는 것이 아니다. 질 줄 알면서도, 그래서 죽을 줄 알면서도 싸워야 할 때가 있다. 그게 협객이다.

이대로 싸우면 질 게 뻔하니까, 이기기 위해서 기세를 키워야 할 필요가 있다. 그래서 무협이다. 사마령의 작품 속 주인공은 그래서 협객이고, 그의 작품은 그래서 무협이다.

사마령의 작품을 좋아했던 분들에게 참으로 오랜만에 소개되지 않은 작품을 읽을 수 있게 되었음을 축하드린다. 사마령의 작품이라고는 처음 읽어보는 분들에게 드디어 새로운 세계가 열리게 되었음을 진심으로 축하드린다.

어려운 여건 속에서도 사재를 털어 번역 작업을 진행하고 마침내 출간까지 진행한 풀잎 님을 비롯한 중국무협소설동호회 회원분들에게 감사와 경탄의 염을 표한다. 쉽지 않은 작업, 회의적인 시장 상황에도 불구하고 출간을 결행한 채륜의 여러분께 사마령의 독자 중 한 사람으로서, 무협을 좋아하고 직접 쓰기도 하는 한 작가로서 깊이 감사드린다.

계사년 새해에

좌백 올림

身外化身

腥風血雨

約期決鬪

保巨鏢愛恨雙仙侶

傳奇功恨情柔情劍

蒙金塚機關險重重

破邪陣再現身外身

毒如蠍殺媳又殺子

真相白一擊刃元凶

차례

武道胴暗功

제47장

身外化身

신외화신

백의인이 홀연히 "하하"하고 웃었는데, 그 웃음소리에는 살기가 충만했다. 그리고 나서 한기가 도는 얼굴빛으로 냉랭하게 말했다.

"네가 어떤 이유로 려모가 아니라는 것인지 모르겠다."

신검 호일기가 말했다.

"그것이 바로 빈도도 이상하게 생각하는 점이오. 려사가 이미 자신의 비급을 훔쳐 베낀 사람을 발견하고, 또 그 사람이 누구인지 안다면 지금 서로 만난 상황 속에서 반드시 주동적으로 추문追問할 것이오. 그런데 시주는 도리어 빈도가 압박하는 상황 속에서도 그를 인정하지 않으니 어찌 일반적인 경우라고 할 수 있겠소."

백의인이 냉랭히 말하였다.

"나의 비급을 훔쳐 베낀 사람은 이미 내 칼 아래 죽음을 당했소. 내가 급할 것이 뭐가 있소?"

신검 호일기는 중인들을 향해 말을 했다.

"여러분들은 이제 이 사람이 려사가 아니라는 것을 아셨을 겁니다. 조금 전 객잔 중의 그 흑의인이 바로 진정한 려사입니다. 대도문의 진정한 전인인 려사야말로 절실히 그의 비급을 훔쳐 베낀 것의 행방을 가장 절박하게 알고자 할 것입니다. 여러분들은 아직도 기억하는지 모르겠습니다. 그가 본문 제자 동화랑의 정세에 대해서 물은 것을 말입니다."

사방의 사람들 대부분은 그 말을 듣자마자 기다리지 않고 고개를 끄덕였다. 료진대사 또한 고개를 끄덕이며 말했다.

"그렇다면 이 백의인은 누구인가요?"

"이 사람이 바로 진정한 흉수입니다. 려사는 무고한 것이죠. 려사가 비록 적지 않은 사람을 살해했지만, 무고한 사람을 죽이지는 않았습니다. 그는 칠살도의 상승 무공을 연마하기 위하여 대상을 선택하여 손을 쓴 것입니다. 하지만 이 사람은 그렇지 않습니다. 보십시오. 그의 안색을 보면 아마도 사에 물들어 있을 겁니다."

료진대사는 갑자기 깨우쳤다는 듯이 호일기의 말을 끊으며 말했다.

"맞습니다. 저 눈빛, 아미타불. 오래 전에 일종의 사술을 들은 바 있습니다. 자신의 무공을 타인에게 옮긴 후 아울러 상대방의 심지를 제어하여 그에게 어떤 일이든 하도록 하는 사술입니다."

신검 호일기는 고개를 끄덕였다. 그러나 그의 신색은 이전에 보기 힘든 무거운 표정을 지으며 말했다.

"맞습니다. 신외화신身外化身이라는 사술은 능히 다른 사람의 의지와 행동을 제어하여 부릴 수 있다고 했습니다. 아울러 자신의 무공을 완전히 부리는 사람에게 시전하도록 할 수 있다고 들었습니다."

신검 호일기와 료진대사 두 사람의 대화 중에 백의인의 두 눈은 천천히 붉게 변해갔으며 본래 창백했던 그 얼굴은 이 시각 나머지 혈색마저 잃어버렸고 그 큰 몸뚱아리는 미세하게 떨고 있었다. 신검 호일기와 료진 두 사람은 백의인의 변화를 주의하지 않았다. 료진은 불호를 외면서 말했다.

"그렇다면 확실히 이 사람의 뒤에서 누군가가 조정하는 것이라 할 수 있습니다. 그 막후에서 조정하는 사람이 누구인지 모르겠습니다. 그리고 어찌하여 대도문의 전인 려사를 사칭하는지 말입니다. 그리고 도처에서 살겁을 일으켜 피비린내를 남기는 이유가 무엇인지 말입니다."

신검 호일기는 말했다.

"그것이 빈도가 이해할 수 없는 점입니다. 그러나 빈도가 알고 있는 바에 따르면 이와 같은 방문 사술을 익힌 사람은 일반적으로 상식에 맞게 일을 판단하지 않는다는 것입니다. 예를 들어 신외화신과 같은 사공을 익힌 사람의 열 중의 아홉은 마지막에 주화입마를 입고 본성을 잃어버리고 자신이 누군지도 모른다는 것입니다."

료진대사가 말했다.

"빈승의 생각으로는 막후에서 조종하는 사람은 신외화신의 사공을 익힌 것 이외에도 무공 또한 상당히 고심막측하리라 생각됩니다. 조금 전 이 사람의 어검술과 칠살도 또한 이미 상당한 화후에 도달하지 않았습니까. 이러한 사람은 무림에서 실제로 많이 볼 수 없는 자입니다. 빈승이 은거한 지 오래되어 세상일을 들은 바 오래되었지만 도장은 일파의 장문인으로 아마 분명 그 흔적을 찾을 수 있을 겁니다."

신검 호일기는 고개를 끄덕이며 말했다.

"틀리지 않습니다. 빈도가 지금 의심하는 바 신외화신과 같은 사술이 분명 무산신녀 일파에서 나온 것이 아닌가 합니다. 무산신녀와는 연원이 있는데, 세상에 알려진 것은 단지 곡식의 낱알 정도밖에 되지 않습니다."

'날알'이라는 말이 끝나기도 전에 갑자기 사람을 놀라게 하는 긴 휘파람 소리가 들리더니 백의인이 검을 들고 신검 호일기를 향해 번개처럼 날아 들어왔다. 그 속도는 기이하게 빨랐으며 사람을 모골송연하게 만드는 휘파람 소리에 예리하기 그지없는 검기가 이미 호일기의 가슴 앞까지 찔러 들어왔다. 곁에 있던 병개는 호일기와 료진 두 사람의 대화를 듣고 있었다. 비록 백의인에 대한 감시를 놓지 않고 있었지만 상대방이 이렇게 생각지도 못하게 기쾌한 신법으로 공격해 들어올 줄 몰랐다. 위급한 중에 장봉을 맹렬히 출수하여 백의인의 허리를 향해 비껴들어가며 공격을 막아섰다.

그 일초는 위급한 가운데에 노하며 발출한 것이라 그 소리가 사람을 놀라게 할 정도였으며, 가늘고 긴 검은 봉이 귀를 자극하는 가벼운 바람과 함께 발출되었다. 그가 필생의 전력을 다하여 발출한 이 일초는 최소한 상대방의 몸을 돌려 스스로를 구하도록 하여 신검 호일기에게 검초를 발출할 기회를 줄 수 있도록 한 것이다. 그러나 백의인은 생각지도 못하게 몸 뒤에서 공격해 들어오는 놀랄만한 공세에 대하여 듣지도 않고 묻지도 않은 듯했다.

일순간 신검 호일기는 손목을 뒤집어 검화를 발출하더니 가슴 앞 요혈을 방어하였다. 그러나 이미 한발 늦었다. "챙챙" 하는 소리가 연달아 들리더니 백의인의 도광이 검화를 뚫고 들어오면서 신검 호일기의 몸을 찔렀다. 이어서 거대한 소리가 들리더니 병개의 오봉자가 뒤에서 백의인을 격중했다. 백색의 인영이 몇 장 위로 날라가더니 비명을 지르면서 허공 중에서 선혈을 내뿜었다.

이렇게 갑작스러운 변화를 장 중에 있던 사람들 중 명확히 본 사람은 거의 없었다. 일시에 놀라서 눈을 크게 뜨고는 입을 다물지 못했다. 신검 호일기는 계속 뒤로 몇 발자국을 물러났다. 그러더니 몸을 비틀대다가 결국 머리쪽으로 땅에 넘어져 버렸다. 왕정산, 청련사태와 동화랑은 악몽에서 깬 것처럼 동시에 빠른 신법을 발휘하여 넘어진 호일기에게로 달려갔다.

거의 동시에 신비한 마차에서 홀연히 기괴한 소리가 들렸다. 그러자 흉악한 얼굴을 하던 마부가 몸을 일으키더니 번개처럼 달려와서 허공에 있던 백의인을 안아들었다. 그리고는 몸을 돌려 다시 마차 위로 갔다. "픽픽푸푸"하는 소리에 이어서 그 마차에서 갑자기 짙은 황색 연무가 쏟아져 나왔다.

순식간에 사방은 연기로 가득찼고 주변을 바라보기에도 어려움이 있었다. 장 중의 사람은 견디기 어려운 비린내를 맡으며 구토하려고 하였으며, 연기가 눈에 들어가자 눈이 시리고 아파왔다. 사람들은 눈을 뜨기 어려웠다. 전광석화와 같이 병개가 날카롭게 외쳤다.

"여러분들은 빨리 피하시오. 저 살성이 독물을 시전하여 사람을 상하게 하고 있소."

말이 끝나자 그 마차에서는 홀연히 "지지"하는 소리가 끊이지 않았다. 병개는 돌연간 한풍이 덮쳐오는 것을 느끼고는 마음속으로 두려워졌다. 자세히 생각할 겨를도 없이 급히 오봉자를 휘둘러 얼굴을 방어하자 "띵띵"거리는 소리가 수차례 나더니 몇 매의 금속 암기가 바닥으로 떨어졌다. 병개는 암중으로 '좋지 않다.'고 소리치고는 마음속으로 저 마차에 이와 같이 악독한 설비가 있으니 오늘 밤 쉽게 끝나지는 않을 것이라 여겼다.

과연 생각이 끝나기도 전에 귓가에 여러 사람들의 비명이 들려왔다. 아마도 마차에서 발사한 암기에 격중된 모양이었다. 병개는 연기 속에서 나는 비린내가 점점 더 맡기 어려워졌다. 그는 처음에는 자신의 공력으로 이와 같은 독연을 견딜 수 있을 것이라 생각했으며, 체내에 침입할 수 없을 것이라 생각했다. 하지만 사방이 이미 황색 연기로 뒤덮여서 시선이 불명했고, 또 황색 연기가 가지고 온 시고 매운 성분은 그 비린내보다 더 대단해서 그가 눈을 뜨고 오래지 않아 이미 은은히 통증을 느끼기 시작했다. 귓가에 료진대사 홍량의 전음이 들려왔다.

"아미타불, 우리들은 먼저 호일기 형의 상세를 살펴봅시다."

말을 마치고는 병개의 대답을 기다리지 않고 먼저 도약하여 수장 밖으로 나갔다. 병개의 신형도 바로 그 뒤를 따랐다. 왕정산 등의 사람은 이미 신검 호일기를 들고서 황색 연무 밖으로 나가 있었다. 호일기는 땅에 누워서 눈을 감고 있었는데, 안색은 창백했다. 왕정산은 무릎을 꿇고 운공을 도왔다. 료진대사가 급히 물었다.

"상세는 어떠합니까?"

왕정산은 지금 행공을 하고 있었기 때문에 대답할 수 없었다. 그 옆에서 근심의 얼굴을 하고 있던 동화랑이 병개를 향해 읍을 하고는 말했다.

"다행히도 노선배가 출수하였고, 가사의 반응이 빨랐기 때문에 비록 요혈을 격중당했지마는 그 위력이 미치지 못한 바가 있었습니다. 가사의 공력이 심후하니 아마도 견디실 수 있을 겁니다."

병개가 정신을 집중하여 바라보니 신검 호일기의 우측 가슴이 붉게 물들어 있었다. 마음속으로 이 장문인이 과연 신검의 칭호를 가지기에 부끄럽지 않다고 생각했다. 그 짧은 시간에 적절하게 때 맞춰 검을 흔들어서 상대방의 도세를 약화시킨 것이다. 자기라고 한다면 아마도 도봉은 가슴을 뚫고 지나갔을 것이다. 어떤 철타금강이라고 해도 목숨을 잃지 않으면 안되었을 것이었다. 이와 같다면 몸 앞쪽 신검으로 입은 도상은 아마도 동화랑이 말한 것과 같이 가볍지는 않을 것이라 생각했다.

그가 생각을 굴리고 있을 때 갑자기 모골송연한 듯한 날카로운 휘파람 소리가 들리니, 사람들은 모두 두려워하지 않을 수 없었다. 사람들이 두려워하고 놀라는 사이에 말발굽 소리가 크게 일었다. 병개가 소리쳤다.

"도주한다!"

외침 소리가 끝나자 긴급하게 말발굽 소리와 마차의 바퀴 소리가 멀어져 갔다. 그러나 멀지 않은 곳에서 한 사람이 긴 휘파람을 불며 허공을 향해 날아갔다. 그 휘파람 소리 중에 그 사람의 내공이 이미 사람을 놀라게 할 경지에 도달했다는 것을 알 수 있었다. 한 사람의 인영이 허공을 날아서 황무 중에 떨어진 뒤에 말발굽 소리가 또 들리고 또 따라서 바퀴 구르는 소리가 들리더니 그 신비한 마차 또한 급히 달려가고 있었다. 료진대사는 불호를 외며 말했다.

"과연 어떤 이가 따라갔군요. 그 사람은 누굴까요?"

병개가 말했다.

"그 사람은 수라밀수 사진입니다."

말이 끝나자 갑자기 또한 아름다운 인영이 허공 중에서 내려오더니 황색 연무 중으로 들어갔다. 그 아름다운 인영이 황무 속으로 들어가자마자 말 울음 소리가 들리더니 급박히 들리는 말발굽 소리와 함께 점차로 멀어져 갔다. 료진대사가 말했다.

"구혼염사 윤산도 떠났소. 병개형은 호일기 도장을 돌봐주시구려. 빈승은 따라가서 그 살성을 살펴봐야겠소."

홀연히 분부를 하더니 사람은 이미 황무 속으로 사라졌다. 그를 따라서 몇 몇 사람들이 황무 안으로 들어가서 말을 잡아타고 신비한 마차를 추적해 갔다. 병개는 고개를 돌려 신검 호일기를 한 번 바라보고는 품속에서 작은 병을 꺼내었다. 그 병을 뒤집자 황금색의 환약이 나왔다. 그 약을 왕정산에게 주며 말했다.

"이것은 늙은 거지가 반평생 의지하던 활명活命의 보원금단保元金丹이다. 네가 영사에게 복용시키면 아마도 진원이 흩어지지 않을 것이다. 이후에 요상한다면 더 쉽게 회복할 수 있을 것이다."

왕정산은 두 손으로 금단을 받으며 말했다.

"고맙습니다. 선배님."

그는 즉시 허리를 구부려 손으로 호일기의 입을 벌린 후 금단을 복용시켰다. 병개는 또 말했다.

"이 곳은 저녁에 쌀쌀하고 습하다. 우리들은 적당한 곳을 찾아 잠시 머물러야 하겠다. 그것이 영사의 요상에도 좋을 것이다."

왕건이 먼저 말을 했다.

"저희들이 올 때 이 앞에 연락점을 한 곳 설치하였습니다. 아마 그곳이 제일 적당한 장소인 것 같습니다."

병개가 물었다.

"그 지점은 이곳에서 먼가?"

왕건이 말했다.

"아마 삼사 리 정도 떨어져 있습니다."

병개는 고개를 끄덕이며 말했다.

"좋다. 우리들은 그곳으로 가자."

왕건이 말했다.

"하지만 먼저 저희들이 이곳을 정리하는 것이 좋을 듯합니다."

이때 사방의 황무는 바람에 밀려 흩어지고 모두는 명확하게 시체들을 볼 수 있었다. 보기에 너무 참혹한 시체들이었다. 왕건이 그들을 바라보고는 만감이 교차하지 않을 수 없었다. 이들 죽은 이들은 모두 그와 함께 온 형제들이었다. 지금 회생지술이 있다면 얼마나 좋을까? 뒤따라서 생긴 문제는 이들 시체를 어떻게 처리할 것인가였다. 하나하나 데리고 간다면 정말 번거로운 일이었다. 만약 시체를 매장한다고 해도 정말 번거롭고 시간이 드는 일이었다. 이렇게 어려워하고 있을 때 큰 걸음으로 걸어오는 중년인이 보였다. 그 중년인은 농사꾼으로 분장한 사람이었는데 손에는 갈색 병을 들고 있었다. 그는 무표정한 얼굴로 왕건을 향하여 말했다.

"내가 가지고 있는 화골로化骨露를 조금 사용하면 시간을 소모하지 않고 짧은 시간에 깨끗하게 흔적도 없이 시체를 처리할 수 있습니다."

왕건은 그 병을 보고는 가볍게 눈살을 찌푸리지 않을 수 없었다. 원래 이러한 화골로는 강호에서 흑도 인물이 사용하는 일종의 약물로서 시체를 없애는 데 사용했다. 그러나 일반적으로 적수들에게 사용하는 것으로 눈앞의 시체는 함께 동거동락한 형제들로 이들이 출사한 후

참사를 당한 데다가 화골로로 그들의 시체마저 없어진다면 도의상 말하기 어려울 것이라 생각했다. 그 중년인은 왕건의 마음을 헤아렸는지 담담히 말했다.

"사람이 죽으면 만사가 모두 공인 것이오. 우리들은 진부한 생각에 구애받을 필요가 없소. 눈앞에 많은 일들을 해야 하는데 이와 같이 시간을 낭비한다면 어찌 이들을 죽인 원수를 갚을 수 있겠소. 이 화골로를 이용하여 깨끗하게 처리한 후에 빨리 자리를 잡아 상처받은 이들을 치료하는 것이 중요하오."

병개는 그가 바로 객잔 중에서 흑의인을 향하여 그의 성명을 노출하지 않았던 사람 중의 하나라는 것을 알아보았다. 이때는 그 혼자만이 남아 있었다. 아마 다른 한 사람은 그 마차를 추격해서 간 모양이다. 마음속이 동하자 그는 참지 못하고 물었다.

"당신의 이름은 어떻게 되시는지요?"

그 사람은 고개를 돌려 병개를 한 번 보고는 담담히 말했다.

"사해 안은 모두 형제가 아닙니까. 하필 그 뿌리를 파낼 필요가 있습니까?"

병개가 말했다.

"하지만 우리들은 같은 길을 가는 사람들이고 응당히 불러야 할 이름이 있어야 하지 않겠습니까. 예를 들어 이 거지는 비록 이름도 없고 성도 없지만 모두들 나를 부르기를 병개라고 합니다. 형제는 어떻게 불러야 합니까? 이후로 서로 어떻게 상대해야 하지요?"

그 사람은 냉랭하게 말했다.

"그러면 저를 무명씨라 부르면 되겠습니다."

이것은 분명히 그의 이름을 공개적으로 밝히기 어렵다는 것이다. 그리고 또 병개를 눈 안에 두지 않는다는 뜻도 있었다. 병개는 불쾌하다는 듯이 "흐흐"하고 웃었다. 그러나 노화를 참으며 담담히 말했다.

"그렇다면 알겠습니다."

그리고는 왕건을 향하여 말했다.

"너희들은 빨리 손을 쓰거라."

그의 말투는 명령하는 것 같았다. 하지만 왕건 등은 하나도 거슬리는 것이 없었으며, 말을 들으며 그 중년인을 한 번 흘깃 처다보며 말했다.

"귀하의 화골로는 돌려드리겠습니다. 우리들은 불편을 끼쳐드리고 싶지 않습니다."

그 중년인은 말을 하지 않고 그 병을 받아 다시 품속으로 넣으며 뒤로 물러났다. 왕건은 두 명의 동반에게 말했다.

"두 사람은 나와 함께 땅을 팝시다. 당신들 두 사람은 시체를 옮겨주시오. 오늘 밤에는 잠시 잡초 속에 매장하여 두었다가 이후에 다시 정식으로 매장해도 늦지 않을 겁니다."

말을 마치고는 철창을 들고는 큰 걸음으로 잡초 쪽으로 걸어갔다. 그곳은 바로 흑의인과 진약람 등이 은신하고 있던 곳이었는데 흑의인이 가볍게 진약람의 옷자락을 잡자 두 사람은 즉시 엎드린 채로 뒤로 몇 장을 물러섰다. 그 한 쌍의 남녀는 당금 무림 중의 첫째, 둘째라 할 만한 고수들이었기 때문에 후퇴할 때도 소리 흔적을 내지 않았으며 왕건과 그를 따르는 두 명의 대한 또한 아무 것도 감지할 수 없었다. 그들은 잡초 속으로 와서 창을 사용하여 흙을 파기 시작했다. 진약람은 조용한 소리로 흑의인에게 말했다.

"그 사람은 이미 떠났습니다."

흑의인이 조용한 소리로 물었다.

"누구? 누가 떠났다는 겁니까?"

진약람이 말했다.

"조금 전 당신이 한 팔을 자른 사람 말입니다."

흑의인은 가볍게 "아"하고 소리내더니 말했다.

"나는 알겠소. 나는 그의 목숨이 필요없었소. 따라서 일부러 그를 도망치게 한 것이오."

진약람은 이해할 수 없다는 듯이 말했다.

"어떤 이유입니까?"

흑의인은 어쩔 수 없다는 듯이 웃으며 말했다.

"나중에 말해 주겠소."

그리고는 또 생각하더니 말했다.

"그러나 지금 당신에게 말해줄 것은 있소. 만약 내 생각이 틀리지 않다면 나에게 팔이 잘린 그 사람은 바로 조금 전 화골로로 시체를 없애라 했던 사람과 같은 부류의 사람일 것이오. 이들 몇 사람들은 아마도 그 모습을 드러내지 않으려는 것으로 보아 기실 행적이 기괴하고 속을 짐작하기 어려운 사람들이오."

진약람은 가볍게 입술을 물고서는 무엇인가 생각난 듯이 말했다.

"저는 정말 그 마차를 따라가보고 싶습니다. 제 생각에 따르면 그 마차가 가장 많은 문제가 있는 것 같아요. 그러나 당신이 이곳에 머무르자 하는 것이 어떤 이유가 있는지 모르겠습니다."

흑의인이 말했다.

"그 쪽은 이미 임봉 등이 따라갔소. 어떤 상황이 벌어진다면 그는 어떤 방법이던 사용하여 우리에게 연락할 것이오. 이쪽은 내가 신검 호일기의 정세를 살피려는 것인데 어떠하오."

진약람이 말했다.

"당신은 그의 생사에 관심이 있군요."

흑의인은 고개를 끄덕이며 말했다.

"당신이 말한 것은 하나도 틀리지 않소. 그리고 왕정산도 포함해서 말이요. 그러나 더 중요한 것은 호일기의 생사요."

진약람은 놀라며 말했다.

"그것은 왜 그렇습니까?"

"아마도 당금에 재지와 무공 모두 나와 비할 수 있는 사람은 그 호일기뿐일 것이라 생각하오."

진약람은 아름답게 미소지으며 말했다.

"원래 그렇군요. 저는요. 저의 재지와 무공은 혹시 당신과 비할 수 없나요?"

흑의인은 놀라지 않을 수 없었다. 하지만 말을 멈췄다가 실소하며 말했다.

"나는 이전에 전혀 그 문제를 생각해 본 적이 없소. 다만 나는 영원히 당신과 손 쓸 일은 없을 것이요."

진약람은 입술을 살짝 깨물며 웃는 듯, 웃지 않는 듯 말이 없었다. 이때 왕건 등의 사람들은 몸을 움직여 잡초 사이에 구덩이를 팠다. 세 명 모두 무공을 연마한 자들이라 팔 힘이 보통의 사람들과는 달랐다.

얼마되지 않은 시간 동안 모두 다섯 개의 구덩이를 팠다. 다른 두 명의 대한은 협력하여 다섯 구의 시체를 옮겨온 후 구덩이 속으로 넣었다. 이후 세 사람이 동시에 손을 써서 흙으로 구덩이를 덮었다. 서천낭자 동화랑은 말 한 필을 끌고서 왕정산의 곁으로 다가왔다. 왕정산은 신검 호일기를 안고서 말 위로 올라탔다. 모든 것이 갖춰지자 병개가 명령을 내리며 말했다.

"우리들은 빨리 움직이자!"

말이 끝나자 사람은 이미 대로를 향해서 질풍처럼 빠르게 움직였는데, 마치 고삐 풀린 말 같았다. 나머지 사람들도 말을 탔던 사람은 말을 타고, 도보로 걸어왔던 사람은 도보로 급히 길을 재촉하여 추격하기 시작했다. 이때 하늘은 점차로 밝아왔다. 계속 길을 달려가는 동안 부단히 몸을 은폐하고 있었던 사람들이 자신을 나타내었다. 이들은 모두 저녁에 호일기와 병개 등이 세운 보초들이었다. 이들은 호일기가 몸에 중상을 입은 것을 보고는 모골송연해지며 놀라지 않는 이가 없었다.

또 한참을 이동하니 홀연 경치가 변하며 길가 양측으로 높게 올라간 수목이 보였다. 울창하고 빽빽하게 자란 나무들이었다. 길을 앞서 달리던 병개가 갑자기 멈춰 서더니 눈을 사방으로 돌리며 무엇인가 찾는 듯했다. 갑자기 번쩍하고 한 인영이 높은 나뭇가지에서 가볍게 몸을 날려 지상으로 내려왔는데, 더 벗어나지도 않고 더 치우치지도 않고 정확히 병개의 앞에 떨어졌다.

그 사람은 중간 정도의 몸집에 봉두난발을 하고, 의복은 남루하였고, 얼굴에는 때와 먼지가 가득했다. 그를 보면 바로 그도 거지라는 것을 알 수 있었다. 그 거지는 한 쪽 다리가 없었다. 손에는 검고 굵은 지팡이를 들고 있었는데, 그로서 한 쪽 다리를 대신하는 것이었다. 그가 두 장이나 높은 나무에서 뛰어내려 아무 소리도 내지 않았던 것으로 봐서 비록 그가 한 쪽 다리는 없지만 경공에 있어 사람을 놀라게 하는 독보적인 무공을 가지고 있는 것이 틀림없었다. 그 잔퇴걸개殘腿乞丐는 병개에게 궁신하며 말했다.

"독각노이獨腳老二가 인사드립니다."

왕건이 암중으로 생각했다.

'원래 저 사람이 바로 걸개문乞丐門의 삼잔三殘 노이였구나. 어쩐지 그의 경공 조예가 아주 깊다고 했다.'

병개는 손을 흔들며 말했다.

"할 말이 있으면 빨리 하거라."

독각걸개는 궁신하며 말했다.

"조금 전 마차 한 대와 일곱 마리의 말이 이곳을 지나 동쪽으로 달려갔습니다. 매우 급히 서두르는 듯했기에 독수노삼獨手老三이 이미 뒤를 쫓아갔습니다."

병개가 말했다.

"독안노대獨眼老大는?"

독각걸개는 병개에 접근하여 귀에 대고 조용히 말을 했다. 그가 어떤 말을 했는지 어떤 사람도 들을 수는 없었다. 왕건은 마음속으로 의심하며 생각했다.

'강호 사람들이 말하기를 걸개문 삼잔이 가장 싫어하는 것이 다른 사람 입에서 '단', '독', '잔' 세 글자를 말하는 것이라고 했다. 따라서 사람들이 그들 면전에서 그들을 부를 때는 그 글자를 '기奇'로 바꾸어 말한다곤 했다. '기' 또한 홀수를 말하는 것 아닌가. 예를 들어 독각노이는 기각노이로 부르는 것처럼 말이다. 걸개문삼잔도 걸개문삼기乞丐門三奇라고 부른다. 만약 부주의해서 그들 면전에서 걸개문삼잔 혹은 독각노이라고 부른다면 그가 만약 일반 백성이라면 상관없지만, 혹여 무림인이라 하면 그것은 바로 걸개문의 금기를 범한 것이 되고, 이어서 사정없이 '너는 죽고는 나는 산다'는 식의 공격을 받게 될 것이다. 그런데 이상한 것은 그들 스스로 이 시각 왜 말끝마다 독안, 독각, 독수를 이야기하는가이다. 강호에 떠도는 이야기가 잘못된 것인가? 아니면 그러한 금기는 이미 존재하지 않는 것인가?'

왕건의 마음은 답답했다. 독각노이는 이미 병개의 귀에 대고 이야기를 마쳤다. 병개는 손을 흔들며 말했다.

"좋다. 너는 가서 불쌍한 아이들을 하나 하나 잘 거둬오도록 해라. 그들이 노숙했으니 아마도 피곤하고 배가 고플 것이다. 나는 먼저 이들과 함께 앞으로 가겠다. 너희들은 나중에 따라와서 잘 먹도록 해라."

독각노이가 궁신하며 답하고는 손에 든 지팡이로 땅을 짚자, 허공으로 튀어오르며 나무 위로 올라가서 순식간에 눈앞에서 사라졌다. 병개는 고개를 돌려 사람들에게 말했다.

"우리도 얼른 갑시다!"

말을 마치고는 먼저 발을 내딛고는 질풍처럼 달려갔다. 사람들도 급히 그 뒤를 따랐다. 인마人馬 일행이 또 질풍처럼 달려 대략 차 한잔 마시는 시간이 흐르자 대로 위로 갈림길이 나타났다. 왕건이 소리치며 말했다.

"우리는 도착했습니다."

사람들은 그 소리에 따라서 걸음을 천천히 했다. 왕건은 즉시 앞으로 나서서 먼저 그 갈림길을 향해 나아갔다. 갈림길은 광활한 비탈로 통하는 길이었다. 청석靑石을 한 줄로 깔아놓은 길을 따라 앞으로 갔는데 길이 넓지는 않았지만 양쪽으로 꽃과 나무가 아취를 더하고 있었다.

갈림길에 진입하자 바로 벽돌로 만든 단층집이 줄지어 사람들의 눈에 들어왔다. 붉은 색 담장에 녹색 기와로 단장한 집들은 정말 시적인 정취를 자아냈다.

앞서 일행을 이끌던 왕건은 그 벽돌집 앞으로 다가가더니 갑자기 걸음을 멈췄다. 그리고는 계속해서 뒤로 몇 발자국을 물러서더니 크게 놀라는 것 같았다.

사람들이 그 사정을 보고는 기이하게 생각했다. 그리고는 걸음을 재촉하여 그곳으로 쫓아갔다. 병개도 태만할 수 없어 몸을 길게 늘이고 마치 활시위를 떠난 화살처럼 빠르게 왕건의 곁으로 다가갔다.

정신을 집중하고 바라보니 대문 옆에 한 명의 경장 대한이 누워있는데 그의 몸과 머리가 다른 곳에 떨어져 참혹하게 죽어있었다. 왕건은 손을 들어 그 시체를 가리키고 미미하게 떨면서 겁에 질린 듯 소리쳤다.

"칠살도."

중인들은 이때 분분히 모두 따라왔다. 그리고 칠살도라는 말을 듣자, 서천낭자 동화랑과 청련사태 두 사람이 즉시 장검을 발출하였고, 약속하지도 않았지만 동시에 좌우로 나누어져 왕정산을 보호하기 시작했다. 병개는 확실히 기이하다는 신색을 띠며 말했다.

"이 사람은 우리 사람인가?"

왕건은 고개를 끄덕였다. 병개는 차갑게 흥얼거리더니 신형을 길게 늘리고는 바로 공중으로 날아 담장 위로 올라갔다. 이때 바로 벽돌집의 두짝 나무문이 갑자기 열렸다. 한 중년 장한이 비틀거리며 달려 나오더니 불안해하는 목소리로 소리쳤다.

"좋지 않다. 그 살성이 찾아왔다!"

왕건은 맹렬히 그 앞으로 다가가서 가슴으로 상대방을 잡아 안정시키고는 낮은 목소리로 말했다.

"왕곤王坤, 너는 정신차리고 할 이야기가 있으면 천천히 말해라."

그 장한은 악몽에서 처음으로 깨어난 듯, 입을 열었으나 혀가 움직이지 않았고, 호흡은 가빠서 일시에 말을 꺼낼 수 없었다. 왕건은 그 장한을 물리고는 손에 금룡창金龍槍을 들고 큰 걸음으로 대문을 향하여 들어갔다.

사람들은 분분히 병기를 꺼내어 들고는 청련사태와 동화랑이 남아 요상 중인 호일기와 왕정산을 보호하는 것 이외에 모두 전신으로 경계를 하며 왕건의 뒤를 따라 집으로 들어갔다.

집 안의 광경은 사람으로 하여금 모골송연하게 했다. 바닥에는 시체와 머리가 뒹굴어 있었고, 모두 가슴과 배가 쪼개져 있어, 피는 사방에 넘쳐났고 심지어 벽에까지 묻어있었는데, 모두 사람을 놀라게 하기에 충분한 핏빛 참상이라 할 만했다.

왕건은 차가운 김을 내뿜었다. 이때 좌측 방문이 갑자기 열리자 왕건이 놀라며 수중의 금룡창에 온 힘을 실어 일격을 가하려고 했다. 그러나 정신을 차리고 보니 들어온 것은 병개였다.

병개는 지붕으로부터 담을 넘어 들어왔는데 이때 그의 얼굴을 보니 만면에 차가운 서리가 내린 듯 한마디 말도 없었다. 그는 시신으로 뒤덮인 대청을 지나서 오른쪽 방문을 열고 들어온 것이다.

왕건은 마음속으로 정황이 매우 엄중하다는 것을 알았다. 즉각 병개를 따라서 문을 지나 들어갔다. 막 걸어서 가까이 다가가자 피비린내가 코를 찔렀다. 원래 이 문을 통하면 내방으로 들어가는 것이다. 내방안 침상 앞 바닥에는 머리가 없는 남자 시체가 엎드려 있었다.

침상 위에는 중년 부인이 허리가 잘린 채로 가슴에 젖먹이를 안고 있었다. 그 젖먹이는 얼굴을 중년 부인의 가슴에 묻고 있었는데 그의 등에는 이미 큰 구멍이 나있었다. 선혈이 침상 위에 가득했고 방안 모퉁이에는 두 구의 구부러진 시체가 있었는데 모두 젊은 여자들이었다.

왕건은 혈겁을 보고는 두 걸음을 나서서 그 머리없는 남자 시체 앞에 "팍"하고 무릎을 꿇더니 방성대곡하며 말했다.

"곽원외郭員外! 나 왕건 등의 사람들이 너를 해쳤다…."

왕건이 절규하며 말하자 더 말을 이을 수 없었다. 왕건이 연위보에서 높은 신분을 가지고 있는데도 이토록 큰 소리로 우는 것은 분명 그의 마음속의 비통이 얼마나 컸는지를 말해주는 것이라 할 수 있었다.

이때 중인들은 집 안 여러 곳을 살펴보았다. 도처에 시체와 머리가 나뒹굴어져 있는데, 남녀노소 모두 불행을 면하지 못했다는 것을 알 수 있었다. 흉수의 잔악함과 악독함에 사람들은 모골이 송연해졌다.

왕정산과 청련사태는 신검 호일기를 부축하여 말에 태우고는 왕정산이 그를 부축하며 말을 몰아 집안으로 들어갔다. 청련사태와 동화랑은 시종 장검을 손에 들고 있었으며, 왕정산을 보호하며 좌우에서 조금도 벗어나지 않았다. 그들은 가장 늦게 집 안으로 들어간 사람이었다. 비록 그들이 비참한 상황을 많이 보았지만 집 안의 광경을 보고는 그들 역시 암중으로 두려움에 떨 수밖에 없었다.

제48장

腥風血雨

성풍혈우

청련사태의 얼굴은 창백해지고 가녀린 몸은 떨기 시작했다. 이러한 장면은 그가 태어나서 처음 보는 참혹한 광경이었다. 남자보다 마음이 더 연약한 여인의 몸으로 그녀는 일시에 차마 친눈으로 볼 수 없는 바닥에 널부러져 있는 시신의 머리와 사체들을 대하고는 계속해서 더 나아갈 수 없었다.

그녀보다 동화랑은 담이 조금 더 컸다. 피비린내가 진동하는 시체로 뒤덮인 방을 조사하여 깨끗한 방을 찾은 후에 신검 호일기를 모셨다. 신검 호일기는 비록 두 눈을 감고 있었지만 병개가 준 보원금단을 복용한 이후 약의 효과가 점차 발휘되어 얼굴색은 점점 붉은 기를 되찾고 있었다. 왕정산은 그의 신변에 가부좌를 하고 앉아서 아미파 본문의 요상 수법으로 기를 운행하며 전심으로 장문인의 치료를 도왔다. 집안 내에서 일어난 사건에 대해서 마치 아무 관심도 없는 것 같았다.

이 시각 병개는 이미 격동하던 왕건을 안정시키고는 함께 신검 호일기의 상세를 살피러 들어갔다. 왕정산이 전력을 다해 행공하는 것을 보고는 방해될까 다시 대청으로 나갔다. 대청에는 사람들이 조금 전에 경황없이 뛰쳐나온 장한을 둘러싸고 이것 저것 물어보기에 바빴다.

병개가 나가려고 하는데, 어떤 사람이 먼저 말을 했다.

"노선배, 이것이 정말로 대도문이 한 일입니까?"

이 말이 나오자 대청 안의 사람들이 분분히 소리내며 그 말을 따라 했다. 병개의 신색은 엄중했고 말이 없었다. 왕건은 이때 완전히 냉정을 찾았다. 그러한 가운데 조금 전 그 장한이 말을 꺼냈다.

"왕곤, 너는 이리 와라. 걸개문의 노선배를 알아보겠지. 다시 원래 보았던 대로 시말을 노선배에게 보고해라."

왕곤이라 불린 대한은 중인들을 물리치고 병개 앞으로 가서 공수하며 말했다.

"노선배의 대명을 들은 지 오랩니다. 오늘 이렇게 만나뵙게 되니 정말 영광입니다…."

병개는 손을 휘저으며 그의 말을 가로막으며 말했다.

"흉수는 도대체 누구인가?"

왕곤은 궁신하며 대답했다.

"그자는 신체는 중간 정도였고 일신에 흑의를 입었으며 손에는 장도를 들었습니다."

"잠깐만!"

병개는 그의 말을 자르고는 긴박하게 말했다.

"네가 말한 것은 흉수가 한 사람이라는 것이냐?"

왕곤은 아직도 두려운 것이 있는지 고개를 끄덕였다. 병개의 안색은 더욱 어둡고 무거워졌다. 눈앞 도처에 보이는 시체들, 집 안에 왕곤을 제외하고는 마수를 벗어나지 못한 국면을 생각할 때 이것이 한 사람의 소행이라고 한다면 그 사람의 무공은 실제로 엄청날 것이라 생각

되며 정말 놀랄 지경이라고 할 수 있다. 그렇게나 큰 방 안에 삼십여 명의 사람들이 노약자나 부녀자 아이들은 말할 것 없고, 대부분 무공을 익힌 사람들이, 또 대청 안에 살육된 십여 명의 사람들은 무림에서 이름없는 무명지배가 아님에도 불구하고, 이들이 손을 써서 결투한 흔적이 없는 것으로 보아서는 집 밖으로 도망갈 기회조차 주지 않았음을 말해주는 것이었다.

병개의 한 쌍의 눈에서 사람을 압박하는 듯한 번쩍거리는 빛이 나오며 왕곤의 얼굴을 바라보며 말했다.

"그 사람은 어떤 종류의 도법을 쓰더냐?"

이 말이 나오자 왕곤은 갑자기 만면이 붉어지며 한동안 말을 더듬더니 말을 하지 못했다. 병개는 오른손을 갑자기 앞으로 뻗어 쾌속절륜하게 왕곤이 생각지도 못하게 오른쪽 맥문을 잡았다. 왕곤은 강력한 한 줄기 내력이 체내에 들어오는 것을 느끼고는 팔과 손이 바로 마비되는 것을 느꼈다.

이 갑작스러운 변화에 중인들은 대경실색하지 않을 수 없었다. 특히나 왕건은 왕곤의 당제堂第로 그에게 특별히 관심을 두고 있었기 때문에 입을 벌려 소리치지 않을 수 없었다.

"노선배…."

병개는 고개를 돌려 낮은 소리로 말했다.

"너는 이 일에 관여하지 마라. 이 노걸개가 친히 알아야 할 것이 있다."

얼굴을 돌려 왕곤을 바라보고 한기가 느껴지는 얼굴로 말을 했다.

"이 노걸개가 몇 가지 물을 것이 있다. 너는 사실대로 대답해 주기 바란다. 그렇지 않으면…."

병개가 중얼거리며 손가락에 가볍게 힘을 주자 왕곤은 암경이 잡힌 부분을 통해 신체 내 오장으로 들어오는 것을 느꼈다. 일시에 혈기가 뒤집히더니 정말 참기 어려웠다. 병개가 조금 그 암경을 줄이자 왕곤은 숨을 돌릴 기회를 잡고 나직하게 말했다.

"제가 말한 것을 분명히 듣지 않으셨나요?"

왕곤은 놀란 가슴을 진정시켰다. 그리고는 암암리에 상대방의 수법과 내력에 패복하지 않을 수 없었다. 그러나 상대방의 이러한 거동은 자신의 체면을 손상시켰으므로 냉소하지 않을 수 없었고, 상대방이 자신의 완맥을 잡은 손을 보면서 말했다.

"선배, 이러한 거동은 무슨 뜻입니까?"

병개가 낮은 소리로 말했다.

"아주 간단하다. 이 방에 삼십여 명이 있었다. 그러나 어떤 사람도 독수에서 벗어나지 못했지. 그러나 너만 아무 탈이 없었으며, 조금도 상처받지 않았다."

이 말이 나오자 장내의 중인들은 그제서야 이해가 된 것 같았다. 뜻밖에도 병개는 눈앞의 눈을 뜨고 볼 수 없는 이 참안에 대하여 깊은 의심을 품고 있었던 것으로 보이며, 왕곤에게 다른 꿍꿍이가 있는 것이라 본 것이다. 왕곤은 병개의 뜻을 안 것 같았다. 그리고는 얼굴에 노한 빛을 띠며 말했다.

"선배는 이 왕모를 첩자로 보는 겁니까? 형제들을 잔혹하게 살인한 자들과 이 왕모가 관계가 있다는 겁니까?"

병개는 낮은 소리로 말했다.

"너는 내 질문에 답해라. 그렇다면 자연적으로 어느 누구도 너를 의심하지 않을 것이다."

왕곤이 냉랭하게 말했다.

"저도 한 가지 물음이 있습니다. 선배는 답을 해주실 수 있는지요?"

병개는 가볍게 놀랐으나 즉시 냉랭하게 웃으며 말했다.

"네가 무슨 물음이 있는지 바로 말해도 좋다. 이 노걸개가 알고 있다면 반드시 답을 하겠으며 성의없게 답하지는 않겠다."

왕곤이 냉랭하게 말했다.

"감히 선배에게 묻겠습니다. 제가 만약 이 많은 사람을 죽인 흉수 중의 한 사람이라고 한다면, 어찌하여 때에 맞춰 멀리 달아나지 않고, 이곳에 머무르며 선배에 잡혀 고문을 당하겠습니까?"

이 말은 틀리지 않았다. 왕곤이 만약 살인 흉수라면 일찍이 도망치지, 왜 이곳에 머물러 있겠는가? 계속 침묵하고 말이 없었던 자칭 무명씨라는 중년 남자가 갑자기 입을 열었다.

"본인의 생각으로는 당신이 도망치지 않은 것은 첫째로 우리들이 이 사건에 대해서 어떻게 반응하는지와 그 허실을 알고자 했던 것이고, 둘째로 계속 잠입하여 있으려는 것이라 봅니다. 본인의 말이 틀렸나요?"

왕곤은 이 사람의 눈을 보고는 말이 없었다. 왕건은 매우 불쾌해졌다. 그는 이 사람이 시종 그의 내력과 이름을 밝히지 않은 것으로 인해 일찍부터 맘에 들지 않았다. 그런데 이 시각 그가 말하는 것을 들으니 객이 주인이 된 것 같이, 피를 머금고 사람에게 내뿜는 것 같이, 자신의 형제를 첩자로 몰아세우는 데 분노를 금할 수 없어 거친 목소리로 소리치며 말했다.

"당신은 그 거짓말 좀 작작하시오!"

그리고는 "흐흐"하고 냉소를 지으며 말했다.

"첩자라 하니 당신은 이 왕모를 일깨워 주었소. 당신은 시종 자신의 진면목을 밝히지 않았으니 무슨 말못할 사정이라도 있는 것이오."

무명씨는 얼굴색이 변하지 않고 담담히 말했다.

"본인에게 무슨 말 못할 사정이란 없소. 당신이 참견할 일은 아니라 보오."

왕건은 분노가 머리끝까지 치밀어 오르자 "하하"하고 웃으며 얼굴에 서리가 내린 듯 말했다.

"당신 알고보니 당금 천자가 미복을 하고 순행하는 것 같은 위세로군! 당신은 남의 일에 관여하고, 다른 사람은 자신의 일에 관여하면 안 되는가?"

무명씨가 담담히 말했다.

"다른 사람은 분명 관여할 수 있다. 하지만 당신은 안된다!"

이것은 분명 이치에 맞는 말은 아니며, 공개적으로 도발하는 말이었다. 하지만 왕건은 이처럼 중요한 시점에서 참지 않으면 안된다고 생각했다. 그는 치솟는 분노를 강하게 누르며 냉정을 찾았지만 "쩌렁쩌렁"거리는 소리로 말을 했다.

"이 왕모는 오늘 기어코 너에게 관여하여야겠다."

무명씨는 담담히 말했다.

"만약 당신이 거기에 흥취가 있다면 본인은 받아줄 용의가 있소. 그러나 먼저 말하지만 손을 써서 겨룬다면 실수하지 않기가 힘들 것이요. 당신은 그 점을 생각해 보았소?"

이렇게 말하니 아마도 그 사람은 왕모가 쓸모없는 생각을 한다고 얕보는 것 같았다. 그가 부단히 왕건의 화를 돋우자 왕건과 같이 온 동반들도 성이 나기 시작했다. 병개는 소동이 가라앉지 않고 또 다른 데로 번지자 원래는 왕건을 말리고 싶었으나 생각이 바뀌어 눈앞의 이 사람의 행적이 기괴하고 그 깊이를 알 수 없으니 왕건이 그와 손을 쓰게 된다면 아마도 그에 대한 단서를 찾을 수 있을 것 같아 차가운 눈으로 수수방관하면서 간섭하지 않으며 그들이 대치하도록 그대로 두었다.

왕건은 비록 화가 머리 끝까지 치밀어 올랐으나 분명 오랜 경험이 있는 사람이었다. 상대방이 고심막측하니 적에 대해서 아는 것은 없고, 자신은 이미 노출되어 있다고 생각되자 그는 충동적으로 행동하지 않았으며 그 시각 말도 아꼈다. 단지 수중의 금창을 들어 장사출동長蛇出洞의 초식으로 무명씨의 가슴을 냉정히 공격해 들어갔다. 이 일초는 보통의 초식이었다. 그는 연위보의 독문공부인 독룡창을 쓰지 않았는데 그것은 바로 결투를 시작할 때 상대방의 허실을 탐색하기 위한 것이었다. 하지만 그 위력은 상당히 대단했다.

무명씨는 적수공권으로 표정이 없이 왕건의 창끝이 찔러 들어오기를 기다렸다 갑자기 손목을 뒤집어 창두를 향하여 날렸다. 이 일초로 충분히 이 사람의 자신감이 대단하다는 것을 보여주었는데, 만약 자신의 무공이 상대방에 비하여 아주 높다고 하는 자신감이 없는 사람이라면 왕건을 눈 아래 두지도 않을 것이며, 어디 이와 같이 대단한 기세로 질러들어오는 창 끝에 맨손을 내밀겠는가?

왕건은 폭갈일성하며 상대방이 창두를 잡는 것을 기다리지 않고 바로 초식을 거두고 다른 초식으로 바꾸어 독룡창법을 시전했다. 그러자 붉은 벚꽃이 피어나듯이 일초삼식으로 상대방의 상중하 세 곳을 공격해 들어갔는데, 그 빠르기가 번개와 같았기에 사람들의 눈은 어지러워졌다.

무명씨는 이미 조금 전과 같이 소홀히 대하지 않고 가볍게 소리치며 신형을 곁으로 옮기고 뒤로 물러서지 않으며 비껴들어가며 번개처럼 왕건을 압박하며 왼손으로 창룡태두蒼龍抬頭의 일초식으로 왕건의 얼굴을 잡아 들어갔고, 오른손으로는 엽저투도葉底偸桃의 일초로 왕건의 아래쪽 치명적인 요혈을 공격해 들어갔다.

그는 한 번 출수하며 양손으로 함께 공격하였다. 그 초식의 기괴함과 악독함은 대단했다. "휘휘"하고 음풍이 부는 소리가 들리더니 삼엄한 한기가 왕건을 압박해 들어갔다. 왕건은 마음으로 크게 놀라며 정말 대단한 살수를 만났다고 생각했다. 그러나 이 시각 후회해보았자 이미 늦은 것이다. 수중의 장창을 거둘 방법이 없었다. 큰일이 곧 일어나겠다 싶었다. 변화를 주려고 해도 이미 너무 늦었다. 그는 마음속으로 이제 끝났다고 생각했다. 그러나 그때 그의 귓가에 무명씨의 "흐흐"하며 웃는 소리가 들리며 돌연간 공세를 거두고 뒤로 몸을 날리는 것이 보였다.

왕건은 놀란 마음을 진정시키고 그를 바라보았다. 무명씨는 안정된 모습으로 아마도 조금전 왕건과 생사를 겨룬 결투를 하지 않은 것처럼 서 있었다. 왕건은 얼굴이 달아올랐다. 도대체 이 사람은 어느 세외고인인지 바로 그 앞으로 가서 공수하며 말했다.

"귀하께서 모습을 드러내시지 않은 것은 아마도 진정한 고수이기 때문이라 할 수 있습니다."

무명씨가 담담히 말했다.

"눈앞의 형세로 보았을 때 당신과 내가 기를 다툴 상황이 아니오. 당신은 연위보의 총관으로서 응당히 경중을 가려서 해야 할 것이며, 삼십여 명의 혈체를 놓아두고 묻지 않고, 또 어찌 조그마한 의지와 기개를 가지고 내부에서 다툰다면 되겠소?"

그 말투는 비록 꾸짖는 것 같았지만 그를 듣는 사람들은 조금도 악의가 없음을 알 수 있었다. 왕건은 암중으로 부끄러움을 금할 수 없었다. 다른 사람들 역시 암중으로 머리를 끄덕이며 그 사람의 말이 참으로 이치에 맞다고 생각했다. 병개는 성색을 바꾸지 않고 고개를 돌려 왕곤을 향하여 말했다.

"너의 물음은 이미 다른 사람이 대신 대답했다. 이제 너는 나의 질문에 대한 답을 들려줄 차례이다."

"선배가 저의 손을 놓으신다면 제가 결단코 답을 하지 않을 도리는 없습니다."

병개가 냉랭히 말했다.

"만약 내가 놓아주지 않는다면?"

왕곤이 오만하게 말했다.

"저는 목숨을 바라며 죽기를 두려워하는 무리가 아닙니다. 그렇지 않다면 역시 천리가 멀다 하지 않고 이곳에 오지 않았을 겁니다."

병개가 냉소를 지으며 말했다.

"너의 뜻은 만약 내가 손을 놓지 않는다면, 너는 죽을지언정 내 질문에 답을 하지 않겠다는 것이냐."

왕곤은 가슴을 펴며 말했다.

"하나도 틀리지 않습니다. 대장부는 죽을지언정 굴복할 수 없는 것입니다. 선배의 이러한 행동은 이미 저를 죽인 것과 다름이 없습니다."

병개는 손을 늦춰 왕곤의 잡았던 완맥을 느슨하게 하며 말했다.

"만약 내가 너를 오해했다면 내가 자연히 너에게 용서를 빌 것이다. 지금 너에게 내가 몇 가지 질문을 할테니 답을 해달라고 부탁하겠다."

왕곤이 말했다.

"선배, 물으실 문제가 있으시면 어서 말씀하십시오. 제가 알지 못하는 것을 제외하고는 말씀드리지 않을 것이 없습니다."

병개의 두 눈에서는 광망이 쏘아져 나오며 왕곤을 주시하고는 말했다.

"좋다, 내가 너에게 묻겠다. 너는 그 흉수가 어떤 도법을 사용하여 그렇게 많은 사람을 살해했는지 명확히 보았느냐?"

왕곤이 말했다.

"모릅니다."

병개가 냉랭하게 말했다.

"너의 뜻은 네가 상대의 도법을 알아볼 수 없다는 것이냐, 아니면 전혀 보지 못했다는 것이냐?"

왕곤은 얼굴이 붉어지며 말했다.

"저는 근본적으로 보지 못했습니다."

병개가 냉랭히 말했다.

"너는 당시에 그곳에 없었느냐?"

왕곤이 말했다.

"저는 당시 문밖에서 당직을 서고 있었습니다."

병개는 차갑게 웃으며 말했다.

"너는 경계를 서는 자로서 집 안에서 발생한 엄청난 변고를 어찌 조금이라도 눈치채지 못하였느냐?"

왕곤은 열을 내며 말했다.

"저는 확실히 몰랐습니다."

이 말이 나오자 중인들은 서로 귀를 대고 분분히 논의를 하였다. 왕곤의 말은 황당하기가 그지없었다. 무공을 익힌 사람이 조그만 소리도 듣지 못했다는 것은 아마도 세 살짜리 어린아이도 믿으려 하지 않을 것이다. 병개는 추상같이 말했다.

"형제의 말을 입장 바꾸어 이 노걸개가 한다면 형제는 믿을 수 있겠는가?"

왕곤은 입을 열었지만 말을 할 수 없었다.

"그것은…, 그것은…."

병개가 냉랭히 말했다.

"이미 너 스스로도 믿을 수 없는데 어찌 그것을 도리에 맞는 말이라고 하는 것이냐?"

왕곤은 일시에 온 얼굴이 붉어지며 말했다.

"그것은…, 바로 그것은…, 제가…."

그는 얼굴뿐만 아니라 목까지 붉어지며 일시에 어떤 물건이 목구멍을 막고 있는 듯이 나머지 말을 잇지 못하였다. 왕건이 옆에서 참지 못하며 거친 소리로 말했다.

"왕곤, 너는 할 말이 있으면 빨리 하거라. 무슨 그리 말을 더듬고 있느냐?"

왕곤은 당형의 노한 외침소리를 듣자 염치불구하고 말을 했다.

"저는 암산을 받았습니다."

병개는 놀라며 말했다.

"어떤 사람이 암산을 했다구!"

왕곤의 얼굴이 또 붉어지며 말했다.

"맞습니다. 오늘 아마도 묘시卯時가 채 되지 않았을 때 날은 밝지 않았는데 저와 진용삼陳勇三이 교대해서 당직을 섰습니다. 제가 문을 나선지 머지 않아 등에 이상이 있다는 것을 느꼈습니다. 저는 고개를 돌려 살펴보려고 했으나 상대방의 수법이 매우 빨랐는지 제가 명확히 보지도 못했는데 그 녀석이 아마 손을 쓴 것 같고 저는 지각을 잃었습니다."

병개는 의문으로 무거워진 신색을 하며 말했다.

"이후에는? 너는 어느 때 깨어났느냐?"

왕곤은 두려움을 느낀 듯 목소리가 미미하게 떨리며 말했다.

"제가 깨어났을 때는 몸이 집 안에 있었습니다. 그 때 날은 조금씩 밝아 왔는데, 저는 한 사람이 제 신변에 우뚝 서 있는 것을 보았습니다."

병개가 말했다.

"너는 그 사람의 얼굴을 명확하게 보았느냐?"

왕곤은 생각하더니 고개를 흔들며 말했다.

"얼굴을 자세하게 볼 방법이 없었습니다. 그 사람은 검은 밤인데도 머리에 햇볕을 가리는 죽립을 쓰고 있어서 얼굴의 반을 가리고 있었으며…."

그는 잠시 멈췄다가 아마 상대방의 얼굴조차 보지 못했다는 것이 부끄러운 일인가 싶었는지 아주 빨리 그가 본 것을 보충해서 말했다.

"그는 일신에 흑포를 입고 있었으며 손에 피가 뚝뚝 떨어지는 장도를 들었습니다. 두 눈은 흉광으로 번뜩이며 저를 보고 있었습니다. 그때 저는 창밖에서 들어오는 햇볕으로 대청 내의 참상을 볼 수 있었습니다. 그러나 사지가 마비가 되어서 움직일 방법이 없었습니다."

왕건이 끼어들며 말했다.

"그 흉수는 네가 깨어난 이후 어떤 행동을 하였느냐?"

왕곤은 가볍게 숨을 고르며 말했다.

"그는 수중의 피가 묻은 장도를 들었는데 저는 반항할 힘이 없었습니다. 스스로 죽음을 면하기 어렵다고 생각했습니다. 그래서 두 눈을 감았는데, 그 사람의 "흐흐"하고 냉소짓는 소리가 들렸습니다. 제가 눈을 다시 떴을 때는 그 사람의 뒷그림자가 입구에서 보였으나 바로 번개처럼 사라졌습니다."

병개는 깊이 생각을 하면서 천천히 말했다.

"너는 다시 자세히 생각해 보거라. 네가 깨어났을 때 그 순간 너는 너 스스로 깨어난 것이냐? 아니면 어떤 사람이 너를 깨운 것이냐?"

왕곤은 연신 눈을 깜빡이며 얼굴 손으로 잡고는 고심해서 생각하는 듯했다. 최후에는 고개를 흔들며 말했다.

"당시에 어떤 느낌이었는지 생각할 수 없습니다."

무명씨가 갑자기 입을 열었다.

"형제가 조금 전에 말한 것인데 당신이 깨어났을 때 사지에 마비가 있다고 하지 않았소. 그러나 우리가 왔을 때 당신은 대문으로부터 뛰어나왔소. 이것은 어떤 연고인지 알 수 없소."

왕곤은 냉랭히 그 사람의 눈을 바라보고는 담담히 말했다.

"그 흑의인이 떠난 지 얼마되지 않아 사지의 혈맥이 점차로 통하게 되었습니다. 따라서 형제는 혼자 움직일 수 있었고, 몸의 마비를 풀 수 있었습니다. 이 답은 만족스러운지 모르겠습니다."

그 무명씨는 고개를 끄덕이며 말했다.

"원래 그렇군요."

왕곤은 얼굴을 돌려 병개를 바라보고는 말했다.

"제가 움직일 수 있게 된 이후에 그 흑의인을 쫓아갈 수 없다는 것을 알게 되었고, 또 쫓아간다고 한들 도움이 될 것 같지 않아서 즉시 집 안 각처를 살펴보기 시작했습니다. 정말 생각지도 못했습니다. 그 사람은 정말 흉악하고 잔악하기가 그지없었습니다. 내방의 노인들과 어린이, 부녀자와 유생들 모두 겁난을 피하지 못했습니다. 당시 저는 경황 중에 어찌할 바를 몰랐으며 더 이상 할 것이 없었습니다. 따라서 인마의 소리가 들리자 그렇게 실태하고 체면을 깎이게 된 것입니다."

병개가 평정을 유지하며 말했다.

"그것은 형제를 나무랄 것이 아니오. 당시 나 노걸개가 그 입장이라고 하더라도 아마 그렇게 했을 것이다. 조금 전 이 노걸개의 실태를 이해해주기 바라오."

말을 하면서 병개는 왕곤을 향하여 읍을 했다. 왕곤은 급히 공수하면서 예를 갖추고는 말했다.

"선배 그러실 필요까지 없습니다."

무명씨는 길게 탄식하며 말했다.

"그렇다고 한다면 그 흉수는 과연 어제 저녁 우리가 객잔 중에서 합력하여 공격하였던 흑의인 려사로군!"

병개는 냉랭하게 말했다.

"흑의인 려사를 둘러싸고 공격한 것은 우리들이오. 귀하는 구경만 하고 있지 않았소."

병개의 말에는 조롱의 뜻이 담겨 있었다. 그리고 이 말은 분명히 그 사람을 제껴둔다는 뜻이 있었으며, 그를 자신의 사람으로 여기지 않는다는 것이었다. 이것은 무명씨에게 모욕이나 다름없었다. 하지만 무명씨는 조금도 노한 기색이 없이 조용하게 말을 했다.

"문제는 려사가 삼십여 명을 살해한 이후 왜 한 사람을 살려두었나 하는 것이오. 이것이 바로 이해할 수 없는 부분이오."

병개가 냉랭하게 말했다.

"노걸개 또한 이해하지 못하오. 귀하는 제 삼자의 입장에서 어떤 고견이 있나요?"

병개는 아직도 경계를 늦추지 않았다. 조금 전 그는 이 사람의 기이한 무공을 견식한 바 있었는데, 한 번 겨루는 동한 거의 왕건을 사지로 몰아 붙였던 것이다. 단 그와 같이 고심막측한 무공을 가지고 있으면서 어젯밤 벌어졌던 두 번의 흉험무비한 생사 결투 중에 그는 시종 손을 쓰지 않고 돕지 않았는데 오늘 말끝마다 협력해서 흑의인을 공격하였다고 하니 성정이 편벽하고 강렬한 병개가 어찌 마음속에서 받아들일 수 있을까? 무명씨의 수양은 매우 깊었다. 병개가 다시 냉소지으며 조롱하는 듯이 말하는데도 태연하게 말을 이었다.

"이 형제의 좁은 견해로는 분명 그 흑의인은 객잔에서 몸을 빼내 도주한 후에 마음에 화가 치밀어 올라 바로 이곳까지 온 후에 우리들의 지금 이 기반을 발견한 것이오. 그의 흉악하고 잔인한 본성에 마음속에 치밀어 오른 분노가 겹쳐져 이곳의 사람들에게 독수를 쓴 것이오."

병개는 차갑게 비웃으며 두 눈을 뒤집고는 경시하듯이 말했다.

"당신이 한 나절을 말했는데도 아무 말도 하지 않은 것과 마찬가지가 아니오! 그 흉수는 삼십여 명이나 되는 목숨을 앗아간 후 왜 한 사람을 살려두었나 하는 것이오."

무명씨가 말했다.

"그것은 그가 의도적으로 우리에게 시위를 하려는 것이지요. 그와 같이 광오하고 자부심 강한 성격은 태어나서 처음으로 겪어보지 못한 실패를 맛보고는 자연 마음이 매우 씁쓸하여 그와 같은 일을 저지른 이후 한 사람을 살려 우리에게 경고하고자 한 것이오. 이것은 려사 그 사람이 쉽게 상대할 사람이 아니라는 것을 증명하는 것입니다. 만약 우리가 그 상황을 알지 못하면 그는 분명 또 다른 독랄하고도 흉악한 수단을 사용할 것이 아닙니까?"

무명씨는 당당하고 차분하게 말했다. 하지만 대청 입구에서 갑자기 얼음같이 차가운 목소리가 들려오는 것은 예상밖의 일이었다.

"너의 추측은 상당히 이치에 맞는다. 그러나 너는 어떤 것에 근거하여 려사가 객잔에서 이미 승부에서 졌다고 하는 것이냐?"

중인들은 크게 놀라 소리를 따라 돌아 보았다. 대청 입구에는 어느 때 왔는지 귀신과 같은 인영이 서 있었다. 그 사람은 조금 전 왕곤이 설명한 사람같았다. 일신에 흑포를 입었고 허리에는 검은 칼집의 장도를 차고 있었다. 머리에는 황식의 햇볕을 피하는 죽립을 쓰고 있었는데 얼굴의 상반부는 완전히 가려져 있었으며 은연 중에 빛이 쏟아져 나오는 눈동자를 볼 수 있었다. 그 사람은 문 앞에 서 있었는데 기이한 얼음과 같이 차가운 기가 그가 나타남과 동시에 곧바로 사람들을 압박하여 장 중에 있는 어떤 사람들은 한기에 덜덜 떨기까지 했다.

그 사람이 이미 무명씨가 말하는 것을 들었으니 그는 이미 이곳에 도착해 있었던 것이다. 집 안에 있는 사람들 중 무림에서 보기 드문 고수들도 적지 않았는데, 예를 들어 병개는 당금 무림 명숙 중의 한 사람에 들 수 있는 사람이었지만, 그 조차도 이러한 일을 눈치채지 못한 것이다. 무명씨는 조금 전 그 태연자약한 태도는 없어진 것 같았지만, 그래도 진정을 유지하며 말했다.

"귀하는 누구인가?"

흑의인은 냉랭하게 말했다.

"나는 오늘 사람을 죽이고 싶지 않다. 따라서 너에게 알려주지 않겠다. 그러나 나는 네 마음속에서 누구보다도 내가 누구인가를 더 잘 알 것이라고 믿는다."

말을 마치고는 큰 걸음으로 집 안으로 들어갔다. 왕곤이 큰 소리로 외치며 말했다.

"바로 그 사람입니다. 그가 흉수입니다."

이 말이 나오자 집 안에 있던 군호들은 모두 병기를 꺼내 들며 함께 공격하기를 준비했다. 병개는 수중의 봉을 가로로 집어 들고, 강력한 잠력을 일으켜 흉강하게 흑의인을 압박했다. 그 무명씨도 이 시각 몸을 일으켜 도약하여 병개 신변으로 뛰어들어 나란히 서서 두 눈을 부릅뜨고 흑의인을 노려보았다. 흑의인은 웃음을 지으며 말했다.

"내가 조금 전에 너에게 물은 질문에 너는 아직 대답을 하지 않았다."

무명씨는 말했다.

"귀하의 어젯밤 전횡은 목격자가 있다. 만약 그 여자가 난심옥간의 무상심법을 펼쳐서 신검과 병개 등을 손을 쓰지 못하게 한 후 너희들 둘이 떠날 수 있게 하지 않았다면 귀하는 아마도 시신으로 변했을 것이다."

흑의인의 두 눈에서는 돌연간 흉광이 폭사되었으며 "흥"하고 차갑게 소리내고서는 말을 하지는 않았다. 눈으로는 예리한 검처럼 무명씨의 얼굴을 바라보았다. 무명씨는 마음속에 두려움이 일었다. 그러나 그가 이곳으로 올 때에는 이미 경력을 운용해 두 팔에 집중시켰고, 언제라도 임기응변으로 출수할 준비를 갖추고 있었다. 그는 이 시각 온 힘을 다하여 경계하고 있었으며 계속 긴장을 늦추지 않았다. 이러고 있을 때 빛이 번쩍하더니 대청 입구에 우아하고 한가롭게 옥으로 조각해 놓은 듯한 절세 미녀가 걸어 들어오고 있었다. 흑의인의 두 눈에 빛나던 흉광은 홀연히 사라져 버렸다. 그는 무명씨를 향하여 냉랭하게 말했다.

"너의 말은 모두 맞는 것이 아니다. 당시 정황을 비추어 본다면 화상과 걸개 두 사람이 비록 좋은 기회를 맞아 나를 향해 손을 썼지만 그들이 나를 향해 공격한 역량은 바로 나를 도와서 일거에 신검을 격패할 수 있게 하였다. 연후에 나는 몸을 돌려 일격을 가할 자신이 있었고 그들 두 사람 중 최소한 한 사람은 나의 보도를 벗어나지 못할 것이라고 자신할 수 있었다."

무명씨는 일시에 입을 다물고 말이 없었다. 그는 흑의인이 말한 것을 아직 전부 믿지는 않는 모양이었으나 또 감히 반박하여 부딪치고 싶지는 않았다. 그 절세 미인은 발걸음을 옮겨 흑의인의 신변으로 다가왔다. 그녀는 들으면 귀를 즐겁게 하는 목소리로 말을 했다.

"그가 말한 것은 모두가 진실입니다. 당신들은 모릅니다. 제가 그들 네 사람이 동귀어진하는 것을 볼 수 없어서 큰 힘을 들여서 그들을 떨어지게 한 것입니다."

그녀의 목소리는 맑고 경쾌하였으며 부드럽고 온화하여 한마디 한마디 귀를 즐겁게 했다. 그리고 사람들의 마음속에 가득했던 의아함까지 일거에 쓸어버리고 마음속이 평안해지고 비할 바 없이 상쾌해지도록 하였다.

제49장

約期決鬪

약기결투

무명씨는 참지 못하고 말했다.

"무례하지만 낭자의 방명은 무엇입니까?"

절세미녀는 그에 응하며 대답했다.

"저는 진약람이라고 합니다."

무명씨는 가볍게 "아"하고 소리치고는 말했다.

"원래 그 황묘荒廟에서 군웅들에 홀로 대적하였고, 필붕비를 날려버렸으며, 황해 칠왕후를 놀라 달아나게 한 난심옥간의 전인이 당신이었군요. 실례했습니다."

진약람은 조그맣게 탄식하더니 말했다.

"당신은 틀렸습니다. 그 황묘에서 필붕비를 살해한 사람은 저 분이고, 제가 아닙니다."

그는 손을 들어 신변의 흑의인을 가리키며 계속 말했다.

"만약 그가 손을 써서 도와주지 않았다면 저는 그때 어떻게 변했을런지 알 수 없습니다."

무명씨가 말했다.

"진낭자는 바로 그 이유로 다른 사람들이 제멋대로 하는 말을 듣지 않기 위하여 그 객잔 중에서 황급히 손을 써서 려사 대협을 데리고 간 것입니까?"

진약람은 고개를 끄덕이며 말했다.

"그렇게 말할 수 있습니다. 그러나 조금 전 제가 당신에게 말한 바 있듯이 가장 큰 이유는 그들 모두가 동귀어진하는 것을 바라지 않았기 때문입니다. 당신이 믿지 못하겠다면 호노선배에게 가서 물어보세요. 그는 분명 려사와 그들 두 사람이 서로 우열을 가릴 때 만약 어떤 사람이 려사를 공격한다면 그것은 그를 공격하는 것과 같아서 려사는 물론 죽겠지만, 호노선배 또한 살아날 가능성이 없다는 것을 알고 있을 겁니다."

말이 끝나자 쇠약한 목소리가 방 안에서부터 들려왔다.

"그 낭자가 말한 것은 조금도 틀리지 않다. 그러나 어젯밤 우리들이 만약 그 무림의 화근을 제거하였다면 빈도는 죽었을지언정 유감이 없었을 것이다."

진약람은 이야기 소리를 쫓아서 고개를 돌려 방 안을 바라보며 말했다.

"어째서지요?"

"저는 당신들 네 사람을 모두 좋은 사람으로 보았습니다!"

원래 신검 호일기는 왕정산이 본문 신공으로 추나推拿한 후에 이미 정신을 차리고 깨어 있었다. 왕정산은 이미 얼굴 전체에 땀이 가득했고 피로로 인해 견딜 수 없는 지경이었다. 바로 땅바닥에 가부좌를 틀어 앉고는 운공을 시작하였다. 동화랑과 청련사태 두 사람은 검을 잡고서 방문 입구를 지키고 섰는데 흑의인이 병개와 무명씨 두 사람을 넘어 들어와 중상을 입은 장문인을 습격할까봐 깊이 걱정하는 눈치였다. 신검 호일기는 평상 위에 누워 있었는데 방문을 바라보면 비록 동화랑 등이 입구를 지키고 서 있었지만 그 사이 틈을 통해서 방 밖 대청 중의 상황을 확인할 수 있었다. 그는 가볍게 "흥"하고 소리내며 말했다.

"화랑, 너는 이리로 와 나를 부축해서 나가도록 해라."

동화랑은 암중으로 놀라며 말했다.

"장문께서 입은 중상이 아직 치유되지 않았는데 어찌하여 움직이시려는 겁니까?"

신검 호일기는 엄숙한 표정을 지으며 말했다.

"지금은 네가 나설 시기가 아니다. 내가 너에게 나를 부축하여 나가자고 하면 나가는 것이다. 무슨 말이 많으냐?"

소리는 비록 쇠약했지만 그 안에는 비할 수 없는 위엄이 담겨 있었다. 동화랑은 청련사태에게 눈을 돌려 도움을 청했지만 청련사태는 검을 짚고 서서 온 정신을 다하여 흑의인에 대비하고 있었기 때문에 근본적으로 동화랑이 도움을 청하는 눈빛을 볼 수 없었다. 왕정산은 갑자기 눈을 뜨고는 말했다.

"사문의 명령이 있는데 어찌 지체하느냐?"

말을 마치고는 일어서서 손을 뻗어 신검 호일기를 평상에서 부축하여 일으키려 하자 동화랑이 황급히 검을 갈무리하고는 먼저 호일기에게로 다가가 부축하여 걷도록 했다. 신검 호일기는 부축을 받았지만 흔들거리며 방문 앞까지 걸어갔다. 흑의인은 먼저 냉랭하게 웃으며 말했다.

"아주 좋다. 보자하니 당신은 아직 죽지는 않았구만."

신검 호일기는 대청 안에 쓰러져 있는 시신들을 바라보고는 "흥"하고 소리치고는 말했다.

"이 사람들을 당신이 손을 써서 살해한 것이오?"

흑의인은 냉랭히 말했다.

"그러면 어떻고, 아니면 어떻습니까?"

신검 호일기는 얼굴이 굳어지며 말했다.

"시주께서 진실을 말해주는 것이 어떻겠소? 그 뒷일이 어떻게 될 지는 시주는 이미 잘 알고 있으리라 생각되오."

흑의인은 "하하"하고 웃으며 말했다.

"본인은 뒷일을 생각해 본 적이 한 번도 없다. 그리고 뒤에 일어날 어떤 일들을 생각할 필요도 없다."

신검 호일기는 놀라며 말했다.

"그렇다고 한다면 시주는 어찌하여 진실을 이야기하지 않는 것이오?"

흑의인은 냉랭히 말했다.

"본인은 마음속에 의심스럽고 판단하기 어려운 일이 있다고 하더라도 이제껏 다른 사람을 찾아 해답을 구해본 적도 없으며, 따라서 다른 사람의 의심스럽고 어려운 문제에 본인이 나서 답을 주지도 않는다."

신검 호일기는 가볍게 탄식하며 말했다.

"빈도는 일찍이 시주가 누명을 썼다고 한차례 자신한 바 있었소. 그러나 지금와서 보니 빈도는 진실로 이미 늙었고, 쓸모없음도 알게 되었소. 눈도 이미 흐려졌소…."

왕곤이 갑자기 끼어들며 말했다.

"노선배, 제가 감히 보증하건데 이 사람이 바로 서른 아홉 명의 목숨을 앗아간 흉수가 맞습니다. 그의 눈은…."

왕건이 노성을 지르며 말했다.

"입닥쳐라! 선배가 지금 이야기를 하고 있는데 어찌 네가 주둥이를 놀리는 것이냐!"

왕곤의 얼굴은 즉시 붉어지며 입을 다물고 말을 할 수 없었다. 흑의인은 엄숙히 왕곤을 한 번 바라보고는 "흐흐"하고 웃었다. 그 짧은 시간 동안 흑의인이 바라보았는데도 왕곤은 온 몸이 한기가 느껴졌다. 붉어졌던 얼굴은 즉시 창백해졌고, 따라서 더 더욱 말을 할 수 없었다.

병개는 이미 암중으로 정세를 한 번 저울질해 보고는 자신들의 사람 수가 비록 많지만 지도자인 신검 호일기가 이미 중상을 입었기 때문에 일단 손을 쓰기 시작한다면 왕정산과 청련사태 두 사람이 연합으로 단금검법을 시전하는 것 이외에, 또 신변의 무명씨가 한 팔을 거들 수 있는 것을 제외하고는 다른 사람들은 쓸모가 없었을 뿐만 아니라 도리어 성가시게 될 것이라 보았다. 생각이 여기에 미치자 그는 참지 못하고 냉랭히 말을 했다.

"귀하가 돌아온 것은 아마도 호노선배가 검에 맞아 중상을 입은 것 때문인가?"

흑의인은 냉랭하게 말했다.

"그렇다. 본인은 그렇기 때문에 이렇게 왔다."

병개는 가슴을 내밀며 말했다.

"그렇다면 귀하는 칼을 꺼내시오. 만약 이 기회를 놓친다면 천하가 비록 넓다고 하더라도 이후에는 당신이 도망쳐 숨을 곳을 찾기 어려울 것이오."

흑의인이 하늘을 우러러 웃으며 말했다.

"노걸개, 그런 쓸데없는 말을 할 필요없소. 내가 만약 손을 쓰려고 한다면 당신이 어떤 말을 해도 나를 그만두게 할 수 없을 것이고, 내가 손을 쓰지 않으려고 한다면 어떠한 도발도 모두 헛수고가 될 것이다."

마지막 한마디의 말에는 깊은 뜻이 담겨 있었다. 신검 호일기와 병개 두 사람은 그를 들더니 마음이 움직이는 것을 느꼈다. 무명씨가 담담히 말했다.

"그렇다면 귀하는 무엇을 하고자 온 것이요?"

흑의인은 한기를 음산하게 내뿜으며 말했다.

"그렇다면 당신은? 당신이 이곳에 온 목적은 무엇인가?"

무명씨가 말했다.

"무림 공적, 무고한 사람들을 살육한 흉수를 주살하려고 왔소. 이것이 바로 천하 동도들의 함께 해야 할 의거라고 할 수 있소."

흑의인이 차갑게 웃으며 말했다.

"당신은 이랬다 저랬다 하는 소인이구만. 정말 부끄럽지도 않으냐. 나는 지난 밤 일찍이 당신이 객장에서 이곳에 온 것이 구경거리가 있어서였다고 내 앞에서 말한 것을 알고 있다. 그런데 지금은 갑자기 정의가 넘치는 의인이 되었구나."

무명씨가 말했다.

"그것은 어젯밤 이전에 저는 강호에 떠도는 이야기를 완전히 믿을 수 없었지요. 따라서 와서 보고 그것을 판단하려는 것이었습니다. 오해로 말미암아 무림 중 시비의 소용돌이에 들어갈 수 없지 않소. 그러나 지금은 친 눈으로 확인을 했다고 할 수 있소."

흑의인이 냉랭하게 말했다.

"친 눈으로 살펴보니 어떻소?"

무명씨는 얼굴색이 굳어지며 정색하고 말했다.

"나는 이미 귀하가 죄업이 온 몸에 가득한 자라는 것을 깊이 믿고 있소. 실제로 잠시라도 인간 세상에 남겨두어서는 안될 존재라는 것이오."

흑의인은 "하하"하고 웃으며 말했다.

"그렇다고 하면 당신은 이미 이들을 죽인 사람이 본인이라고 알고 있는 것이군. 그렇다면 이 죄업이 온 몸에 물든 흉수가 지금 스스로 문 앞에 찾아왔는데 왜 당신은 아직도 손을 쓰지 않는 것이냐?"

무명씨는 냉랭히 말했다.

"귀하가 만약 더 살고 싶지 않다고 한다면, 지금 손을 써도 무방하오."

말을 마치고는 손을 뻗어 허리춤을 묶고 있던 허리띠로부터 연검軟劍을 뽑아들었다. 그 연검은 두 손가락 정도의 두께였는데 부드럽기가 마치 새끼줄 같았다. 평소에 허리춤에 두른 허리띠에 감춰져 있어서 몸에 어떠한 병기도 지니고 있는 것 같지 않았다.

그 연검은 무명씨의 손에서 갑자기 늘어나기도 하고, 갑자기 줄어들기도 하며 한광을 발출하였는데 마치 움직이는 영사靈蛇 같았다. 병개는 암중으로 놀라지 않을 수 없었다. 그의 지식은 매우 넓었고 운주雲州 일대에서 면도緬刀라고 불리는 칼이 출현한다는 것을 알았지만 부드러움과 강함을 동시에 갖춘 치명적인 병기로서 이와 같은 연검은 여태껏 본 적이 없었기 때문이다.

흑의인은 태산과 같이 우뚝 서 눌러쓴 죽립 아래 차가운 별빛같은 두 눈동자로부터 기이한 광망을 사출하면서 그 연검을 주시하고 있었다. 몸에 걸친 흑포에서는 무단히 파동이 일어나니 집 안의 사람들은 즉시 무형의 압력이 자신들에게 쏘아져 나오는 것을 느낄 수 있었다.

무명씨는 연검을 비록 발출했으나 감히 손을 써서 공격할 수 없었다. 단지 흑의인을 주시하고 있었으며, 상대방이 반응하는 것을 기다렸다. 실내의 공기는 즉시 긴장감이 커졌다. 장 중의 사람들은 병개를 포함하여 모두 쥐죽은 듯이 고요했다. 병개는 봉을 오른손에 들고 모든 힘을 운용하여 암중으로 손을 쓸 준비를 하고 있었다. 이렇게 대치를 하는 동안 홀연 진약람이 가볍게 탄식하며 무명씨를 향해 부드러운 목소리로 말했다.

"그가 조금 전에 이미 오늘은 살인을 하지 않겠다는 말을 듣지 않았습니까. 그리고 어떤 사람의 도발도 받아들이지 않겠다고 했으니 당신은 난처하게 되었습니다."

흑의인은 두 눈으로 기이한 광망을 쏟아내며 돌연 손을 거두며 말했다.

"그녀가 말한 것이 틀리지 않소. 당신은 빨리 그 무슨 연검인가 하는 것을 거두시오!"

이 말이 나오자 실내의 긴장된 공기가 찰나지간에 누그러지는 것 같았다. 실내의 십여 명의 사람들은 하나하나 족쇄를 풀어버린 것 같이 길게 호흡을 하지 않을 수 없었다. 흑의인이 또 냉랭하게 말했다.

"당신의 그 연검은 비록 기이하고 특이하지만, 당신이 쓰기에는 아직 멀었다고 생각한다. 또한 나는 다른 사람이 원하는 것을 먼저 빼앗고 싶지 않은데, 또 다른 사람이 있어 나보다도 당신의 목숨을 더 원하고 있다."

무명씨는 놀라는 표정을 지었으나 즉시 냉소를 지으며 말했다.

"귀하 이외에 본인은 세상에 다툴 자가 없소. 어떤 사람이 나하고 목숨을 걸고 다투려는지 생각할 수 없소."

흑의인이 냉랭하게 말했다.

"그 사람이 누구인지 당신은 이미 마음속으로 명확히 알고 있소. 당신도 나도 이미 잘 알고 있는데, 당신은 어찌하여 이를 숨기고 있는 것이요?"

무명씨는 조소하는 듯이 말했다.

"귀하는 비단 행동에서도 사람을 놀라게 하지만, 또한 사람을 놀라게 하는 말도 잘 하는군. 이 사람은 한 수 배웠소."

흑의인은 "흐흐"하고 웃으며 얼굴을 돌려 신검 호일기에게 말했다.

"귀하의 웅대한 포부가 아직 실현되지 않았는데, 중상을 입은 것은 본인으로서는 매우 안타깝게 생각하오."

신검 호일기가 말했다.

"시주는 남의 재앙을 보고 기뻐하지 마시오. 고금을 통해 본다면 사邪는 정正을 이기지 못하는 법이요. 선악은 분명 그 응답이 있기 마련이오. 이것이 예로부터 변하지 않고 항구히 내려오는 진리이며, 빈도가 어젯밤에 불행히도 죽지 않았으며 후학들이 많이 있으므로 아마 어느 때가 된다면 시주가 분명 후회할 날이 있을 것이오!"

흑의인은 길게 웃으며 말했다.

"그러나 안타깝게도 당신은 지금 중상을 입었소. 그렇지 않다면 우리들은 바로 누가 정이고 누가 사이며, 누가 이기고 누가 지는지 알 수 있었을 것이다."

잠시 후 또 말을 이었다.

"나는 항상 승자가 왕이라고 생각하고, 패자가 도적이라 생각한다. 나는 이것이 바로 고대로부터 영원히 전해지는 영원한 진리라고 생각한다. 지금 본인이 바로 손을 쓴다면 너희들을 모두 살해하는데 얼마 걸리지 않을 것이다. 너희 모두를 이 삼십여 명의 사람과 같이 황천으로 보낼 수 있는데, 그때가 되면 나 한 사람만이 말을 할 수 있으니 내가 정이라고 하면 정이고, 내가 사라고 하면 사인 것이지, 누구도 감히 입을 열어 아니라고 할 수 없을 것이다."

무명씨가 담담히 말했다.

"그렇다면 당신은 이곳에 무엇하러 온 것이오?"

흑의인이 냉랭하게 그를 한 번 바라보았지만 그를 상관하지 않고 신검 호일기를 향하여 계속 말을 이었다.

"당신의 상세를 보니 대략 두 달 정도의 시간이면 회복할 수 있을 것이다. 중양절이 되면 딱 두 달이 되었을 때니 본인은 중양절 정오에 당신과 누가 정이고 누가 사인지 결판을 내고자 한다."

신검 호일기는 말했다.

"시주는 과연 자신의 말에 책임을 지는 사람이요. 우리는 중양절 정오 어느 곳에서 만나지요?"

흑의인이 말했다.

"시간과 일자는 본인이 결정했으니, 장소는 당신의 말을 듣도록 하겠소. 당신들이 본인에게 정확한 지점을 말하면 그곳이 용담호혈이라고 하더라도 본인이 시간을 맞춰서 가도록 하겠소."

신검 호일기는 고개를 끄덕이지 않을 수 없었다.

"시주의 호기에 본인은 패복할 수밖에 없소!"

말을 하고는 머리를 숙이고는 한참을 생각하더니 연후에 천천히 고개를 들어 말했다.

"시주께 묻겠소. 그때 우리는 어떠한 방식으로 결투를 하지요?"

흑의인은 "하하"하고 웃으며 호기롭게 말했다.

"당금 세상에서 능히 나와 겨룰 수 있는 사람은 당신 혼자라고 할 수 있다. 하지만 솔직하게 말하자면 당신은 아직 나에 비해 멀었다고 할 수 있소. 따라서 본인은 당신들이 어떠한 방식을 채용하든지 한계를 두지 않으려고 하오. 당신이 고수들을 모아서 당신을 돕도록 해도 본인은 거절하지 않겠소. 많을수록 더 좋소!"

흑의인의 말투는 오만의 극치를 보여주는 것 같았다. 그러나 장 중의 사람들은 어느 누구도 그가 과장해서 말한다고 생각하는 사람은 없었다. 신검 호일기가 말했다.

"시주의 말씀을 알아 듣겠소. 어젯밤 빈도는 걸개형과 료진대사와 함께 세 사람의 힘을 합해서야 간신히 시주와 동귀어진의 끝나지 않는 상황까지 가게 되었소. 그러나 시주가 반드시 고려해야 할 것이 있소. 우리는 어젯밤 창졸간에 합력해서 공격을 했던 것으로 공수진퇴에 서로 충분한 묵약이 없었다는 것이오. 만약 두 달간 서로 연구하고 진을 연마한다면 그 정세는 어젯밤과 확연히 달라질 것이오. 비록 시주의 무공이 기괴하고 높더라도 빈도는 당신이 천인天人이 아니며, 개인의 역량으로는 반드시 한계가 있을 것이라 믿고 있소."

흑의인은 냉소하며 말했다.

"나를 대신해서 걱정해줄지 몰랐다. 너희들은 항상 무리들을 움직이는데 그것이 바로 나를 대하는 방식이 아니더냐. 어찌 지금에서 고양이가 쥐를 걱정해주는 양 거짓 위선을 베푸느냐?"

신검 호일기는 가볍게 탄식하며 말했다.

"천하 일은 정말 되돌리기가 어렵소. 어젯밤 시주가 떠난 후에 빈도 등은 신외화신의 잔당을 우연히 마주치게 되었소. 내가 중상을 입은 것은 그로 인한 것이오. 그러나 빈도는 그것이 요행이라고 생각했소. 본인 마음속으로 시주는 빈도 등이 상대해야 할 악인이 아니라는 것이고, 도리어 현재 유일하게 능력을 가지고 무림의 재난을 이겨내줄 호걸이 아닌가 생각했소."

흑의인은 "하하" 웃은 후 얼굴빛을 굳힌 후 냉랭하게 말했다.

"당신은 그런 말로 나를 띄워주며 나를 수그러뜨릴려고 하는 것이냐?"

신검 호일기의 초췌한 얼굴에 비할 바 없는 엄숙함이 떠오르더니 말했다.

"빈도의 한 자 한마디는 모두 폐부에서 우러나오는 것이오."

순간 흑의인의 두 눈에서는 정광이 흘러나왔다. 마치 무엇인가를 생각하는 것 같았다. 그러나 바로 냉랭히 웃으며 말을 이었다.

"본인은 무슨 무림 재난이니 하는 것들은 상관하지 않는다. 다만 두 가지 일에 대해서는 본인이 관여하지 않으면 안되겠다."

흑의인이 말했다.

"첫 번째 것은 바로 나와 당신들 사이에 약속한 중양절의 결투이다."

여기까지 말을 하고는 갑자기 입을 닫고 말을 하지 않았다. 신검 호일기는 가볍게 탄식을 하며 말했다.

"두 번째는?"

흑의인이 말했다.

"두 번째는 내가 친히 무림의 일대 기안을 뒤집는 것이다."

병개와 무명씨 두 사람은 동시에 입을 열지 않을 수 없었다.

"어떤 기안?"

흑의인의 말투는 더 굳고 강해졌다.

"십년 전 심목령이 그 형을 살해한 기안이다. 본인은 이미 그 속사정을 조사하였다. 아울러 이미 믿을 만한 단서를 확보했다."

신검 호일기의 몸이 미미하게 흔들리며 정말 다급해져서 말했다.

"시주는 빈도에게 그 사정을 이야기해 줄 수 있소?"

흑의인이 말했다.

"심목령이 어떤 사람인가? 그가 어찌 형을 살해하는 대역무도한 야수같은 짓을 저지를 수가 있을까. 그것은 아마도 다른 이의 암산을 받았을 것이기 때문이다."

신검 호일기는 급히 물었다.

"심목령형을 암산한 사람은 누구요?"

흑의인은 "흐흐"하고 웃으며 말했다.

"천기는 누설할 수 없소."

신검 호일기는 실망하지 않을 수 없었다. 만면에 원망하는 듯한 표정을 지었다. 다른 사람들은 이러한 무림 비사를 알고 있는 사람이 거의 드물었기에 그리 관심을 갖지 않았으나 병개는 그를 알고 있는 듯이 관심을 참지 못하고 물었다.

"귀하와 심대협과는 어떤 관계입니까?"

흑의인은 대답하지 않고 냉랭히 웃으며 말했다.

"우리들이 주제를 너무 벗어난 것 같소. 다시 제자리로 돌아갑시다. 본인은 아직도 많은 일들을 처리해야 하오. 당신들 빨리 장소를 이야기하시오. 그때 나와 당신이 정사의 결투를 한 번 해봅시다."

신검 호일기는 가볍게 탄식한 후 말했다.

"시주는 정말 우리를 이길 수 있다고 생각하는 것이오? 시주의 도법을 볼 때가 되어 결투를 한다면 당신이 죽지 않는다면 내가 죽는 형국이 될 것이오. 시주가 패한다면 어찌 친히 심대협의 원한을 풀 수 있을 것이오."

흑의인이 말했다.

"당신은 당신의 일이나 걱정하는 것이 옳소. 당신은 두 달 동안 병개와 그 노화상과 함께 연합해서 공격하는 방법이나 생각하시오. 본인이 아마도 당신들의 연합 수법을 연구하여 깨는 방법을 생각하리라고는 생각지도 못할 것이오. 이 두 달 동안 연공한다면 아마 나는 당신들의 경지를 넘어설 것이오!"

신검 호일기는 가볍게 고개를 끄덕이며 말했다.

"시주가 말한 것은 도리가 없는 것은 아니오. 다만 빈도는 그렇다면 그것은 공평하지 않다고 생각되오. 그 때 만약 시주가 불행히 패한다면 빈도는 마음속으로 견딜 수 없을 것이오. 만약 시주가 이긴다고 하면 빈도 등의 사람들은 무림의 웃음거리가 될 것이오."

흑의인은 참지 못하는 듯이 말했다.

"그렇다면 당신의 의견은?"

신검이 말했다.

"시주도 도움을 줄 수 있는 사람들을 모으시오. 그 때 모두들 공평하게 결투를 진행합시다."

무명씨가 갑자기 끼어들며 말했다.

"도장의 말씀은 착오입니다. 저 사람의 인성은 괴팍하며 편벽하니 어느 누구도 그를 도우려고 하지 않을 것…."

그는 여기까지 말을 하다가 갑자기 말을 바꾸었다.

"그러나 도장의 생각이 역시 맞는 것 같습니다. 옛 속담에 끼리끼리 모인다고 그는 도움을 줄 자들을 찾을 수 있을 겁니다. 그들은 분명 그와 같은 악한 자들로 용서받기 어려운 자들일 겁니다. 그 때가서 일거에 그들을 제거해 버린다면 이후에 다시 바삐 추격해서 섬멸하는 번거로움이 없을 겁니다."

진약람이 갑자기 아름다운 목소리로 말했다.

"제가 생각하기에 당신이 말한 것이 오히려 잘못되었습니다."

무명씨는 놀라며 말했다.

"제 말이 어디가 잘못되었습니까?"

진약람이 말했다.

"당신의 말은 그와 함께 있는 사람은 모두 용서받지 못할 악한 자들이라고 하지 않았습니까. 그것이 잘못된 것입니다. 그렇다면 저 또한 그러한 사람이 아닙니까?"

이 말이 나오자 정말 이상하게도 장 중의 많은 사람들이 무명씨에 대해서 암중으로 반감을 느끼지 않는 사람이 없었으며, 그의 말이 너무 지나치게 경솔함을 면하지 못한다고 생각했다. 그리고 어찌 이 선녀같이 아름다운 절세 미녀를 용서받지 못할 악한 자라고 할 수 있겠는가? 무명씨는 처음으로 부끄러운 표정을 지으며 말했다.

"그것은…. 그것은, 낭자는 자연히 논외로 이야기하는 것입니다. 어찌 그들과 함께 논하겠습니까."

흑의인은 냉소를 지으며 말했다.

"말 잘했다. 악인을 모두 죽여야 한다고 하지 않았느냐. 본인이 생각하기에 악인을 반드시 죽여야 한다면, 분명 몸은 악인이지만 선량한 사람을 사칭하는 사람부터 먼저 몸을 갈기갈기 찢어 죽여야 한다."

무명씨가 담담히 말했다.

"우리들은 말로 이러저러 할 필요가 없소. 귀하가 담이 있다면 우리들은 중양절에 동악東嶽 일관봉日觀峯에서 만나면 됩니다."

흑의인이 냉랭하게 말했다.

"당신은 그 말을 할 자격이 없다."

고개를 돌려 신검 호일기를 보며 말했다.

"당신의 뜻은 어떠하오. 빨리 결정하시오."

신검 호일기는 말했다.

"시주가 어떤 의견이 없다면 우리들은 동악 일관봉에서 만나는 것으로 결정합시다."

흑의인은 중인들을 바라보며 말했다.

"그럼 이것으로 정합시다."

신검 호일기는 신중하게 말했다.

"그렇다면 이것으로 정했소."

흑의인은 진약람을 바라보고는 부드러운 목소리로 말했다.

"좋소. 우리는 갑시다."

진약람은 아름다운 자태로 고개를 끄덕이고는 두 사람이 함께 문 앞을 향해 걸어 나갔다. 중인들은 흑의인과 진약람을 대문 앞까지 바라다 주었다. 신검 호일기는 가볍게 탄식을 금할 수가 없었다. 문 앞으로 나가자 진약람은 참지 않고 부드러운 목소리로 말했다.

"당신은 또 무슨 일이 있습니까?"

흑의인은 담담히 웃으며 말했다.

"당신은 이미 나에게 허락한 것이 아니였소. 잠시 내 뜻대로 하기로 말이오."

진약람은 고개를 끄덕이며 말했다.

"맞아요. 그러나 말해줄 수 있는 것은 당신이 내게 말해주어야 합니다. 그렇지 않으면 제 마음속은 오리무중으로 답답해 미칠 겁니다."

흑의인이 웃으며 말했다.

"잠시 후에 당신에게 말해주겠소. 지금 우리는 빨리 가서 임봉이 우리에게 어떤 소식을 전했는지 살펴봅시다."

말을 마치고 다리에 가일층 힘을 더해 흩어지는 연기처럼 수장 밖으로 멀어졌다. 진약람도 진기를 돋우고는 그를 따라서 사라졌다. 두 사람의 신형은 꽃과 나무가 우거진 푸른 돌로 만들어진 길 위에서 결국 사라졌다.

제50장

保巨鏢愛恨雙仙侶

거대한 표물을 담보로 애한쌍선을 만나다

다른 한편 심우는 임봉 등에게 길을 택하여 열 수레의 명주를 개봉으로 호송하게 한 뒤에 총표두의 신분으로 직접 그 귀중한 주보를 호송하여 경사를 향해 출발하였다. 그 보주는 비록 가치를 헤아릴 수 없지만 부피가 크지 않아서, 심우는 하나의 자그마한 나무 상자 안에 그것을 넣고 겉을 천으로 싸서 몸에 매달아 만일의 경우를 대비했다.

그는 사람들의 이목을 피하기 위하여 표행 길에 단지 솜씨있는 두 명의 부하만 선택하여 자기를 따르게 함으로써 그 물건을 돌보게 하였다. 그들 일행 세 사람은 가벼운 복장이었고 수륙 노정을 모두 거쳐 가야 했다. 그들은 먼저 삭강朔江으로 갔고 진강鎭江에 이르렀으며 또다시 조하糟河를 따라 북상해서 홍택洪澤을 지나고 회음淮陰에 이르러 배에서 내려 말을 타고 경성으로 북상했다.

그들 세 사람이 탄 말은 모두 살진 말들로 속도가 매우 빨라서 이른 새벽에 떠나고 밤늦게야 투숙하여 불과 며칠이 지나지 않아 노서魯西 땅에 이르렀다. 도중에 모두 아무일이 없었고 조금도 이상한 현상이 없었다. 노서 땅에 이른 이 시각 심우는 마음속으로 경각심이 일어났다. 자고로 이 일대는 흑도가 판치는 기반으로 산 길이 험악하고 토지가 척박하여 백성은 빈곤하지만 경성으로 통하는 요충지로서 흑도의 인물들은 대부분 이곳을 차지하고 약탈을 일삼고 있었기 때문이다.

심우는 암중으로 생각했다.

'사고가 발생하면 응당 이 일대에서 발생할테지. 이 일대를 지나면 경비가 삼엄한 구역이고 경기의 요충지니 아무리 강하고 날치는 흑도의 인물이라도 감히 제멋대로 하지는 못할 것이다.'

이날 아침 그들은 등현滕縣을 출발하여 예정한 노정대로 저녁 즈음 제주濟州에 이르렀다. 제주에 이른 뒤에 하루의 노정만 가면 경당京黨의 범위 내에 들어설 수 있었다. 가을 날씨는 아침 저녁으로 시원하였지만 점심 때에는 강하게 햇빛이 내리 쬐였다. 심우의 일행은 관도로 말을 달렸다. 처음에는 정신이 맑고 상쾌하였으며 기백이 배로 넘쳐나는 느낌이었다. 하지만 뙤약볕이 곧바로 머리 위로 내리쪼이자 땀이 흥건하게 흘러 등을 적셨고 목이 타서 견딜 수 없었다. 뿐만 아니라 등현의 관할 구역을 벗어나자 사방은 황량하고 누런 모래 벌판이었다. 바람이 불자 모래 알갱이들이 날아와 얼굴이 따끔거렸다.

심우는 말을 달려 질주하면서 사방을 둘러보았지만 주위의 언덕은 잡초들만 무성하였으며 시골집은 셀 수 있는 정도였다. 큰길에는 행인들이 더욱 드물었고 심지어는 몇 리를 달려가도 마차나 사람 그림자도 볼 수 없었다. 비록 상황은 이러했으나 세 사람이 제주를 벗어나자 심우는 자기들 일행이 다른 사람 감시 속으로 빠진 느낌이 들었다. 그는 상대방의 종적을 찾아낼 수 없었지만 도리어 상대방은 자신들의 일거수일투족을 손금 보듯 한다는 것을 확신하고 있었다.

더욱이 이 시각 그는 누런 모래가 날려오는 것이 흡사 사처에서 일어나고 있는 위기의 조짐처럼 느껴졌다. 심우는 사방을 둘러보았다. 두 면의 기복이 같지 않은 언덕과 황량하고 잡초가 우거진 곳들은 모두 매복하기가 좋은 곳이었다. 멀지 않은 앞쪽에 평지가 보였다. 심우는 즉시 말들을 세우라고 손을 들어 표시하였다. 수행하던 두 사람은 비록 나이가 삼십 정도지만 모두 표국 중에서 경력이 깊은 사람들이었다. 그들은 오랫동안 강호로 떠돌아다녀 풍랑을 겪어 앞에 있는 산골의 평지가 두려운 곳이라는 것을 알고 있었다. 그들은 심우가 손을 들자 모두 말을 멈춰 세웠다. 심우는 얼굴을 돌리면서 그 중 한 사람에게 분부했다.

"민비敏飛, 당신이 길을 여시오."

섭민비葉敏飛가 말의 배를 슬쩍 치자 그 말은 즉시 네 다리를 벌리고 산골의 평지를 향해 질주했다. 섭민비가 산골 평지에 거의 다다른 것을 보고 심우는 다른 한 사람에게 말했다.

"좋소, 이제 우리도 갑시다."

두 사람은 선후라 할 것 없이 섭민비의 뒤를 바싹 따랐다. 산골의 평지를 지났는데도 그 어떤 동정도 보이지 않자 심우는 자기도 모르게 가볍게 숨을 쉬었다. 바로 이때 앞에서 말발굽 소리가 기승을 부리고 누런 모래가 흩날리면서 한 무리의 인마가 관도에서 그들을 마주해서 나는 듯이 달려왔다.

심우는 안광이 날카로워 암중으로 가만히 말의 수를 세어 보았는데 모두 여섯 필이었다. 그들은 관도를 모두 점유하며 달려오고 있었다. 심우는 이마를 찌푸렸다. 상대방에게 구실을 만들어 주어 그를 빌미로 말썽을 일으켜서는 안될 듯하여 즉시 두 명의 부하에게 한쪽 옆으로 물러나서 상대방이 통과하도록 길을 내줄 것을 명했다. 여섯 필은 눈 깜짝할 사이에 달려왔고 모래가 허공을 가득 메우면서 그들을 스쳐 지나갔는데 자칫하면 섭민비의 말과 부딪쳐서 뒤집힐 뻔 했다. 섭민비는 참을 수 없어 침을 뱉으며 욕하였다.

"망할 놈들. 큰 길을 자기 집 곡식을 말리는 마당으로 여기고 제 마음대로 날치는구나."

심우가 제지하려 했으나 때는 이미 늦었다. 과연 그 여섯 기는 분분히 머리를 돌리더니 심우의 일행을 향해 달려왔다. 섭민비는 신음하면서 중얼거렸다.

'망할 놈들 어느 정도까지 날치는가를 보겠다.'

심우는 참지 못하고 말했다.

"민비. 모든 일을 내가 대처하겠소."

말소리가 끝나기 전에 여섯 필은 가까이에 다가왔다. 말이 멈춰 섰다. 말이 낸 모래 먼지가 흩날려서 허공을 가득 메웠다. 그 중의 나이가 육십 남짓한 금포錦袍 노인 한 명이 말 위에서 심우 일행을 향해 포권공수하고 미안해하면서 말했다.

"갈 길이 급한 터라 노여운 일이 있더라도 널리 용서하기 바라오."

말에는 조금도 거만하거나 악의가 없었다. 오히려 섭민비가 쑥스러울 정도였다. 섭민비가 미안해 말했다.

"괜찮습니다. 괜찮습니다."

그 노자는 미소를 지었고 또 공수하면서 말했다.

"죄송합니다만 여러분은 개봉부開封府에서 왔소?"

심우가 대답했다.

"저희들은 천응부應天府에서 왔습니다."

금포 노인은 실망을 하며 또다시 말했다.

"여러분 오는 도중에 어떤 사고가 발생한 것을 본 적이 없소?"

심우는 이 금포 노인을 가늠해 보았는데 두 눈의 정기가 안으로 모여있는 것이 전문가들이 한 번 보고도 그의 내공이 매우 높은 경지에 이르렀음을 알 수 있었다. 그러나 도리어 자애로운 모습이며 정직하고 충실하고 너그러운 노인의 모습을 하고 있었다. 심우는 견딜 수 없어 물었다.

"실례지만 어르신의 함자는 어떻게 되시나요?"

금포 노인이 "오"하고 일성하고는 미안쩍어 하면서 말했다.

"귀군이 이렇게 물으시니 이 늙은이가 매우 실례했소. 나는 만수곡萬獸穀 적운용狄雲龍인데 귀군의 성함은?"

심우는 다급히 공수하여 예를 올리면서 말했다.

"알고 보니 만수곡의 왕, 적노선배였군요. 실례했습니다. 후배는 남경표국의 심우이고, 이 두 분은 표국에서 일하는 섭민비와 원건袁健입니다."

금포 노인의 눈에서는 정기가 노출되었다. 그는 심우를 뚫어지게 보면서 말했다.

"귀군이 바로 손으로 마충을 죽여버렸다는 남경표국의 그 심우요?"

심우가 말했다.

"예. 그렇습니다."

금포노자는 얼굴에 희색을 노출하면서 말했다.

"그렇다면 귀군이 유일하게 대도문大屠門의 전인과 싸워서 패하지 않았다는 심소협이란 말이오?"

심우는 머리를 가로저으면서 말했다.

"후배는 다만 하늘의 덕을 입어 그의 일도를 피한 것일 뿐입니다."

금포노자가 말했다.

"소협은 겸손하오."

말을 마치고 말에서 뛰어 내리더니 또다시 심우에게 예를 올리면서 말했다.

"소협의 대명을 오래 전부터 들어왔는데 이렇게 만날 수 있게 되어 큰 행운이오, 이 늙은이의 인사를 받으시오."

심우는 뜻밖에도 상대방의 이같이 정중함을 보고는 당황하였다. 심우 역시 바삐 말에서 뛰어 내려 금포 노인을 향해 두 손을 모아 큰 절을 하면서 말했다.

"선배께서 이처럼 정중하시니 후배는 몸둘 바를 모르겠습니다."

금포 노인 적운용이 말했다.

"소협은 사양하지 마시오. 응당 이 늙은이의 인사를 받아야 하오. 나는 비록 이 몇 년 사이 만수곡을 떠나지 않았지만, 강호의 일을 때때로 들었소. 대도문 전인인 려사가 말하기를 지금 이 세상에는 무공과 지혜, 담력을 논한다면 자신과 비할 수 있는 사람은 신검 호일기를 제외하고는 소협 당신이라 했소."

심우는 머리를 가로저으면서 말했다.

"강호의 소문은 사실보다 크게 부풀려진 게 많지요. 전부 믿을 수 없습니다."

적운용은 머리를 가로저으면서 말했다.

"소문에 과장된 것이 있지만 려사 본인이 늘 소협의 대명을 여러 모로 떠받들어 말했는데, 이것은 틀림없는 일이오. 려모는 천성적으로 거만한데 이런 태도를 표하는 것만으로도 넉넉히 소협의 무게를 알아볼 수 있소."

심우는 웃으면서 말했다.

"그것은 후배가 그의 앞에서 칠살도를 무너뜨릴 수 있는 방법을 찾아내겠다고 큰소리를 친 적이 있기 때문에 그와 적으로 된 것입니다."

적운용은 관심을 가지고 물었다.

"소협은 그 방법을 찾았소?"

심우는 머리를 가로저으면서 말했다.

"후배는 한 때 비록 침식을 잃고 방법을 간구했으나, 칠살도법은 전에 없는 상승의 도법으로 후배는 지금까지도 자신이 없습니다."

적운용은 실망감이 있었지만 말했다.

"소협과 려사는 관계가 있으니 개봉부 부근 일대에서 최근에 발생한 사고를 알고 있지 않겠소."

심우가 말했다.

"선배가 말하는 것은 려사가 강호에 또다시 나타났고 도처에서 마음대로 사람을 죽이는 일 말입니까?"

적운용은 근심 가득한 기색으로 머리를 끄덕이면서 말했다.

"그렇소, 바로 그 일이요."

심우는 머리를 가로저으면서 말했다.

"개봉 부근에 나타난 그 신비한 백의인은 후배가 알기로는 려사가 아닙니다. 려사가 비록 무수한 사람을 죽였지만 후배가 보기에 그가 지금까지 아무런 연고없이 무고한 사람을 죽이지는 않았습니다. 다만 흑도 중의 고수를 찾아 도법을 연마할 뿐이지요. 그렇지 않으면 후배도 지금까지 살아남지 못했을 테지요."

적운용은 머리를 가로저으면서 탄식했다.

"소협은 한 측면만 보았지, 다른 측면은 보지 못하는 군요. 그 쪽의 변화가 놀랄 정도라는 것을 소협은 꿈에도 생각하지 못할 것이오."

심우는 놀람을 금할 수 없어 속으로 중얼거렸다.

'그 쪽에 사람을 놀라게 하는 어떤 변화가 일어났는지 내가 모르고 있단 말인가? 임봉 등 사람들은 자기보다 한발 먼저 개봉에서 출발하였는데 노정을 짐작하면 목적지에 이미 이르렀을 것이다.'

다시 말해서 자신이 표국을 접수하고 관리한 이래 주약우 등 사람들의 아낌없는 도움을 받아 적지 않은 연락자들을 훈련해 냈다. 따라서 도처에서 소식을 탐문하고 전달하여 강호 상의 어떤 동정도 수집하지 않은 것이 없을 정도였다. 비록 규모는 작지만 사람을 놀라게 하는 사건이 발생하였다면 자기가 분명 먼저 알았을 터인데 의외로 전혀 모르고 있었다는 것이다. 그는 마음속으로는 의심하였지만 겉으로는 아무런 내색도 않고 말했다.

"후배는 최근에 자질구레한 일로 다른 일을 돌볼 사이가 없어 개봉에서 어떤 사건이 발생하였는지 모르겠습니다. 선배께서 아낌없이 가르쳐 주시면 우매함을 깨우치겠습니다."

적운용은 탄식하며 말했다.

"들은 바에 의하면 지금 개봉에 려사라는 자가 두 사람이나 나타났다 하오."

심우는 무의식 중에 말했다.

"두 명의 려사가 나타났다구요?"

적운용이 말했다.

"그렇소, 하나는 백의를 입었고, 다른 하나는 흑포를 입었다 하오. 최근 들어온 소식에 의하면 호일기 그 늙은 녀석이 뜻밖에도 그 백의를 입은 려사에게 상처를 입었다고 했소."

심우는 크게 놀라면서 말했다.

"신검 노선배가 뜻 밖에도 그의 칼아래 상했다니 그 사람의 무공이 아마 마도보다 윗수일 것입니다."

적운용은 가볍게 탄식하면서 말했다.

"일찍이 호일기가 악한 자를 주살하려고 일부러 무림 동도들을 모아 일을 도모한다는 것을 들었소. 나는 곡 중의 짐승을 버리기가 아까워 참여하지 못하고 있다가 일이 이 지경에 이르게 되었소. 나는 마음속에는 부끄러움이 있어 더는 손을 떼고 관계하지 않을 수 없다고 깊이 느꼈소."

심우는 가볍게 "오"하고 소리내고는 말했다.

"선배가 이렇게 급히 서두르는 것은 개봉으로 가시려는 것이군요."

적운용이 말했다.

"그렇소, 그런데 소협 등은 이 늙은이와 함께하기를 원하오?"

심우는 말했다.

"후배는 한창 귀중한 물품을 경사로 호송하는 길이라 이 일을 끝내고 마땅히 있는 속력을 다해 미약한 힘이라도 보태겠습니다."

적운용은 잠깐 생각하고 나서 말했다.

"그렇다면 이 늙은이는 소협의 일을 더 지체하지 않고 여기에서 떠나겠소."

말을 마치고는 심우를 향해 공수하고는 몸을 날려 말에 뛰어올라 말했다.

"심소협 후에 만납시다."

그들은 손을 흔들었고 즉시 말머리를 돌려 앞으로 질주했다. 심우 등은 산골의 평지에 들어서는 그들을 눈으로 바래주고서야 말 등에 뛰어올랐다. 심우가 말했다.

"말을 먹인 후 빨리 길을 떠납시다. 빠르면 빠를수록 좋소."

그들 일행은 모래 먼지와 혹독한 더위를 무릅쓰고 계속하여 앞으로 질주했다. 심우의 마음속은 의혹이 넘쳤다. 괴상한 것은 일행 세 사람이 적운용 등과 헤어진 뒤 줄곧 질주하여 위험하다고 하던 몇 곳을 지나쳤고, 두 세 곳의 작은 진의 장거리를 질러왔지만 모두 무사한 것이었다. 심우의 경계심도 누그러들었다. 일행 세 사람은 점심 때 장터에서 점심밥을 먹고 잠깐 휴식하고 난 뒤 곧 길을 다그쳤다. 해는 서산마루에 걸려 날은 점점 어두워지기 시작했다. 한낮의 무더위가 사라지고 초가을을 맞는 저녁 바람이 불자 시원한 감을 느끼게 했다.

심우는 적운용에게서 개봉의 사건을 알게 되었다. 하지만 소식은 시작만 있고 끝이 없었으며 완전하지 못했다. 두 명의 려사가 동시에 출현해 사태가 복잡하고 엄중하였다. 그리하여 그는 재빨리 표물을 호송하는 일을 무사히 처리하고 난 뒤 하루 빨리 개봉으로 가서 도대체 어떤 일인가를 알아 보고 싶었다. 다만 길을 다그칠 생각만 하다보니 한 마을의 시장 거리를 지났지만 심우 등은 그곳에 머물지 않았다. 이 시각 하늘에는 별들이 깜빡이고 주위의 들은 황량하여 그 뒤쪽으로는 마을이 없고 앞쪽으로도 객점을 찾을 수 없었다. 심우는 자기의 무공과 담을 믿었고, 비록 조금 굶주려도 되려 괜찮다고 느꼈다. 하지만 말들은 온종일 질주하였기 때문에 기진맥진하지 않을 수 없었다. 원건은 견딜 수 없어 말했다.

"총표두, 우리는 한 곳을 찾아 휴식해야 합니다. 그렇지 않으면 말들이 몹시 지쳐서 내일 길을 더욱 재촉할 수 없을 겁니다."

심우가 말했다.

"괜찮소, 내일은 우리가 다시 말을 바꾸면 되오."

원건은 분명 이 분야에서 오랜 경험을 쌓은 사람으로 총표두의 무공이나 지혜 및 담력과 식견은 더 말할 것이 없었지만, 견식이 좀 적은 것 같다고 느꼈기 때문에 참지 못하고 말을 했다.

"말은 그렇게 할 수 있지만 이 일대의 땅이 척박하여 인가도 없고 시장도 찾아볼 수 없을 정도입니다. 만일 적합한 말을 찾지 못하면 더욱 일을 그르치지 않을까 싶소."

심우는 그의 말이 옳다고 여겼다.

"맞는 말이요. 앞으로 더 가서 보고 적당한 객점이 있으면 그곳에 머물며 휴식합시다."

그들이 대략 차 한 잔을 다 마시지 못할 정도의 시간을 달리자 과연 앞에 몇 점의 등불 빛이 어렴풋하게 보였다. 세 사람은 즉시 말에 채찍질을 더 가하여 곧 등불이 있는 인가에 이르렀다. 이층짜리 벽돌로 쌓은 객점 몇 채가 길 양 옆으로 자리잡고 있었다. 시골도 아닌 것 같고 번화한 진鎭도 아닌 것 같은 곳에 이런 객점이 있다는 것은 분명 지나는 길손의 휴식뿐만 아니라 말을 쉬게 하고 먹이를 줄 수 있도록 전문적으로 설치된 것임을 알 수 있었다. 문 앞에는 밝은 등불이 걸려 있었는데 바람에 날려 흔들거렸다. 원건이 먼저 말에서 내렸다. 점소이가 집안으로부터 마중나왔는데 얼굴에 온통 웃음을 띄우면서 말했다.

"어서 오세요. 식당에 따스한 밥과 더운 차가 있습니다. 깨끗한 고급스러운 방도 준비되어 있으니 만족하실 겁니다."

심우와 섭민비도 뒤따라 말에서 내렸고 점소이에게 말을 잘먹이라고 분부하고는 곧 함께 객점 안으로 들어갔다. 다른 한 심부름꾼이 마중나와서 손님을 접대하면서 걸상과 밥상을 매우 빈틈없이 닦아 준비하기에 여념이 없었다. 심우는 가게 안으로 눈을 돌려 가늠하였는데 몇 명의 손님이 한창 탁자를 마주하고 식사를 하고 있는 것이 보였다. 원건은 심부름꾼에게 서로 잇닿아 있는 침실을 준비하라 하였고 몇 가지 요리를 주문한 뒤 또다시 말했다.

"당신은 먼저 세 통의 더운 물을 준비하시오. 우리들은 온 종일 길을 재촉하여 달렸더니 먼지투성이라오. 먼저 목욕을 하고나서 편안하게 저녁을 먹어야겠소."

심부름꾼은 연신 머리를 끄덕이면서 말했다.

"가게에 뜨거운 물이 준비되어 있으니 손님은 지금 목욕을 하실 수가 있습니다. 술과 안주를 지금 준비할까요? 아니면 손님이 목욕을 끝낸 다음 준비할까요?"

원건이 말했다.

"당신은 우리를 목욕하는 곳까지 데려다준 뒤 후원에 분부하여 요리를 준비하라 하시오. 목욕을 끝내고 곧 저녁을 먹겠소."

심부름꾼은 대답하면서 말했다.

"예, 저를 따라 오십시오."

가게 심부름꾼은 심우 등을 데리고 복도를 빠져나와 방 앞에 이르러 문을 열고 들어갔다. 안에는 증기가 자욱했고 뜨거운 물이 가득 담긴 큰 통에 이미 서너 사람이 몸을 담그고 있었다. 섭민비는 주저없이 옷을 벗고 물 안에 몸을 담갔다. 심우와 원건도 뒤따라 옷을 벗고 욕조 안에 들어갔다. 엉켰던 근육이 뜨거운 물에 풀리면서 시원해졌다. 이윽고 하루의 피곤이 거의 사라졌다. 세 사람이 시원하다고 느끼고 있는데 돌연 밖에서 한바탕 다투는 소리가 들려왔다. 싸우는 소리가 점점 커졌다. 비록 하나의 문과 하나의 복도를 사이에 두었지만 심우 등은 모두 이목이 뛰어난 내외공을 겸비한 고수라 한 번 듣고도 방금 그 점소이가 한 손님과 무엇을 다투고 있다는 것을 알았다. 점소이의 목소리가 들려왔다.

"손님, 당신은 소인의 일을 도와주시는 셈치고 다음 집으로 가서 알아보면 되지 않습니까?"

손님이 큰 소리로 말하는 것이 들려왔다.

"너의 집이 안된다면 다른 집도 들게 하려 하지 않을테니 나는 꼭 이 객점에 묵기로 결정했다."

점소이는 급하고 두려운 목소리로 말했다.

"아, 손님은 잠깐 기다리십시오, 당신은 그래 우리 객점의 손님을 모두 몰아낼 작정이십니까? 어디 죽은 사람이 객점에 들겠다는 것을 본 적이 있습니까?"

묵으려는 사람은 그 말을 듣고 더욱 화가 나서 거친 소리로 거칠게 말했다.

"죽은 사람은 왜 객점에 들지 못하는가? 너의 객점에 그러한 규정을 붙여놓은 것도 아니고, 또 죽은 사람이 객점에 들면 너에게는 더 이익이 아니냐. 그는 조용하게 누워만 있을 것이니 너는 그를 시중들 필요가 없다."

점소이는 일시 그의 비난에 말문이 막힌 것 같았지만, 욕조 안의 심우 등 세 사람은 그 말을 듣고 마음속으로 놀랐다. 그 손님의 목소리가 매우 귀에 익었기 때문이다. 심우, 원건, 그리고 섭민비 세 사람은 어리둥절해서 서로 얼굴만 쳐다보았다. 밖에서는 나이든 목소리가 들려왔다.

"손님, 당신은 이 적은 객점을 난처하게 하시는 겁니까? 도리를 따지자면 본 객점에서는 당연히 손님이 투숙하겠다는 것을 거절할 수 없지만 공교롭게도 오늘 저녁에 본 객점은 평상시보다 손님이 많이 들었고, 당신이 죽은 사람을 데리고 객점에 투숙하다면 어찌 모든 손님들이 놀라지 않겠습니까?"

그 손님은 냉소하고는 말했다.

"사람들이 죽은 사람을 보지 못한 것도 아닐텐데 무슨 두려울 것이 있겠소? 산 사람이야 말로 죽은 사람보다 더 두렵다는 것을 아는 거요, 모르는 것이오?"

나이든 음성이 또 들려왔다.

"손님의 말은 그르지 않지만 그렇다고 결과적으로 좋다고는 볼 수 없습니다. 이렇게 합시다. 당신이 다른 집에 가서 알아보십시오. 만약 다른 집에서도 받지 않으면 그때 다시 의논하는 것이 어떻습니까?"

손님이 말했다.

“좋소. 그렇지만 당신이 먼저 대답해야 다른 집에 가서 알아보겠소. 만약 다른 곳에서 내가 묵는 것에 동의하면 몰라도 동의하지 않을 때에는 당신이 마음을 돌려 나를 이곳에서 묵게해야 할 것이오.”

그 나이든 목소리가 들려왔다.

“이 늙은이도 그런 뜻입니다. 손님은 빨리가서 알아 보십시오. 이 부근에 객잔이 모두 다섯 집이 있는데 아마 오늘 저녁 조용한 객잔이 있을 겁니다. 손님이 돈을 좀 더 쓰면 문제는 해결됩니다.”

손님은 잠시 주저하는 것 같더니 말했다.

“그렇다면 나의 물건을 잠시 이곳에 놓아두겠는데 당신들이 좀 맡아주시오, 내가 묵을 곳을 찾은 다음 다시 와서 가져가겠소.”

그 점소이가 다급히 말했다.

“잠깐, 잠깐만요. 다른 물건은 모두 들여다 놓을 수 있지만, 이 죽은 사람만은 절대로 집안에 들여놓을 수 없습니다.”

손님이 냉소하고 말했다.

“왜 들여놓지 못하느냐? 네 주제에 감히 이 형제를 업신여기는 것이냐?”

점소이는 당황하며 조심스럽게 말했다.

“아니, 아닙니다. 절대 오해하지 마십시오.”

손님은 냉랭하게 말했다.

“이 형제를 업신여기지 않는다면, 또 무엇 때문이냐? 사람들은 모두 죽는 법이다. 그래 당신들은 이 시체를 황야에서 비바람을 맞게 할 작정인가?”

심우 등은 들을수록 그 목소리가 귀에 익은 소리라고 느껴졌고, 돌연 세 사람은 무엇을 생각하였는지 약속이나 한 듯이 욕조에서 나와 몸을 닦고 옷을 입었다. 이때 밖에서는 한동안 침묵이 흘렀는데, 돌연 그 손님이 발끈 성내는 목소리가 들려 왔다.

“그래. 당신들은 원래부터 나를 묵게 할 생각도 없이 내쫓으려 했구나. 망할 놈들, 너희들은 이 어르신을 그리 쉽게 쫓아버릴 수 있을 것 같으냐? 이 어르신은 다른 집에 가서 물을 필요도 없이 오늘 저녁 우리 형제는 이 집에 묵기로 결정했다.”

말소리는 잠시 끊어졌지만, 갑자기 큰소리로 말했다.

“빨리 가서 나에게 깨끗하고 좋은 방 하나를 마련하라.”

말소리에 따라 밖에서는 심상치 않은 소동이 일어나는 소리가 들렸고 이미 싸우는 사람이 있는 것 같았다. 심우 등은 은연 중에 놀랐고 옷을 바로 입을 사이도 없이 분분히 문 밖으로 뛰쳐나왔다. 심우는 복도를 가로질러 객잔 문에 이르렀다. 사십이 채 되어 보이지 않는 키 큰 사나이가 한 필의 말을 끌고 집안으로 들어섰는데, 두 점소이와 객점 주인이 그를 억지로 막아서서는 그 사나이를 들어오지 못하게 할 작정이었다.

그러나 어떻게 그 사나이를 막아낼 수 있단 말인가? 키 큰 그 사나이는 손을 들어 그 두 점소이를 가볍게 밀쳐냈다. 그 둘은 즉시 땅에 넘어졌다. 그 주인은 비록 나이가 어리지 않았지만, 힘이 매우 세서 그를 억지로 부둥켜 안은 채 사나이를 놓지 않았다. 이렇게 되자 그 사나이는 정말로 화를 냈고, 사발만한 주먹을 쳐들고 머리가 되었든, 뇌가 되었든 그 늙은 주인의 정수리를 향해서 맹렬하게 내리쳤다. 심우는 갑자기 크게 소리쳤다.

"이패李沛, 손을 멈추지 못할까."

심우는 늙은 주인의 머리가 즉시 터질 것을 걱정한 나머지 소리를 질렀던 것이다. 이 일갈은 우뢰와도 같아서 객잔 안에서 저녁을 먹으면서 한창 법석거리는 것을 구경하고 있던 몇몇 손님은 자리를 뜨기 시작했으며, 밥그릇을 뒤엎고 젓가락을 떨어뜨리기도 했다. 방금 넘어졌던 두 점소이가 일어나려다 큰 소리에 갑작스레 놀라 또다시 넘어지고 말았다.

그 사나이가 객잔 안으로 끌고 들어온 말은 놀라 울부짖었고, 두 다리를 쳐들고는 뜻밖에도 악을 써서 그 사나이의 수중의 말고삐에서 벗어나 머리를 돌려 문밖을 향해 달아났다. 심우 뒤에 서 있던 한 인영이 번쩍거렸다. 원래 섭민비가 심우의 뒤를 따라나온 후, 말이 놀라 달아나는것을 보고는 재빨리 뒤쫓아 간 것이다. 그러나 문 어귀에 이르기 전에 뒤쫓아가지 못하고 도리어 갑작스럽게 멈추어 서고 말았다.

원래 그 말이 다리를 쳐들고 울부짖을 때 말 등에서 한구의 시체가 떨어졌던 것이다. 심우의 눈빛이 날카롭게 빛나더니 잠시 바라보고는 그 시체가 바로 개봉으로 호송하러 떠났던 표사 가운데 한 사람인 뇌진雷振임을 알아보았다. 뇌진의 시체의 가슴은 온통 피로 물들어 있었는데, 병기가 가슴을 꿰뚫어 죽었다는 것이 뚜렷했다.

또한 그 대한은 천지를 진동하는 심우의 외침소리에 놀라 몇 보나 뒤로 물러났는데, 정신을 차리고 보니 앞에 서 있는 사람이 바로 풍채가 늠름한 심우였다. 그는 삽시간에 기쁨과 슬픔이 교차하며 급히 앞으로 뛰어들어와 돌연 심우의 앞에 무릎을 꿇고는 떨리는 소리로 말했다.

"총표두, 나는 당신들을 애타게 찾았습니다…."

그리고는 흐느껴 울면서 말을 하지 못하였다. 심우는 사태의 엄중함을 알았지만 이때 이곳에서는 더욱 냉정하고 침착해야 한다고 느껴 그 사나이를 부축하면서 말했다.

"이패李沛, 일어나거라. 할 말이 있으면 천천히 말해 보아라."

이때 원건도 목욕방에서 달려나와 섭민비의 옆으로 다가와서는 머리를 숙이고 말없이 시체를 자세히 살펴보았다. 주인과 점소이는 심우의 그 외침소리에 혼이 나가 목석처럼 무표정하였고, 그 외의 손님들도 온순하고 조심스럽게 제자리에 되돌아가 앉았다. 심우는 이패를 부축하여 일으켰고 섭민비와 원건 두 사람은 머리를 쳐들고 그 대한에게 높은 소리로 물었다.

"이패, 도대체 어찌된 일인가? 어떤 놈들이 이런 짓을…."

이패는 어두운 기색으로 탄식하면서 말했다.

"이 일은 한마디로 다 말할 수 없소. 하지만 나와 뇌진은 당해도 할 말이 없소."

섭민비의 성질은 뇌진과 같이 급한 터라 큰소리로 말했다.

"당신들은 도대체 누구의 손에 당했소?"

이패는 얼굴에 공포스러운 기색을 나타내며 말했다.

"려사."

이번에는 심우마저도 놀라면서 말했다.

"려사?"

이패는 머리를 끄덕이면서 말했다.

"틀림없습니다. 바로 려사입니다."

심우가 말했다.

"너는 그가 려사임을 어떻게 알았느냐?"

이패가 말했다.

"그가 직접 말했습니다. 그가 이번에 제 목숨을 살려두는 것은 총표두에게 말을 전하게 하기 위해서라고 말했습니다."

심우는 견디지 못하고 물었다.

"그가 너에게 어떤 말을 전하려 하였느냐."

이패는 주위의 손님들을 한 번 보고는 소리를 낮추어 말했다.

"그는 가까운 시일에 아무 때건 총표두를 찾아 묵은 빚을 청산하겠으니 준비하라 했습니다."

심우는 머리를 숙이고 한동안 주저하더니 이 일은 뚜렷하게 알 필요가 있다고 여기고는 머리를 쳐들고 멍하게 서 있는 늙은 주인에게 말했다.

"주인!"

늙은 주인은 부르는 소리를 듣고 전신을 부들부들 떨면서 다급히 허리를 굽히고 대답했다.

"예, 예, 손님은 무슨 분부가 있습니까?"

심우는 몸에서 한덩이의 은자를 꺼내 계산대 위로 던졌는데, 그 은자는 정확히 그 계산대 위로 떨어져서 움직이지 않았다. 늙은 주인은 사람을 접대하는 장사를 하므로 남북 각지의 각양각색의 인물들을 보아왔지만 심우가 보여준 이 한 수는 난생 처음 보는 것이었다. 그는 즉시 얼굴이 새파랗게 질렸고 더듬거리면서 말했다.

"손님…, 손님은 분부만 하십시오, 은자는 받지 않겠습니다…. 받지 않겠습니다."

심우는 손을 흔들어 그의 말을 끊어버리고는 온화한 목소리로 말했다.

"죽은 이 분은 나의 형제요. 수고스럽지만 당신이 우리를 대신하여 입관하여 주길 바라오. 우리가 내일 아침 일찍 적당한 장소를 찾아 안치하도록 하겠소. 이 돈이 모자라면 나한테 말하시오."

늙은 주인은 연신 허리를 굽히면서 말했다.

"충분합니다. 충분합니다. 하지만…, 하지만…."

이패는 참지 못하고 큰소리로 말했다.

"하지만, 또 무엇이란 말이냐?"

이 일갈에 노주인은 감히 더는 소리를 내지 못했지만 한 쌍의 가련하기 짝이 없는 눈길로 심우를 쳐다보았는데, 그것은 심우의 동정을 바라는 기색이 분명했다. 심우의 안색이 어두워지더니 이패를 향해 낮은 소리로 꾸짖었다.

"이패, 더는 무례해서는 안된다."

그리고는 몸을 돌려 늙은 주인에게 공수하며 말했다.

"당신이 만약 난처한 점이 있으면 관계치 말고 말씀하시오."

늙은 주인은 이미 이들 몇 사람 중에서 심우의 나이가 가장 어리지만 이 사람들의 우두머리이고 사리에 밝은 사람임을 알아채고는 대담하게 말했다.

"시체를 거두는 것은 손님이 분부하지 않아도 우리 객점에서 마다할 수 없는 일입니다. 다만 이 지방에는 관을 파는 곳이 없습니다. 이것이 저의 작은 객점은 어찌할 수 없어 난처한 일이라 할 수 있습니다."

이것은 확실히 골치 아픈 일이여서 심우는 망설이기 시작했다. 이때 나이가 어린 한 점소이가 돌연 자진하여 나서며 웃음이 가득 찬 얼굴로 말했다.

"소인이 관을 파는 곳을 알고 있습니다."

이 점소이는 이미 심우 등이 평범한 인물이 아님을 알고 잘못하면 혼날 수 있고 잘하면 크게 좋은 점이 있을 수 있다고 여겼다. 그래서 기회를 잡아 그들의 비위를 맞추어 눈에 들고자 머리를 굴린 것이다. 설사 이익을 얻지 못하더라도 적어도 방금 자기가 저 대한에게 난처하게 군 일을 면할 수 있었다. 과연 심우의 기색에서 노여움이 가셨으며, 얼굴에 기쁜 기색을 띄우면서 말했다.

"소가小哥, 어느 곳에 가면 살 수 있는지 알고 있소?"

점소이는 연신 머리를 끄덕이면서 말했다.

"바로 용구촌龍口村인데, 여기서 삼리三里도 떨어지지 않는 곳입니다. 다만 호주인님이 동의하셔야 합니다."

그는 늙은 주인을 바라보면서 말했다.

"제가 손님들을 대신하여 갔다올 수 있습니다."

늙은 주인은 급히 말했다.

"옳다. 용구촌에 가면 살 수 있군. 소오小吳, 네가 노새가 끄는 수레를 끌고 가서, 손님을 대신해 관을 사가지고 오너라."

심우가 말했다.

"그럼 소가가 우리를 대신해서 수고를 해주오."

그리고는 품속에서 은자 한 덩이를 꺼내 점소이에게 넘겨주면서 말했다.

"이것은 관을 사는 돈이고 일을 끝낸 다음 내가 다시 톡톡히 감사를 드리겠소."

점소이는 그 은자를 보고 속으로 중얼거렸다.

'이것으로 내 관까지 사도 넉넉하겠다.'

그는 바삐 손을 내밀어 은자를 받아가지고는 몸을 돌려 대문 밖으로 달려갔다. 심우는 얼굴을 돌려 주인에게 말했다.

"나의 형제의 시체가 여기에 누워있어 여러 가지로 불편하니 이렇게 합시다. 당신은 사람을 시켜 깨끗한 흰 천으로 덮게 하고 잠시 마구간에 들어다 놓으시오."

노주인은 기꺼이 말했다.

"손님의 말씀이 지당하십니다."

그는 다급히 객점의 일꾼들에게 흰 천을 갖추라고 분부하였다. 심우가 또다시 말했다.

"그리고 수고스럽지만 요리사에게 분부하여, 우리가 먹을 음식을 방으로 가져다 주십시오. 우리들 몇 사람은 방 안에서 저녁을 먹겠소."

노주인은 계속해서 소리내며 대답하고 말했다.

"위층에 조용한 큰 방이 있습니다. 안내해드리겠습니다."

말을 마치고 심우는 크게 걸음을 옮겼다. 그 외의 사람들은 심우의 뒤를 따라 위층에 올라갔다. 늙은 주인은 심우 등이 방으로 들어갈 때 문어귀에서 허리를 굽히며 말했다.

"옆에 잇닿아 있는 두 방도 비어 있습니다. 손님들께서 묵으시도록 하겠습니다. 음식도 금방 손님들께 올리도록 하겠습니다. 분부가 있어 계단에서 부르시면 이 늙은이가 즉각 달려와서 시중을 들겠습니다."

주인은 분명 노련한 사람으로 눈앞의 강호 인물들이 중요한 일을 상의하려 한다는 것을 알고 있었다. 그래서 그는 그들에게 특별히 옆방이 비어있다고 설명하였고, 자기도 아래층에 있기에 그들의 담화를 엿들을 수 있는 사람이 없다는 것을 심우 등에게 암시하였다. 심우는 이 방이 밖의 거리와 인접한 방임을 알았다. 방안은 널찍하였으며 책상과 걸상이 모두 갖추어져 있었다. 심우가 말했다.

"좋소, 필요한 게 있으면 내가 다시 부르리다."

주인은 큰소리로 대답하고 나갔으며, 심우는 방문을 닫고 걸상에 앉았다. 이패, 섭민비, 원건 등도 따라서 자리에 앉았다. 심우는 이맛살을 찌푸리고 이패를 보면서 말했다.

"당신들은 이미 임봉 등 사람들과 함께 물건을 호송하여 개봉으로 가지 않았소? 어떻게 되어 이곳에 왔고 또 어떻게 되어 려사하고 이러한 일이 발생했소?"

이패가 말했다.

"이 일은 한마디로 다 말씀드릴 수 없습니다."

섭민비는 참을 수 없어 말을 했다.

"처음부터 차근차근 말해보시오."

이패는 머리를 끄덕이면서 말했다.

"저희가 영주穎州에 이른 다음 일부터 말하겠습니다."

그는 회상하면서 말했다.

"저희가 영주에 도착한 그 날 임봉이 돌연 실종되었습니다."

심우는 갑자기 눈을 크게 뜨고 말했다.

"임봉이 실종됐다?"

이패는 머리를 끄덕이면서 말했다.

"우리가 영주 땅에 들어섰을 때 풍부총표두가 소식을 들었는데, 예환豫晥(현 하북성과 안휘성 잠산현) 지역의 금도태세金刀太歲 한여비韓如飛가 우리의 표물에 손을 대려고 한다는 겁니다. 공교롭게도 그날 저녁 뇌진雷振이 외출했는데 좀처럼 돌아오지 않아서 풍고상馮苦祥 부총표두는 그한테 일이 생긴 것은 아닐까 근심하였고, 임봉이 자진하여 그를 찾으러 나갔습니다. 그런데 임봉마저 다시 되돌아오지 않았습니다."

섭민비가 또 그의 말을 끊고 말했다.

"그럼 뇌진은? 어떻게 이런 지경으로 되었소?"

이패가 손을 흔들면서 말했다.

"차근차근 다 말할 것이오. 당신이 이렇게 안달하니 내가 어떻게 말해야 당신이 알아듣겠는지 모르겠소."

섭민비는 그 뒤의 일을 빨리 알기 위하여 하는 수 없이 머리를 끄덕이면서 말했다.

"좋소, 가만히 있겠소. 이제 말하시오."

이패가 말했다.

"임봉은 돌아오지 않았는데 오히려 뇌진이 야밤 삼경에 객잔으로 돌아왔습니다. 그는 그동안 기생집에 가서 처박혀 놀았다 하더군요. 그래서 시간 가는 줄을 몰랐다고 했습니다. 그래서 부총표두는 그를 원망하였고 우리 모두 임봉이 빨리 돌아오기를 기다리는 수밖에 없었지요. 다음날 저녁 무렵까지 기다렸습니다. 그리고 금도태세는 감히 우리에게 손을 대지 않았지요. 그러나 임봉은 객잔으로 돌아오지 않았고 형제들이 도처에서 알아보아도 임봉에 대한 어떠한 소식도 알아내지 못했습니다. 이렇게 하루를 기다렸고 풍부총표두는 물건을 인계할 기한이 지체될까 근심했습니다. 그래서 그는 길을 떠나려고 여러 사람들에게 분부하려는 때에 임봉이 소식을 보내 왔더군요. 그는 또 다른 일을 급히 처리하여야 하니 자기를 기다리지 말라고 했습니다."

여기까지 말하였을 때 객점의 심부름꾼이 때 마침 음식을 들고 위층에 올라와서 잠깐 입을 다물었다. 요리가 상 위에 다 차려지고 심부름꾼이 물러갔다. 심우는 식사하라는 의사를 나타내고는 물었다.

"임봉은 어떤 급한 일을 처리한다고 설명하지 않았소?"

이패는 하루를 굶어서인지 게 눈 감추듯이 볼이 메여지게 음식을 입안에 넣었다. 이패는 심우의 물음에 음식을 씹지도 않고 그대로 삼키고는 큰 소리로 말했다.

"이것이 바로 임봉이 멍청하고도 정신을 차리지 못하는 점입니다. 우리들은 가마솥 안의 개미같이 조급한데 그는 두 세 마디의 말만 사람을 통해 전했을 따름입니다. 그 사람은 아무 것도 모르고 있어 뇌진의 화를 불렀는데 하마터면 뇌진에게 맞을 뻔 했습니다."

심우는 마음속으로 가만히 중얼거렸다.

"임봉의 사람됨을 보았을 때 그가 이렇게 명확하게 일을 처리하지 못한 것은 아마도 두 가지 원인이 있었을 것이다. 하나는 창졸 간에 부탁하는 사람에게 명백히 말할 방법도 없었을 것이며, 혹시 제삼자가 알게 되면 안되는 일일 수도 있었을 것이다. 다른 한 가지 원인으로 자칭 그의 부탁을 받았다는 사람이 아마도 가짜였을 수도 있다."

그는 마음속으로는 이와 같이 생각하였으나 입으로는 도리어 다음과 같이 말했다.

"그것은 임봉을 탓해야지, 원한으로 은혜를 보답한다고 어찌 좋은 마음을 가진 사람을 때릴 수 있겠소?"

이패가 말했다.

"그렇지 않습니까? 뇌진은 그 당시 풍부총표두에게 한바탕 질책을 당했습니다. 그 사람이 간 뒤에 모든 사람들은 암중으로 궁금해 했으며, 임봉이 어떤 급한 일이 있었길래 돌아오지 않는지를 짐작해낼 수 없었습니다. 다행히 우리가 길을 떠난 뒤 도중에 별다른 문제가 없었고 소위 금도태세라는 자도 허장성세에 불과했지만 개봉에 이른 뒤 우리는 도리어 사람을 놀라게 하는 또 다른 소식을 들었습니다."

섭민비가 담담하게 말했다.

"대도문 전인 려사가 동시에 두 명이 나타난 것이 아니요? 그리고 아미파 장문 신검 호일기가 중상을 입은 것 맞지요?"

이패는 눈을 크게 뜨며 놀라는 모양으로 섭민비를 향해 말했다.

"당신이 어떻게 알고 있나요?"

섭민비는 고의로 조금도 대수롭지 않은 듯이 말했다.

"우리는 안 지 오래되었소. 이런 일을 알 수 있다는 것이 대단한 일이 아니요."

이패는 믿지 못하겠다는 듯이 말했다.

"그런데 당신은 그 두 려사가 어떤 다른 점이 있는지를 알고 있소?"

섭민비가 담담하게 말했다.

"그것도 대단할 것 없소. 그들 둘 중 하나는 백의를 입었고, 다른 하나는 흑의를 입지 않았소."

이패는 섭민비의 흠을 잡은 것 같았고, 얼굴에 득의한 기색을 노출하면서 말했다.

"당신은 백의를 입은 사람이 누구인지 알고 있소? 흑의를 입은 사람이 또 누구인지 알고 있소?"

섭민비는 좀 놀라면서 말했다.

"그들이 모두 려사라고 당신이 말하지 않았소?"

이패는 희색이 만면해서 머리를 크게 가로저으면서 말했다.

"당신 스스로 말한 것이지 나는 그렇게 말하지 않았소."

섭민비는 또 한 번 놀랐지만 생각해 보니 그것도 옳았다. 이패가 그 두 사람을 려사라고 말한 적이 없었다. 다만 스스로 영리한 체했고, 대낮에 만수곡의 적운용으로부터 들은 말을 일부러 그에게 토한 것이다. 그는 천성이 급하여 즉시 태도를 바꾸더니 다급하게 물었다.

"그들은 도대체 누구란 말이오?"

이패는 젓가락으로 음식을 집어 먹으면서 태연자약하게 말했다.

"흑의를 걸친 살성煞星은 려사가 틀림없고, 그 백의를 입은 사람으로 말하면, 헤, 헤, 헤……."

그는 쓴 웃음을 짓고는 고개를 숙이고 밥만 먹으며 말을 하지 않았다. 섭민비는 놀림을 당한 것 같아 화를 내면서 욕설을 퍼부었다.

"빌어먹을 '헤, 헤'라니, '헤, 헤'가 뭐요? 그것이 자네 목구멍을 틀어막아 말마저도 못하오?"

섭민비가 급할수록 이패는 일부러 그를 골려 주려고 느릿하게 말했다.

"말은 똑바로 하라는데 다만 이런 작은 일로 만일 당신이 웃음거리가 되면 그래 당신의 모친도 면목없게 되지 않겠소?"

섭민비는 화가 나서 눈을 부릅떴지만 일시에 대꾸할 말을 찾지 못했다. 원건이 옆에서 웃으면서 꾸짖었다.

"당신들 두 사람이 하루라도 말다툼을 하지 않으면 천하가 영원히 태평할거요."

그는 또 이패에게 물었다.

"그 백의를 입은 자는 그럼 도대체 누구란 말이오?"

이패가 말했다.

"아직 누구라고 할 수 있는 사람은 없소. 그러나 떠도는 소문은 모두 그 살성은 신외화신身外化身의 전인에게 조종을 받는다고 하오."

이 말을 듣고 심우마저도 고요하던 마음에 파문이 일어나며 말했다.

"신외화신?"

이패가 머리를 끄덕이면서 말했다.

"그렇습니다. 듣기에 그 무공은 무산신녀 일파의 사술에서 나왔답니다."

심우는 고개를 숙이고 깊이 생각하였고 말을 하지는 않았다. 이패가 또 말했다.

"개봉부 일대는 이 소문이 떠들썩하여 매우 소란스럽소. 풍부총표두는 우리가 할 일이 있기 때문에 쓸데없는 일에 빠지는 것을 허락하지 않았지만, 우리가 개봉에 이르기 전 생각 밖에 임봉이 사람을 다시 보내어 우리에게 소식을 전하여 왔습니다."

섭민비가 말했다.

"이번에는 그가 또 무엇이라 말했소?"

이패가 말했다.

"긴급한 편지 한 통을 보내 왔는데 심총표두가 직접 뜯어보시라고 했습니다. 빠르면 빠를수록 좋다고 하였습니다."

심우는 머리를 쳐들고 말했다.

"그 편지는?"

이패의 얼굴 표정은 즉시 어두워졌고 탄식하면서 말했다.

"그런데, 려사에게 빼앗겼습니다."

섭민비와 원건 두 사람은 동시에 놀라며

"무엇이? 려사에게 빼앗겼다고?"

이패는 의기소침해지며 말을 했다.

"그렇소, 뇌진은 그 편지 때문에 목숨을 잃었소. 나는 려사가 심총표두에게 기별을 전하라 하였기 때문에 비로소 살아날 수 있었소."

섭민비는 참을 수 없어 다급히 말했다.

"이것은 도대체 어찌된 일인가? 당신은 빨리 심총표두에게 말씀을 올리시오."

이패가 말했다.

"풍부총표두가 임봉의 비밀 편지를 받은 뒤 원래는 직접 편지를 가져오려 하였지만, 그 쪽의 표물을 인계하지 않았고, 편지를 보낼 시간을 지체할까봐 걱정하였기 때문에 나와 뇌진을 파견하여 지름길을 가로질러 당신들 먼저 운성鄆城으로 가서 기다리게 하였습니다. 그런데 생각 밖으로 우리가 개봉을 떠나자 남몰래 우리를 지켜보고 있는 사람이 있다는 것을 우리는 전혀 몰랐습니다. 그 사람은 수단이 고명하여 오는 도중에 나와 뇌진은 조금도 알아채지 못했습니다. 저희는 밤낮으로 길을 다그쳐서 영태寧台에 이를 무렵 즉시 자리를 잡고 당신들을 기다릴 수 있게 되었는데 뜻밖으로 그 살성이 중도에 뛰쳐나왔습니다. 나는 손 쓸 사이도 없이 그에게 혈을 집혔고 뇌진은 그와 싸웠는데 두 초도 겨루지 못했고, 그의 장도가 뇌진의 가슴을 꿰뚫어 버렸습니다."

이패는 여기까지 말하고는 눈물을 글썽거렸다. 섭민비와 원건은 그의 말을 듣고는 모골이 송연하였다. 심우는 격동된 심정을 애써 가라앉히고는 떨리는 목소리로 말했다.

"그 사람이 손쓰기 전에 먼저 인사를 나누지 않았단 말이요?"

이패는 머리를 가로저으면서 말했다.

"인사를 나누지 않았습니다. 그는 뇌진을 찔러죽인 다음 뇌진의 몸에서 그 비밀 서한을 들추어내고는 나에게 말하기를 '내가 바로 마도려사이다. 지금 너의 목숨을 살려두는 것은 너로 하여금 심우에게 소식을 전하게 하려는 것이다. 묵은 빚을 청산하겠으니 준비하라고 너는 그에게 전하라!'고 했습니다."

원건이 머리를 끄덕이면서 말했다.

"그것은 심총표두가 개봉 쪽에서 천지를 뒤흔드는 사건이 발생하였다는 말을 듣고 다급히 길을 서둘렀기 때문에 계획한 노정보다 빨라졌소."

여기까지 말했을 때 계단 쪽에서 돌연 빠른 발걸음 소리가 울렸고, 그 늙은 주인이 다급하게 위층으로 올라와서는 문을 열고 들어서면서 황급히 말했다.

"좋지 않습니다. 그……, 그……."

이패는 이미 화살에 놀란 새처럼 제일 먼저 갑작스레 자리에서 일어났고 큰소리로 말했다.

"무슨 일인데 이렇게 소란을 피우며 놀라는 것이냐?"

늙은 주인은 더듬거리면서 말했다.

"그……, 그 관을……, 사왔습니다."

이패는 발끈 화를 내면서 말했다.

"사왔으면 사왔지, 당신은 그런 일로 일부러 우리를 골려주려는 것인가?"

늙은 주인은 이패가 이렇듯 화낼 줄은 뜻밖이었으므로 일시에 두려워서 입을 벌리고 대꾸할 수가 없었고 감히 말을 하지 못했다. 심우는 마음속으로 이상한 일이라 느꼈지만, 그는 비교적 침착하고 온화한 목소리로 말을 했다.

"노선생老先生은 할 말이 있으면 말하시오. 관을 사온 뒤에 무슨 변고가 발생했소?"

심우의 온화하고 침착한 목소리는 늙은 노주인에게 담력을 키워주어 머리를 끄덕이면서 말했다.

"그렇습니다. 관을 금방 문어귀로 가져왔는데 다른 손님 두 분이 그 관을 꼭 사야겠다고 합니다."

심우는 의아해서 물었다.

"그들이 사서 무엇을 하려는 것이오?"

늙은 주인이 대답했다.

"물론 시신을 안치하는 데 쓰겠지요."

심우는 더욱 괴상하다고 생각하고는 말했다.

"시신을 안치한다? 그래 이곳에는 우리 형제를 제외하고 달리 난을 당한 사람이 또 있소?"

늙은 주인은 머리를 가로저으면서 말했다.

"그것은 저도 잘 모릅니다."

심우는 약간 망설이면서 말했다.

"당신이 그들에게 그 관은 우리가 특히 귀 객점에 부탁하여 사왔다는 것을 알려주지 않았소?"

늙은 주인이 대답했다.

"그것은 물론 그들에게 말해 주었습니다."

심우가 말했다.

"그들은 어떻게 말했소?"

늙은 주인이 말했다.

"그들이 먼저 급히 써야하므로 누가 샀던지 상관하지 않는다고 하였습니다."

심우는 담담하게 웃고는 말했다.

"그들이 급히 쓰려면 당신이 심부름꾼에게 분부하여 그들에게 한 구의 관을 더 사다주면 되오."

노주인은 머리를 가로저으면서 말했다.

"저도 그 두 사람과 그렇게 말했습니다. 하지만 그들은 결단코 이미 사온 그 관이 필요한 것이지 다른 것은 필요하지 않다는 겁니다. 심부름꾼이 말하려다가 되려 그들에게 뺨을 얻어맞고는 피투성이가 되었습니다."

섭민비는 화가 나서 참을 수 없어 말했다.

"이거 정말 무례하구만, 그들은 어디에 있소?"

늙은 주인이 말했다.

"바로 아래층에 있습니다. 나는 그들보고 내가 마음대로 할 수 없으니 그들더러 잠깐 기다리라고 하고 여러분에게 알리겠다고 했습니다."

섭민비는 차갑게 "흥"하고 말했다.

"이거 오히려 잘됐구만. 당신은 심부름꾼에게 두 구의 관을 더 사오라고 하시오. 잠시 뒤에 그들 두 사람도 함께 묻어버리겠소."

늙은 주인은 연신 두 손을 흔들면서 말했다.

"손님, 싸우시려면 제발 밖에 나가서 싸우십시오. 우리 객점에서는 감당…, 감당할 수 없습니다."

섭민비가 말했다.

"그것은 물론이요, 안내하시오. 내가 그 두 녀석을 만나보겠소."

말을 마치고는 방문 쪽으로 갔는데 심우가 큰 소리로 말했다.

"서두르지 마시오. 내가 아직 할 말이 있소."

섭민비는 그의 말을 따라 멈추어 섰고 심우는 늙은 주인에게 말했다.

"그 두 사람은 자기들의 이름을 말하지 않았소?"

늙은 주인은 머리를 가로저으면서 말했다.

"저도 묻지 않았고, 그들도 말하지 않았습니다."

심우가 말했다.

"그들의 나이는 대개 얼마나 되어 보이오?"

늙은 주인이 말했다.

"그들은 일남일녀로 남자는 오십 안팎이고, 그 여자의 나이는 알아볼 방법이 없었습니다."

심우는 마음속으로 크게 괴상하다고 생각했으며, 섭민비는 더는 참을 수 없어 말했다.

"나이가 얼마되는지는 얼마간이라도 짐작할 수 있는데 조금이라도 알아볼 수 없다는 말이 가당키나 하나."

늙은 주인은 돌연 한 줄기 신비한 웃음을 띠우면서 말했다.

"그들은 지금 바로 아래층에서 기다리고 있는데, 손님들이 이 늙은 이를 따라가서 보면 알 수 있지 않겠습니까? 그러면 서로 이야기를 해 볼 수 있지 않을까요."

심우가 말했다.

"좋소, 우리가 내려가서 그 두 사람을 만나 봅시다."

말을 마치고는 먼저 방문을 나섰고, 이어서 섭민비, 이패, 원건 등도 뒤따라 나섰다. 늙은 주인은 심우의 앞으로 두 걸음 정도 앞질러가서 황급히 말했다.

"손님, 잠시 뒤에 싸우게 되면 꼭 밖으로 나가서 싸우십시오. 절대로…, 절대로 객점 안에서 사람을 죽이지는 말아주십시오."

심우는 머리를 끄덕이면서 말했다.

"걱정 마시오."

심우는 여러 사람을 거느리고 계단을 내려섰다. 객점 대청을 지나는데 객점 대청 안에 있던 몇몇 손님의 그림자는 이미 보이지 않았다. 다만 관을 사오겠다던 점소이가 계산대 뒤에 움추리고 있었고 한 손으로 입을 가리고 있었는데 손등과 옷깃이 전부 피에 물들어 있었다. 객점 문어귀에 과연 일남일녀가 나란히 서 있었다. 그 남자는 늙은 주인이 말한 것과 같이 오십 세 안팎이었다. 그의 용모는 짙은 눈썹에 별같은 눈을 가졌고 턱에는 짧은 수염이 나 있었다. 머리를 땋아 푸른 두건을 둘렀고 선비의 옷차림새였는데, 등에는 검에 달린 술이 흩날리니 범속함을 초월한 위용을 드러내고 있었다.

또한 그 여자를 자세히 살펴보았는데 심우 등은 모두 놀람을 금할 수 없었다. 원래 그녀는 시골 여인의 옷차림을 하고 있었으며, 손에는 한 괴장拐杖을 들고 있었다. 긴 머리는 반백으로 얼룩얼룩하여 보기에는 나이가 매우 많은 것 같았지만, 몸매는 되려 요조소녀와도 같아 한 줄기 청춘의 숨결을 발산하였다. 더욱이 그녀의 발그스레한 얼굴은 불어도 터질 것만 같았고 둥근 눈썹에 큰 눈, 앵두와 같은 작은 입에 심우 등 사람들은 저도 모르게 넋을 잃고 바라보게 되었다. 다만 그녀는 가볍게 "흥"하고 소리내더니, 귀여운 목소리로 말했다.

"내가 나이를 가득 먹었는데 너희들이 이렇듯 나를 보니 너희들을 낳은 늙은 어미를 몹시 부끄럽게 한다는 것도 두렵지 않으냐?"

심우 등은 또 한 번 놀랐다. 그것은 그녀가 스스로 나이가 많다고 말한 것 때문이 아니고, 상대방의 목소리가 맑고 부드러워 구슬을 굴리는 것 같아 말끝마다 귀를 즐겁게 했고, 나이가 든 여인이 말하는 것 같지 않았기 때문이었다. 그녀는 가볍게 "흥"하고 소리내고는 얼굴을 돌려 선비의 옷차림을 한 그 남자에게 말했다.

"이 아이들의 넋 나간 모습을 보면 내가 보기에 그는 근본적으로 쓸모없겠군요."

선비 옷차림의 그 남자는 가볍게 웃고 머리를 가로저으면서 말했다.

"너의 괴상한 모습은 늘 보는 나마저도 넋을 잃게 하는데 하물며 그들은 어떻겠느냐? 너는 자신을 탓하지 않고, 되려 남을 탓하는구나."

그녀의 추수와도 같이 맑은 눈동자에서 갑자기 한 번만 바라보아도 두려움이 생겨날 것 같은 한광을 쏘아내며 수중의 괴장으로 땅을 두드리며 화를 내면서 말했다.

"이 늙어도 죽지 않는 화상아, 나의 괴상한 모습이 너의 눈에 거슬리면 너는 멀리 꺼져버리지 도리어 내 신변에 억지로 있을 건 뭐냐?"

심우 등 사람들은 마음속으로 크게 놀랐다. 놀란 것은 이 여인이 이토록 크게 화를 내는 것뿐만 아니고 더욱이 그녀가 괴장으로 땅을 두드릴 때마다 뜻밖에도 온 집이 흔들렸기 때문이다. 이러한 공력은 그야말로 사람을 놀라게 하기에 충분했다. 그러자 선비 복장의 그 남자는 정색하더니 소탈한 웃음을 거두고는 입을 다물어 버렸다. 그 여인은 아직도 노여움이 가시어지지 않았는지 쌀쌀하게 "흥"하고는 머리를 돌려 심우에게 말했다.

"너는 저 늙다리 화상하고 비슷한데 얼굴이 좀 잘생겼다고 우쭐거리며 풍류라고 자처하고 있으니 응당 십팔층 지옥으로 처박아 넣어야겠다."

심우는 이미 정신을 차렸고, 그 말을 듣고 단정한 얼굴로 말했다.

"후배의 방자함과 무례함을 용서하십시오. 얼굴이 잘생긴 것을 논한다면 선배는 후배가 본 모든 사람들 가운데서 첫 번째로 가는 사람이라고 할 수 있습니다."

그 반백의 미녀는 마음속으로 기뻐하는 것 같았고, 입가에 생생한 꽃과 같은 웃음이 피어올랐지만 즉시 무엇을 생각했는 것 같더니 돌연 웃음을 거두고 냉랭하게 말했다.

"너는 나를 치켜세우는 것이냐? 아니면 나의 말을 빌어 나를 욕하는 것이냐?"

심우는 생각 밖으로 이 미녀의 기쁨과 노여움의 변화가 이렇게 빠르자 마음속으로 조심하면서 즉시 침착하게 말했다.

"선배는 의심을 품지 마십시오. 후배는 다만 마음을 다하여 논한 것이지 감히 사람을 욕하지 않았습니다."

그리고는 눈을 들어 선비 옷차림의 그 남자를 가만히 보았는데 그는 웃는 것 같기도 하고, 우는 것 같기도 한 기색이었다. 아마 웃으려고 해도 감히 웃지 못하는 그런 모습인 것 같았다. 심우는 마음속으로 생각했다.

'눈앞의 이 두 사람이 한 쌍의 부부라면, 이 남편된 자가 자기의 안사람을 매우 두려워하는 것이라 해야겠지.'

이러한 생각을 굴릴 때, 그 미녀의 쟁쟁한 목소리가 들려왔다.

"이 아이가 아주 말을 잘하면서도, 마음씨가 매우 성실한 것 같군요."

선비 옷차림의 그 남자는 참지 못하고 키득거리는 소리를 냈고, 즉시 손으로 입을 가려 웃음소리를 입안에 집어 넣으려는 듯했다. 그 미녀는 돌연 머리를 돌려 선비 옷차림의 그 남자를 쏘아보면서 냉랭하게 말했다.

"당신은 무엇 때문에 웃는 거지요?"

선비 옷차림의 그 남자는 머리를 가로저었고 정색했지만 말은 하지 않았다. 그 미녀는 노해서 말했다.

"만약 당신이 못믿겠다면 왜 모두들 듣게 말하지 않고서 속으로 사람을 욕하지. 응당 때려서 십팔층 지옥에 떨어뜨려야겠군."

선비 옷차림의 그 남자는 단정한 기색으로 심우를 향해 냉랭하게 말했다.

"문 앞의 저 관은 당신이 사람을 시켜 사온 것이요?"

심우는 머리를 끄덕이면서 말했다.

"그렇습니다. 후배가 돈을 내고 객점 주인에게 부탁하여 사온 것입니다."

선비 옷차림의 그 남자가 말했다.

"좋소, 우리 부부가 지금 한 구의 관에 시체를 거두려고 하는 중이요. 당신은 부득불 다시 가서 하나를 사야겠소."

심우는 마음속으로 중얼거렸다.

'천하에 이렇듯 마음대로인 사람이 있구나.'

하지만 그는 얼굴 표정에 변화 없이 담담하게 말했다.

"죄송하지만 이 관은 후배가 특별히 난을 당한 한 형제를 위해 준비한 것입니다. 만약 선배가 관이 필요하시다면 객점 주인에게 부탁하여 한 구를 사올 수도 있습니다. 어찌되었든 그리 멀지 않은 곳에 관을 파는 곳이 있으니 빨리 사올 수 있습니다."

그 반백 미녀는 예쁜 눈을 부릅뜨고 노한 목소리로 외쳤다.

"멀지 않은 바에야 네가 사람을 시켜 빨리 사오지 않고 꾸물거릴 건 뭐냐?"

심우는 깜짝 놀랐지만 즉시 노기를 누르며 말했다.

"저는 이미 관 하나를 샀고, 관을 사려는 사람은 당신들이지 우리가 아닙니다. 이런 간단한 이치를 두 분이 꼭 알리라고 믿습니다."

그 반백 미녀의 눈에서는 갑자기 싸늘한 빛이 쏟아져 나오더니 말을 이었다.

"흐, 네가 감히 나를 훈계하다니, 네가 만약 정말로 사리에 밝다면 벌써 꼬리를 감추고 이곳에서 멍청하게 나를 건드려 화를 돋우진 않았을 게다."

심우는 발끈 화를 내며 말하려 하는데 선비 옷차림의 그 남자가 앞서 말했다.

"아이야, 급할 것이 뭐가 있냐. 안사람의 말이 틀림없다. 네가 만약 정말로 사리에 밝다면 우리 부부하고 이 관을 놓고 다투지 않을 것이다."

심우가 담담하게 말했다.

"저는 지금 제가 사리에 밝지 못한 곳이 어떤 곳인지 생각해낼 수 없습니다."

선비 옷차림의 그 남자의 기색이 흐려지더니 냉랭하게 말했다.

"내가 잠시 너에게 묻겠다. 우리 부부가 이곳에 와서 이 관을 요구하는 것이 누구를 위해 시체를 거두려는지 너는 알고 있느냐?"

심우의 마음이 흔들리면서 말했다.

"당신들은 누구를 위하여 시체를 거두려고 합니까?"

선비 옷차림의 그 남자가 한 글자 한 글자씩 똑똑히 말했다.

"심우라고 하는 사람을 대신하여 시체를 거두려고 한다."

심우는 마음속으로 냉소하고는 속으로 중얼거렸다.

'생각대로 이 두 사람은 과연 나 때문에 온 것이구나.'

겉으로는 낯빛도 변하지 않고 말했다.

"두 분의 대명은요?"

선비 옷차림의 그 남자가 머리를 끄덕이면서 말했다.

"너에게 우리의 이름을 알려주어야 하지만, 말해 보아도 네가 알지 못할까봐 말하지 않겠다."

그 미녀가 불쾌하게 말했다.

"당신이 그에게 알려주는 게 뭐 어떻죠?"

선비 옷차림의 그 남자가 그녀의 말을 따랐다.

"나는 서문개徐文楷이고 저 사람은 당수금唐秀琴이다."

심우는 이맛살을 찌푸리고 이 두 사람의 이름을 애써 되뇌였다. 방금 이 반백의 미녀가 괴장으로 땅을 두드릴 때 나타낸 공력으로 보아 이 한 쌍의 부부가 당세에 보기 드문 무림고수임이 뚜렷하지만, 왜 사람들로부터 이 두 사람의 이름을 들어본 적이 없는 것인가? 돌연 그의 머릿속에서 영감이 떠오르더니 마음속으로 크게 놀라며 무의식 중에 소리를 질렀다.

"애한쌍선愛恨雙仙."

반백 미녀는 얼굴에 희색을 노출하면서 크게 기뻐하였고, 은방울 소리와도 같은 귀여운 웃음소리를 발출하였지만, 돌연간 표정이 싸늘하여졌고 웃음도 모두 거두어 버렸다. 그것을 대신한 두 눈동자는 싸늘한 빛으로 번뜩거렸고, 아름다운 얼굴은 순간 형형한 살기로 뒤덮혔다. 그녀가 냉랭하게 말했다.

"너는 결국 사리를 깨달았구나. 이미 우리가 애한쌍선임을 안 바에야 너의 그 보검으로 스스로 목숨을 끊지 않겠느냐? 그러면 우리 두 사람의 손발을 놀릴 필요가 없겠다."

심우는 마음속으로 크게 의심스럽다고 느꼈다. 그것은 이 한 쌍의 무림괴인은 자기가 철이 들기 시작했을 적에 이미 강호에서 은퇴하였다고 들었기 때문이다. 그들은 깊은 산림 속으로 자취를 감추었고, 신선의 화목함을 본받았다고 했다. 연령을 논해도 이미 적어도 백세에 가까웠을 것이며, 자기의 부친과 무공을 전수한 스승보다도 더 나이가 많은데 오늘 만나보니 도리어 이렇듯 젊단 말인가? 전설 중에는 그들

부부가 함께 신선의 도를 닦았다고 하는데 정말로 성과가 있었단 말인가? 놀람과 의심이 가슴 가득한 심우는 저도 모르게 포권하고 두 사람을 향해 정중하게 읊조리며 말했다.

"두 분 선배의 선호仙號를 들은 지 오래되었는데 오늘 다행히 뵙게 되어서 비록 죽더라도 남은 한이 없습니다. 다만 후배는 무릇 평범한 속인이고, 두 분 선배는 이미 속세와는 다른 신선의 길을 접어들었는데 후배가 무슨 능력으로 당신들을 건드릴 수 있겠습니까?"

반백 미녀는 얼굴을 돌려 자기의 동반자 서문개를 쏘아보면서 냉랭하게 말했다

"늙어도 죽지 않는 화상아, 나는 이 아이가 말을 잘한다고 말하였는데 조금도 틀림없지. 그는 스스로 죽을 시각이 닥쳐왔는데도 아직도 입으로 헛소리를 하고 있구나."

서문개가 담담하게 말했다.

"심우, 너는 공연히 애를 쓸 필요가 없다. 어떤 사람은 천성적으로 너절하여 네가 욕할 때는 자기를 추켜올리는 것이라고 여기고 네가 추켜올릴 때에는 한사코 네가 그를 욕한다고 말한다. 그리고 어떤 때에는 기분이 좋으면 욕해도 좋고 추켜올려도 괜찮지만 기분이 좋지 않을 때에는 입이 닳도록 아첨해도 액운에서 벗어나지 못한다. 결론적으로 말해 이러한 사람은…."

말도 끝나기 전에 당수금은 앙칼진 소리로 말했다.

"좋다. 이 늙다리야. 끝내는 마음속의 말을 했구나."

소리를 지름과 함께 수중의 괴장이 뜻밖에 "훅"하고 서문개를 향해 날아갔다. 두 사람은 지척에 있었다. 당수금은 갑자기 출수하였는데

그 괴장으로 사람을 놀라게 하는 회오리바람을 일으키니 집안의 책상과 걸상이 모두 넘어져 버렸다. 심우는 애한쌍선과 서너 보의 거리가 있었으나 한 줄기 거대한 힘이 가슴을 쳐오는 느낌을 받아서, 저도 모르게 몇 보나 뒤로 밀렸고 마치 혈기가 뒤집히는 듯한 느낌이 들었다. 이패 등 사람들은 일시에 버티고 서지 못하고 집안의 책상과 걸상과 같이 뒤로 넘어졌다.

심우는 마음속으로 놀랐고 정신을 가다듬고 보니 그 의젓하고 뛰어난 서문개는 언제 사라졌는지 그림자도 없었다. 반백 미녀는 이미 괴장을 거두고 제자리에 우뚝 서 있었는데 보기에는 조금도 움직인 것 같지 않은 듯했다. 한 쌍의 눈동자는 서릿발과도 같은 빛으로 심우를 쏘아보고 있었다. 심우는 맹렬하게 머리를 흔들었고 이 순간의 변화는 그로 하여금 거의 자신의 눈을 믿지 못할 정도였다. 반백 미인 당수금이 냉랭하게 말했다.

"너는 빨리 검을 뽑아 스스로 목숨을 끊지 않고 뭐하는 것이냐? 그래 정말로 내가 손을 쓰도록 하겠다는 것이냐?"

심우는 공수하고 허리를 굽히면서 말했다.

"선배가 제가 죽어야 할 이유를 말씀해 주십시오. 제가 죄를 받아 마땅하다면 꼭 명을 따르겠습니다."

당수금이 냉랭하게 말했다.

"내가 말하지 않는다면 어쩔테냐?"

심우는 가슴을 쑥 내밀고 말했다.

"저는 비록 죽음을 겁내고 살기를 탐내는 무리가 아니지만, 아직도 많은 중요한 일들을 끝내지 못했기 때문에 절대 애매하게 죽음을 당할 수는 없습니다."

당수금은 머리를 끄덕이면서 말했다.

"너는 매우 담력이 있다."

돌연 또 냉소하면서 말했다.

"너는 알 필요가 있다. 만약 내가 손을 쓰면 그때에는 아마도 너는 분신쇄골이 되어 온전한 시체를 찾지 못할 것이다."

심우가 말했다.

"그러므로 선배가 저의 그릇된 길을 가르쳐 주기를 바라고, 후배로 하여금 죽어도 눈을 감게 해주십시오."

당수금은 가볍게 탄식하고 말했다.

"좋다. 내가 너에게 알려주지, 나와 이 화상은 다른 사람의 부탁을 받고 온 것이다."

이렇게 되자 심우는 더욱 이상하다고 느꼈다. 물론 그의 적은 많다. 예를 들면 려사, 애림, 그리고 그의 부친을 음해한 진정한 흉수 및 한창 그의 표물을 엿보고 있는 흑도의 인물들 모두 그의 적이라 할 수 있다. 그러나 만약 그러한 사람들이 눈앞의 애한쌍선을 청하여 자기를 상대하려 한다면 그것은 확실히 보통 사람들은 상상할 수도 없는 일이라 할 수 있다. 심우는 마음속으로 놀람과 의심이 끊임없었으나, 겉으로는 오히려 매우 침착하게 말했다.

"선배 등은 벌써 신선에 가깝고 세속을 흙먼지처럼 여긴다고 들었습니다. 지금 뜻밖에도 다른 사람을 대신하여 원수를 갚아주는데, 당신들을 청한 사람은 꼭 선배 등과 매우 깊은 인연이 있겠지요?"

당수금은 머리를 가로저으면서 말했다.

"더는 묻지 말라."

심우는 끝까지 태도를 견지하며 말했다.

"선배께서 그 사람의 이름을 말하면 좋겠습니다."

당수금은 버럭 화를 내면서 말했다.

"너는 욕심이 많아 하나를 얻으면 열을 가지려고 하는구나. 관을 봐야 울 놈이군. 이 어른은 너하고 꾸물거릴 시간이 없으니 빨리 낡은 검을 뽑으라. 내가 너를 저승길에 보내주겠다."

이때 그 늙은 주인과 이패 등 사람들은 이미 바닥에서 일어났고, 늙은 주인은 그 말을 듣고 당황하여 손 쓸 사이 없이 당수금 앞으로 무릎을 꿇고 연이어 머리를 조아리면서 애걸했다.

"여보살님, 자비를 베푸십시오, 저의 객점에서 사람이 죽을 수 없으니 사정을 보아주십시오."

당수금이 희고 가는 손을 한 번 마음대로 휘젓자 늙은 주인은 즉시 가랑잎처럼 뒤로 멀리 나가 떨어졌다. 심우는 이맛살을 찌푸리고 말했다.

"선배께서 사정을 알려주지 않으시며, 후배가 죄명을 씻고 변명할 기회조차 주지 않으시렵니까. 후배가 비록 보잘 것 없는 재능에 기대어 선배와 겨룬다면 하룻강아지 범 무서운 줄 모른다는 것과 다름없다는 것을 스스로 알고 있지만 하는 수 없이 힘을 쓸 수밖에 없습니다."

당수금은 얼굴에 희색을 감추지 못하며 말했다.

"그렇다면 빨리 검을 뽑고 덤벼라."

심우가 말했다.

"이 객점 안에 사람들은 모두 무고한 사람들이므로 그들이 연루되는 것을 바라지 않습니다. 선배께서는 밖으로 나가시는 것이 어떻겠습니까?"

당수금이 대답도 하기 전에 문어귀에서 돌연 한 남자의 목소리가 들려왔다.

"자신도 죽게 된 마당에 다른 사람 걱정일랑 하지를 마라!"

심우가 고개를 돌려 바라보았다. 어느 틈인가 기척없이 서문개가 돌아와 슬그머니 문어귀에 서 있었는지 알 수가 없었다. 단지 이처럼 종적없이 움직이는 무공에 대해 심우는 스스로 그의 뒷모습을 볼 수 없었음을 확실히 인식했고, 이로부터 눈앞의 이 일남일녀가 바로 오래전부터 사람들 사이에서 회자되었던 한 쌍의 무림기인 애한쌍선임을 확신하게 되었다.

당수금은 아무 소리 없이 몸을 돌려 문어귀를 향해 걸어나갔다. 그녀의 머리는 온통 흑백색으로 뒤섞여 눈꽃이 흩날려 머리 위에 떨어진 것 같았다. 그녀의 날씬하고 아름다운 몸매는 비록 거칠고 낡은 시골여인의 차림새였지만 산뜻하게 걸어가는 날씬한 뒷모습은 도리어 형용하기 어려운 우아한 자태가 있었다. 심우는 참지 못하고 다시 볼 수밖에 없었는데 그만 넋을 잃고 말았다. 서문개는 가볍게 기침소리를 내고는 말했다.

"이 어린 녀석이 이렇게 안 사람을 눈여겨 보니 내가 너의 눈을 뽑아 버려야겠구나."

말투에는 도리어 탓하는 뜻은 조금도 없었다. 심우가 오히려 스스로 놀라 마음을 바로잡고 걸음을 떼어 문어귀로 갔다. 세 사람은 매우 빨리 문 밖의 어둠 속으로 사라졌다. 이때 등 사람들은 꿈에서 깨어난 듯 줄곧 지금까지 그들은 완전히 어떤 일이 일어났는지 뚜렷하게 알지 못하는 것 같았으며 황망히 뒤를 쫓아 나갔다. 객점문을 나서자 어둠 속 큰 길가에 검은 그림자 셋이 보였는데 둘은 앞에서 하나는 뒤에서 앞으로 질주해가는 것이 보일 뿐이었고 그들의 속도는 기이하게 빨랐다. 섭민비는 급히 말했다.

"우리도 빨리 뒤쫓아 갑시다."

말이 끝나기도 전에 이패와 원건 두 사람은 평생의 모든 힘을 다해 질풍처럼 쫓아갔지만 앞의 검은 그림자의 기세가 바람과도 같이 빨랐으므로 그들과의 앞뒤 거리는 뒤쫓아가면 갈수록 멀어졌다. 눈앞의 사람 그림자가 어둠 속에서 금방 사라져 보이지 않으려고 할 때 돌연간 그들은 동시에 멈추어 섰다. 섭민비 등 사람들은 이를 기회삼아 그들과의 거리를 겨우 좁힐 수 있었다. 안력을 돋구어 바라보니 심우가 그 일남일녀하고 무엇인가를 의논하는 것 같더니 다시 그들은 길 옆으로 나아갔고 그림자가 더 이상 보이지 않았다.

섭민비 등 사람들은 모두 경공의 조예가 상당한 사람들이어서 눈 깜짝할 사이에 심우 등이 서 있던 곳으로 달려갔고 주위를 둘러보았는데 길 옆 멀지 않은 곳에 한 뙈기 움푹하게 파인 공터에서 심우가 그 일남일녀와 마주하며 거연한 태도로 서 있었다. 섭민비 등은 한시름 놓았고 재빨리 달려가서 심우의 등 뒤로 섰다. 심우의 태도는 침착하였고 섭민비 등 사람들이 그의 등 뒤에 가서도 움직이는 것 같지 않았다. 더구나 그들을 바라보지도 않았으며 두 눈은 다만 마주 서 있는 애한쌍선만을 주시하면서 느릿하게 말했다.

"후배는 자그마한 요구가 하나 있는데 선배께서 대답해 줄 수 있으신지 궁금합니다."

당수금은 이맛살을 찌푸리고 귀찮아하면서 말했다.

"너는 너의 요구가 무엇인지 말하지도 않고, 나보고 무엇을 대답하라는 거냐?"

심우가 말했다.

"이 사람들은 같이 온 일행인데 만약 이 일과 아무 관련이 없으면 두 분 고수께서는 이 사람들에게 생로를 열어주시기를 바랍니다."

당수금은 뜻밖에도 방긋 웃으면서 말했다.

"나는 또 무슨 일이라고, 너는 마음 놓아라. 이 사람들은 한평생 나의 괴장 맛을 볼 자격도 없다. 저 죽지도 않는 늙은 화상이 너를 중요시해서 억지로 나를 끌어와 너를 요절내게 하는 것이니까."

심우는 공수하고 허리를 굽히면서 말했다.

"두 분 선배에게 감사를 드립니다."

그리고는 몸을 돌려 이패 등 사람에게 말했다.

"잠시 후 나와 두 분 선배가 싸울 때 당신들은 멀리 피할수록 좋소. 그렇지 않으면 반드시 다칠 것이오. 만약 내가 요행히 온전한 시체를 남긴다면 당신들도 힘을 들일 필요 없이 뇌진과 함께 이 부근에 묻어 주면 되오."

여기까지 말하고 그는 무엇이 생각났는지 몸에서 붉은 천으로 싼 장방형 함을 꺼내더니 섭민비에게 주면서 말했다.

"이것이 이번의 표물이요, 당신들이 무사하게 일을 끝내고 표국에 돌아가기를 바라오. 표국에 돌아간 뒤 나를 대신하여 모든 사람에게 문안을 드려 주시오. 심우가 모든 분들께 나를 아끼고 도와준 데 대해 매우 감사하다고 말이요."

심우는 줄곧 후사를 부탁하였다. 이렇게 되자 섭민비 등 사람들의 심정은 더없이 침중하였다. 하지만 그들은 모두 애한쌍선의 무공을 이미 보았으므로 마음속은 명백하였다. 자기들 쪽에 비록 사람은 많지만 도우려 해도 그것은 계란으로 바위를 치는 격으로 스스로 죽음을 얻을 뿐이다. 말은 이렇지만 세 사람 중 원건은 확실히 자기의 계획이 따로 있었다. 이 사람의 성미는 급하고 우악스러웠지만 정직하고 절개가 굳어 사악한 것을 믿지 않는 사람으로서 이 시각 그는 입으로는 비록 말하지 않았지만 마음속으로는 벌써 계획이 있었다.

심우는 간결하게 후사를 명확히 부탁하고는 느릿하게 몸을 돌려 애한쌍선과 마주하였다. 그는 말 한마디도 하지 않고 상대방의 어떤 움직임을 기다리는 것 같았다. 당수금도 말하지 않고 수중의 괴장을 쳐들고 심우의 머리를 향해 내리쳤다. 이 한 초의 출수는 매우 자연스러워 조금도 힘들인 것 같지 않았지만 한 장 거리 안에서는 도리어 즉각 보이지 않는 힘이 용솟음치며 사람을 놀라게 하는 회오리 바람을 일으켜 이패 등 사람들을 어쩔 수 없이 뒤로 오륙 보나 물러나게 했다.

심우는 갑자기 진기를 끌어올리며 돌연 옆으로 몇 보나 되게 몸을 날려 당수금의 괴장을 피하였으며 이어서 "챙"하고 단검을 뽑아 들었다. 그러나 그의 몸이 평온하게 서기도 전에 당수금은 이미 긴 머리카락을 흩날리면서 번쩍하더니 심우의 앞에 다가섰고 수중의 괴장은 원래 초식의 변화도 없이 의연히 심우의 머리를 향해 내리쳐 갔다.

심우는 비록 생사를 염두에 두지 않았지만 확실히 그토록 기이하고 놀라운 신형과 초식에 마음이 크게 흔들리며 놀랐다. 그러나 그는 위급한 가운데서도 이를 악물고 수중의 단검을 휘둘러 죽을 힘을 다하여 상대방의 괴장을 완강하게 막았다. 거대한 일성이 터졌고 심우는 팔과 손이 저려 하마터면 단검을 떨어뜨릴 뻔하였다. 심우는 천지가 빙빙 도는 것 같았고, 기혈이 뒤집히는 듯한 느낌이 들었다. 심우의 귓가에는 당수금의 교소嬌笑 소리와 함께 말소리가 들려왔다.

"이 늙어도 죽지 않는 화상, 당신의 말이 틀림없군. 이 아이는 기초가 매우 튼튼하여 아마도 려사의 아래는 아니니 나는 상관치 않고 손을 써 이 아이를 죽여버리겠어요."

서문개는 손을 흔들면서 말했다.

"급할 게 뭐 있소. 내 보기에는 우리 둘이 함께 손을 쓰면 좋소."

당수금은 발칵 화를 내면서 말했다.

"나 혼자 손쓰겠어요."

심우는 귀에 아직 이상이 없었으므로 두 사람의 대화를 듣고는 마음속으로 매우 괴상하다고 느꼈다. 당수금 한 사람의 힘만으로도 방금 그 일초에 일성의 힘만 더 가하면 벌써 그는 목숨을 잃었을 것이다. 그들 중 어느 한 사람이라도 단지 손만 들어 공격한다고 해도 자기를 죽일 수 있었는데 서문개는 왜 두 사람이 동시에 손을 쓰려고 제의하였으며, 이처럼 무공의 차이가 현저한 한 적수를 대처하려는지? 심우의 마음속 의혹이 가시기도 전에 당수금의 냉랭한 말소리가 들려왔다.

"애야, 조심해라, 이번에는 정말로 쳐들어간다."

말소리가 막 끝나려는 때 수중의 괴장은 "휙"하는 소리와 함께 심우의 허리를 가르려 들어왔다. 이번에는 방금 전보다 위력이 두 배로 증가되어 "휙, 휙"하는 바람소리만 들어도 기세가 사나운 뇌성과 같았다. 심우는 당수금의 초식이 뼈에 붙어 다니는 것과 같이 괴상하고 피하기 어렵다는 것을 이미 알고 있으므로 몸을 굽혀 왼손으로 신발 속 단도를 재빨리 뽑아들고는 무서운 소리를 지르면서 물러서지 않고 오히려 공격해 들어갔다. 그는 한쪽 옆으로 몸을 피하면서 당수금의 기세충천한 공세 속으로 뚫고 들어갔다. 오른손의 장검은 요지남산遙指南山의 초식으로 당수금이 괴장을 잡고있는 완맥을 향해 찔렀으며, 왼손의 기이한 단도에는 평생의 공력을 다 모아 검과 함께 당수금의 몸을 향해 마주쳐 나갔다.

두 초식을 동시에 시전하였는데 이 중 장검은 허장성세였다. 심우는 애한쌍선과 같이 무공이 최고의 경지에 이른 사람을 대처할 때 그러한 무공은 조금도 쓸모없다는 것을 물론 알고 있었다. 다만 왼손의 일초가 오히려 목숨을 걸고 싸우는 법수였다. 심우는 이 짧은 신물 자체로 놀라운 위력을 가지고 있다는 것을 믿고 있었다. 그리고 마음속에는 정의를 위하여 죽을 망정 너절하게 살기를 원하지 않겠다는 결심도 있었다. 어차피 죽을텐데 왜 먼저 공격을 하지 않는가. 상대방의 예측을 벗어난다면 혹시 얼마간의 요행이라도 있을지 모른다고 생각하였으므로, 상대방의 경천동지할 공력도 전혀 돌보지 않고 뜻밖에도 검을 들어 곧추 마주쳐 나간 것이다.

그 기이한 단도는 과연 생각지도 못한 위력이 있었으므로 심우가 그 칼을 들고 사나운 바람이 불어오는 곳으로 돌격해서 들어가자 뜻밖에도 당수금의 더없이 강대한 힘을 가르면서 거침없이 짓이겨 쳐들어갈 수 있었다. 당수금은 "흐흐"하고 웃었고, 초식의 변화를 보이지 않았다. 심우는 돌연 상대방이 힘을 거두어들였다고 느꼈다. 원래 발출하던 더없이 강대한 한 줄기 힘이 갑자기 흡력으로 변화한 것을 느낀 것이다.

심우는 결사적으로 앞으로 나아갔고, 이 시각 그 흡력까지 더해지자 순식간에 끝없는 심연으로 빠진 것 같이 몸을 제마음대로 움직일 수 없어 앞으로 날아갔다. 당수금은 한 옆으로 피하면서 괴장을 거두며 섰다. 심우의 신형은 즉시 그녀의 몸을 스쳐지나 허공을 향해 앞으로 날라갔는데 그 기세가 매우 맹렬했다. 심우는 마음속으로 크게 놀라며 즉시 천근추의 무공으로 겨우 땅에 내렸지만, 땅에 떨어진 곳에서 두 장이나 더 뛰어나갔을 뿐만 아니라 땅에 내려선 뒤 의연히 안정되게 설 수가 없어 연거푸 몇 번이나 비틀거렸다.

바로 이때 당수금의 "흐흐"하고 웃는 소리가 다시 들렸고 괴장으로 땅을 가볍게 치는 듯하더니 그녀의 몸은 이미 심우의 앞으로 다가와서 옥수를 쳐들면서 더없이 사나운 공세를 전개하였다. 원건이 대갈일성했다.

"총표두 두려워 마십시오, 제가 덤벼 들겠습니다."

그는 수중의 대도를 휘두르면서 뜻밖에도 목숨도 돌보지 않고 당수금의 뒤로 다가갔다. 당수금은 크게 놀란것 같았고 바삐 초식을 거두면서 몸을 돌려 손을 저으면서 다급히 말했다.

"가만, 가만, 너는 뭘하려느냐?"

원건은 아무런 소리도 없이 한 투로의 괴자도법拐子刀法을 발출하였고, "훅우"하는 소리를 내면서 당수금을 향해 휩쓸어 갔다. 심우는 이미 정신을 차렸는데 상황을 보고는 다급히 소리쳤다.

"원건 손을 빨리 멈추오, 안되오."

원건도 이미 죽음을 결심하였다. 그의 천성이 워낙 정직하고 억셌기 때문에 마음속으로 생각했다. 총표두가 이미 죽음을 면하기 어려우니 자기가 목숨을 아껴 살아남을 이유가 있겠는가? 심우의 말도 그는 근본적으로 들으려고 물으려고 하지 않았고 족히 십성이 될 만한 공력으로 괴자도법을 시전하였는데 조급히 목숨을 내건 상황 하에서도 그 위력은 대단했다.

당수금은 기색이 변했고 바야흐로 원건의 장도가 이미 자기의 몸을 향해 찔러왔을 때 즉시 몸을 돌려 달아났다. 원건은 뜻한 바가 있어 사람을 놓아주려 하지 않았고 춤추듯 장도를 흔들며 바싹 그녀의 등 뒤를 쫓아가서 마구잡이로 휘두르며 내려쳤는데, 한칼 한칼이 점점 더 사나워졌다. 당수금은 뒤쫓기면서 보법이 엉클어졌고 위험에 연달아 노출되자 소리를 질렀다.

"얘야, 얘야, 빨리 이 사람더러 손을 멈추도록 해라."

심우는 당수금이 원건하고 싸우려 하지 않았지만, 원건이 만약 그냥 무지막지하게 굴면 성미가 괴상한 이 노괴물을 노하게 할 수 있고, 그녀가 출수만 한다면 열 명의 원건이라도 당장에서 분신쇄골이 된다는 것을 알았다. 그는 즉시 또다시 무겁게 소리를 질렀다.

"원건 빨리 손을 멈추오."

하지만 이 일갈은 원건에게 손을 멈추게 하지 못했을 뿐만 아니라 도리어 이패를 각성시켰다. 그는 갑자기 허리에서 장도를 끌러내더니 섭민비에게 말했다.

"보아하니 나는 불길한 사람인가 보오. 뇌진 한 사람을 잃었는데 지금 또 총표두와 원건도 잃을 것 같으니, 당신은 남아서 우리의 후사를 처리하고 표물도 인계하시오. 그럼 나는 가겠소."

말을 마치자 큰 걸음으로 그들이 싸우는 곳을 향해 걸어갔다. 섭민비도 바싹 뒤따르면서 말했다.

"표물이고 뭐고 상관없소. 우리가 총표두마저 잃고 향후에 어떻게 살아가겠소? 나는 그렇게 낯가죽이 두텁지 않소. 애한쌍선의 손에 죽는다면 저승에 가서도 몇 마디 자랑할 만하오."

이패는 머리를 끄덕이면서 말했다.

"옳은 말이요, 우리 함께 갑시다. 저승에 가서도 표국을 하나 꾸립시다. 하하."

섭민비는 한 보 앞질러 이패와 나란히 걸으면서 나직히 말했다.

"저 여괴물이 출수하려 하지 않는 것 같은데 우리는 경거망동하지 말고 기회를 잡아 갑자기 출수하여 그녀를 죽여버립시다."

이패는 머리를 끄덕였고 두 사람은 약속이나 한 듯이 동시에 멈춰섰다. 그들은 형형한 눈길로 장 중의 결투를 주시하였다. 이때 당수금은 원건의 장도에 쫓겨 어지럽게 장 중을 돌고 있었고, 두 볼은 벌겋게 상기되어 있었는데 매우 노한 것 같았다. 이패와 섭민비는 그녀가 원건에게 쫓기어 그들 정면으로 도망오는 것을 보고는 가까이에 오기를 기다렸다. 그들은 아무런 소리도 없이 갑자기 장도를 출수하여 좌우에서 이패는 횡소천군橫掃千軍의 일초를, 섭민비는 오강벌계吳剛伐桂의 일초를 시전하였다. 두 초식은 동시에 시전되었고 모두 사납고 맹렬한 초식으로서 좌우에서 공격하니 기세는 대단했다. 당수금은 삼면으로 공격을 받았고, 이제 출수하지 않는다면 꼭 그 중 한사람의 칼 아래 죽게 되는 것은 틀림없는 일이었다.

그녀의 "후"하는 일성만이 들리더니 그녀는 신형을 낮추고 이패의 겨드랑의 밑으로 빠져 나오며 겨우 세 사람의 도세에서 벗어났다. 심우는 한 옆에서 뚜렷하게 보았고 저도 모르게 그녀를 위해 손에 땀을 쥐었다. 당수금은 일단 위험에서 벗어나자 돌연 격분하여 꾸짖고 허공으로 뛰어올랐는데 마치 천마가 하늘을 거니는 듯 서문개의 머리 위에 이르러서는 수중의 괴장으로 있는 힘을 다하여 공격하였는데 뜻밖에도 뇌정만균雷霆萬鈞의 기세로 서문개의 머리를 향해 내리쳤다. 심우와 이패 등 사람들은 그 때문에 놀라움을 금할 수 없었다.

서문개는 반응이 재빨랐다. 다만 그가 오른손을 쳐드는 것만 보였는데 뜻밖에도 장검이 검집을 빠져나오면서 한 줄기의 싸늘한 빛이 머리 위를 향하여 찔러나가더니 강경하게 당수금의 괴장을 맞받아 나갔다. "파"하는 일성이 울렸고 허공에서 날아가던 당수금의 신형은 그 자리에서 굳은 듯 움직이지 않았다. 서문개는 즉시 검을 거두면서 뒤로 물러났는데, 몇 장이나 먼 곳이었다. 그는 놀란 가슴을 진정하고 막 입을 열고 말하려고 하는데 당수금이 도리어 허공에서 격분하며 꾸짖었다.

"늙다리 화상이 감히 맞손질하며 나를 때리는구나."

말소리와 함께 신형이 미미하게 내려오더니 비스듬히 서문개의 앞으로 날아가서 괴장을 휘둘러 그를 쳤다. 이번에는 서문개가 벌써 준비가 있었고 그녀의 괴장이 몸 가까이에 오기를 기다리지 않고 더없이 빠른 보법으로 몸을 돌려 재빨리 움직이며 급히 말했다.

"화내지 마오, 화내지 말아. 당신에게 멋도 모르는 녀석들을 죽여주겠소."

말소리도 끝나기 전에 그는 귀신과 같이 돌연 이패 등 사람들의 앞으로 다가왔다. 그는 쌍장을 연이어 뒤집으며 공격을 했는데 이패 등 사람들은 똑바로 보지도 못한 사이에 전신이 마비됨을 느꼈고, 앞뒤로 바닥으로 넘어졌다. 그들은 전신이 마비된 상태로 몹시 놀란 눈을 하고는 서문개를 쏘아 보았다. 서문개는 손뼉을 치고 당수금에게 웃음을 보내면서 말했다.

"당신이 보오, 내가 당신을 대신해서 그들을 넘어뜨리지 않았소?"

당수금은 아직도 노한 기색이 어려있었고 쌀쌀하게 "흥"하고는 말했다.

"그러니 당신은 경주敬酒는 안 마시고 벌주를 마신다는 거요. 당신이 진작에 이렇게 했다면 내가 이렇게 화를 내지 않을 수 있지 않아요?"

서문개는 어깨를 으쓱거렸고 웃으면서 말했다.

"당신의 분부가 없는데 내가 어떻게 손을 쓴단 말이요?"

당수금은 노여움이 조금 가신 기색으로 가까스로 머리를 끄덕였고, 그 다음에 심우를 향해 말했다.

"됐다. 지금 우리는 마음 편안히 싸울 수 있게 되었다. 얘야 오너라, 이번에는 내가 양보해서 네가 먼저 손쓰도록 하겠다."

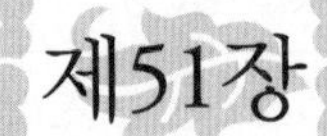

제51장

傳奇功恨情柔情劍

기이한 한정유정검을 전수하다

심우는 머리를 가로저으면서 말했다.

"후배는 당신의 적수가 못됩니다."

당수금은 흠칫하였지만 즉시 냉소하고는 말했다.

"이 변변치 못한 놈아, 너는 싸워보지도 않고 어떻게 나의 적수가 아니라고 말하는 것이냐?"

심우가 말했다.

"누가 싸우지 않겠다고 말했습니까? 방금 저는 쌍검을 나란히 시전하였는데, 제가 평생 배운 무공을 다하였고, 더는 출수할 수 있는 것이 없습니다."

당수금은 다시 한 번 흠칫하였고, 이맛살을 찌푸리고 말했다.

"그럼 너는 어떻게 할 작정이냐?"

심우는 마음속으로 생각했다.

'이 말은 응당 당신 스스로 물어야지 도리어 나한테 되묻는군.'

심우가 말했다.

"간단합니다. 선배께서 청탁한 사람의 이름을 말하신 후 후배가 조금도 변명할 여지가 없다면 후배는 즉시 검을 들고 스스로 목을 잘라도 원망하지 않겠습니다. 그렇지 않으면….”

당수금이 냉랭하게 말했다.

“그렇지 않으면 어떻다는 거야?”

심우가 말했다.

“만약 선배가 보잘 것 없는 후배의 피를 보장寶杖에 물들이는 것을 꺼리지 않으신다면 선배는 손을 쓰십시오. 후배는 절대로 반항하지 않겠거니와 반항할 힘도 없습니다.”

당수금은 일시에 난처한 기색을 노출하였고 머리를 돌려 서문개에게 말했다.

“당신 보기에는 어떻게 하면 좋겠어요?”

서문개가 말했다.

“그가 당신 한 사람도 이기지 못하니 할 수 없이 우리 두 사람이 함께 손을 씁시다.”

당수금이 대답했다.

“좋아요.”

그리고는 괴장을 휘둘러 심우의 허리를 향해 가로로 쳐나갔다. 심우는 마음속으로 너무하다고 소리쳤다.

‘나는 이미 한 사람의 적수도 아닌데 두 사람이니 출수할 기회도 없지 않겠는가?’

당수금의 괴장이 바야흐로 그의 몸을 가로로 치려하였지만 그는 도리어 조금도 움직이지 않았다. 서문개는 큰 소리를 질렀다.

“얘야. 검을 조심해라.”

심우는 저도 모르게 머리를 돌렸는데 서문개의 장검이 그의 얼굴로 찔러 들어왔고 본능적으로 재빨리 옆으로 피하게 되었다. 정말 괴상했다. 이것은 서문개의 장검을 피했을 뿐만 아니라, 당수금의 매우 무거운 괴장도 몸을 스쳐 지나가게 하였는데, 이를 통해 심우는 완전히 그들의 초식을 파해하게 되었다는 것이다. 심우는 놀라움을 금치 못했다. 이러한 순간에도 당수금의 괴장은 천군만마의 기세로 또다시 공격해 들어왔다. 서문개가 소리쳤다.

"일검을 더 받아라."

이 일검은 심우의 왼쪽으로 찔러 들어왔고 초식이 괴이해서 이전의 일검과는 전혀 달랐다. 심우는 피할 수도 없고 물러날 수도 없다고 여겨 오직 한 보 앞으로 나서면서 수중의 단도를 들어 막을 수밖에 없었다. 이렇게 되자 심우가 차지한 자리는 당수금에 대해 유리한 위치를 차지하게 되었다. 당수금의 장세가 비록 천군만마와도 같아 그 예기를 당해낼 수는 없었지만 중앙이 활짝 열렸으므로 심우는 오른손의 장검으로 즉시 그녀의 빈틈을 찔러들어가면서 앞서 상대방을 공격했다.

당수금은 "호호"하고 웃고는 초식을 변화시켜 심우의 검을 밀어젖히고 장사출동長蛇出洞의 일초로 쳐나가던 공격을 바꾸어 심우의 겨드랑이 아래를 향해 괴장을 찔렀다. "쨍"하는 일성이 들리더니 심우는 왼손의 단검으로 서문개의 일초를 받았다. 두 검이 부딪치는 탄력을 빌어 심우의 신형은 교묘하게 한 걸음 미끄러지듯 움직이며 되려 당수금의 옆으로 다가갔다.

당수금의 일초는 허공을 쳤다. 서문개는 초식을 변화시켜 즉시 당수금보다 먼저 심우를 공격했는데 검광이 번뜩이며 더없이 괴상하여 심우는 전신이 검기에 휩싸인 것처럼 느껴졌으며 즉시 목숨을 잃을 수 있을 것 같았다. 더구나 그는 상대방의 장검이 자기 몸의 어느 곳을 찌르려는지 알아차릴 수 없었다. 당수금의 꾸짖는 소리가 들려왔다.

"애야 괴장을 조심하거라!"

말소리와 함께 심우는 더없이 거센 암경暗勁이 홀연히 검기를 뚫고 자신의 등 뒤에서 부딪치는 느낌이 있어 마음속으로 크게 놀라며 서문개의 공격을 돌볼 사이도 없이 급히 몸을 돌려 장검을 휘두르면서 등 뒤의 공격을 맞받아 나갔다. 이것은 정급이동情急而動의 타법으로 순서나 초식이 없는 임기응변이었지만 맹렬히 몸을 돌렸으므로 자연적으로 한 줄기 힘이 생겨났으며, 왼손에 든 기이한 단검으로 갑자기 푸른 빛을 폭사하면서 내려꽂는 폭포 줄기와도 같이 곧바로 서문개의 검기 속으로 쏘아 들어갔다. 서문개는 저도 모르게 소리쳤다.

"좋은 검법이다."

그는 제 때에 검세를 거두었고 감히 그 예봉을 꺾지는 못했다. 거의 같은 시각에 귀를 찢는 듯한 거대한 소리가 들리더니 심우는 오른손의 장검으로 당수금의 괴장이 발출한 일초를 완강하게 받아냈다. 심우는 가슴에 통증을 느꼈지만 당수금의 무거운 괴장도 장검에 의해 옆으로 밀려났다. 심우는 마음속으로 놀랐다. 놀란 것은 자기가 되는대로 시전한 일초가 뜻밖에도 이같이 거대한 위력을 발휘할 줄은 꿈에도 생각지 못했다는 것이다. 그러나 이것은 틀림없는 사실이었다.

당수금은 대노하며 초식을 변화하여 수중의 뇌장을 들어 그 속도를 느릿하게 바꾸더니 천천히 심우를 향해 넘겨주는 것과 같이 조금도 힘이 들어가지 않은 것처럼 발출했다. 그 괴장의 몸체는 미미하게 진동하는 것 같았는데, 보기에 매우 원통해하며 화를 내는 것 같았다. 심우는 이같은 초식을 이전에 본 적이 없었지만 그제서야 당수금이 진정한 절기를 발출한다는 것을 알았다.

이 일초는 보기에는 느린 것 같았지만 심우의 머릿속에서 찰나의 순간 아무리 머리를 굴려봐도 그녀의 초식을 깨뜨리고 피할 수 있는 방법을 생각해 낼 수 없었다. 바로 이때 서문개도 일검을 찔러왔는데 그 일검은 빠르지도 늦지도 않은 것이 마치 행운유수行雲流水와도 같았으며 매우 우아하고 대범하였다. 심우는 마음이 움직이자 왼손의 기이한 단검에 평생의 공력을 끌어올려 갑자기 서문개를 찍어 나갔는데 위세는 대단했다. 도리어 오른손의 장검은 가볍고도 천천히 찔러 나가면서 검 끝으로 슬쩍 당수금의 괴장의 머리 부분을 쳤다. 서문개는 "하하" 하고 장소하고 나서 말했다.

"좋다. 부인, 우리 마음 놓고 손을 씁시다."

당수금은 냉소하면서 말했다.

"이것도 당신 늙다리 화상이 나에게 알려줄 일인가?"

말소리가 바야흐로 멎으려 할 때 그녀는 돌연 얼굴에 살기를 띠웠고 수중의 괴장은 갑자기 하나의 거대한 구렁이처럼 더없이 악독하게 심우를 향해 감아 들어갔다. 서문개도 수중의 장검을 흔들면서 다른 한쪽으로 심우를 공격했다.

심우는 매우 총명한 사람으로서 돌연간 두 사람이 동시에 출수하여 자기를 대처하는 그 원인을 깨달았다. 이 두 사람은 비록 무공이 최고의 경지에 이르렀지만 서문개는 검법 중에서 당수금 괴장의 파해법을 찾으려 하고, 같은 도리로 당수금도 더없이 사나운 장세 중에서 서문개의 검법을 누르려 하였다. 두 사람의 무공은 모두 흠잡을데 없이 완벽하여 거친 가운데 세밀함이 있었고, 소홀함 중에서도 빠진 것이 조금도 없었다.

심우는 정신을 진작하면서 두 손에 검을 들었는데 하나는 길고 하나는 짧았으며, 하나는 강맹하고 하나는 부드러웠다. 그는 정신을 가다듬고 두 사람의 공격을 주의하였는데 눈 깜짝할 사이에 애한쌍선과 한차례 경천동지할 결투를 하였다. 세 사람의 신형이 천천히 빨라지는 것을 보았고, 최후에는 검 빛과 괴장의 그림자가 점차로 커지더니 세 사람의 신형을 동시에 감싸는 것만 볼 수 있었다.

이패 등 사람들은 비록 혈도를 짚혀 사지가 마비되었지만 이목의 기능을 아직 상실하지 않았다. 이때 그들은 주위의 공기가 말끔히 빨려나간 듯했고, 가슴이 부풀어 올라 호흡할 수 없는 감각을 느꼈지만 불시에 빙설이 얼굴을 훑고 지나가는 듯이 한기가 투입되어 은근히 통증이 생겨났으므로, 이패가 먼저 두눈을 감았고 원건과 섭민비는 가벼운 신음 소리를 발출했다.

결투 중에 심우가 느낀 것은 매우 달랐다. 처음에는 단지 당수금과 서문개 두 사람의 공세가 닥쳐오니 그때마다 임기응변으로 대체한 것으로 우연하게 공세를 피했다고 말할 수 있었지만, 점차적으로 생각할 기회가 생기게 되어 먼저 한쪽의 공세를 뚜렷하게 볼 수 있었으며, 그리고 또 다른 한쪽에서 출수하는 초식의 작용과 교묘한 곳을 생각한 다음 쌍검을 나란히 시전하여 교묘하게 두 사람의 공세를 동시에 풀어 나갔을 뿐만 아니라 공격을 할 수 있는 힘도 생기게 되었다.

이패 등 사람들의 눈에는 이 한 차례의 결투 속에서 검광만 보았을 뿐 인영은 가늠할 수 없는데 반해서, 심우는 이전의 어느 결투에서 보다 그들이 매우 느리다고 느꼈다. 이렇게 한 잔의 차를 마실 정도의 시간 동안 결투가 이어졌다. 심우는 당수금의 장법이 점점 더 사납고 악독해진다고 느꼈고, 살기가 사람을 놀라게 하였으며 매 초식마다 모두 괴장의 몸체가 진동하는 것을 보았는데, 마치 원한을 품고 사람을 분신쇄골하고 난 뒤에야 만족할 것 같은 형세로 두려움을 느끼게 하였다. 정말 무서운 점은 순간 그로 하여금 머릿속에서 칠살마도가 생각났다는 점이다.

서문개의 검법은 그와는 꼭 반대로 검기가 매우 가늘지만 사처로 쏘아나갔고 초식마다 모두 봄누에가 명주실을 입으로 뽑아 내듯이 끊임없이 이어지며 날카로운 칼이나 빠른 도끼질로도 끊어버릴 수 없을 정도였다. 심우 왼손의 기이한 단검은 당수금의 장법杖法을 본땄는데 도광은 몇 장 밖으로 펼쳐지고 그 몸체가 떨리며 도약하는 듯 사납게 쏘아나가는 것이 확실히 세간에 보기 드문 보물이었다. 오른손의 장검은 서문개의 유정검법柔情劍法을 본땄는데 천만 갈래의 검기가 선회하는 듯했고, 상대의 날카로운 예봉을 피하면서 틈만 있으면 쏘아져 나갔다. 검기는 비록 부드럽고 힘이 없는 듯했지만 당수금의 더없이 위맹한 장세를 겹겹히 감쌌고, 상대방이 조금만 틈이라도 생기면 검기는 즉시 그곳을 감아버렸다.

심우는 자기가 홀로 두 사람과 싸우지 않는다고 느꼈고, 다른 동반자가 자기를 도우는 것만 같았다. 그를 도우는 사람은 돌연 왼손의 기이한 단검에, 돌연 오른손의 장검에 호응하고 서로 마음이 통하는 듯 하나가 둘이 되고 둘이 하나가 되었다. 당수금은 화가 난 듯 앙칼진 소리를 지르면서 장세에 변화를 주었는데 갑자기 위력이 몇 배 늘어났다. 서문개는 낭랑하게 웃음을 지었고 검세도 즉시 당수금의 장세의 변화에 따라 변했다.

심우는 생각을 굴려 지금까지 격렬하게 싸운 것으로부터 문득 깨달은 바가 있었다. 원래 애한쌍선 두 사람의 장법과 검법은 보기에는 더없이 기괴하고 변화막측하지만 초식마다 모두 매우 비슷하였으므로 암중으로 관찰할 결과 두 사람이 지금까지 발출한 초식이 겨우 팔, 구 초식에 불과하다는 것이다. 하지만 이 팔, 구 초식으로부터의 변화는 오히려 끝이 없었다. 만약 심우가 자질이 뛰어난 사람이 아니고 기초가 심후하지 않았다면 절대로 알아볼 수가 없었을 것이다.

애한쌍선 두 사람의 초식이 한 번 변하자 심우는 저도 모르게 크게 긴 휘파람을 불면서 갑자기 가문의 피맺힌 원수, 풀 길 없는 쌓이고 쌓인 원한과 사랑의 반려인 애림의 자신에 대한 핍박을 생각해내고는 마음속으로 참을 수 없는 노화가 타올라 기이한 단검으로 갑자기 밖을 향해 찍어내자, 한 줄기 거대한 긴 무지개가 하늘이 무너지고 땅이 갈라지는 듯한 기세로 조금도 사정없이 서문개를 향해 번개같이 쏘아져 나갔다.

서문개는 낮은 소리를 한 번 질렀고 번개같이 다섯 여섯 걸음이나 뒤로 물러났으며 검을 거두고 가슴을 쭉펴고 서서는 별과 같이 밝은 한 쌍의 눈길로 더없이 이상하게 심우를 보았다. 심우가 마음속으로 놀라며 이상하게 여길 때 뒤에서는 쟁쟁한 목소리가 들려왔다.

"애야, 나의 보장을 받아라."

심우의 마음속은 싸늘해졌고 머리를 돌려 보았는데 당수금의 얼굴은 온통 노한 표정이었고 증오하는 것 같기도 하고 원망하는 것 같기도 하였다. 이것은 심우로 하여금 번개에 맞은 듯하게 갑자기 애림을 떠오르게 하였고, 두 사람이 어릴 때 단짝으로 즐거웠던 모습이 생각나 애석한 마음이 저도 모르게 움텄다. 그리고는 상냥하고 정다운 심정이 가슴 가득 차올라 달콤한 사랑을 가볍게 쓰다듬는 듯이 가슴이 두근거렸다. 당수금 수중의 괴장이 약간 느릿해졌고 힘은 크게 줄어들었다. 심우는 되는대로 일검을 날렸는데 뜻밖에도 힘들이지 않고 상대방의 아주 무거운 괴장을 반 치나 밀어냈다.

당수금은 대노하며 쟁쟁한 소리로 꾸짖으면서 끊임없이 공격하였다. 초식을 시전하면 할수록 더 맹렬하게 심우를 휘감았다. 심우의 태도는 의연하였고 검기는 은실처럼 끊임없었고 뜻밖에도 바람도 뚫을 수 없는 빽빽한 검기로 당수금의 더없이 맹렬한 장법을 감싸버렸다. 두 사람은 잠깐 사이에 매우 격렬하게 겨뤘다. 서문개는 밝은 웃음을 짓고는 말했다.

"내가 싸우겠소!"

그 소리와 함께 다가오더니 장검은 소리없이 심우의 등 뒤를 찔러왔다. 심우는 등 뒤에 눈이 있는 것 같이 맑게 소리치더니 왼손을 돌려 기이한 단검을 갑자기 날렸다. 서문개는 부득불 검을 거두고는 초식을 바꾸지 않을 수 없었고 장검에서 은실을 뽑아 거대한 그물을 이루는 듯 심우를 덮쳐갔다. 심우가 냉소하고, 기이한 단검의 무지개 빛이 홀연 긴 듯, 홀연 짧은 듯 사방에 부딪치며 마구 뚫고 나갔는데 뜻밖에도 그 서문개의 검기가 만든 그물망을 의연히 뚫고 나가며 그를 향해 공격했다.

두 사람은 한동안 결사의 전투를 벌였다. 당수금이 질타하며 또다시 괴장을 휘두르면서 심우를 공격했고 서문개는 검을 거두고는 신형을 날려 뒤로 물러섰다. 애한쌍선은 이렇게 번갈아 돌아가면서 심우와 싸웠고 어떤 때에는 두 사람 중 하나가 홀로 진두에 나섰고, 어떤 때에는 두 사람이 동시에 출수하였다. 심우는 기진맥진했지만 어떤 때에는 한 줄기 영문도 모를 증오심이 받쳐 주었고, 또 어떤 때에는 눈앞에 있는 이 한 쌍의 무림 기인이 얼마간 자기와 애림 사이와 같다고 느끼자 애림이 생각났으며, 가슴 가득한 사모의 정이 삶의 욕망을 불러 일으켜 격투를 하도록 격려하였다.

경천동지의 한차례 살육전은 막을 내린 것 같았다. 심우는 단지 사지가 자기의 것이 아닌 것만 같았다. 점차 마음속에는 오직 사랑과 원한의 생각밖에는 없었고, 자기의 몸이 어느 곳에 있는지 모르게 되었다. 마침내 심우는 심력을 모두 써버리고는 쓰러져서 인사불성이 되고 말았다. 그가 정신을 차렸을 때에는 이미 햇빛이 대지를 비추고 있었다. 그는 갑자기 놀라서 벌떡 일어나고 싶은 생각이었지만 전신이 아파서 움직일 수가 없었다.

바로 이때 그는 이패 등 사람들이 책상다리를 하고 그를 둘러싸고 앉아있는 것을 보았다. 태양이 내리 비추는 아래 이패 등 사람들의 등 뒤에서 적지 않은 사람들이 눈 한 번 깜짝이지 않고 자기를 지켜보는 것을 그는 보았다. 이 사람들 중에는 당연히 여관의 그 늙은 주인과 점소이도 끼어 있었다. 심우는 그때서야 돌연간 어제 저녁에 발생한 일이 생각났고 지금은 뜻밖에도 황야에 누워있음을 깨달았다. 이때 원건이 기쁘게 외치는 소리가 들렸다.

"여러분, 우리 총표두가 깨어났습니다."

빙 둘러보고 있던 사람들은 즉시 남몰래 소곤소곤 이야기를 하기 시작했다. 이패는 불쾌해 하면서 말했다.

"원건, 당신은 언제야 그 급한 성미를 고칠 게요? 겨우 반나절이 지난 것에 불과한데 당신은 그래 그 두 분 노선배의 분부를 잊었단 말이요?"

원건은 갑자기 손바닥으로 자기의 머리를 한 대 치고는 고개를 숙이고 부끄러워하며 아무 말도 하지 않았다. 섭민비는 심우에게 다가가서 그를 부축하여 바닥에 앉혔다. 심우는 눈길을 돌려 이패, 원건과 섭민비 세 사람의 얼굴이 모두 아주 초췌하였으며, 얼굴에 상처자국이 얼룩덜룩하고, 더욱이 세 사람의 머리카락이 모두 가위로 되는 대로 깎아 놓은 것 같이 길이가 들쑥날쑥한 것이 크게 낭패를 당했음을 발견했다. 심우는 견딜 수 없이 말했다.

"당신들은 어떻게 이 모양이 되었소?"

이패는 얼굴을 붉히면서 말했다.

"총표두의 말을 듣지 않은 자신들을 탓할 수밖에 없습니다. 만약 그 두 노선배가 떠날 무렵 우리를 구해주지 않았다면 이 시각 우리는 아마 저승길에서 한가히 거닐고 있을 겁니다."

원건은 얼굴에 득의한 기색을 노출하면서 말했다.

"하지만 우리도 크게 눈을 떴습니다. 총표두의 이번 싸움은 정말 대단했습니다. 제가 감히 말씀드릴 수 있는 것은 지금 이 세상에 이와 같은 결투 장면을 볼 수 있는 기회를 가진 사람은 절대 한 사람도 없다고 할 수 있습니다. 이번 결투는 수 장 둘레에서 검광이나 그림자 모두 볼 수도 없었습니다. 총표두가 한 번 보십시오. 우리의 머리카락과 터진 얼굴은 모두 검광에 쏘였기 때문에 그런 것입니다. 그렇지 않았다면 목숨이나 붙어 있었겠습니까?"

이패가 냉랭하게 말했다.

"만약 그 두 노선배가 당신의 목숨을 건져주지 않았다면 이 시각 당신은 지금까지 살아 있을 수 없었소."

원건이 불복하면서 말했다.

"우리는 피차일반이요, 누구도 누구를 말할 수 없소."

심우는 가볍게 탄식하고 말했다.

"그렇다면 그 두 노선배는 과연 우리를 정말로 괴롭히려는 것이 아니었소?"

원건이 말했다.

"어찌 괴롭히지 않은 것뿐이겠습니까? 과연 우리에게는 복이었습니다. 서 노선배는 우리의 이번 길은 위기가 많지만 지금은 크게 걱정할 필요가 없다고 말했습니다."

심우는 알 길이 없어 물었다.

"그건 또 무엇 때문이요?"

원건이 대답했다.

"당 노선배는 당신이 그들을 이겼으니 그 어떤 사람도 모두 이길 수 있다고 말했습니다."

심우는 마음이 움직이며 말했다.

"그들이 또 무엇을 말했소?"

원건은 생각하고 나서 말했다.

"그들은 또 다른 말은 없고 다만 총표두더러 며칠간 휴식하면서 마음을 가라앉히고 그들과 싸우던 경과를 잘 생각하라고 당부하였습니다."

심우는 머리를 끄덕였다. 순간 자신의 전신 근육에 통증이 느껴졌다. 어제 저녁의 꿈과 같은 한차례의 진정한 결투는 그가 태어나서 한 번도 겪어본 적이 없다고 말할 수 있었고, 두 노선배의 당부가 없어도 며칠 휴식하지 않으면 안되었다. 마음속이 움직이며 그가 또 물었다.

"그들이 어디로 간다고 말하지 않았소?"

원건이 말했다.

"저희가 물었지만 그들은 그들마저도 모른다고 하였고, 그 뒤에 당 노선배가 동해에 무슨 봉래蓬萊의 선도仙島라고 하는 곳이 정말로 있는가 하고 물었습니다."

심우는 돌연 가볍게 웃더니 말했다.

"당신은 그들에게 어떻게 대답했소?"

원건이 말했다.

"우리는 매우 오래 전에 확실히 그런 곳이 있다고 들은 적이 있지만 도대체 진짠지 가짠지는 우리도 확신할 수 없다고 그녀에게 알려주었습니다. 저희가 바로 말을 끝내자 당 노선배가 서 노선배를 끌고 갔습니다."

심우는 원건의 뒤에 둘러서서 보는 사람들을 둘러보면서 말했다.

"이 사람들은 어떻게 왔소?"

원건이 말했다.

"그들은 어제 저녁 여관 쪽 멀리에서 이곳을 보았답니다. 늙은 주인의 말에 의하면 먼저 그가 보았는데 어둠 속에서 뜻밖에 노을빛이 나타나 자기의 눈에 문제가 있다고 여겼는데 뒤에 여러 사람들이 그를 따라 모두 보았습니다. 처음에는 한 사람이 열 사람에게 전했고, 열은 백에게 전하니 모두 기이한 보배가 나타났다고 분분히 달려와서 보배를 찾을 준비를 하였으나 감히 가까이에 접근하지 못하고 그냥 눈이 빠지게 날 밝을 때까지 서 있다가 두 노선배가 간 뒤에 모든 사람들이 용기를 내어 가까이에 왔답니다."

심우는 마음속으로 놀랍기도 하고 기쁘기도 하여 의연히 참지 못하고 물었다.

"어제 저녁 나와 두 노선배의 결투가 정말 그렇게 사람들을 놀라게 하였소?"

이번에는 이패가 입을 열고 대답했다.

"어찌 사람을 놀라게 하였다 뿐이겠습니까? 과연 사람을 두렵게까지 했습니다. 원건은 절반만 보고는 이미 까무러쳤습니다."

원건은 냉소하고는 말했다.

"만약 나의 기억이 틀림없다면 오히려 당신이 먼저 까무러쳤소. 나는 비록 도움은 되지 않았지만 당신보다는 먼저 그 괴상한 노파와 싸웠소."

뒤의 두 마디는 도리어 솔직한 말이어서 이패는 일시에 말문이 막히고 말았다. 심우는 무엇을 생각한 것 같더니 말했다.

"뇌진의 후사는 어떻게 되었소?"

그 한마디가 꿈 속의 사람을 깨우쳤다. 줄곧 말이 없던 섭민비가 말했다.

"여관에 가서 다시 의논합시다."

이때 여관의 늙은 주인이 와서 비위를 맞추면서 말했다.

"귀 친구의 유체를 제가 아래 사람들에게 분부해서 처리했습니다.

이제 안장지를 택하여 매장하면 됩니다. 여러분은 먼저 저의 객점에 돌아가서 휴식을 취하십시오. 다른 일은 제가 책임지고 여러분들에게 맞도록 처리하겠습니다."

심우는 머리를 끄덕이면서 말했다.

"그럼 당신이 수고해 주시오. 내가 보기에는 이곳도 괜찮은데 누구의 땅인지 모르겠고, 만약 팔려고 한다면 우리가 한 뙈기를 사서 우리의 친구를 파묻겠소."

늙은 주인이 급히 말했다.

"그것은 쉬운 일입니다. 제가 즉시 여러분을 대신하여 일에 착수하도록 하겠습니다."

심우가 말했다.

"수고스럽지만 당신이 재빨리 우리를 대신해서 처리해 주고 나중에 사용한 돈은 그때에 가서 우리가 결산하도록 합시다."

늙은 주인은 다급히 말했다.

"걱정 마십시오. 걱정 마십시오. 여러분은 객점으로 돌아가 휴식을 취하십시오!"

그리하여 원건과 이패 두 사람은 심우를 부축하였고 둘러싸서 구경하던 사람들은 제가끔 한마디씩 의견을 분분히 나누며 줄곧 심우의 뒤를 따라 객점까지 왔는데 늙은 주인이 반나절이나 실갱이를 해서야 겨우 가슴에 호기심이 가득 찬 사람들을 달래여 흩어지게 할 수 있었다.

심우 등 네 사람은 그 객점에서 닷새나 묵었다. 이 닷새 동안 심우는 홀로 구석진 조용한 방에 있었고, 이패 등 사람들에게 번갈아 지키게 하였으며 음식과 차를 준비하여 가져오는 사람을 제외하고는 어떤 사람도 그의 휴식을 방해하지 못하게 하였다. 심우는 그 방에만 머물러 있었고 방을 떠나지 않았으므로 그가 방 안에서 무엇을 하는지 누구도 알 수 없었다.

여섯 번째 날 오전 섭민비가 그 방을 지키는 차례가 되었다. 이때 심우가 돌연 환한 얼굴로 밖에서 돌아왔고, 그가 언제 방을 떠나 밖으로 나갔는지 아무도 몰랐다. 섭민비 등 사람들은 물론 매우 놀랐지만 심우는 도리어 웃고만 있을 뿐 설명을 하지 않고 다만 그들에게 길을 떠날 준비를 하라고 분부하였다. 떠나기 전 네 사람은 뇌진의 무덤 앞에 가서 한 번 제를 지내고는 곧 총총히 말을 타고 북상하여 경사를 향해 가는 길을 다그쳤다.

그들이 아침 일찍 떠나고 저녁 늦게 주숙하자 며칠 지나지 않아 경사에 이르렀다. 정말 괴상하게도 그들이 경사로 가는 노정은 뜻밖에도 평탄하였고 어려운 장애 따윈 조금도 없었다. 심지어는 바람에 잡초가 움직이는 정도의 미미한 변화도 찾아볼 수 없을 정도였다.

심우 등은 매우 급히 표물을 주인에게 인계한 후에 은자를 받아가지고는 그날 저녁으로 객잔에 돌아와서 이튿날 아침 일찍 남경으로 되돌아갈 준비를 하였다. 심우는 특히 객잔 주인에게 한끼 풍성한 술상을 준비하게 하여 네 사람이 이번 길에 무사히 표물을 운반한 공로를 축하하였다. 모두는 마음을 터놓고 마셨고 이야기로 웃음꽃을 피웠다. 술을 거나하게 마셨을 때 원건이 끝내는 참지 못하고 마음속에 품었던 의심을 말했다.

"총표두, 우리가 애한쌍선을 만난 뒤 그 며칠 동안 당신은 도대체 방 안에서 무엇을 하였습니까?"

심우는 가볍게 웃고는 말했다.

"당신 보기에는 내가 방안에서 무엇을 했겠소?"

이패는 원건을 한 번 눈여겨보고는 말했다.

"총표두는 그 며칠 동안 근본적으로 방안에 있지 않았소. 총표두가 언제 어느 때 떠나간 것마저 모르고 있었으니 우리가 능력이 없다는 것을 탓할 수밖에 없소."

심우가 웃으면서 말했다.

"당신도 절반만 맞췄소. 나는 대낮에는 방 안에 있었고, 저녁에야 밖으로 나왔던 것이요."

섭민비가 기회를 타서 물었다.

"알 수 없는 것은 총표두가 매일 저녁 무슨 일로 외출한 것입니까?"

심우가 말했다.

"심사가 너무 많아 밖으로 나와 거닐면서 마음속의 일부 의심스러운 점을 사색했을 따름이요."

원건은 문득 깨닫고 말했다.

"옳습니다. 총표두는 분명 으슥한 곳을 찾아 애한쌍선 두 노선배가 전수한 절학을 연마하였습니다."

심우는 무엇이라 단언하지 않고 말했다.

"그 말이 완전히 옳은 것도 아니오. 애한쌍선 두 노선배의 무공은 기이하고 괴상하여 심오하다고 말하자면 왔다갔다 해도 몇 초식이 되지 않으며, 간단하다고 하면 도리어 변화막측하여 쉽게 파악하기가 어렵소. 조금만 조심하지 않아도 재주를 부리다가 추태를 보이는 격으로 그 결과를 상상조차 할 수 없기 때문에 응용면에서는 완전히 마음속에 품어야 하는데 이것이 바로 무학 중에서 말하는 심법이요."

섭민비가 말했다.

"원래 총표두가 밤중에 외출한 것은 그 중의 심법을 찾아내기 위해서입니까?"

심우는 머리를 가로저으면서 말했다.

"말하기는 쉬워도 애한쌍선 두 노선배가 어느 방면이나 막론하고 모두 이미 최고봉에 이른 사람이란 것을 알아야 하지만, 두 사람은 도리어 제각기 극단으로 나가 일애일한一愛一恨으로 천양지차라 할 수 있소. 만약 내 일신에 두 사람의 무공을 겸한다면 서로 모순이 되어 범을 그리려다가 잘못되어 개를 그리는 것과 같이 매우 쉽게 주화입마에 빠지게 될 것이오."

섭민비가 말했다.

"그렇다면 지금 총표두는 어느 정도의 화후에 이르렀는지 모르겠습니다?"

심우는 무심하게 웃으면서 말했다.

"내가 일부러 속이려 하는 것이 아니라 확실히 나 스스로도 알 수 없소."

섭민비는 더 묻기 불편하다고 느끼고 술을 한 모금 마시고는 입을 다물었다. 원건은 도리어 무엇이 생각 난 듯 하더니 "괴상하다"고 입속으로 중얼거렸다. 이패가 말했다.

"무엇이 괴상하오?"

원건은 이패와 섭민비를 보고 말하였다.

"당신들은 그 날 아침 두 노선배가 우리의 목숨을 건져줄 때 그들이

한 말을 기억하고 있소?"

이패가 말했다.

"그들이 어떤 가치있는 말을 했기에 당신은 이제야 괴상하다고 하오?"

원건이 말했다.

"그들은 우리의 이번 길은 매우 위험하고 우리를 음해하려고 준비하는 사람이 있다고 말하지 않았소? 그러나 우리의 노정은 오히려 특별하다 할 정도로 조용하였고 아무런 일도 없었잖소. 그렇다면 두 노선배가 일부러 우리를 놀라게 하려고 한 말이란 말이요?"

이패가 "하하"하고 웃더니 말했다.

"때문에 나는 줄곧 당신을 멍청하다고 하였는데 당신은 한사코 잘못을 인정하지 않았소. 그날 저녁 총표두와 애한쌍선의 한차례 경천동지할 만한 결투를 벌인 것이 어디까지 소문으로 전해졌는지 알 수 없는데 누가 감히 분수를 모르고 스스로 죽음의 길을 찾겠소."

원건은 생각해 보니 그의 말이 옳았다. 비록 이패가 자기에게 각박하게 한 말은 달갑지 않았지만 일시에 상대방에 대꾸할 말을 찾지 못하여 하는 수 없이 술을 빌어 자기의 불쾌한 기색을 덮어버렸다. 이 네 사람은 줄곧 주흥이 사라질 때까지 먹으면서 이야기하였다. 그들은 내일 아침 일찍 남경으로 되돌아가기 위하여 모두 침실로 돌아갔다.

심우는 비록 자기 방으로 돌아왔지만 잠을 이룰 수 없었다. 이 며칠간 그는 많은 일을 겪었다. 더욱이 임봉 등이 개봉에서 실종되고 그 뒤에는 사람을 파견하여 비밀편지를 보내온 것이다. 그리고 또 도중에 려사를 만났으며 뇌진이 죽은 일이 줄곧 마음속에 새겨져 있었다. 그가 그 일을 언급하지 않은 것은 이패의 아픈 마음을 건드리고 싶지 않았기 때문이었다. 하지만 심우 자신은 오히려 그러한 일 때문에 끊임없이 골똘히 생각하지 않을 수 없었다.

임봉은 왜 실종되었는가? 그가 사람을 파견하여 보낸 밀서는 어떤 일을 말하고 있는 것인가? 이런 것이 매우 중요한 문제라 생각했다. 더욱이 임봉은 명목 상으로는 그의 문하 제자이지만 나이는 오히려 비슷했다. 하지만 그가 이 길에 들어선 이래 얻기 어려운 심복이라고 말할 수 있기 때문에 임봉의 안위에 그가 관심을 두지 않을 수 없었다. 또한 심우는 애림과 얽혀있는 가문의 억울한 은원을 생각하면 할수록 슬픔과 비분에 빠질 수밖에 없었다.

이 밤을 홀로 등불 밑에 앉아 생각하려니 서러움이 몰려왔다. 애림의 핍박으로 여태까지 정처 없이 떠돌아다녔다. 또 여러 번이나 사람들에게 수모를 당했고 하마터면 막다른 골목에 이를 뻔했다. 더욱이 려사가 그 기회를 타서 사랑을 빼앗으려 했고, 백방으로 방법을 간구하여 자기를 경멸하고 스스로 우쭐댔다. 또한 여러 번이나 그의 칼 아래에서 치욕을 참아가면서 살아온 것이 주마등처럼 지나갔다. 심우는 스스로 천한 목숨이라고 생각하였다. 그리고 자기 집의 원수도 갚지 못했고 부친의 누명도 벗기지 못했다는 것을 생각했다. 생각이 여기에 미치자 저도 모르게 노화가 가슴 가득히 치솟아 올랐다. 심우는 장화에서 한 자루의 기이한 단검을 뽑았다.

등 불빛 아래에서 기이한 단검은 검신을 떨더니 싸늘한 빛을 사방으로 쏘아갔는데 홀연 길다가도 홀연 짧아졌고 그 쏘아져 나감이 일정하지 않았다. 보기에 한 자루의 단검이 영성을 가지고 있는 것 같이 심우의 슬픔과 원망에 따라서 살아있는 것처럼 움직이는 듯했다.

그런데 바로 이때 돌연 하나의 물건이 창문지를 꿰뚫고 섬전처럼 실내로 들어왔다. 심우의 정서는 바로 극단의 비분 속에 빠져가고 있던 중이었다. 바로 심우의 마음에 노화가 불타오를 때였다. 하지만 심우의 반응은 매우 빨랐다. 나직한 신음소리와 함께 검광이 돌연 창호를 향해 발출되었다.

창 밖에서 비명소리가 울려 퍼졌다. 거의 동시에 심우는 이미 창문을 뚫고 뜨락으로 뛰어내렸다. 어둠 속에서 한 줄기 검은 그림자가 눈 깜짝할 사이에 담벽을 뛰어넘어 도망가려고 하였다. 심우가 어디 그를 놓아줄 것인가. 암중으로 진기를 불러 일으켜 그를 붙잡으려고 하는데 뒤에서 갑자기 "쿵"하는 요란한 소리가 들려왔다. 심우가 놀라서 뒤를 돌아보니 자기 방에서 화염이 치솟고 있었다. 불길의 맹렬한 기세는 사방으로 퍼져가고 있었다. 심우는 이패 등 사람들과 기타 무고한 손님들의 안위를 걱정하여 그 사람을 뒤쫓는 것을 돌볼 겨를도 없이 갑자기 진기를 끌어올려 소리를 쳤다.

"불이 났소, 모두들 일어나서 불을 끄시오."

이 일성은 마치 청천벽력과 같아 그 집을 진동하였다. 방금 꽝하는 요란한 소리는 벌써 적지 않은 여객들을 깨웠고 또 심우의 거대한 일성대갈에 여관 안은 떠들썩하였으며 모든 사람들은 분분히 앞을 다투어 문을 뛰쳐나오느라고 온통 뒤죽박죽이 되었다. 심우가 또다시 소리쳤다.

"여러분. 달아나는 것이 급한 게 아닙니다. 불부터 꺼야 합니다."

이번에는 심우가 있는 힘을 다하여 소리를 치지 않았지만 떠들썩한 가운데서 이 소리는 오히려 사람들에게 지혜를 불어넣어 대뜸 몇 명의 객잔 심부름꾼이 물통에 물을 담아가지고 와서 불을 끄기 시작했다. 손님들도 정신을 차리고 분분히 불 끄는 일에 참가하기 시작했다. 이패 등은 오랫동안 강호로 돌아다닌 인물로 이때 모두 그 소리를 따라 심우를 찾고 약속이나 한 듯 심우 옆으로 뛰어왔다.

심우는 한 사람이 쓰러져 있는 것을 보았다. 이패 등은 즉시 심우가 암습을 당했음을 알았고 원건이 먼저 그 사람 가까이에 가서 머리을 숙이고 살펴보았는데 그 사람이 이미 숨이 끊어졌음을 발견하였다. 심우의 보검에 상처를 입고 죽은 것이었다. 원건은 참을 수 없어 머리를 돌려 말했다.

"총표두는 이 사람이 어떤 사람인지 알고 있습니까?"

심우는 머리를 가로저으면서 말했다.

"모르오."

심우는 마음속으로 조금 후회가 되었다. 천만 뜻밖으로 출수하자마자 상대방을 죽였는데 같이 온 다른 한사람은 조금 지체하는 동안 이미 도망가 버려 조금도 흔적을 찾을 수 없었다. 섭민비는 한창 심우의 방 창문을 멍청하니 보고 있었고 이때 객잔 안의 사람들이 힘을 합쳐 물을 뿌려 불을 끄니 밖의 불의 기세를 어느 정도 누그러뜨릴 수 있었다. 하지만 방안의 불길은 여전히 세찼다. 섭민비는 의심이 가득한 채 중얼거렸다.

"이 물건은 강호에서 자취를 감춘지 오랜데 왜 다시 나타났을까?"

심우는 마음이 움직이는 바가 있어 말했다.

"섭민비, 당신은 이 물건을 본 적이 있소?"

섭민비는 가볍게 머리를 가로저으면서 말했다.

"저는 본 적이 없지만 오래 전에 사람들이 말하는 것을 들은 적 있습니다. 괴상한 것은 총표두는 어떻게 이 악독한 물건을 피할 수 있었습니까, 경공이 제 아무리 높다 해도 그 어떤 사람이던지 즉시 독화에 불타 시체조차 없어질 것입니다."

심우는 방안에서 거대한 불길을 보았으므로 가슴이 떨렸고, 섭민비의 말이 조금도 과장이 없다는 것을 믿었다. 그는 즉시 물었다.

"이 물건을 무엇이라고 부르오?"

섭민비가 말했다.

"듣기로는 두 가지 이름이 있는데 어떤 사람은 벽력화탄霹靂火彈이라 부르고 또 어떤 사람은 백독신화百毒神火라 부르는데 강호에서는 둘도 없는 악독한 암기의 일종입니다."

심우는 잠시 동안 고개를 숙이고 생각하였고 무엇을 고민하는 것 같았다. 원건은 견딜 수 없어 말했다.

"이렇게 사나운 물건을 나는 들어본 적도 없는데 어느 문파에서 나왔는지 알고 있소?"

섭민비가 말했다.

"그것은 나도 모르오. 나의 기억에는 이상하다고 알려진 어떤 문파라고 들었지만 그 문파의 사람들은 일찍 강호에서 자취를 감췄고 나중에는 어떻게 되었는지 모르고 있소."

심우는 돌연 머리를 쳐들고 말했다.

"빨리 말썽이 있는 이곳을 떠나는 게 좋겠소."

섭민비가 말했다.

"총표두의 말이 옳습니다. 이곳은 경기京畿의 요충지로서 즉시 관부가 가만있지 않을테고 필시 분쟁에 말려들 겁니다."

이때 객잔에서는 사람들이 불을 끄느라고 분주했고 떠들썩하였는데 심우 등 네 사람은 그 틈을 타서 마구간으로 가 자기들의 말을 끌어내어 객잔을 떠났다. 객잔 사람들이 알았을 때는 그들이 이미 멀리 떠나버린 뒤였다. 원건이 마음이 놓이지 않는지 말했다.

"총표두, 우리가 이렇게 떠났다면 그래 그 모든 죄를 객잔에서 감당해야 하지 않습니까?"

심우가 입도 열기 전에 이패가 앞질러 말했다.

"그 객잔 주인은 당신처럼 멍청하지 않소. 불을 놓고 강탈을 하였는데 우두머리는 스스로 원건이라 하였고, 남경 사람이라 보고하면 되오. 그때면 당신은 도대체 누가 그 죄명을 감당하는가를 보오?"

원건이 입을 열고 대꾸를 하려는데 돌연 등 뒤에서 말발굽 소리가 들리더니 어둠 속에서 천군만마가 먼지를 일으키면서 달려왔다. 원건은 놀라 하려던 말을 삼켜 버렸다. 이패의 말소리가 들렸다.

"이런. 범이 제 말하면 온다더니 어서 빨리 도망갑시다."

말을 마치고는 말을 몰아 질주했다. 심우 등도 연이어 말의 배를 차면서 뒤따라갔다. 심우 등 사람들이 말에 채찍을 가하자 뒷면의 대열이 더욱 바싹 뒤쫓아왔다. 땅을 뒤흔드는 말발굽 소리는 기세가 대단했고 말발굽소리는 점점 가까워지는 듯했다. 이패가 말했다.

"야단났군, 우리는 경성을 순찰하는 금위마대禁衛馬隊를 만났구나."

심우는 경성 걸음이 이번이 처음이었다. 별 감각이 없었지만 원건과 섭민비 두 사람의 말을 듣고는 사태가 심상치 않다고 느꼈다. 원래 경성 금위군은 경성의 치안을 책임졌고 그 중에는 무림의 일류 고수들이 적지 않았다. 더욱이 순라마대는 천 필에서 하나를 고른 말들로서 그 속도가 매우 빨랐다. 심우 등 사람들이 타고 있는 말도 좋은 말이지만 필경 순라마대의 말하고는 비할 수가 없었다. 그들 뒤에서 들려오는 말발굽 소리는 점점 더 가까워졌다.

심우는 사태의 엄중성을 느꼈다. 만일 금위대가 따라잡으면 싸우지 않고는 해결할 수 있는 일이 아니었기 때문이었고, 경성의 금위군과 싸우면 당금의 조정과 맞서는 것인데 어찌 반역이 아니겠는가? 생각이 여기에 미치자 심우는 기습한 사람을 놓아 보낸 것을 후회했다. 이 사람들이 벽력독화로 자기를 대처하는 것으로 보아 악독하기 그지없고, 독화 본신이 독할 뿐만 아니라 사전에 미리 계획한 하나의 연환連環 독계가 뚜렷했기 때문이다. 기습이 실패할 때는 큰불을 일으켜 경기 금위군을 놀라게 하여 움직이도록 한 것이다. 때가 되면 입이 백 개라고 해도 뭐라 할 말이 없기 때문에 뒤가 걱정스러웠으며, 이것이 정말 독하다 하지 않을 수 없었다. 귓가에 또다시 이패의 말소리가 들려왔다.

"총표두, 어떻게든 그들을 벗어나야 합니다."

심우는 사방을 둘러보았는데 길 옆의 집들은 모두 문이 닫겨 있었다. 심우가 말했다.

"굽어 돌아들어가는 곳을 찾아서 우리가 말을 버리고 민가에 들어가서 숨읍시다."

원건은 흥분하며 말했다.

"옳습니다. 저놈들이 감히 용마루로 올라오지 못할 것입니다."

이패는 찬성하지 않고 말했다.

"당신은 그들은 경시하지 마시오. 그렇지 않으면 낭패를 당할 것이요. 이것은 충고이지 일부러 당신하고 언쟁하려는 것이 아니요."

심우가 말했다.

"그 말이 옳소, 우리는 조심하는 편이 좋소. 우선 민가의 용마루에 오른 뒤에 더욱 조심하고 집 안의 사람들을 놀라게 하지 말아야 할 것이오."

잠깐 사이에 길 어귀로 질주해 갔다. 심우는 채찍질하여 굽이돌아든 후에 즉시 몸을 솟구치면서 말 등을 떠나 신형을 날려 지붕 위로 올라갔다. 섭민비, 이패, 원건 등도 연이어 심우의 뒤를 따라 분분히 말을 버리고 민가의 지붕 위로 올랐다. 이 네 사람은 함께 용마루 위로 숨었다. 빈 말은 계속해서 앞으로 질주하게 하였다. 땅을 뒤흔드는 말발굽 소리가 눈 깜짝할 사이에 근접해 왔다. 심우가 가만히 아래를 바라보았는데 한 무리의 인마에 약 이십 명 정도가 되었고, 우두머리로 보이는 사람이 금의 백포를 걸친 것 외에 다른 사람들은 모두 전신에 갑옷을 입었고 손에는 방천장극方天長戟을 들었는데 사람마다 원기가 왕성하였고 위풍이 늠름하였다.

우두머리는 사십이 넘은 듯했고 음흉하고 잔인한 얼굴은 한 번 보아도 매우 다루기 힘든 인물임을 알 수 있었다. 한 무리의 인마가 길 어귀를 지나가려 할 때 어둠 속에서 돌연 큰 웃음소리가 들렸다. 이윽고 낭랑한 소리로 말하는 사람이 있었다.

"불을 지른 큰 도적아. 용마루로 숨으면 도망갈 수 있다고 생각하느냐?"

목소리는 높지도 낮지도 않았지만 말발굽 소리를 덮어 여러 사람들의 귓가에 흘러들었다. 심우 등은 놀랐고 대열의 우두머리인 중년 사나이가 돌연 한 손을 들어 모든 무리의 인마를 즉시 멈추게 하였다. 그 찰나의 순간에 사방은 쥐 죽은 듯 고요하였다. 심우는 또 한 번 놀랐다. 이 사람들은 과연 뛰어나다고 생각했다. 이십여 명이 뜻밖에도 질주하는 가운데 한 번의 손짓으로 전부 멈춰설 수 있는 것으로 보아 평상시의 훈련이 잘 되어 있었던 것이다.

우두머리 중년 사나이가 또 한 번 손짓하자 앞 무리의 갑옷 입은 금위 위사들은 즉시 흩어져 대형을 이루었다. 그 순간 심우 등이 숨어 있는 부근의 몇몇 민가를 포위하여 감시하는 진세를 이루었다. 금의 중년인이 위엄있게 말했다.

"방금 말한 사람은 나오시오."

심우는 방금 말한 소리를 왼쪽 다른 한 지붕 어두운 곳에서 들었다. 말을 한 사람은 일부러 네 사람의 행방을 폭로시키려 하였다. 그의 의도가 무엇인지 의심스러웠다. 금의 중년인은 반응이 없자 어조가 변하면서 쌀쌀하게 말했다.

"지금 모습을 나타내면 나는 당신들을 가볍게 책벌하고, 그렇지 않으면 당신들 일가친척들에게도 화가 미칠 것이오."

그 말이 막 끝나려 할 때 검은 그림자가 번쩍하는 것이 보였다. 그 금의인 앞에 한 사람이 더 늘었는데 그 사람의 신법은 너무 빨라서 이패 등 사람들은 뜻밖에도 그가 도대체 어디에서 나왔는지 보지 못했다. 심우는 저도 모르게 냉소하였다. 심우는 그 사람을 보았는데 야위고 큰 키에 사십 정도였고 일신은 장사꾼의 장속이였는데 땅에 내려선 뒤에는 굽실거리면서 그 금의 중년인에게 아주 공손하게 읍을 하면서 말했다.

“소인 구천작丘泉作이 분부를 기다립니다.”

금의 중년인은 살짝 고개를 숙여보이고는 말했다.

“당신은 무얼 하는 사람인가?”

중년 장사꾼이 말했다.

“소인은 재경천부在慶天府 남경南京 총표국總鏢局에서 일을 봅니다.”

그 중년인은 “오”하고 소리내더니 말했다.

“당신은 표사요?”

중년 장사꾼은 공수하면서 말했다.

“황송합니다. 소인은 다만 그럭저럭 밥을 얻어먹기 위해 일을 하는 정도입니다. 향후에 귀인께서 많이 보살펴 주십시오.”

금의 중년인은 기색이 변하더니 불쾌하게 말했다.

“본대인의 앞에서 아직도 거짓말을 하는데 당신들이 사사로이 민가에 오른 한 가지 죄만이라도 감옥에 넣을 수 있소.”

중년 장사꾼은 어쩔 바를 몰라 쩔쩔매면서 말했다.

“그것은……, 그것은…….”

금의 중년인은 큰 소리를 질렀다.

“빨리 당신들 도당을 내려오라고 하오.”

중년 장사꾼은 방법이 없는 체 하면서 머리를 들고 말했다.

“심우형, 당신들은 내려오시오.”

심우는 음험한 녀석이라고 욕하였다. 남경표국의 이름은 이미 드러났으며 자기의 이름마저도 드러났으니 만약 또다시 도망가면 그 죄에 대한 혐의가 더욱 커질 것이다. 심우가 모습을 나타낼까 말까 하고 망설이는데 아래의 그 금의 중년인이 돌연 냉소하고 음침하게 말하는 소리가 들려왔다.

"당신들은 표사이니 응당 광명정대하여야 할텐데 당신은 왜 얼굴에 가면을 썼지? 얼굴을 드러내지 못할 이유라도 있나보지?"

심우는 그 말을 듣고 놀랐다. 그는 안력이 뛰어나서 이미 이 중년 장사꾼이 얼굴에 인면피구를 썼다고 벌써 의심하고 있었던 것이다. 그런데 생각 밖으로 금의 위사도 이를 알아차렸는데 이러고 보면 이패의 말이 틀림없었다. 이 금의 위사 가운데는 확실히 기이한 지사들이 적지 않았다. 심우는 그 자리에서 잠시 모습을 나타내지 않은 채 그 중년 장사꾼이 어떻게 대처하는가를 보려고 하였다. 그 중년 장사꾼이 두 손을 벌리고 말했다.

"대인은 무슨 말씀을 하십니까, 소인은 천성적으로 이 모습인데 인면피구라니요."

금의 위사는 갑자기 대노해서 좌우에 대고 말했다.

"잡아떼고 있는 저 놈을 잡아라."

두 명의 집전 금위가 대답하고는 즉시 앞으로 나와 사람을 잡았다. 중년 장사꾼은 두 사람이 가까이 오기를 기다리더니 갑자기 양손을 뒤집어 금의 위사의 가슴을 향해 쌍장을 날렸다. 창졸지간의 일이라 두 명의 위사는 조금도 경계하지 않았으므로 일 장씩을 맞고 입으로 선혈을 토하면서 뒤로 넘어졌다. 중년 장사꾼은 사람을 상하게 한 뒤 즉시 몸을 솟구쳤는데 바로 그때 백색의 인영이 번쩍하더니, 그 금의 위사는 이미 말을 떠나 대단히 빠른 신법으로 순간 중년 장사꾼 앞으로 움직이며 허공에서 일장을 격출하니 중년 장사꾼은 핍박을 받아 땅에 내려서게 되었다. 두 사람은 땅에 내려섰다. 금의 위사는 평정을 유지하고 있었고 형형한 눈길로 한참 동안 중년 장사꾼을 주시해보다가 비로소 말을 꺼냈다.

"정말 담이 크구나. 경기의 요충지에서 감히 반역을 하다니. 너의 마음속에는 나랏법이 있느냐?"

중년 장사꾼이 문득 말했다.

"각하가 길을 양보하지 않으면 구모가 무정하다고 탓하지 마시오."

금의 위사는 냉랭하게 웃더니 굳어진 기색으로 말했다.

"내가 길을 양보한다 해도 너는 오늘밤 그물에 걸린 고기 신세다."

말을 마치고는 정말 옆으로 한 걸음 비켜서서 중년 장사꾼을 지나가게 하였다. 중년 장사꾼은 한 번 냉소하더니 큰 걸음으로 걸어갔다. 몇 걸음 걸어갔을까 말발굽 소리가 들리더니 갑옷을 입고 화극을 든 금위 위사들이 한 줄로 마주 오는 것이 보였다. 준마를 타고 은광이 번쩍이는 장극長戟을 들고 한 줄로 서서 중년 장사꾼을 향해 접근해 왔다.

중년 장사꾼이 손바닥을 약간 쳐들자 마주오던 준마들은 즉시 분분히 울부짖는 소리를 발출하며 앞다리를 쳐들고 마구 펄쩍 뛰었다. 원래 그가 손목을 약간 쳐드는 순간 한 줄기 무성무식無聲無息의 잠력이 발출되어 말들을 격중하였는데 준마들이 아픔을 참지 못해 들뛰었던 것이다.

금의 중년인이 손짓을 하자 사방의 갑옷을 입은 위사들이 분분히 말을 버리고 땅에 뛰어 내려 장극을 들고 순식간에 중년 장사꾼을 겹겹이 에워쌌다. 중년 중사꾼이 쌍장을 연속 날리자 갑자기 거센 바람이 일면서 사면팔방으로 밀려 나갔고 그를 포위하고 있던 사람들은 이에 부딪쳐 몇 걸음이나 뒤로 물러났다. 심우는 지붕에서 명확히 이 광경을 지켜보았다. 심우는 그 사람의 장법이 맹렬하다고 탄복했지만 그가 어느 문파의 장법을 시전하고 있는지 알아낼 수 없었다. 원건이 돌연 낮은 소리로 말했다.

"이때를 타서 빨리 가지 않고 어느 때를 기다리겠소?"

말을 마치고 몸을 솟구치려는 것을 심우가 한 손으로 잡아당기면서 말했다.

"잠깐. 아직 기다려봅시다."

원건이 말했다.

"왜요?"

심우가 말했다.

"이런 것을 가리켜 중이 도망가도 묘를 벗어나지 못한다는 것이오, 저 녀석이 남경표국 사람이라고 거짓말을 한데다 또한 나의 이름도 드러내 일부러 경기 위사들이 이후에 남경표국에 와서 사람을 찾게 하려는 것이요, 이 일은 이미 크게 벌어진 것이고 이만저만한 작은 일이 아니라고 할 수 있소."

이때 그 중년 장사꾼을 포위하고 있던 갑옷을 입은 위사들은 그의 장력에 밀려 뒤로 물러났다가 또다시 중년 장사꾼을 향해 전진하였고, 중년 장사꾼은 이 기회를 빌어 몸에서 암기를 꺼내 큰소리를 지르면서 쌍 수로 날렸다. 장풍에 암기까지 발출하며 사방에서 달려들고 있는 금위 위사들을 습격하였다. 비명소리가 두 번 울렸고, 땅에 쓰러져 일어나지 못하는 사람이 있었다. 심우는 놀라 말했다.

"경기 금위 위사에 이미 사상자가 생겨 뒷 결과는 상상할 수 없게 되었소. 이 사람의 심보가 험악하여 그 화를 우리에게 덮어씌우려는 모양인데……."

말소리가 끝나기도 전에 아래의 상황은 변화가 있었다. 그 중년 장사꾼은 무공이 고강하여 쌍장을 휘두르면서 또 두세 명의 사상자를 냈다. 이렇게 되자 우두머리 금의 중년인은 큰 소리를 질렀다.

"모두 물러서라."

손에 장극을 든 위사들은 그 소리를 듣고 분분히 뒤로 물러섰다. 금의 중년인은 흉악한 빛을 발출하였고 형형한 눈길로 중년 장사꾼을 주시하면서 한 걸음 한 걸음 그를 향해 걸어갔다. 그가 두 팔을 약간 구부렸고, 손가락을 구부렸다 폈다 하는 모습이 매우 괴상했다. 심우는 낮은 소리로 이패 등 사람들에게 말했다.

"저 금의 중년인은 응조공鷹爪功을 매우 높은 수준까지 연마하여 그들 두 사람이 싸운다면 고하를 가르기 어려울 것 같소. 우리는 이 기회에 저 장사꾼을 반드시 붙잡아야 할 것이오. 하지만 중요한 것은 사로잡아야지 죽여서는 안 될 것이오."

그 금의 중년인은 중년 장사꾼의 세 걸음 앞까지 접근하고는 돌연 멈춰서더니 냉랭하게 말했다.

"각하의 무공이 나의 생각 밖이고 보아하니 당신은 보통 강호의 인물 같지 않소. 지금 당신이 경기 지방에 와서 불을 지르고 사단을 일으켰는데 아마 또 다른 극악무도한 음모가 있는 것 아닌가?"

중년 장사꾼은 한 번 냉소하고는 말이 없었다. 금의 중년인은 화가 나서 얼굴에 핏대가 섰지만 거동은 도리어 보통 때와 같이 평정을 유지하며 말했다.

"내가 손쓰기 전에 당신의 동기를 남김없이 이야기하시오. 그렇지 않고 때가 되면 당신은 후회할 사이도 없소."

중년 장사꾼은 아랑곳하지 않고 말했다.

"나도 당신에게 권고하겠소."

금의 중년인은 큰소리로 말했다.

"죽음이 임박했는데 혀 끝을 놀려 우쭐대려고 생각하는가."

중년 장사꾼이 냉랭하게 말했다.

"절대 혀를 놀리는 것이 아니오. 당신은 길을 터서 나를 가도록 해야 할 것이오. 그렇지 않으면 때가 되어 후회할 것은 당신이 될 것이오."

금의 중년인이 미친 듯이 웃더니 말했다.

"정말로 물불을 가리지 않는 녀석이군."

말을 마치고 다섯 손가락을 갑자기 폈는데 매의 발톱 같았다. 금의 중년인은 중년 장사꾼의 가슴을 향해 쏘아나갔다. 응조공은 부드러움과 강함을 겸비한 일종의 무공으로서 금의 중년인의 공력은 매우 넉넉했고 단번에 반대편 중년 장사꾼의 전신을 응조공의 세력으로 덮어버렸다. 중년 장사꾼은 대갈일성하였다.

"잠깐."

금의 중년인은 그 말을 듣고 다섯 손가락을 거두니 응조공의 위력이 전부 사라졌으며 조금도 움직이지 않고 있었다. 이와 같이 자유자재로 공력을 발출할 수 있고 거두어들일 수 있는 능력은 용마루 위에서 몸을 숨기며 엿보고 있는 이패 등 사람들을 놀라게 하였다. 중년 장사꾼은 좀 누그러든 어조로 말했다.

"귀하의 성함이 어찌 되시오?"

금의 중년인은 냉소하고 말했다.

"필요없소. 지금 나의 이름을 알아도 당신에게 그 어떤 도움도 되지 않소."

말을 마치고는 손을 들어 또다시 공격하려는 자세를 취했다. 중년 장사꾼은 손을 가로저으면서 말했다.

"나의 말을 들은 다음 손을 써도 늦지 않소."

그는 잠시 멈췄다가 계속하여 말했다.

"응조신공鷹爪神功은 점창點蒼의 절기로 문호가 삼엄하지만 근원을 이야기할라치면 당신과 나는 한집안 사람이요."

금의 중년인은 쌀쌀맞게 조소하면서 말했다.

"당신은 나하고 관계를 가까이 하면 오늘 저녁 요행을 바랄 수 있다고 생각하오? 솔직하게 알려주는데 오늘 저녁 내가 당신을 일부러 놓아준다 해도 당금의 성상聖上은 끝까지 뒷조사를 하려 할 것이오."

중년 장사꾼은 입을 헤벌리고 웃으면서 말했다.

"각하가 방금 출수한 상황으로 보면 당신의 응조공은 이미 더 오를 수 없는 경지에 이르렀으니 응당 우리 파의 위 선배와 동문으로 보이지만, 당신이나 나나 이 배분에 살아 있는 사람이 이미 많지 않아 내가 응당 만나 보았을 것이 옳을 텐데 왜 일시에 생각나지 않는지 모르겠소?"

중년 장사꾼이 돌연 자기와 금의 중년인을 한데 끌어들였다. 그 말뜻은 분명 자기와 금의 중년인이 동문 사형제라는 것을 가리켰다. 이것에 심우 등 사람들은 의아하다고 여겼을 뿐만 아니라 금의 중년인도 그 말을 듣고는 놀랐다. 중년 장사꾼은 무엇이 생각난 듯 "아" 하고는 말했다.

"그렇지."

금의 위사가 물었다.

"무엇을 말이오?"

중년 장사꾼은 기쁜 듯이 말했다.

"우리가 몇 해 만나보지 못했지만 분명 당년의 당신 모습이 어렴풋이 기억나오. 만약 나의 기억이 틀림없다면 당신이 바로 우리의 여섯째인 풍자중馮子中이요, 그렇지 않소?"

금의 중년인의 얼굴에는 그 순간 복잡한 표정이 노출되었지만, 그 표정은 대뜸 사라지고 냉랭하게 말했다.

"각하는 쓸데없는 소리를 작작하오. 당신은 꼼짝 않고 잡히겠소, 아니면 내가 직접 손쓰길 바라시오?"

중년 장사꾼은 "픽" 웃더니 말했다.

"자중, 지금 당신은 금위의 요직에 있으니 신분과 처한 상황은 물론 다를 것이오. 이 형이 절대 당신을 거북하게 하지 않겠소. 내가 몇 마디 옛 일을 이야기한 다음 물론 꼼짝 않고 묶일 테니 당신 마음대로 처리하시오."

금의 중년인은 약간 부끄러운 기색을 띄우고는 묵묵히 말이 없었다. 중년 장사꾼이 말했다.

"우리 둘째의 행방을 알고 있소?"

금의 중년인은 정색하고 말했다.

"당신 도대체 누구요?"

중년 장사꾼은 가볍게 탄식하고 말했다.

"내가 누구냐고? 내가 인피가면을 벗으면 알아볼 것이오. 하지만 지금 부득이한 고충이 있어 진정한 모습으로 사람을 만나볼 수 없소. 부득불 잠시 이름을 바꾸고 표국에 의지하여 살아가고 있는데 이 시각 만약 내 속을 드러내면 이 형의 목숨은 작은 일이지만 만약 당신에게 연루가 되면 내 마음은 더욱 불안하게 되오."

금의 중년인은 참지 못해 말이 불쑥 튀어나왔다.

"어찌 그럴 수 있단 말이오, 어떤 일이 우리 점창 동문을 쓰러뜨릴 수 있단 말이오, 내가 듣게 말해보시오."

중년 장사꾼은 한 번 가볍게 탄식하고 말했다.

"이 일을 말하자면 길지요. 하물며 지금 이곳에서는 말할 수가 없소. 여섯째 동생이 보듯이 요 몇 년 사이에 이 형이 가학家學을 도대체 얼마나 전폐하였는지를 알 수 있지 않겠소."

말을 마치고는 팔소매를 걷어 올려 검은 털로 반쯤 뒤덮인 팔을 노출하면서 말했다.

"여섯째 동생은 똑바로 보시오."

그는 오른손 손가락을 접었다 폈다 하면서 큰 소리를 질렀는데 허공을 한 번 짚으면서 옆의 땅을 향해 쏘아갔다. 그러자 즉시 "훅훅"하고 바람소리가 울리더니 모래흙이 날렸고 그 성세는 대단했다. 중년 장사꾼은 응조공을 몇 초식 펼친 뒤 재빨리 거두었고 신형을 조금도 움직이지 않았지만 흙모래가 땅에 가라앉은 다음 땅에는 별안간 움푹하고 패인 몇 개의 작은 구멍이 나타났다. 지붕에 몸을 숨긴 이패 등 사람들은 저도 모르게 간담이 서늘해졌다. 심우는 도리어 조용한 기색으로 무엇인가 사색하는 듯하였다. 그 금의 중년인은 엄숙한 표정으로 응조공에 뚫린 다섯 개의 작은 구멍을 주시하면서 담담하게 말했다.

"각하가 응조신공을 매우 비슷하게 모방하였지만 공력에는 분명 차이가 있소."

중년 장사꾼은 불쾌하게 말했다.

"여섯째 동생의 말은 어떤 뜻이요?"

금의 위사가 냉랭하게 말했다.

"나의 뜻은 아주 뚜렷하오, 당신이 만약 우리의 형제라면 응당 스스로 알 것이요. 우리의 응조신공이 무림에서 한자리를 차지할 수 있는 것은 응조신공이 강한 중에 유함이 있어 견고한 것을 만나면 뚫지 못하는 것이 없고 유한 것을 만나면 꼭 억제하므로 절대로 어느 한 쪽으로 치우치지 않소. 하지만 당신이 방금 손을 드는 사이에 강한 힘은 넘쳐났고 부드럽고 끈질김이 부족한 것으로 보아 우리 점창의 진전을 받은 것이 아니오."

중년 장사꾼은 길게 탄식하고 말했다.

"이 형은 정말로 본문의 무공을 전폐한지 오래요. 여섯째 동생은 모르고 있는데 이 몇 년 내 이 형은 지칠 대로 지쳤고, 이름까지 바꾼 채 남에게 의지하며 살았소. 다른 사람에게 내력이 발견될까 두려워서 어찌 감히 본문의 무공을 연마할 수 있었겠소? 여섯째 동생을 속이지 않고 말하지만 이 형은 오년 만에 처음으로 본문의 무공을 펼쳐보았소."

중년 장사꾼은 한 편으로 말하면서 한 편으로는 금의 중년인의 표정을 훑어보았고 상대방의 반신반의하는 모습을 보고는 계속하여 말했다.

"이 형이 당신에게 다른 요구가 없을 뿐만 아니라 방금 이미 말했는데 우리가 옛 일을 이야기한 뒤에는 즉시 꼼짝 않고 묶이겠다고 했고 또 관부의 처리를 따르겠다고 했소. 어쨌든 이 형이 강호로 정처 없이 떠돌아 다녀도 막다른 골목에 이르러 조만간 다른 사람의 손에 떨어지게 될 것인즉 우리 점창 동문을 망신시키기보다는 차라리 여섯째 동생에게 잡혀 관가에 인계되는 편이 났겠소."

금의 중년인은 냉소를 지으며 말했다.

"당신은 말로 나를 유인할 필요가 없소. 나라에는 국법이 있고 집에는 가규가 있어 당신이 정말로 나의 동문 사형이라 해도 법에 따라 처리할 수밖에 없소."

중년 장사꾼은 또 한 번 탄식하고 말했다.

"여섯째 동생이 믿지 못한다면 나에게 증거물이 있는데 당신이 한 번 보면 알 것이오. 다만 알 수 없는 것은 당신이 우리의 옛 물건을 볼 흥미가 있을지?"

금의 중년인이 말했다.

"당신이 어떤 증거물이 있는지 꺼내 보시오."

그는 잠깐 멈췄다가 이어서 또다시 말했다.

"하지만 내가 부득불 먼저 말하지 않을 수 없는데, 사는 사이고 공은 공이오, 나는 성은을 입었으므로 어떠한 일도 모두 나랏일을 중심으로 하오."

중년 장사꾼은 머리를 끄덕이면서 말했다.

"물론이오."

말을 하면서 손을 품속에 넣더니 주먹 절반만한 진주를 꺼냈다. 매우 귀중하게 한 번 본 다음 말했다.

"이 물건을 자세히 보시오, 알아보겠소?"

말하고는 손을 들어 그 거대한 진주를 금의 중년인에게로 던졌다. 거대한 진주가 금의 중년인 몇 치 앞까지 왔을 때 금의 중년인은 손을 내밀어 그것을 받으려 했다. 바로 그 순간 지붕 위에서 돌연 거대한 소리가 울렸다.

"계책을 조심하시오."

그 말소리를 따라 금의 중년인은 한 줄기 더없이 강대한 힘이 자기의 왼쪽으로부터 습격해 옴을 느꼈고, 그 힘은 맹렬하여 마치 산을 옮기고 바다를 메우는 것 같아 전에 본 적이 없었고 마음속으로 놀라 즉시 한 옆으로 몇 치나 되게 피하였다. 바로 이렇듯 긴박한 가운데에 중년 장사꾼이 던진 그 거대한 진주는 그의 몸을 스쳐 지났으며 그의 뒤에 있는 갑옷을 입은 위사들에게로 날아갔다.

"쾅"하는 거대한 소리가 울렸고 거대한 진주는 한 명의 위사에게 격중하였다. 순간 불길이 사방으로 퍼지면서 또 다른 가까이에 있는 몇 명의 위사들도 연속 비명소리를 지르면서 땅에 쓰러졌다. 세찬 불길은 그들의 몸에서 활활 타오르기 시작했다. 금의 중년인은 놀라 입을 딱 벌리고 말았다. 불길 속에서 하나의 그림자가 거대한 까치처럼 스쳐지나가는 것이 보였고 지붕에서 대갈일성이 들렸다.

"멈춰라."

중년 장사꾼은 거대한 진주를 던진 뒤에 즉시 몸을 솟구쳐 도망가려고 했다. 심우는 경험이 있어 그 거대한 진주가 괴상하다는 것을 알았다. 중년 장사꾼이 도망가려는 자세를 보았으므로 즉시 일장을 격출하여 금의 중년인을 피하게 했다. 이어서 그는 기이한 단검을 뽑아 신형을 날리면서 검기로 그 중년 장사꾼이 도망가려는 것을 제지하였다.

중년 장사꾼은 허공에 있어서 조금만 비스듬히 바깥쪽으로 뛰어 내리면 화극을 든 위사들의 포위권을 벗어날 수 있었다. 그러나 심우가 큰소리를 지를 때 중년 장사꾼이 포위권 밖으로 도망가는 것 같았지만 돌연 발출된 한 줄기 기이한 검세가 자기의 등 뒤를 따르는 것을 느꼈다.

중년 장사꾼은 마음속으로 놀람을 금할 수 없었다. 놀란 것은 기이한 검세가 맹렬하고 대단히 빠른 것만이 아니고 위기가 내포되어 있어 검세에 부딪치면 당장 목숨을 잃을 수 있었다. 중년 장사꾼은 놀란 나머지 허공에서 억지로 도망가려던 자세를 멈추고는 자리에 뛰어 내렸다. 심우는 중년 장사꾼이 땅에 내려서자 그림자처럼 그의 앞에 살짝 뛰어 내렸고 엄숙한 표정으로 수중의 기이한 단검을 비스듬히 앞으로 내밀면서 상대방의 거동을 위협적으로 주시하고 있었다. 바로 이때 지붕 위의 그림자가 움직이더니 이패, 원건과 섭민비 등 세 사람도 분분히 뛰어내려 그 중년 장사꾼을 사면으로 에워쌌다. 중년 장사꾼은 짐짓 대경실색한 체하면서 말했다.

"심노제, 당신은 왜 출수하여 자기편의 사람을 상대하려는 것이오?"

심우는 냉소하고 말했다.

"당신은 남에게 화를 뒤집어씌우는 독한 계략을 그만 두시오. 알 수 없는 것은 나 심모와 당신이 어떤 깊은 원한이 있어 당신이 거듭 나를 음해를 가하려는 것이오?"

중년 장사꾼은 놀라는 체하다가 다급히 말했다.

"심우, 무슨 뜻이요. 우리가 협력하여 손쓰면 의연히 도망갈 수 있지 않소. 당신은 벗을 팔아 자기가 살려는 하책을 쓸 필요가 없지 않소."

심우는 냉소하고 말했다.

"만약 싸움을 놓고 말한다면 나는 당신보다 더 강하다고 자신하오. 당신이 도망갈 수 있으면 나도 도망갈 수 있소. 내가 여기에 남은 것은 당신과 면전에서 말하지 않으면 안 될 것이 있어서요."

중년 장사꾼은 돌연 냉소하고 말했다.

"응당 말해야 할 것은 벌써 똑바로 말했소, 당신들도 한 몫을 가져야 한다는 것은 벌써 미리 약속했는데 이제 와서 더 많이 가지려는 게요?"

심우는 놀랐다. 이 사람이 너무도 사악하고 교활한데다 장물 이야기로 심우를 꼼짝없이 음해하고 있는 것이 아닌가. 심우는 냉랭하게 말했다.

"각하가 말하는 응당 가져야 한다는 한 몫이 방금 객잔에서 남몰래 나를 습격한 벽력독화라고 생각하오. 만약 내가 하늘이 보살펴준 덕이 아니었다면 제 때에 피하여 달아나지 못하고 지금쯤은 아마 불 속에 파묻혀 시체도 없었을 것이요. 이 점을 당신이 어떻게 해석하겠소?"

중년 장사꾼은 문득 웃더니 말했다.

"내가 해석할 필요 없이 당신 스스로 잘 알 것이요."

심우가 말했다.

"그렇소. 나는 마음속으로 매우 잘 알지만, 아마 당신의 입으로 말하는 것과는 또 다를 것이오."

중년 장사꾼은 돌연 가볍게 탄식하고 성실한 어조로 말했다.

"좋소. 당신들은 속일 필요가 뭐가 있겠소. 방금 여관에서 벽력독화로 당신들을 습격한 것은 비밀 명령을 받았기 때문이오. 당신들이 욕심이 그지없기 때문에 위에서 하는 수 없이 이런 행동을 취한 것뿐이요."

그리고는 금의 중년인을 향해 말했다.

"이것이 바로 이 형이 진실한 모습으로 사람을 만나 보지 못하는 원인이요. 나는 저 사람들과 한 패거리이고 겉으로는 물건을 호송하는 장사를 하는 것 같지만 암중으로는 도리어 밑천을 들이지 않는 장사를 하오. 이번에 장물을 똑같이 나누지 않았고 흑도 중 패거리 사이의 은원으로 여섯째의 직책과 완전히 관계가 없으니 당신이 알려하지 않아도 괜찮고 소용돌이에 빠져 앞뒤로 난처하게 되는 것을 면하는 것이 좋겠소."

금의 중년인은 정신을 차렸고 노기가 채 가시지 않았다. 하지만 그는 평정심을 유지하며 냉정한 눈길로 심우와 중년 장사꾼의 대화를 조용히 지켜보았다. 중년 장사꾼이 이때 그를 향해 말을 했지만 그의 표정은 도리어 냉담했고 한마디도 말을 하지 않았다. 심우는 금의 중년인의 마음속에 각종 의문들이 가득함을 잘 알고 있었다. 그리고 자기와 중년 장사꾼 두 사람이 말하는 가운데서 그 답을 풀 수 있도록 하려고 작정했다. 만약 자기의 말 가운데서 중년 장사꾼에게 말꼬리를 잡히게 되면 이 금의 중년인이 가능한 자기들을 붙잡고 중년 장사꾼과 함께 처리할 것인데 그렇게 되면 일이 점점 더 꼬여 벗어나기 어려울 것이다. 생각이 여기까지 미치자 심우는 마음속으로 경계하였고 쾌도난마의 방식으로 눈앞의 일을 해결하려고 결정하였다. 심우가 금의 중년인에게 공수하며 말했다.

"제가 남경표국의 심우인데 한 가지 일로 대인의 가르침을 받으려 합니다."

금의 중년인은 비록 엄숙한 표정이었지만 심우에 대해 매우 예의를 차리는 것 같았고, 그 말을 듣자 즉시 공수하고 말했다.

"심 선생은 할 말이 있으면 말씀하시오."

심우는 정색하며 말했다.

"참된 사람은 어떠한 시련도 이겨낸다고 저와 동반자 일행 네 사람은 이번에 물건을 호송하려고 입경했습니다. 이것은 그 물건 주인들이 증명할 것이고, 스스로도 규범을 잘 지켜 마음에 꺼리는 일을 한 적이 없습니다. 그래서 이들과 함께 대인을 따라 관가에 가기를 달갑게 여깁니다. 그런 후에 처리를 기다리겠습니다."

금의 중년인은 생각하더니 머리를 끄덕이면서 말했다.

"일리가 있는 말씀이오."

그리고는 머리를 돌려 중년 장사꾼에게 말했다.

"양심에 꺼리는 일을 하지 않으면 밤중에 문을 두드려도 놀라지 않을 것이오. 당신이 만약 도리가 있다면 정정당당하게 나를 따라 갑시다. 내가 당신에게 보증하는데 모든 일은 절대 공평하게 처리할 것이오."

중년 장사꾼은 한 번 냉소하고 말했다.

"애석하게도 이미 한발 늦었소. 만약 조금 일찍 말했다면 나는 조금도 주저하지 않고 당신을 따라갔겠지만, 지금 나는 핍박에 의해 출수하여 당신 사람을 죽였으니 심우가 모조리 나에게 떠넘길 것이오. 내가 만약 경솔하게 당신을 따라 갔다간 심우의 꾀에 빠지고 말 것이요."

금의 중년인은 굳어진 기색으로 말했다.

"그럼 당신은 어떻게 할 작정이요?"

중년 장사꾼이 말했다.

"나는 이미 경기의 위사를 죽였으니 죽을 죄를 지은 것이오. 만약 당신이 확실히 동문의 사정을 돌보지 않고 공평하게 처리한다면 이 형에게는 도리어 쌍방이 다 좋은 방법이 있소."

금의 위사가 말했다.

"말해보시오."

중년 장사꾼이 말했다.

"매우 간단하오. 이 형은 그 죄가 죽어 마땅하나 심우의 죄도 용서할 수 없소. 하지만 그는 특별히 교활하여 이 형이 큰일을 저지르는 것을 본 뒤에 출수하여 당신을 도왔고 좋은 일은 그가 다했소. 반면에 악명은 이 형이 담당하게 되었소. 만약 그가 말한 것처럼 모든 사람들이 함께 관가에 가면 여섯째 동생이 생각해 보시오, 이 형이 어떻게 말로서 그를 이겨낼 수 있겠소?"

이 말은 도리가 있는 것 같아 금의 중년인은 묵묵히 말이 없었다. 중년 장사꾼은 일부러 분개한 체 말했다.

"심우의 마음은 악독하오. 그가 출수하여 당신을 도왔다고만 보지 마시오. 사실 이것이 바로 그의 일거양득의 독한 계략이오. 그는 사태가 그름을 보자 부득불 끓는 가마 밑에서 나무를 끄집어내는 방법을 취했소. 이러면 자기의 죄를 밀어버릴 수 있고 또 이 형을 죽음에 몰아넣을 수 있을 테니 말이오."

금의 중년인은 저도 모르게 얼굴을 돌려 다시 심우를 훑어보면서 속으로 중얼거렸다.

'영웅적 기상이 흘러넘치는 이 청년의 마음이 이렇듯 음침하다니 정말 장강의 뒷 물결이 앞 물결을 밀어낸다고 하며, 더욱이 이 청년의 무공을 헤아릴 수 없으니 오늘 저녁 특별히 조심해야겠다.'

생각이 여기에 미치자 그는 곧 가만히 화극을 들고 뒤에 있는 위사들에게 손짓을 했다. 그러자 중년 장사꾼을 포위하지 않고 있던 위사들 중 한 사람이 슬그머니 뒤로 물러선 다음 말을 끌고 나는 듯이 달려갔다. 그 행동은 비록 가만히 진행되었지만 심우와 중년 장사꾼의 이목을 벗어나지 못했다. 두 사람은 모두 금의 위사가 남몰래 구원병을 청하려고 사람을 파견했음을 알았다. 심우는 마음속으로 잘 알고 있었지만 이 시각에는 이 일에 대해 아는 체하지 않는 것이 좋다고 생각하였으므로 겉으로는 매우 태연하였다. 중년 장사꾼도 못 본 체하고 계속하여 말했다.

"이 형은 당신이 연루되기를 바라지 않소. 죽음으로 나의 마음속을 밝혀 현제로 하여금 직책 상에서 인계가 있게 하여야 하지만 심우 이 놈이 법적 제재에서 벗어난다면 향후 강호에서는 필연적으로 우리 점창파를 비웃게 될 것이오. 이것이 이 형으로 하여금 죽어도 눈을 감지 못하게 하는 원인이요."

금의 중년인은 일부러 시간을 끌기 위하여 물었다.

"그럼 당신이 보기에는 어떻게 해야 하겠소?"

중년 장사꾼은 가슴을 내밀고 말했다.

"심우는 응당 나와 함께 스스로 목숨을 끊음으로서 공평함을 나타내야 하오."

이 말이 튀어 나오자 이패 등 사람들이 경악했을 뿐만 아니라 심우 본인마저도 생각 밖이라고 느꼈다. 금의 중년인은 몹시 놀라 말했다.

"당신의 말은 당신들 두 사람이 함께 자살해야 한단 말이요?"

중년 장사꾼이 말했다.

"당신이 손을 써도 되지만 당신이 손을 쓴다면 이 형은 그에 따른 조건이 있소. 바로 나는 심우가 죽는 것을 직접 본 뒤에야 꼼짝 않고 당신에게 찔려죽을 것이오. 그렇지 않으면 나에게는 아직 벽력화탄이 한개 남아 있어 심우가 손쓰지 않는다면 우리는 눈 깜짝할 사이에 함께 죽을 수 있소."

금의 중년인은 저도 모르게 심우를 훑어보았지만 심우는 조용한 기색으로 아무런 태도도 표하지 않았다. 중년 장사꾼은 이어서 더 높은 어조로 말했다.

"이렇게 하여야만 공평하고 합리적이오."

심우가 냉랭하게 말했다.

"만약 당신의 말대로 하지 않는다면?"

중년 장사꾼은 심우의 말에는 대답하지 않았다. 도리어 형형하게 빛을 내는 눈길로 금의 중년인을 주시하면서 그의 대답을 기다리고 있는 것 같았다. 금의 중년인은 비록 방금 심우가 출수하여 구하지 않았다면 자기는 벌써 비명에 죽었을 것이라는 것을 확실히 알고 있었지만 다른 한 방면으로 중년 장사꾼의 말에 마음이 흔들려 어쨌든 심우에게 큰 문제가 있다고 느껴졌다. 이로 말미암아 그의 눈길은 심우의 얼굴에서 떨어지지 않고 말했다.

"내가 보기에 그의 말에 도리가 없는 것 같지 않은데 당신이 만약 청백함을 증명할 방법이 없다면 하는 수 없이 그의 방법을 취할 수밖에 없습니다."

심우는 담담하게 웃더니 말했다.

"나의 청백함을 증명하려면 매우 간단합니다. 대인이 방금 우리를 뒤쫓던 상황을 자세히 회상한다면 알기 어렵지 않습니다."

금의 중년인은 깊이 생각하고 나서 말했다.

"그래도 각하가 설명하시오, 나는 생각나지 않습니다."

심우가 말했다.

"대인 등이 방금 우리를 뒤쫓아 이곳까지 왔는데 가만히 소리를 내어 지붕 위에 사람이 숨어 있다는 것을 대인에게 일깨워 준 사람이 있지 않습니까?"

금의 위사의 눈이 밝아지더니 말했다.

"그렇습니다."

심우가 또다시 말했다.

"그러면 옳은 것입니다. 대인은 무공이 더없이 고강하므로 응당 말씨라도 그가 누구라는 것을 가려낼 수 있을 것입니다. 그 사람은 분명히 우리의 행방을 들추어낸 다음 또 스스로 남경표국의 사람이라고 했고, 또 출수하여 대인의 수하를 죽였으며, 대인을 암살하려고 생각했습니다. 만약 남경표국의 사람이 법을 위반하고 양심에 꺼리는 일을 하고 저 사람이 만약 남경표국의 사람이라면 왜 우리가 숨어 있는 곳을 굳이 대인에게 알려주겠습니까? 이것은 분명……."

심우의 말이 끝나기도 전에 그는 중년 장사꾼이 그가 말하는 틈을 타서 품속에 손을 넣고 한 가지 물건을 꺼내는 것을 얼핏 보았다. 심우는 즉시 장검으로 천잠토견天蠶吐繭의 초식으로 저도 모르게 유정검법을 시전하였는데, 검광이 천만 갈래의 은실과 같이 중년 장사꾼을 향해 휘감아나갔다.

심우는 무의식 중에 일초를 드러내었는데 중년 장사꾼은 대경실색하여 즉시 어쩔 바를 몰라 했다. 금의군의 위사도 감탄하며 소리를 질렀다.

"좋은 검법이다."

중년 장사꾼이 품에서 꺼낸 것은 바로 더없이 악독한 벽력화탄이었지만 이때 반대로 심우의 끝없는 검광에 얽매여 그것을 출수할 방법이 없었으며 그냥 이리 뛰고 저리 뛰면서 심우의 검세에서 벗어나려고 했다. 심우가 검의 위력을 조금만 가한다면 상대방은 즉시 죽겠지만 심우는 상대방을 죽일 생각이 없었다. 심우는 상대방을 증인으로 남기기 위해서 검으로 상대방을 얽매어 놓으려 했다. 심우는 상대방이 출수하여 벽력탄을 던질 수 있는 기회를 주지 않고 냉랭하게 말했다.

"만약 그 벽력독화를 거두지 않는다면 나의 검은 더 이상 사정을 봐주지 않겠소."

중년 장사꾼은 심우가 자기의 목숨을 빼앗으려 하지 않는다는 것을 알았으므로 거듭하여 심우의 검세를 무릅쓰고 그 검세의 포위를 뚫고 도망가려고 시도하였다. 하지만 생각 밖으로 심우의 검법이 더없이 기이하고 오묘하여 그가 목숨도 돌보지 않고 좌충우돌하여도 심우의 검광을 벗어날 수 없었다. 중년 장사꾼은 온통 땀투성이가 되도록 탈출을 시도하였으나 번번이 심우의 검권劍圈을 벗어날 수 없었다. 심우는 수중의 장검을 휘두르면서 말했다.

"나의 유정검에서 벗어나는 것은 하늘의 별을 따기보다 더 어렵다. 순순히 처리받기를 기다리는 것이 좋겠소……."

말소리가 끝나자마자 돌연 중년 장사꾼의 맹렬한 장소성 소리가 들렸고, 갑자기 수중의 벽력독화를 힘있게 짚자 "쾅"하고 요란한 소리가 들리며 그 순간 사람을 놀라게 하는 세찬 불길이 뿜어져 나왔다. 심우는 몸을 솟구쳐서 뒤로 한 장 넘게 뛰었다. 금의 중년인을 비롯한 그 밖의 사람들 모두 뒤로 뛰며 물러나지 않은 사람이 없었다. 눈을 들어 바라보니 불길은 끊임없이 세차게 타올랐으며 한 가닥 불에 그을린 고약한 냄새가 중인들의 코를 찔렀다. 그 중년 장사꾼은 뜻밖에도 사람을 놀라게 하는 거센 불길 속에 몸을 던졌던 것이다.

제52장

蒙金塚機關險重重

황금총 기관 속에서 거듭 위험에 처하다

가을의 따사로운 해가 서산에 떨어지니 산들바람이 불어온다. 이 시각 누런 먼지가 날리는 관도 위에는 네 필의 말이 유성처럼 질주했다. 이 네 필의 말을 탄 사람들은 바로 심우, 이패, 섭민비, 그리고 원건이었다. 그들은 이 시각 화살처럼 남경으로 날아가지 못하는 것이 한스러울 정도로 남경으로 진정 돌아가고 싶은 생각이 간절했다.

심우는 물건을 호송하면서 그 어떤 위험도 맞닥뜨리지 않았지만 경성 객점에서 내력이 불분명한 사람에게 암습을 당한 뒤에는 오히려 적지 않은 번거로움이 그를 붙잡아 귀찮게 했다.

그 중년 장사꾼이 벽력독화로 스스로 불에 타 죽은 뒤 경성 금의 위사는 심우 등을 데리고 가서 관부에 인계하여야 했다. 이치대로 말하면 지금 심우의 무공으로 보았을 때 더 많은 금위 위사라도 그를 붙잡을 수 없었을 것이다. 그러나 심우는 무공으로 해결할 수 있는 일이 아니라는 것을 잘 알고 있었다. 남경표국의 이름이 이미 드러난 마당에 혹시라도 조정을 놀라게 한다면 자기 일신은 걱정할 것이 없지만 다른 사람들이 위험에 빠지게 될 수도 있었다.

그리하여 심우는 순순히 이패 등 사람들과 함께 금의 위사를 따라 관부로 향했다. 다행한 것은 심우가 그 금의 위사의 목숨을 구해준 셈이므로 금의 위사는 공적인 일을 원칙적으로 처리하지만 마음속으로는 사사로이 가능한 한 심우를 도와주었다.

진짜 황금은 불을 두려워하지 않는다고, 심우에게 경사京師로 표물을 운반토록 부탁했던 몇몇 고객들이 나타나서 증명을 해주었다. 또한 금의 호위군에서 사람을 파견하여 불이 난 객잔을 상세하게 조사해서 불이 난 곳이 심우가 들었던 방이고, 불이 난 원인이 바로 그 중년 장사꾼이 가지고 있던 벽력독화라는 것을 조사하여 이를 근거로 심우가 상대방의 계획적인 도발에 음해 당했다는 것의 증명을 얻을 수 있었다. 금의 호위군에서는 이것만으로는 심우 등 사람들의 청백함을 증명하기에는 부족하다고 판단하여 몇 사람을 파견하여 남경에 가서 당지 관부의 공문을 조사해서 심우 등 사람들의 확실한 신분을 증명할 수 있는 자료를 모았다.

이렇듯 많은 절차를 거쳐 모든 일이 원만하게 처리되었지만, 심우 등 사람들은 경성에서 십여 일간 머무르게 되었다. 모든 일이 뚜렷하게 밝혀지자 금의 금위는 심우의 무공을 흠모하게 되었다. 아울러 심우가 목숨을 구해준 은혜를 생각하였으므로 간곡하게 부탁하여 심우 등 사람들을 며칠 더 경성에 머무르게 하였다. 심우는 어쩔 수 없이 허락할 수밖에 없었다.

하지만 관부에 억류되어 있었던 십여 일 동안 바깥에서는 큰 변화가 있었다. 심우 등은 일단 다시 자유를 얻자 무수한 소문을 접했는데, 그 중에서 그가 놀라고 관심을 가질 수밖에 없었던 것은 술집에서 회자되는 소문으로 당년 남해 심목영이 의형을 시살하고 스스로 목을 찌른 무림 의안疑案의 내막을 아는 이가 있는데 그 사람이 바로 칠살도의 유일한 전인인 려사라는 것이었다.

또 다른 하나의 소문은 려사가 지금 전 무림의 공적으로 온 천하의 사회적 분노를 일으키니 지금 무당파의 장문 신검 호일기를 필두로 하여 천하의 동도들이 중양절 태산에서 모이기로 결정하였다는 것이다. 그때 천하 무림 인물들은 흑백정사黑白正邪를 막론하고 예정대로 태산에 모여 힘을 합쳐 려사를 죽인다는 것이다.

이러한 소문이 심우의 귓가에 들어왔을 때는 이미 팔월 하순이여서 중양절과는 불과 십여 일밖에 남지 않았다. 심우는 매우 조급해졌다. 이 일은 자기 가문의 피맺힌 원한과 연루되어 있을 뿐만 아니라 전체 무림의 안위와 상당한 관계가 있어 어떻든지 그는 수수방관할 수가 없었다. 일이 이렇게 되자 그에게는 금위의 환대가 오히려 부담으로 다가왔다. 하지만 이런 일은 사실대로 말하기가 불편하여 하는 수 없이 다른 구실을 대어 거듭 사양하였다. 하지만 워낙 간곡하게 부탁하는지라 이틀 동안 더 머무르게 되었다.

일단 경성을 떠나게 될 때까지 심우의 마음은 말로서는 형용할 수 없을 정도로 초조했다. 심우는 이패 등 사람들을 거느리고 특히 네 필의 좋은 말을 사서 밤낮으로 남경으로 돌아가는 길을 다그쳤다. 돌아가는 길에 심우는 마음속에 심사가 가득하여 착잡한 생각에 젖었다. 객잔에서 자신을 음해하려고 작정했던 미지의 인물은 그로 하여금 더욱 심경을 복잡하게 만들었다. 심우가 가만히 헤아려 보니 그를 암해하려는 사람은 표물을 호송한 뒤에야 손 쓴 것으로 보아 절대로 재물을 위해서 일을 저지른 것은 아니라는 것을 알았다. 재물을 위한 것이 아니라면 그것은 원한이 있기 때문일 것이다.

원한은 맺은 사람이 있고, 빚은 진 사람이 있다했다. 원한 때문이라고 한다면 상대방이 심우에게 조금이라도 사정을 알 수 있도록 해야 한다. 하지만 그 사람은 신기막측했고, 심지어 그들의 행동이 실패하자 스스로 몸을 던져 심우가 실마리조차 알 수 없도록 했다. 심우의 기억 중에는 그가 강호로 돌아다닌 이래 이렇듯 엄청난 사람과 원한 맺을 일은 하지 않았다. 상황이 이럴진대 분명 자신을 습격한 일을 획책한 무리는 그의 부친을 음해한 흉수의 도당일 것이다.

소문 중에 려사가 심우 부친의 사건을 알고 있다는 것을 연결시키면 이 두 가지는 서로 부합된다. 상대방은 비밀이 누설된 것을 알고 겁을 먹어 사람을 파견하여 심우를 살해함으로써 화근을 없애려 하였다. 심우는 남경으로 돌아가서 상황을 보기로 했다. 심우는 임봉의 실종이 십중팔구 이 일과 관계가 있다고 확신하였다. 그리고 이 시각 남경에서는 임봉에 대한 새로운 소식이 있을 수 있을지 모른다고 그는 생각했다.

사오 일 동안의 노정은 심우 등 사람들에게 오랜 시간이었으므로, 그들이 남경으로 돌아간 뒤에는 긴장이 풀려 피로가 한꺼번에 몰려왔다. 표국에는 과연 임봉이 인편으로 보낸 소식이 있었다. 내용은 간단했다.

“속히 태산으로 오시오.”

자세한 상황은 태산에 와서 알게 될 것이라는 것이었다. 심우는 즉시 홀로 태산으로 떠나려 하였지만 제약우는 오히려 모든 것을 타당하게 배치하고 후환이 없도록 준비한 뒤에 태산으로 향하여도 늦지 않다고 심우를 말렸다. 제약우는 사리에 밝고 노련한 사람이었다. 모든 사람들이 잠을 청하기 위해 돌아간 뒤에 심우를 불러놓고 사랑채에서 밀담을 하였다. 제약우가 입을 열었다.

"최근에 강호에 많은 소문이 돌고 있는데 당신도 익히 들어 알고 있겠지요?"

심우가 말했다.

"어떤 소문을 말씀하시는지요?"

제약우는 가볍게 탄식하면서 말했다.

"물론 영존이 음해를 당한 일이요."

가문의 원한을 말하자 심우는 마음속이 또다시 흔들렸다. 심우가 겨우 말했다.

"제가 듣기에 려사가 이미 그 일의 자초지종을 알고 있다고 하지만 그것도 소문에 불과하여 확실한지 알 수 없습니다."

제약우는 돌연 엄숙하게 말했다.

"우리가 파견한 밀정들이 최근에 적지 않은 중요한 자료를 수집했소."

제약우는 심우 가문과 애씨 가문의 기이한 원한에 대해서 시시각각 마음에 새겨 온 터였다. 그는 온갖 심혈을 다 기울여 각 방면의 자료를 조사하였는데 꽤나 효력을 거두고 있었다. 심우는 제약우가 무공 방면에서는 뛰어나지 않음을 알고 있지만 그가 슬기롭고 학문이 깊으며 재질이 뛰어나서 이 근래에 자기의 일에 있는 힘을 다한다는 것을 알고 있었다. 그러므로 제약우의 말을 듣고 감격하여 말했다.

"선배께서 이렇듯 염려해 주시니 선배의 은혜를 어떻게 보답할 수 있을지 모르겠습니다."

제약우는 얼굴에 불쾌한 기색을 나타냈고 심우의 말을 끊어버리면서 말했다.

"당신의 말은 일부러 이 늙은이를 남으로 본다는 것이오?"

제약우는 잠깐 말을 끊고는 또 가볍게 탄식한 후 부드러운 어조로 말했다.

"은혜를 갚는다니요. 도리어 이 늙은이로 하여금 몸둘 바를 모르게 만들고 계시오. 당신이 우리 마을 사람들 목숨을 구해주었으니 저 제모는……."

심우는 급히 손을 흔들면서 말했다.

"됐습니다. 됐습니다. 방금 제가 한 말이 잘못되었습니다. 선배께서 말씀하신 것처럼 우리는 이미 한집안 사람입니다. 향후에 남으로 취급하는 말을 다시는 하지 맙시다."

제약우는 가볍게 웃으면서 말했다.

"그럽시다. 이제 본 화제로 돌아갑시다."

제약우는 단정한 얼굴을 하고는 천천히 말을 이었다.

"노제가 방금 말한 려사가 자초지종을 알고 있다는 소문은 절반은 진짜고 절반은 가짜요."

심우는 참지 못하고 물었다.

"아니, 그것은 또 무슨 말씀입니까?"

제약우가 대답했다.

"려사가 영존이 음해된 내막을 알고 있다고 한 것은 그 자신이 일부러 낸 소식입니다. 이 소식은 지금처럼 의론이 분분하기 전에 우리쪽 사람들은 이미 알고 있었소. 이 소식이 이제 널리 퍼지게 된 것은 그 절반의 공로가 이 늙은이에게 있다고 말할 수 있소."

이렇게 말하자 심우는 어리둥절하였다. 심우는 자기도 모르게 이맛살을 찌푸리고 말았다. 제약우는 미소를 지으면서 말했다.

"려사가 이 무림 의안의 내막을 확실히 알고 있는지는 나도 인정할 수 없지만 내 머리로 담보할 수 있는 것은 바로 려사가 일부러 소식을 내보낸 것이고, 이것을 미끼로 당신의 부친을 음해한 막후의 교활한 인물을 꾀어내려 하고 있다는 것이오."

심우는 저도 모르게 흠칫하면서 말했다.

"그렇다면 려사가 일부러 소식을 내보낸 것이고, 그것이 그의 계략이란 말입니까?"

제약우가 말했다.

"바로 그렇소. 때문에 나는 이 일이 절반은 진짜고, 절반은 가짜라 말한 것이요."

심우는 견딜 수 없어 또 물었다.

"그렇지만 려사가 왜 그러는 것이죠?"

제약우는 잠깐 생각하다가 말했다.

"잘 물었소. 이것이 바로 내가 지금까지 생각해 낼 수 없었던 점이오. 하지만 이 일을 겪은 뒤 나는 부득불 려사의 총명한 재질에 탄복하지 않을 수 없었소. 무슨 영문인지 몰라도 려사는 당신과 마찬가지로 영존의 모함당한 내막을 급히 찾아내려고 하고 있소. 그는 우리보다 한발 앞서 조그마한 단서를 얻었던 모양이오. 또 그의 판단과 가설에서 나왔을 테지만 어떻든 그가 일부러 소식을 내보낸 뒤 예상했던 효과를 얻었던 모양이오."

심우는 크게 흥분되어 다급히 물었다.

“어떤 중대한 발견이 있습니까?”

제약우는 매우 득의한 모양으로 말했다.

“려사가 소식을 내보낸 다음부터 나는 처음에는 꽤나 미혹되어 어리둥절하였지만 뒤에는 그의 의도를 짐작할 수 있었소. 그래서 내가 먼저 선수를 치기로 했던 것이오. 우리가 파견한 밀정들에게 소문을 퍼뜨리는 책임까지 짊어지게 했소. 우리 밀정들이 퍼뜨리는 말이 진짜 사실과 같아 과연 적지 않은 기이한 일들이 발생했소.”

심우는 정신을 가다듬고 들었고 제약우는 이야기를 잠깐 끊었다가 계속하여 말했다.

“최근에 도처에서 보내온 각종 자료에 의하면 당년에 영존을 해친 장본인이 이미 움직이기 시작했다 하오. 그동안 숨어 있다가 이제 모습을 드러내기 시작했소.”

심우는 자리에서 벌떡 일어서면서 말했다.

“그 사람은 누굽니까?”

제약우는 다급히 손은 저으면서 말했다.

“노제는 절대 흥분하지 마시오. 흥분하면 일을 그르친다는 것을 알아야 하오. 이렇게 충동적으로 행동한다면 어떻게 뼈에 사무친 원한을 제대로 갚아 영존의 누명을 벗기겠소?”

이 말에는 훈계하는 의미가 포함되어 있었지만 심우는 자기의 뜻에 거슬린다고 여기지 않고 반대로 부러움을 느꼈다. 그리고는 제약우에게 허리를 굽히면서 말했다.

“촌주께서 교훈을 주셔서 감사를 드립니다. 다만 무슨 영문인지 몰라도, 후배가 비록 그 사람이 누구인지 모르지만 그자를 거론하기만 해도 참을 수 없는 원한의 불길이 타오릅니다."

제약우는 가볍게 탄식하고 말했다.

"그것도 무리는 아니지. 그 사람이 영존에게 억울한 누명을 씌우고 저승에 가게 하였고 노제로 하여금 모욕을 당하게 하였잖소. 아, 그 사람은 뜻밖에도 당대의 영웅으로 하여금 그 음해에서 벗어날 수 없도록 하였는데, 그 수단이 고명함은 말하지 않아도 알 수 있소. 지금은 강적이 바로 눈앞에 닥쳤으므로 부득불 조심하여 대처하여야 할 것이오. 이렇게 흥분한 마음으로는 원수를 갚지 못할 수 있소."

심우는 머리를 끄덕이면서 말했다.

"선배의 말씀이 옳습니다."

제약우는 가볍게 수염을 쓰다듬으면서 계속해서 말했다.

"최근에 강호에서는 신검 호일기와 마도 려사의 중양절 태산지약 때문에 무림이 들끓고 있으며, 따라서 각로각파各路各派가 분분히 출동하고 있다 하오. 어떤 이들은 신검에 힘을 보태기 위해서고, 어떤 이들은 순수하게 이 무림의 뜨거운 장면을 놓치지 않으려는 듯하오. 그 중에 유독 서로 상관없는 사람들로 보이지만 그들의 행적은 괴이하고 어느 곳에서 왔는지 알 수 없으며 왜 참여했는지 동기를 말하지 않는 자들이 있다고 하오. 만약 나처럼 그들을 주목하는 사람이 아니라면 그들이 원래 거대한 비밀 집단임을 근본적으로 알아낼 수 없을 것이오. 그 조직은 매우 엄밀하고 세력도 대단히 커서 놀라울 정도요."

그는 잠깐 말을 멈추었다가 다시 말했다.

"형제들이 보내온 소식에 의하면 신검 호일기와 려사가 불과 얼음처럼 된 것도 그 무리 사람들이 감쪽같이 남몰래 도발한 것이라 하오. 그들은 바로 각대 문파의 손을 빌어 려사를 죽여 비밀을 지키려 하고, 또 다른 한 방면으로는 당신에 대해서도 손을 써 화근을 뽑으려 준비하고 있다 하오. 당신이 이번에 경사로 다녀오는 도중에 발생한 일들을 나는 손금 보듯 알고 있소. 다만 우리가 파견한 사람들이 당신하고 접촉하지 않은 것은 종적을 나타내는 것을 피하고 적들을 방심시키기 위해서였소. 뇌진이 임봉의 밀서를 당신한테 가지고 갈 때 중도에서 려사에게 죽었는데 뇌진을 죽인 사람은 려사가 아니라 바로 그 무리 사람이 가장한 것이라 하오. 경사에서 당신이 암습을 당한 것도 그 무리들의 짓이요."

여기까지 말하였을 때 심우는 참을 수 없어 말했다.

"그렇다면 려사로 가장하고 뇌진을 죽인 상대방의 의도도 나와 려사 사이를 더 벌어지게 하려는 것입니까?"

제약우는 고개를 끄덕이며 말했다.

"그렇소. 하지만 그들은 뛰는 놈 위에 나는 놈이 있다는 것을 짐작하지 못했소. 이 한 수는 나의 판단에 따르면 바로 려사가 안배한 것이오. 려사는 영주에서 임봉과 이미 전우가 되었소. 임봉은 려사의 지시를 받았고 계획에 따라 일을 처리하기 때문에 그 밀서도 이미 려사의 생각대로 당신의 손에 들어오기는 매우 어렵소."

심우는 문득 깨닫고 말했다.

"그렇다면 밀서 속에 쓴 모든 것을 일부러 상대방이 알도록 하는 것입니까?"

제약우는 머리를 끄덕이면서 말했다.

"그렇소, 상대방은 그 밀서를 탈취한 뒤 더욱 안절부절하지 못하고 끊임없이 행동을 하지 않으면 안 되었소. 과연 맨 먼저 한 행동은 화근을 없애는 것인데 그 대상이 바로 당신이었소. 애석하게도 당신은 증인을 붙잡을 수 없었소. 물론 사처로 흩어져 나간 우리 사람들은 조그마한 흔적을 남기지 않기 위해 조심하였고, 또한 모두 무공을 모르기 때문에 공연히 좋은 기회를 놓쳐 버리고 말았소. 하지만 이 일이 우리에게 더욱 유리한 것은 상대방이 지금에 이르러서는 이미 감추려고 한 것이 도리어 드러났기 때문에 향후 그들의 모든 행동은 자연적으로 한 걸음 한 걸음 려사의 올가미에 걸려 들 것이요."

심우는 참지 못하고 물었다.

"려사가 어떻게 안배하였는지 선배는 알고 있습니까?"

제약우는 머리를 가로저으면서 말했다.

"려사의 총명한 재질은 보통사람이 미칠 바가 아니오. 나는 다만 그가 이 일에 대해 빈틈없이 교묘하게 배치하였다는 것만 알 뿐 어떻게 배치하였는가에 대해서는 내가 우둔하여 일시에 명백하게 생각해 낼 수 없소."

심우는 저도 몰래 실망하는 느낌이 들었지만 담담히 말했다.

"선배가 려사의 심사를 알아챘다는 것만 해도 이미 간단치 않습니다. 그런데 후배가 알 수 없는 것은 려사가 왜 이와 같은 행동을 하는 건지요?"

제약우가 말했다.

"이것이 바로 려사의 위인과 행위가 나로 하여금 짐작해 낼 수 없게 하는 곳이오. 하지만 다만 짐작할 수 있는 것은……."

심우가 말했다.

"말씀해 보십시오."

제약우가 말했다.

"려사는 아마도 그의 비급을 서천낭자西川浪子가 얻어 복사한 것 이외에 한 가지 물건이 적어졌다는 것과, 그리고 그 물건이 바로 당신이 가지고 있는 장보비도藏寶秘圖라는 것을 이미 알아차린 것 같소."

심우는 가볍게 놀랐다. 제약우는 또 머리를 끄덕이면서 이어 말했다.

"내가 감히 말할 수 있는 것은 가능성이 있다는 것이요. 뿐만 아니라 그는 또 잃어버린 물건이 일단 당신의 손에 들어가면 자신에게 치명적인 손실임을 알았소. 그래서 그 물건이 그에게 해로울 수도 있고, 혹은 유리할 수도 있지만 이해득실을 막론하고, 그는 그 물건이 그의 적수에게 들어가기를 바라지 않소."

심우는 참을 수 없어 머리를 가로저으면서 말했다.

"만약 선배는 려사가 그 물건 때문에 나를 도와 흉수를 뒷조사하고 나에게 호감을 표하고 나와 어울린다고 생각하신다면 아마도 잘못된 판단을 하시는 것 같습니다. 후배는 려사의 위인됨을 잘 알고 있는데 그는 절대로 조그마한 이해득실로 다른 사람에게 머리를 숙이고 양보하지 않습니다."

제약우가 말했다.

"당신의 생각이 옳을 수 있지만 려사가 미친 듯이 무공을 좋아한다는 것을 잊어버렸소? 그는 그의 도법이 최고의 경지에 이르기 위해 모든 심혈을 다 기울였고 심지어는 거리낌 없이 사람을 죽였소. 그는 무공을 위하여서 그는 모든 것을 아끼지 않소."

심우는 이 말을 듣고 마음속으로 즉시 매우 이치에 맞는다고 생각했다. 그것은 려사가 바로 그런 사람이기 때문이었다. 제약우는 이미 심우의 마음속을 꿰뚫어보고는 계속해서 말했다.

"려사가 그러한 뜻이 있기 때문에 당신 수중에 황금총 비도黃金塚秘圖가 있고 무덤 안에 예사롭지 않은 물건이 있다는 것을 짐작했을 거요. 그렇지 않으면 려사가 절대 이렇게 달갑게 항복하지 않았을 것이요."

심우는 말했다.

"그렇다면 황금총 안에는 칠살도에 영향이 미칠 물건이 숨겨져 있는 걸까요?"

제약우는 흔연히 말했다.

"비도를 비급의 종이 사이에서 얻었으니 반드시 마도에 큰 관련이 있는 물건일 것이오. 나의 판단에 의하면 그 안에 십중팔구는 마도의 파해법이 아니면 려사의 마도가 최고의 경지에 이를 수 있는 심법이 있을 것이오. 마도를 파하는 방법도 좋고 마도가 최고의 경지에 이를 수 있는 심법도 좋은데 결국 려사의 도법보다 한 수 능가할 수 있기 때문에……."

여기까지 말하고는 말소리를 길게 뽑으면서 돌연 자리에서 일어나더니 심우를 향해 공수하고 허리를 굽히면서 말했다.

"나는 당신에게 축하드리오."

심우는 매우 총명하여 이미 제약우의 뜻을 알아들었지만 모르는 척하고 물었다.

"후배의 무엇을 축하한다는 말씀입니까?"

제약우는 미소를 짓고 말했다.

"당신은 려사를 이길 수 있고 려사의 극성이니 어찌 천하 무림의 제일고수가 아니겠소? 그러니 이렇게 축하할 필요가 있지 않겠소."

심우는 미소를 짓고 머리를 저으면서 말했다.

"축하하기는 이릅니다. 우리는 아직 황금총을 찾지 못했고 찾았다 해도 들어간다고 할 수 없으며, 들어간다 해도 우리의 추측대로 도법이나 심법이 있다고 할 수 없지요. 더구나 도법이나 심법이 있다 해도 후배가 터득해낸다고는 할 수 없습니다."

제약우는 돌연 얼굴에 신비한 웃음을 노출하면서 말했다.

"노제가 남경을 떠난 사이에 당신은 내가 집에서 편히 지냈다고 생각하시오?"

심우는 저도 모르게 흠칫했고 제약우가 말한 뜻을 알 수 없었으므로 아무 말도 하지 않았다. 제약우는 또 미소를 지으면서 말했다.

"나는 다른 재주는 없지만 토목 건축, 기관 소식, 그리고 심지어는 풍수지리에 대해서 남보다 뛰어나다고 감히 큰소리 칠 수 있소."

심우는 그 작은 마을에서 그가 상성사흉商城四凶의 복수를 경계하기 위하여 쳐놓은 천라지망을 가르침을 받은 적이 있고, 자기도 거기에서 하마터면 억울하게 죽은 귀신이 될 뻔하였기에 그가 말한 장담에 대해 허풍이라고는 전혀 느끼지 않았다. 제약우는 매우 득의한 것 같았다.

"나는 다른 일에 대하여 특히 무공 방면에는 아무리 꾸준히 연마하고 애써 기억해도 언제나 뜻대로 되지 않았지만 이상하게도 방문좌도旁門左道의 것에 대하여서는 오히려 하나를 보고 열을 알 수 있다오. 당신이 먼저 번 나에게 보인 그 비도를 잊으려고 해도 나의 머릿속에서 지워지지 않기 때문에 시간이 허락되는 대로 표국의 뒤뜰에 가서 자세히 훑어보았소."

여기까지 말하고 돌연 입을 다물고 아무 말도 하지 않았다. 심우는 참지 못하고 물었다.

"선배는 무엇을 발견하였습니까?"

제약우는 먼저 심우의 물음에 대답하지 않고 그냥 창가로 다가가서 주위를 둘러보고 또다시 문가로 가서 문을 잘 닫고서야 심우의 신변으로 돌아와서 말했다.

"당신이 지금 근심하고 있는 문제에 나는 자신이 있고 조금도 곤란이 없으니 모든 것을 내게 맡기시오."

심우가 말했다.

"그렇다면 선배는 이미 그 황금총을 찾았습니까?"

제약우는 미소를 짓고 말하였다.

"그 황금무덤은 바로 뒤뜰에 있소. 나는 며칠째 거듭 생각하였는데 그 무덤은 꼭 고대 명가의 손으로 건축되었고, 비도가 있어 따라 들어갈 수 있지만 짐작이 조금이라도 틀리게 되면 온 집을 모두 파헤친다 해도 종적을 조금도 찾을 수 없을 것이오. 다시 말해서 오로지 그 속의 오묘함을 깊이 터득한다면 나뭇가지를 꺾는 것처럼 쉽게 조금도 힘들이지 않고 거침없이 들어갈 수 있을 것이오."

심우는 저도 모르게 만면에 희색을 띠고 말했다.

"그럼 선배는 그 속의 오묘함을 터득했습니까?"

제약우는 돌연 얼굴을 바로 하고 말했다.

"터득했지만 당신이 오기를 기다렸으므로 시험해보지 않아 옳게 터득한 것인지 아직 자신은 없소."

심우가 말했다.

"그럼 날이 밝은 다음 여러 사람들에게 준비하게 하여 즉시 시험해 봅시다."

제약우는 손을 가로저으면서 말했다.

"너무 많은 사람들에게 알릴 필요는 없소. 만일 관부를 놀라게 하면 오히려 좋지 않소. 내가 보기에 우리 두 사람이면 넉넉할 뿐만 아니라 날이 밝을 때까지 기다릴 필요가 없이 지금 당장 손을 쓰는 것이 좋겠소."

심우는 의아해 하며 말했다.

"지금 말입니까?"

제약우는 "쟁쟁"하게 뚜렷이 말했다.

"그렇소. 이런 일은 시간을 지체할수록 좋지 않소. 지금 중양절까지 팔 일 밖에 남지 않았는데, 당신은 어쨌든 조금이라도 시간이 있어야 무덤 안에 있다는 무학비급을 터득하고 연마할 수 있을 게 아니오. 그래야 려사를 대적할 수 있을 것이오."

심우는 황금총이 제약우가 말한 것처럼 그리 쉽게 찾아낼 수 있는 일인가에 대해 마음속으로는 의심이 없지 않았지만, 제약우는 손쉽게 얻을 수 있는 믿음으로 충만해 있었다. 이렇게 되자 그는 시험하고 싶어져 가슴이 뛰기 시작했다. 심우는 더 이상 참을 수가 없어 몸을 일으키면서 말했다.

"그렇다면 지금 갑시다."

제약우는 손을 흔들면서 말했다.

"모든 준비가 다 되었으니 당신은 여기에서 잠깐 기다리시오, 내가

갔다가 금방 돌아오겠소."

말을 마치고는 심우가 입을 열기를 기다리지 않고 방을 나섰다가 금방 사랑채로 되돌아와서 말했다.

"갑시다."

심우는 그의 수중에 들려있는 검은색 보따리를 보았는데 한 치 정도의 길이를 가진 몇 대의 나무막대기 같아서 의혹스러운 생각이 떠올라 참지 못하고 말했다.

"이거면 됩니까?"

제약우는 수중의 물건을 들어 올리면서 미소를 짓고 말했다.

"이것이면 넉넉하다오."

심우는 마음속으로 크게 의구심이 생겨나 물었다.

"그것은 무엇입니까?"

제약우는 미소를 짓고 말했다.

"이것은 내가 하루 동안 품을 들여 특제한 송유松油 횃불이오. 나는 이것을 만년광萬年光이라 부르오. 이것을 두 대의 죽관竹管 뿐이라고 가볍게 보지 마시오, 이것의 묘한 작용은 한 번에 말할 수 없소."

심우가 말했다.

"정말 이것만 있으면 됩니까?"

제약우가 말했다.

"넉넉하오, 나를 따라오시오."

말을 끝내고는 몸을 돌려 사랑채를 떠났고 심우도 뒤따라 나섰다. 이때 표국의 사람들은 대부분 잠들었고 아직 잠을 자지 않고 있는 몇몇 사람들은 대청에서 저녁 경비를 서는 사람들과 한담을 하고 있었다.

심우와 제약우 두 사람은 앞뒤로 서서 복도를 가로 질러 곤장 뒤뜰로 나왔다. 이때 저녁 기온이 시원하여 심우는 저도 모르게 정신이 바짝 들었다. 남경표국의 뒤뜰 너른 터에는 온통 꽃나무를 심었고, 그중에는 몇 그루의 백년이 넘은 용수榕樹들이 서 있었는데 나뭇가지와 잎이 빽빽하고 우거져서 주변이 어두웠다. 앞에서 걷고 있는 제약우는 이 뜰안 길을 손금 보듯 알고 있어 어둠 속에서도 빨리 걸었다. 심우는 뛰어난 안력으로 제약우의 뒤를 바짝 따라갔다. 제약우는 돌연 한 그루의 용수 아래에서 멈춰서더니 머리를 돌려 심우에게 말했다.

"이곳이 첫 번째 관문이요."

심우가 안력을 사용했지만 어둠 속 용수 아래 하나의 작은 돌 걸상을 제외하고는 사면이 모두 용수 넝쿨로 칭칭 감겨서 다른 곳과 그 어떤 차이를 찾아낼 수 없었다. 제약우가 소리를 낮추고 말했다.

"오묘함은 바로 이 돌 걸상에 있소. 자, 이제 당신이 이 돌 걸상 위에 올라가서 용수를 마주하고 자세히 보시오. 기묘한 곳을 볼 수 있을 겁니다."

심우는 그의 말에 따라 돌 걸상 위에 서서 용수를 마주하고 자세히 살펴보았는데 나무가 울퉁불퉁하고 껍질이 얼룩얼룩한 것 이외에는 제약우가 말한 기묘한 곳을 찾아볼 수 없었다. 제약우는 아래에 서서 말했다.

"자세히 보시오. 거위 알 같이 오목한 곳이 없소?"

심우가 눈길을 들어 자세히 보니 나무줄기는 온통 오목하고 볼록하였는데 자신이 마주한 머리 위의 나뭇가지가 과연 손바닥 크기 만 하게 오목하게 들어간 것이 하나 보였다. 제약우가 말했다.

"이 용수의 상처가 보기에는 자연적으로 만들어진 것 같지만 사실은 인공적으로 만든 것이라 볼 수 있소. 솜씨가 매우 좋아 정교한데다가 오랜 세월 비바람을 맞아 자연스럽게 변해서 그 누구도 알아차릴 수 없는 것이오."

심우는 총명한 사람이지만 이렇게 울퉁불퉁한 나뭇가지에 특히 그중에서도 이 거위 알 모양으로 오목하게 들어간 것이 또 황금총과 어떤 연관이 있는지를 생각해낼 수 없었다. 무덤이라는 것은 응당 땅에 묻는 것이어야 하는데 제약우가 말한 첫 번째 관문은 이상하게도 용수 줄기에 있었고 거위 알 모양으로 오목하게 들어간 것이어서 심우는 어떻게 보아도 특별한 곳을 찾아낼 수 없었다. 제약우는 심우의 마음을 꿰뚫어보기라도 한 듯이 그에게 해석하여 말했다.

"그 사람들이 울퉁불퉁하게 인공적으로 만들어 놓은 것은 틀림없이 그 거위 알 모양의 오목한 것을 가리기 위한 것이지요. 모든 오묘함은 완전히 그 거위 알 모양의 오목한 것에 있지만 그 오목한 것을 설사 대낮에 본다고 해도 매우 주의하여 보지 않으면 그 어떤 단서로 찾아낼 수 없으며 오직 손으로 만져보아야 무엇인가 그 이치를 찾아낼 수 있을 것이오."

심우는 참지 못하고 손을 내밀어 그 오목하게 들어간 부분을 만져보았지만 그 어떤 특별한 느낌이 없었음으로 다시 손으로 두드려 보았다. 심우가 두드리자 돌연 "꺽꺽"하는 소리가 들려왔다. 제약우는 선뜻 말했다.

"이러면 옳은 것이오. 이 오목한 입구 표면은 풀을 붙여 만든 것이오. 힘을 넣어 밀면 즉시 망가질 것이고, 그 한 층의 표피를 밀어버리면 곧 제 이관이 될 것이오."

심우는 저도 모르게 의문이 떠올랐다. 이 오목한 입구가 기껏해야 주먹만한 크기에 불과한데 표피를 모조리 밀어버린다 해도 하나의 주먹만한 구멍이 노출될 뿐인데 어떻게 황금총 안으로 들어갈 수 있단 말인가? 마음속의 의문은 풀 수 없었지만 이어서 주먹을 오목한 입구에 넣고 약간 힘을 주었는데 "훅"하는 소리가 한 번 울리더니 표면은 뜻밖에도 손에 의해 부서졌고 그 순간 자그마한 구멍이 노출되었다. 어둠 속에서 심우는 구멍 안의 상황을 뚜렷이 볼 수 없었으므로 감히 경솔하게 손을 들이밀어 더듬지 못하고 제약우에게 물었다.

"이 작은 굴 안에 무엇이 있습니까?"

제약우가 말했다.

"그것은 말하기 어렵소. 하지만 당신은 걱정하지 말고 손을 넣어 시험해보아도 괜찮소. 나는 그 안에 사람을 해칠 수 있는 물건이 없다고 확신하오."

그가 이렇게 말하자 심우는 더는 망설일 수가 없어 천천히 손바닥을 오므리고 작은 구멍 안으로 넣었다. 작은 구멍 안은 심우가 생각한 것처럼 그리 깊고 크지 않았고, 굴 입구보다 조금 클 뿐이었는데 손을 넣자 차디찬 물건에 닿았다. 그 물건은 철기로 만들어진 것 같았다. 그 물건은 손가락 굵기 만한 철근이었다. 제약우는 아래에서 참지 못하고 낮은 소리로 물었다.

"당신은 무엇을 만졌소?"

심우가 대답했다.

"하나의 가느다란 철근 같습니다."

제약우는 흔연히 말했다.

“좋소, 그 물건을 뽑아내시오.”

심우는 그의 말에 따라 두 손가락에 힘을 넣어서 나무에 박혀있는 그 철근을 뽑아내 보았는데 길이가 반 치나 되었다. 그가 철근을 뽑을 때 한 가지 무거운 물건이 나무 속으로 매우 빨리 떨어지는 것 같았고 어렴풋하게 삐걱거리는 소리가 나무 속에서 들려왔다. 위로부터 아래로 떨어지는 소리로 봐서는 분명 어떤 물건이었다. 심우는 생각하더니 다른 한 손을 즉시 구멍 안에 밀어 넣었지만 손이 닿은 곳에는 그 철근을 뽑아낸 곳에 손가락만한 굵은 하나의 구멍을 남긴 외에는 별 다른 것이 없었다. 심우는 마음속으로 저도 모르게 약간 실망을 느꼈다. 제약우가 말했다.

“됐소, 우리는 이마 제 삼관을 통과했으니 다만 한두 관만 남았소. 나를 따라오시오.”

제약우는 말을 끝내고 몸을 돌려 갔다. 심우도 돌 걸상에서 내려와 그의 뒤를 바싹 따랐다. 심우는 방금까지도 황금총 기관이 분명 용수에 있는 것 같은데 지금은 왜 그 용수을 떠나는지 의문이 들었다. 제약우는 정신을 가다듬고 앞에서 길을 걷는 것만 같았고 몇 바퀴 돌더니 뜻 밖에도 정원 중앙에 있는 가산假山 옆으로 왔다. 그 가산은 사람이 만들었다고 생각할 수 없는 정도로 교묘하고 정밀하게 축조되었는데, 동굴도 있고 폭포도 휘날려 마치 자연적인 것과 같이 만들어져서 아주 그럴 듯했다.

제약우는 심우를 데리고 가산의 한 작은 동굴 앞에 와서 걸음을 멈추고 수중의 보따리를 풀었는데 그 안에는 팔뚝만한 두 대의 갈색 죽통이 있었다. 길이는 한 치 정도였다. 그는 그중 하나를 심우에게 넘겨주면서 조용히 말했다.

"나를 따라오시오."

말을 마치고는 사방을 둘러보고 나서야 재빨리 동굴 안으로 들어갔다. 굴 안은 손을 펴도 다섯 손가락을 보지 못할 지경으로 온통 캄캄하였다. 심우의 안력이 제아무리 뛰어나도 이때에는 아무 것도 볼 수 없었다. 아울러 심우는 마음속으로도 괴상하다고 느꼈다. 이 가산은 정원의 중앙에 위치하여 있으므로 서로 떨어진 거리로 보아 그 용수와는 전혀 상관이 없었다. 뿐만 아니라 이 가산은 정원의 중앙에 있으므로 표국의 사람들이 일 없이 한가할 때면 모두 수시로 이곳에 와서 바람도 쏘이고 휴식하면서 산보를 하는 곳이다. 만약 그 안에 특별한 것이 있다면 벌써 이 집이 남경표국으로 되기 전에 원 집주인이 발견하였을 것이다.

심우의 기억에는 자기도 이 가산이 설계와 건조가 정교하고 생동감이 넘친다고 여겼고 이곳에 와서 여러 번이나 관상하였기 때문에 이 시각 굴 안에 들어가서 비록 아무 것도 볼 수 없었지만 머릿속에는 굴 안의 인상이 남아있었다.

그가 기억하고 있는 것은 작은 굴이 비록 사면으로 통하였고, 구불구불하지만 총 길이가 몇 장 밖에 되지 않고 넓이는 겨우 한 사람을 수용할 정도였다는 것이다. 만약 대낮이면 굴 밖의 광선을 빌어 굴 안을 뚜렷하게 볼 수 있는데 조금도 은밀하거나 신비한 곳이 없었다. 마음속으로 한창 답답할 때 귓가에 "칙"하는 소리가 들려왔다. 제약우가 불씨를 켜서 수중의 횃불에 불을 붙이는 소리였다. 굴 안이 밝아져 굴 안의 풍경이 대낮에 보는 것보다 더욱 뚜렷하였다.

심우는 제약우의 솜씨에 남몰래 탄복했다. 그가 특별히 제작한 횃불은 빛의 세기가 보통 횃불에 비하여 몇 배나 더 밝았고, 불꽃이 안정적이었으며 검은 그을음 따위를 조금도 볼 수 없었기 때문이다. 제약우는 심우의 심사를 꿰뚫어 보기라도 한 듯이 한 번 "픽" 웃고는 말했다.

"이 두 자루의 특제 횃불은 또 다른 한 가지 좋은 점이 있는데 하루 이틀 불을 지펴도 통 안의 송진을 다 쓰지 못하고, 그 어떤 비바람이 몰아쳐도 당신이 그 불을 끄려 하지 않는다면 절대로 그 불을 끌 수 없다는 것이오."

심우가 말했다.

"선배는 정말 다재다능하십니다. 후배는 확실히 탄복합니다."

그는 말을 하면서 굴 안을 훑어보았는데 자기가 이전에 몇 번 들어왔을 때와 별다른 차이를 느낄 수가 없었다. 굴 안의 높이는 머리에 닿을 듯하고 넓이는 몸에 비하여 약간 넓을 뿐이었다. 양쪽의 동굴 벽과 동굴 천정은 그럴듯한 인공 석순과 종유석을 제외하고는 신비하다고 말할 수 있는 것이 하나도 없었다.

제약우는 심우의 마음속의 근심을 깨닫지 못하고 횃불에 불을 붙인 후 굴 안으로 들어갔다. 그들이 몇 걸음 가지 못했는데 갈림길이 나타났다. 심우는 갈림길 왼쪽은 바로 출구이고 오른쪽은 두세 보 깊이의 빈 공간임을 뚜렷하게 알고 있었다. 제약우는 동굴 빈 구석의 맨 끝으로 가더니 특제 횃불을 심우에게 들게 하였다. 심우에게서 반 치 길이의 철근을 받아가지고 손으로 동굴 벽을 대충 재어본 다음 조금도 주저 없이 철근의 한 끝을 벽을 향해 찔렀다.

기이하게도 그 동굴벽은 비록 인공으로 만들어진 것이지만 보기에는 단단하였는데 제약우가 철근으로 벽을 찌르자 손가락 굵기 만한 철근이 조금도 저항을 받지 않고 벽을 뚫고 들어갔다. 심우의 발아래에서 "꽈르릉"하는 미약한 소리가 한동안 들려왔다. 바로 이때 심우 근처의 동굴 벽에서 돌연 "꺽꺽"하는 소리가 났다. 그 소리와 함께 뜻밖에도 동굴 벽에 자그마한 틈 하나가 갈라지며 드러났다. 심우가 놀라는 순간 제약우의 말소리가 들려왔다.

"자, 됐소. 생각하던 것보다 쉽소. 하지만 설계가 정교하여 탄복하지 않을 수 없소."

심우가 그 틈으로 보니 한 사람이 겨우 몸을 움츠리고 지나갈 수 있었다. 그는 참지 못하고 물었다.

"여기서부터 황금총으로 들어갑니까?"

제약우는 미소를 지으면서 말했다.

"그렇소, 하지만 내가 알고 있는 바에 의하면 황금총의 교묘함은 우리가 본 이런 것들에 있는 것이 아니라 지하에 있소. 잠깐 뒤에 당신은 곧 알게 될 것이오."

말을 마치고는 심우의 손에서 횃불을 받아 쥐고 말했다.

"당신도 특제 횃불에 불을 붙이시오."

심우는 횃불에 불을 붙였다. 제약우는 횃불을 들고 먼저 몸을 움츠리고 그 틈 안으로 들어갔다. 심우도 그의 뒤를 따라 들어갔다. 틈 안에는 한 갈래의 좁은 복도가 있고 나선형으로 이어진 길을 따라 지하로 이어졌다. 제약우는 돌연 걸음을 멈추고 머리를 돌려 엄숙한 표정으로 심우에게 말했다.

"이제부터 조심해야 하오. 절대로 힘을 써서 양쪽의 벽면을 치지 마시오. 그렇지 않으면 우리 두 사람은 황금총 안에 파묻히게 될 것이오."

심우는 그 말을 듣고 눈길을 주어 복도 양쪽의 벽을 훑어보았는데 벽은 더없이 매끌매끌하여 별다른 것을 느낄 수 없었다. 제약우가 말했다.

"이 벽은 보기에는 튼튼한 것 같으나 사실상 내가 상성사흉商城四凶 대처하려 할 때 모두 이런 건축을 채용하던 것과 같이 벽이 조금만 압력을 받아도 즉시 허물어지고 진흙 무더기로 변해버릴 것이오. 그러면 그것들은 눈 깜짝할 사이에 이 통로를 가득 메우게 되어 있소."

심우는 시골에서 제약우가 설치한 한 채의 큰 집이 잠깐 사이에 깡그리 없어지는 것을 직접 목격한 적이 있어 제약우의 말을 깊이 믿었다. 심우는 저도 모르게 탄식하면서 말했다.

"원래 이 황금총은 이렇듯 두려운 기관을 갖추고 있군요. 정말 천하가 크고 기이하지 않은 것이 없습니다. 또한, 선배의 박식함은 후배로 하여금 더욱 탄복하게 합니다."

제약우가 말했다.

"이것은 아무것도 아니오. 하늘은 사람마다 자기의 장기를 가지고 있게 만들었소. 예를 들면 소제의 무공은 나로 하여금 더 말할 나위 없이 탄복하게 하지 않소?"

그는 웃으면서 말했다.

"우리가 이런 말을 해서 무엇하겠소? 빨리 내려가 보면 아래에는 우리가 경탄할 것이 있을 것이오!"

말을 마치고는 계속하여 아래로 향해 걸어갔고 약 오륙십 보를 가니 끝에 닿았다. 심우가 마음속으로 헤아려 보니 이 오륙십 보의 좁은 길은 지면으로부터의 깊이가 두석 장에 가까워 보였다. 그러나 도착한 마지막 곳은 올 때의 좁은 길에 비하여 조금 넓을 뿐이었고 그 어떤 보물같은 것도 보이지 않았다.

제약우는 수중의 횃불을 심우에게 넘겨주고, 자기는 땅에 엎드려 손으로 가볍게 더듬거리더니 손잡이같이 생긴 물건 하나가 땅 위에 있는 것을 발견하였다. 제약우가 손잡이를 쥐고 힘껏 잡아당겼다. 그러자 하나의 원형 모양의 덮개가 손에 들려 나왔고 그 아래에는 끝이 보이지 않는 동굴 입구가 나타났다. 심우는 숨을 들이쉬고 말했다.

"이 아래에 또 다른 천지가 있었습니다."

제약우가 말했다.

"그렇소, 하지만 만약 그 중의 오묘함을 알지 못한다면 설사 위에 있는 정원까지 뚫렸다 해도 아래에 있는 천지를 찾을 수 없소."

심우는 속으로 말했다.

'그렇다고 할 수 없지. 만약 비교적 많은 인력을 동원하고 이곳까지 파면 이 원형의 덮개를 발견할 수 있고, 덮개를 열기만 하면 그래 지하 동굴 입구를 볼 수 없단 말인가?'

제약우는 심우의 심사를 꿰뚫어 보기라도 한 듯이 수중의 덮개를 땅에 내려놓으면서 미소를 짓고 말했다.

"당신은 이 덮개를 열면 이 동굴을 볼 수 있다고 생각하지 마시오. 만약 우리가 용수를 통해 관문을 통과하지 않았다면 우리는 아직도 이 동굴의 입구를 볼 수 없을 것이오."

심우는 의혹을 풀 수 없어 말했다.

"그것은 어떤 이유입니까?"

제약우는 미소를 지으며 말했다.

"조금만 기다리면 당신은 물론 알게 되오. 지금 우리는 내려간 다음 다시 말합시다."

심우가 동굴의 입구를 보니 동굴은 아래로 향한 것 같았고, 그 밑은 너무 어두워 도대체 얼마나 깊은지 알 수 없었으므로 참지 못하고 말했다.

"이 동굴은 깊은 우물과 같아 깊이를 헤아릴 수 없습니다. 우리가 내려가더라도 깊이가 너무 깊으면 우리가 떨어져서 분신쇄골될까 두렵습니다."

제약우가 웃으며 말했다.

"동굴 옆에 우리가 내려가게끔 준비되어 있는 물건이 있는 것이 보이지 않소?"

심우는 횃불을 들고 자세히 보았는데 과연 동굴 옆에 밧줄과도 같은 물건이 아래까지 드리워져 있는 것을 발견하였다. 제약우가 말했다.

"이것은 오랫동안 물에 담궈 특별히 제작한 넝쿨로 백근 무게도 감당할 수 있으니 당신과 나는 걱정하지 않아도 되오."

심우가 말했다.

"그렇다면 후배가 먼저 내려가 보겠습니다."

말을 마치고 한 손에 특제 횃불을 들고 다른 한손으로는 넝쿨을 잡고 가만히 진기를 끌어올려 재빨리 넝쿨을 따라 동굴 입구에서 아래로 미끄러져 내려갔다. 얼마 지나지 않아서 두 발은 땅에 닿았고 머리를 들고 위를 향해 바라보았는데 제약우가 횃불을 들고 동굴 입구에서 있는 것이 뚜렷하게 보였다. 심우가 짐작하건대 우물과도 같은 이 동굴의 길이는 적어도 두 장 안팎이었다. 제약우는 심우 수중의 횃불 불빛을 빌어 심우가 이미 땅에 이른 것을 보았으므로 자기도 뒤따라 미끄러져 내려왔다.

눈을 들어 사방을 보았는데 그 밑은 칠팔 장의 너비였고 사면의 벽은 뜻밖에도 흰 돌로 쌓아 사람이 비칠 정도였다. 위로 통하는 그 동굴을 제외하고, 머리 위의 천정도 흰 돌을 붙여 두 대의 밝은 특제 횃불로 얼핏 비춰보면 마치 궁전인 것 같았다. 유일하게 예외인 것은 심우와 제약우 두 사람이 내려와서 서 있는 곳으로 한 뙈기 정도 원형으로 생긴 질퍽질퍽한 진흙땅이었다. 이 진흙과 정원의 진흙은 조금도 다른 것이 없었다. 제약우는 돌연 발아래 진흙을 가리키며 말했다.

"이 곳에 어떤 괴상한 점이 없소?"

심우는 자세하게 발아래를 보았고 그 한 뙈기 땅 정도 크기가 깊은 우물과 같은 동굴의 입구의 크기와 비슷하게 보여 마음이 움직여 말했다.

"이 진흙땅이 꼭 이 동굴의 입구와 연관이 있습니다."

제약우가 흔쾌히 말했다.

"노제는 매우 총명하오. 이 진흙은 확실히 우리가 내려온 그 동굴과 크게 관계가 있소. 그것은 원래 이 동굴 입구를 막고 있던 하나의 흙기둥이었는데 우리가 그 용수의 기관을 움직이게 해서 그 흙기둥이 이곳으로 떨어진 것이오."

심우는 크게 놀라고 기이하여 말했다.

"선배의 말씀은 우리가 서 있는 곳이 결국 오르내릴 수 있다는 말입니까?"

제약우가 말했다.

"그렇소, 잠시 후 우리가 용수에서 뽑아온 철근을 원래 자리로 가져다 놓으면 이 흙기둥은 또다시 원래의 자리에 돌아가고 이 동굴을 빈틈없이 막아 놓을 것이오."

심우는 그제야 방금 용수에서 철근을 뽑아낼 때 무거운 물건이 떨어지던 소리가 떠올랐다. 알고 보니 이 흙기둥은 무거운 물건의 당기는 힘을 빌어 오르내릴 수 있었던 것이다. 제약우가 또다시 말했다.

"내가 처음 정원에서 관찰할 때 그 용수에 무엇인가가 있다고 느꼈소. 다른 나무들은 그 속을 파버리면 다시 살아나기가 힘들지만 백년 이상의 용수는 모수母樹를 제외하고 매우 많은 나무줄기가 나있고 이런 나뭇가지는 모수로부터 생겨난 넝쿨이 땅에 드리운 뒤 뿌리가 생기고 자란 것으로 서로 한 줄기로 이어지고 서로 의존하기 때문이오. 그리고 그런 용수를 바로 선배 고인이 이용하여 이렇듯 교묘한 기관으로 만들게 된 것이오. 오직 그 나무 속에 하나의 기관을 설치하고 무거운 물건이 서로 작용하는 원리를 사용하여 이 기관을 설치할 수 있었소."

심우는 기관 학문에 대하여 조금도 몰랐으므로 비록 제약우의 해설을 들었지만 마음속으로는 계속해서 보통 사람은 생각할 수도 없는 일이라고 느낄 수밖에 없었다. 제약우는 더더욱 흥미가 생겨나 또다시 말했다.

"가산에서 막혔던 길을 통과하고 또 적어도 대여섯 장이나 되는 깊이의 수직 동굴을 지나있소. 그 가운데 나있는 모든 길을 파헤친다 해도 조그만 흔적도 남기지 않기 때문에 만약 그 중의 오묘함을 모른다면 온 정원과 집을 모두 뒤집어 엎는다고 해도 이곳을 찾을 수 없을 것이오."

심우는 경탄하였을 뿐만 아니라 이로부터 호기심이 크게 일어나게 되었다. 황금총을 이렇게 큰 품을 들여 축조하였을 뿐만 아니라 이렇듯 정교하고 엄밀하게 설계되어 있으니 세상에서 가장 좋은 보물을 이곳에 감추었을 것이라고 마음속으로 생각했다. 그는 즉시 사방을 둘러보았는데 저도 모르게 괴상하다고 느꼈다. 원래 이 지하실의 네 벽은 거울과도 같이 매끌매끌하여 지하실에 아무것도 없이 텅 비어 있는 것이 한눈에 들어왔기 때문이다. 제약우도 이런 상황을 보고는 저도 모르게 의아한 기색을 노출하였다. 심우는 참지 못하고 말했다.

"선배 보기에는 이 황금총이 사람을 속이는 함정인 것 같지 않습니까?"

제약우는 반나절이나 깊이 생각하다가 비로소 말했다.

"내 보기에는 하나의 함정 같지는 않소. 다만 이곳에 우리보다 먼저 온 사람이 있는 것 같소."

심우는 돌연 "픽" 웃더니 말했다.

"생각 밖으로 우리도 돈에 눈이 어두운 사람으로 변했습니다. 이곳에 아무 것도 없는 바에야 우리는 돌아가서 이곳에 오지 않았다고 칩시다."

제약우는 심우의 말을 듣지 못한 것 마냥 그저 머리를 숙이고 깊이 생각했고 오랜 시간이 지나서야 머리를 쳐들고 한마디 말도 없이 횃불을 들고 벽 쪽을 향해 걸어갔다. 사면의 벽은 거울처럼 매끌매끌하여 만약 의심스러운 곳이 있으면 한 눈에 찾아낼 수 있었지만 제약우는 오히려 똑바로 보지 않고 줄곧 벽을 따라가면서 입속으로 중얼거리며 단숨에 세 바퀴나 돌고 나서야 돌연 멈춰 섰다. 그는 손으로 벽을 밀었는데 즉시 "꺽꺽"하는 소리가 한동안 들렸다. 그 소리와 함께 매끌매끌한 벽은 돌연 하나의 문만큼 갈라졌다. 더욱 괴상한 것은 숨겨진 문이 열려진 뒤 빛이 그 안에서부터 흘러나왔다. 제약우는 무거운 짐을 벗어버린 듯 가뿐하게 말했다.

"지금 우리는 큰 일을 해냈소."

말을 마치고는 큰 걸음으로 문을 향해 걸어갔다. 심우도 그의 뒤를 바짝 따라 들어갔다. 한 걸음에 문 안에 들어섰는데 눈이 부셨다. 실내 천정에는 뜻밖에도 크고 작은 야명주들이 걸려 있었다. 네 모퉁이에는 금황색과 은황색의 상자가 놓여있었다. 이 네 상자와 천정의 명주가 서로 비추고, 또한 심우와 제약우 두 사람의 손에 있는 특제 횃불의 불빛이 더해져 눈이 더욱 부셨다.

이 석실의 면적은 바깥 칸의 면적보다 작았지만 사면의 벽은 도리어 바깥 칸보다 더욱 고르고 매끌매끌하였다. 네 모퉁이에 놓여 있는 네 개의 장방형 모양의 금속 상자와 천정에 걸려있는 야명주 외에는 다른 진열품이 없었다. 제약우와 심우 두 사람은 약속이나 한 듯이 모퉁이로 갔다. 제약우는 상자를 만져보고는 단단하고 차갑다는 것을 발견하고 심우에게 말했다.

"이 상자는 순금으로 만들어진 것이오."

심우가 말했다.

"만약 순금으로 만들었다면 이 한 상자만 해도 그 가치가 대단합니다."

제약우가 말했다.

"당연하오, 황금총이라고 말하는 것은 확실히 그 이름에 부합되오. 이 정도의 재산이 있다면 우리는 큰 사업을 이룰 수 있소."

심우는 이 재부에 대해 크게 관심이 없는 듯 물었다.

"무학에 관한 물건이 어디에 있는지 모르겠는데요?"

그 한마디가 꿈 속의 사람을 깨우쳐 주었다. 제약우는 자기가 황금에 크게 미혹되는 행동을 한 것 같아 얼굴이 붉어지는 것만 같았다. 그 말을 듣고 사방을 둘러본 다음 깊이 생각하다가 말했다.

"이 상자들 안에 있을 것이니 찾아봅시다."

그는 말을 마치고는 상자 하나를 열었다. 그 안에는 황금 주보가 가득했다. 하는 수 없이 두 번째 상자로 걸어가서 상자를 열었다. 상자 안에는 역시 금은주보가 있었다. 연이어 네 상자를 열어보아도 모두 금은주보였고 그 어떤 서적이나 기록이 되어 있는 문서 같은 물건들은 보이지 않았다. 심우는 참지 못하고 말했다.

"상자 밑에다 감추지 않았을까요?"

제약우는 미혹감을 느끼고 머리를 가로저으면서 말했다.

"내가 보기에는 가능하지 않소, 그러나 시험해도 괜찮소. 당신이 저쪽 두 상자를 살펴보고 내가 나머지 두 상자를 살펴보겠소."

이번에는 두 사람이 서로 나누어 합작하여 먼저 상자 안의 황금 주보를 땅에다 옮겨 놓고 자세히 검사해 보았는데 소득이 없었다. 또다시 정신을 가다듬고 전체 상자를 검사해 보았는데 네 상자가 모두 제가끔 순금과 순은으로 만들어져서 완전히 속이 가득 찼으며, 이중으로 만들어진 층이 없어 물건을 감출 수는 없어 보였다. 심우와 제약우 두 사람은 실망하지 않고 또다시 금 그릇과 장식품들을 한 번 관찰해 보았지만 여전히 소득이 없었다. 심우는 저도 모르게 몹시 실망한 후 일어서면서 말했다.

"보아하니 이 황금총 안에는 칠살도 비급과 관계되는 물건이 없는 것 같습니다. 하지만 우리는 대단한 재부를 얻었으니 자선 사업을 더 많이 할 수 있게 되었습니다. 그러니 헛된 걸음이라고 할 수 없습니다."

제약우는 고개를 숙이고 깊이 생각하고 있었는데 심우의 말을 못들은 척하였고 오랜 시간이 지난 뒤 그는 돌연 일어서더니 "하하"하고 웃음을 터뜨렸다. 심우는 마음속으로 놀라 다급히 물었다.

"선배는 왜 웃습니까?"

심우는 제약우가 실망한 나머지 자극을 받아 행동이 비정상적으로 된 것 같아 두려워졌다. 제약우가 말했다.

"속담에 이르기를 사람은 돈을 위해 죽고 새는 먹이를 위해 죽는다고 했습니다. 우리 두 사람은 아직 희망이 없는 지경에 이르지 않았다고 생각하지만 저도 모르게 하마터면 이 무덤 주인의 간사한 꾀에 빠질 뻔하였소."

심우는 의혹을 풀 수 없어 말했다.

"선배의 그 말씀은 어떤 뜻으로 하신 겁니까?"

제약우가 말했다.

"네 개의 금은 상자가 바로 이 무덤 주인이 설치한 일종의 눈을 가리는 수법이라 할 수 있소. 생각하면 천하에 누가 재물을 탐내지 않겠소? 더욱이 보통사람들이 다행히 이곳을 찾아 놀랄 만한 재부를 본다면 미친 듯이 좋아할 것이고 그냥 재물을 취할 뿐이며 언제 다른 것을 돌볼 겨를이 있겠소? 우리 두 사람도 네 상자에 적지 않게 귀중한 시간을 낭비했소."

심우는 문득 깨닫고 말했다.

"선배가 말씀하신 뜻은 이 무덤 안에서 분명히 다른 무엇인가 있다는 것입니까?"

제약우가 말했다.

"무엇인가 있다면 그것은 바로 이 실내의 황금주보에 있을 것이오. 만약 의지력과 믿음이 부족한 사람이 지금 우리가 처한 지경에 이르고 더 큰 소득이 없다면 분명 이미 얻은 재부에 만족하기 때문에 돌아설 것이고, 그렇다면 당초 진정한 보물을 숨겨 놓은 사람의 공심지계攻心之計에 빠지고 말게 되오."

알 수 없는 것은 이 말을 일부러 한 것인지 아니면 무의식지간에 튀어나왔는지였다. 어쨌든 심우에게는 한 차례 훈계와도 같았다. 심우는 저도 모르게 부끄럽다고 느꼈다. 자신은 바로 포기하려고 했는데, 바로 자신이 제약우가 말한 것처럼 의지력이 없고 믿음이 없는 그런 종류의 사람같았다. 제약우는 심우의 반응이 어떠한지 아랑곳하지 않고 딱 잘라 말했다.

"우리는 분명 큰 소득이 있소."

제약우는 심우의 반응은 상관하지 않고 방금 바깥 석실에서처럼 또 다시 석벽을 따라 돌았다. 이번에 다른 점은 더 중얼거리지 않았고 매 한걸음마다 한보씩 서고 한참을 생각한 다음 계속해서 앞으로 나갔는데 열 몇 바퀴 돈 다음 차 한 잔 마실 시간이 흐르자 그 얼굴은 점점 침중한 기색으로 변해갔다. 심우는 그의 미간이 일그러지고 이마에 천천히 콩알 같은 땀방울이 돋아나는 것을 보았다. 심우는 제약우의 사색에 방해가 되지 않도록 조용히 서 있었다.

제약우는 계속하여 걷다가도 서고 서 있다가도 걸었다. 심우는 하는 수 없이 사방을 둘러보았고 나중에는 머리를 들고 천정에 걸려 있는 그 야명주를 관찰하였는데 그들의 크기가 같지 않았지만 하나하나 더없이 동그랗고 투명하며 매우 사랑스러웠다. 더욱이 심우를 마주하고 있는 머리 위의 한 알은 다른 것보다 많이 컸으며 손을 내밀면 닿을 수 있었는데 보면 볼수록 사랑스러워 심우는 저도 모르게 손을 내밀어 그것을 따내려고 했다. 바로 이때 제약우가 돌연 대갈일성했다.

"잠깐."

뜻밖의 일성대갈에 심우는 생각 밖으로 놀랐으며, 즉시 손을 거두며 뒤로 한 걸음 물러났다. 제약우는 다급한 걸음으로 다가오면서 말했다.

"이 위에 있는 물건은 절대 움직여서는 안되오."

심우의 놀란 마음은 이미 안정되었고 제약우의 엄숙한 얼굴을 보고는 입을 열고 말하지 않았다. 제약우는 다급히 그 야명주의 아래로 다가갔고 머리를 쳐들고 오랫동안 자세히 살펴보았다. 나중에는 길게 숨을 쉬고는 무거운 짐을 벗어버린 듯 가뿐하게 말했다.

"노제가 하마터면 우리의 대사를 그르칠 뻔했소."

심우는 마음속으로 중얼거렸다.

'보아하니 마지막 기관이 이 명주에 있는 것 같군. 하지만 그 명주에 손을 대면 어째서 대사를 그르치는지 알 수 없었구나.'

그는 참을 수 없어 말했다.

"이 명주가 그렇게 중요합니까?"

제약우는 크게 머리를 끄덕이고 말했다.

“그렇소, 내가 소리치는 것이 늦었다면 아마 당신이 그 명주를 땄을 겁니다. 그렇다면 아마 우리는 영원히 이 황금총 안에서 가장 보귀한 물건을 볼 기회가 없었을 것이오.”

심우가 말했다.

“이 명주는 어떤 작용이 있습니까?”

제약우가 말했다.

“그 묘한 것은 바로 그것을 떼어내게 하는 것이오. 당신이 보아도 그것은 다른 것에 비해 크고 아름다우며 비교적 낮게 달려 있어 어떠한 사람이라도 모두 명주를 따내려면 먼저 이것부터 딸 것이오. 그러면 이 황금총을 설치한 사람의 간사한 꾀에 빠지게 되는 것이오.”

심우는 호기심이 생겨서 말했다.

“이 명주를 따낸 뒤에는 어떤 상황이 발생할 수 있습니까?”

제약우가 말했다.

“이 명주는 오직 돌리면서 위로 올려 밀 수 있는 황금총의 가장 중요한 기관 단추요. 만약 그것을 떼어내면 황금총의 모든 기관이 영원히 기능을 상실하고 우리 두 사람도 그로부터 다시는 하늘의 태양을 볼 기회가 없을 것이요.”

심우는 저도 모르게 조금 전 자신의 경솔함을 남몰래 질책하였다. 만약 제약우가 제 때에 소리치지 않았다면 그는 벌써 이 명주를 떼어내어 가지고 놀았을 것이다. 제약우는 더이상 말하지 않고 두 손으로 그 명주를 받치고 천천히 오른쪽으로 돌리면서 귀를 기울이며 주의해서 들었다. 그런 후 또다시 왼쪽으로 천천히 돌렸다. 이렇게 몇 차례

반복하자 그 명주는 스스로 천천히 바로 천정까지 올라갔는데, 돌연 한 차례 진동이 있은 후 그 다음 또다시 스스로 천천히 돌면서 아래로 내려왔다.

이번에는 제약우와 심우 모두 "콰르릉"하는 소리를 뚜렷하게 들었고, 마치 거대한 물건이 발밑에서 구르는 것 같더니 이어서 그들이 서 있는 땅이 뜻밖에도 회전하기 시작하였다. 심우는 속으로 적잖이 놀라서 눈길을 제약우에게 주었다. 제약우의 기색은 엄숙하였고 눈 한 번 깜빡하지 않고 벽 모퉁이에 있는 하나의 은색상자를 주시해보았다.

심우는 저도 모르게 제약우의 날카로운 눈길에 끌려 그의 눈길을 따라 그 은색 상자를 보았다. 이렇게 한 번 보았는데도 심우는 스스로 놀라고 이상하다고 느꼈다. 원래 네 모퉁이에 놓여있던 상자는 뜻밖에도 언제 원래의 위치를 떠났는지 알 수 없었고 원래 은색 상자를 놓았던 곳에는 이때 이미 한 개의 삼각형으로 뚫어진 곳이 나타났다. 제약우는 다급히 말했다.

"서두르시오. 시간이 없소."

말을 마치고는 심우의 대답도 기다리지 않고 몸을 번쩍하더니 그 삼각형의 구멍으로 뚫고 들어갔다. 심우도 즉시 뒤따라 들어갔는데 밑에 또 다른 자그마한 하나의 석실이 있었다. 두 사람이 석실에 들어서자 향기가 났는데, 그 향기가 어디서 오는지 알 수 없었다. 두 자루의 특제 횃불을 비추자 자그마한 석실 안은 대낮같이 밝아졌다. 우선 먼저 심우의 시선에 들어온 것은 벽 중앙에 배열되어 있는 자그마한 짙은 붉은색 휘장이었다. 그 외 네 귀퉁이는 아무것도 없이 텅 비어 있었다. 심우는 저도 모르게 놀랐다. 심우의 귓가에는 제약우의 다급한 목소리가 들려왔다.

"소제 빨리 손을 쓰시오. 그 도법의 심법이 바로 붉은 휘장의 뒷면에 있소. 석실은 즉시 봉쇄되니 더 지체할 수 없소."

말소리도 끝나기 전에 한동안 "꽈르릉"하는 소리가 또 울렸고 두 사람의 머리 위의 석벽은 이미 돌기 시작하였다. 심우는 마음속으로 놀랐고 훌쩍 뛰어 붉은 휘장 밑에 이르러 손을 내밀어 붉은 휘장을 열었다. 붉은 휘장 뒤에는 벽이 있었고 벽에는 한 자루의 장도가 걸려있었다. 심우는 저도 몰래 또 한 번 놀랐다. 제약우는 재빨리 앞질러 뛰어가서 그 장도를 벗겨내고 그 휘장을 끄집어낸 다음 한손으로 심우를 잡고 말했다.

"빨리 갑시다."

이때 석실의 삼각형 구멍은 이미 천정 벽의 회전에 따라 절반이나 막혔다. 제약우와 심우가 앞뒤로 지하 석실에서 나오자마자 거대한 일성소리를 들었고, 그 회전하던 명주는 뜻밖에도 스스로 떨어져서 부서지고 말았다. 다시 나온 길을 보니 벽 아래 그 삼각형 구멍은 뜻밖에도 조금의 흔적도 없이 막혔고, 그 네 개의 금은 상자는 또다시 원래 위치에 가 있었다. 제약우는 길게 숨을 쉬고는 말했다.

"다행이오."

심우는 놀란 가슴이 안정되자 머리를 돌려 제약우의 손에 꼭 틀어쥐고 있는 그 장도와 그 휘장을 보고 저도 모르게 탄식하고 말했다.

"이 물건이 하마터면 우리 두 사람을 지하 석실에 매장할 뻔했소."

제약우는 그 장도와 붉은색 휘장을 심우에게 넘겨주면서 말했다.

"천하제일 무학이 이 두 가지 물건 안에 있으니 노제는 빨리 보시오."

심우는 먼저 장도를 받았는데 매우 무거움에 놀랐다. 그 장도는 보통의 도검보다는 몇 배나 무거웠다. 장도의 길이는 보통 장도와 다름이 없었는데, 칼집과 칼자루만이 보통 장도와 크게 달랐다. 일반적인 칼집 혹은 검집에는 대부분 각양각색의 꽃무늬를 새겼지만 그 장도의 칼집 전체는 오히려 매끌매끌하였으며 칼집 겉면에는 꽃무늬가 없었을 뿐만 아니라 전신이 단단하고 차가워 벼르고 벼른 강철로 만들어진 듯싶었다.

심우는 저도 모르게 칼을 뽑아들었는데 즉시 싸늘한 기운이 덮쳐오는 느낌이 있었고 무시무시한 기운이 사람을 핍박하여 질식하게 하였다. 천정에 달려있던 야명주들이 괴상하게도 장도가 칼집을 떠나는 순간 모두 색을 잃었으며 원래 있던 광택은 모두 어디로 갔는지 알 수 없었다. 심우는 무의식 중에 소리를 질렀다.

"이것은 세상에 보기 드문 보도입니다."

제약우가 관심을 가지고 말했다.

"이 칼에 쓰여져 있는 칠살도의 심법을 빨리 보시오. 칠살도의 도법을 파해할 수 있는 비결이 있는지?"

심우는 칼집과 도신을 한동안 자세히 살펴보고는 머리를 가로저으면서 말했다.

"이 보도는 칼집마저도 무늬를 새기지 않고 전체가 더없이 매끌매끌하여 심법이나 비결이라고 할 것이 없습니다."

제약우는 수중의 붉은색 휘장을 쳐들고 말했다.

"그럼 꼭 이 붉은 휘장 위에 적혀 있을 것이오."

말을 마치고는 붉은색 휘장을 펼쳤고 수중의 횃불을 높이 들고 다가

가서 자세히 살펴보았는데 이리 보고 저리 보아도 그 붉은색의 휘장은 그 색이 짙은 붉은색을 제외하고는 제약우가 아무리 애써 찾아도 조그마한 흔적도 찾아낼 수 없었다. 그는 머리를 가로저었고 붉은 휘장을 심우에게 넘겨주면서 말했다.

"나는 찾아낼 수 없소. 당신은 전문가이니 당신이 보오."

심우는 칼을 칼집에 넣고 붉은 휘장을 받으면서 말했다.

"선배가 전문가인데 선배가 찾아내지 못했다면 후배는 더욱 찾아낼 수 없을 것입니다."

제약우가 말했다.

"그래도 시험해 보시오!"

심우는 더 말하지 않고 그 붉은 휘장을 주의하여 관찰하였는데 붉은 휘장에는 꽃무늬도 없고 그 어떤 필적도 없었다. 이리 보고 저리 보아도 심법같은 것을 적어놓은 것은 어디에도 없었다. 심우는 머리를 가로저으면서 말했다.

"이 위에는 절대 무공 심법같은 것을 적어 놓은 것이 없습니다."

제약우는 이상하다고 느끼면서 말했다.

"이상하오. 이 황금총은 이렇게도 정교하고 엄밀하게 설치되었소. 뿐만 아니라 려사도 그가 배운 칠살도에 대한 믿음이 흔들리고 있는 것 같은데 이치대로 말하자면 이곳에 분명 칠살도에 관련된 도해나 서책같은 것이 감춰져 있어야 옳지 않겠소!"

심우가 말했다.

"아마 우리가 방금 총망한 가운데 실내에서 중요한 물건을 가져오지 않았고, 칠살도의 심법은 석실 안에 남겨 두었을 수 있습니다."

제약우는 머리를 가로저으면서 말했다.

"그것은 불가능한 일이요. 이 황금총을 설치한 오묘함은 알다시피 어떤 곳이나 빈틈없이 조합되었소. 시간도 마찬가지로 지하 석실의 단추를 한 번 누르면 곧 자동적으로 열리고 닫히는데, 그 한 단락의 시간 또한 원래 이미 헤아려져 있어서 석실에 들어간 다음 칼을 가지고 나온 뒤에 만약 조금 늦는다면 석실은 자동적으로 막혀 석실에 들어간 사람은 나올 기회가 영원히 없을 것이오. 따라서 시간상으로 보았을 때 그 안에 발견할 수 있는 물건을 숨겨 놓을 수 없소."

심우가 말했다.

"다시 내려가서 찾으면 어떻습니까?"

제약우는 쓴웃음을 짓고 머리를 가로저으면서 말했다.

"우리에게는 이제 다시 내려갈 기회가 없소. 당신은 야명주가 떨어져서 부서진 것을 보지 않았소? 이것이 지하 석실의 기관이 이미 완전히 작용을 상실했다는 것을 나타내오. 우리가 사방의 벽을 모두 파내면 몰라도 그렇지 않으면 내려갈 생각을 말아야 하오. 다만 여기에서 지면까지 적어도 육칠십 장이나 되는데 그것을 파낸다는 것은 쉽지 않소."

심우는 머리를 끄덕였지만 생각을 하며 또 말했다.

"이 기관이 정교하게 설치되고 매우 은밀한 것은 보면, 또 다른 어떤 곳을 우리가 아직 발견 못한 것은 아닐까요?"

제약우가 단호하게 말했다.

"없소. 이 황금총은 이미 우리가 전부 돌았소."

심우는 그가 확신하는 말을 듣고도 마음속으로 의문이 사라지지 않아 말했다.

“방금 우리가 내려올 때 여러 번이나 나갈 길이 없었지만 나중에는 비밀 문을 발견하고 이곳까지 왔는데 지금도 방금처럼 이 황금총을 설계한 사람이 일부러 잔꾀를 부리는 것이 아닙니까?”

제약우는 머리를 가로저으면서 말했다.

“이 황금총을 설계한 사람이 비록 독창적인 재지를 보였고 기관학에는 정통하였지만 나는 그에게 뒤지지 않는다고 자신하오. 만약 이 황금총에 아직 발견하지 못한 은밀한 곳이 있다는 것을 나는 믿을 수 없소.”

제약우가 이렇듯 확신하자 심우도 깊이 믿지 않을 수 없었다. 심우는 이 황금총에 대해 매우 큰 희망을 품었는데 반나절이나 고생해도 얻은 것은 생각 밖으로 한 자루의 장도와 한 폭의 붉은 휘장이었다. 이것은 마도를 억제하는데 하나도 필요가 없었고, 그 나머지 황금 주보는 심우에 대해 모두 그리 요긴하지 않은 물건이었다.

제약우는 이미 심우가 실망을 느낀다는 것을 알았다. 사실 그 자신의 실망도 절정에 이르지 않았단 말인가? 하지만 제약우는 심우와는 달랐다. 그는 이렇게 많은 재부를 얻을 수 있었으니 이미 스스로 위안을 받기에 넉넉했고 그의 실망감은 많이 줄어들었다. 그는 심우를 위안하면서 말했다.

“아마 칠살도의 무학이 이 보도와 붉은 휘장에 적혀있지만 총망한 가운데 찾아내지 못할 수도 있소. 시간을 갖고 천천히 연구해 낼 수도 있을 것이오.”

심우는 또다시 수중의 보도를 쳐들고 한동안 자세히 살펴보며 머리를 끄덕이면서 말했다.

"후배는 절대 불가능한 일이라고 장담할 수 있습니다."

말을 마치고는 보도를 허리에 매달고 말했다.

"돌아갑시다!"

제약우가 말했다.

"이 금은주보는 어떻게 처리하겠소?"

심우가 말했다.

"선배가 알아서 하십시오. 나는 내일 아침 일찍 태산으로 떠나겠습니다."

제약우가 말했다.

"좋소. 그럼 향후에 다시 봅시다. 어쨌든 이 물건을 여기에 남겨도 용수 기관을 잘 봉해놓으면 다른 사람에게 발견되지 않을 것이오."

심우는 머리를 끄덕이면서 말했다.

"그럼 그렇게 합시다. 하지만 선배는 일부분을 가지고 나가 필요한 때를 준비하십시오."

제약우가 말했다.

"그렇게 하겠소."

말을 마치고는 벽 모퉁이에 가서 일부분 주보를 가슴 속에 넣은 다음 말했다.

"돌아갑시다."

제53장

破邪陣再現身外身

사진을 파하니 또다시 신외신이 나타나다

중양절은 시인과 묵객들이 산에 올라 시를 읊기에 좋은 날이다. 웅대하고 높이 솟은 동악東嶽 태산은 이 명절에 산수풍경을 감상하기 가장 좋은 거처였다. 애석하게도 이렇게 큰 태산은 이 시각 도리어 온통 풍운으로 뒤덮여 살기로 가득 찼다. 날이 밝자마자 망천문望天門 아래의 가파르고 꾸불꾸불한 오솔길에 하나의 인영이 귀신과 같이 재빨리 계단을 오르고 있었다. 그 그림자는 허리 한쪽에 장도를 맸고 다른 허리 한쪽에는 보도를 달아맸으며 검은색 장화에는 한 자루의 오래된 것 같은 모양의 비수가 찔려 있었다.

그는 나이가 어렸지만 영준하고 검은 얼굴에는 도리어 짙은 풍상고초를 겪은 자의 느낌과 은근히 근심과 걱정이 드리워져 있었다. 이 꾸불꾸불한 오솔길에 이 시각 오직 그 한 사람만이 고독하게 산으로 줄달음쳐 올라갔다. 그러나 이 길은 바로 이전에 특히나 사람들로 들끓었다. 각양각색의 인물들이 무엇인가 쫓기듯 총망히 이 길로 지나가지 않은 사람이 없었던 길이다.

보아하니 이 청년은 늦은 모양이었다. 가파른 길을 쉬지 않고 계속해서 올랐다. 비록 그의 얼굴에는 피로한 기색이 역력했으나 그의 속도는 조금도 줄어들지 않았다. 그는 달리면 달릴수록 더 빨라졌지만 바로 망천문에 이를 무렵 갑자기 멈추어 섰다. 그는 사람을 놀라게 하는 어떤 물건에 주의를 빼앗긴 것 같았다. 그의 얼굴에서는 갑자기 놀란 기색이 나타났다. 그는 사방을 둘러본 다음 귀를 기울여 주의 깊게 소리를 들었다.

그 청년은 두 장보다 높은 곳을 가볍게 뛰어올라 눈 깜짝할 사이에 망천문 문패 위에 내려섰다. 이어서 몇 번 오르내리더니 거석들이 서 있는 가파른 언덕에 닿았다. 아래를 한 번 보았는데 가파른 언덕 아래에 사오 장 넓이의 웅덩이가 있었다. 사람을 놀라게 하는 금속성 소리가 바로 그 웅덩이에서 들려오고 있었다. 아래에서는 흑의를 입고 얼굴을 가린 네 명의 몽면蒙面 대한들이 흰 옷을 입은 묘령의 꽃같이 아름다운 한 백의 여인을 포위하여 공격하고 있었다. 그 소녀는 이미 오래전부터 싸움을 했던지 이미 상처도 입고 있었다. 여자가 막 땅에 넘어지는 것이 보였다. 그녀가 입고 있던 하얀 옷에는 피 흔적으로 얼룩이 가득한 것으로 보아 크게 낭패를 본 것 같았다.

그녀는 분연히 힘을 내어 완강하게 저항하였다. 수중의 은사銀蛇와도 같은 긴 회초리를 아래위로 휘몰아치며 잠시 자신 주변을 봉쇄하고 있었다. 그러자 얼굴을 가린 네 명의 사나이들은 일시간에 더 접근해 들어갈 수 없었다. 그 청년은 아무 소리도 내지 않고 큰 바위 위에 출현하였다. 백의 소녀를 비롯해서 낮은 곳에서 싸우고 있는 다섯 사람 중 어느 한 사람도 그를 발견하지 못했다. 청년이 눈을 들어 백의 소녀를 보았을 때 그의 전신이 떨리기 시작했으며 참지 못하고 저도 모르게 소리 지를 뻔하였다. 하지만 그가 입을 벌렸을 때는 오히려 마귀에게 홀린 듯 돌연 입이 굳어지고 말았다.

싸움이 한창인 곳에서는 한 가지 기이한 물건이 그의 주의를 끌었다. 그것은 흰 옷을 입은 소녀의 주위에 켜져있는 네 대의 거대한 횃불이었다. 이때 비록 날이 밝았지만 네 대의 횃불은 아직도 불이 꺼지지 않았으며, 불길은 아침 바람에 흔들리고 있었다. 청년은 마음속으로 문득 깨닫는 것이 있어 중얼거렸다.

'어쩐지 그래서 그녀가 적수가 되지 못하고 부상을 입었구나. 이 사람들의 올가미에 걸려들었어.'

그는 마음을 움직여 즉각 번개같이 거석 뒤에 몸을 숨긴 다음 암중으로 어떻게 진행되는지를 지켜보기로 하였다. 이 네 대의 횃불이 타오르는 상황을 보면 백의 소녀와 얼굴을 가린 네 명의 흑의 몽면 대한들의 결투가 밤부터 시작되었음을 알 수 있었다. 이 시각 얼굴을 가린 네 명의 흑의 장정들은 비록 백의 소녀의 은편銀鞭에 막혔지만, 소녀는 이미 기진맥진하였고 얼굴을 가린 네 명의 흑의 대한들이 한창 상대방의 정력을 소모시키는 수법을 썼으므로 시간이 지나면 그 백의 소녀는 더 움직일 수 없을 지경에 이를 것이었다.

여기까지 생각이 이르자 청년은 알 수 없는 아픔을 느꼈고, 남몰래 냉소하고는 갑자기 몸을 굽혀 장화 속의 단도를 뽑아 번개같이 거석 뒤에서 나왔다. 그가 거석 옆에 나타났을 때 귓가에 돌연 허공을 가르는 소리가 들렸으므로 그는 마음을 돌려 또다시 다급히 소리 없이 거석 뒤로 몸을 숨겼다. 옷자락이 허공을 가르는 소리와 더불어 거대한 인영이 커다란 새처럼 허공에서 웅덩이로 뛰어 내렸다. 그리고는 음침한 목소리로 외쳤다.

“아무 짝에도 쓸모없는 놈들, 지금이 어느 때냐. 네 놈들은 살고 싶지 않단 말이냐?”

얼굴을 가린 네 명의 흑의 대한 중에 하나가 그 소리에 대답했다.

“잘 모르시는 말씀입니다. 이 도적년의 의지가 굳세어 사로잡기가 정말 힘이 듭니다.”

온 사람은 “헤헤”거리고 웃더니 말했다.

“믿을 수 없군. 그럼 어르신이 한 번 뭐가 다루기 어려운지 시험해 봐야겠군.”

말을 마치고 “쨍”하고 장검을 뽑아내고는 큰 걸음으로 백의 소녀의 오육 보 앞까지 다가가서 오봉조양五鳳朝陽의 일초를 시전하였는데 즉시 온통 눈부신 검광이 일어나더니 백의 소녀를 덮쳐 나갔다. 백의 소녀는 넘어져 땅에 앉은 채 몸을 움직일 수 없었다. 소녀는 앙칼진 소리를 지르면서 수중의 긴 회초리를 흔들거리며 가까스로 상대방의 검세를 막았다.

막 등장한 사람의 오봉조양의 일초는 위력이 대단하여 백의 소녀는 긴 회초리로 겨우 상대방의 공세를 막았지만 회초리를 출수할 때 이미 숨이 턱 밑까지 차오름을 느꼈다. 막 등장한 사람이 냉소 일성하고는 초식을 바꾸어 “쐬쐬쐬”하고 연속 세 번 공격하였는데 그 검법은 점점 위력을 더했다.

거석 뒤에 몸을 숨긴 청년은 자신도 모르게 마음속으로 놀랐다. 막 등장한 사람은 보자 하니 오십 세 안팎으로 수염이 없었고 일신에는 검은 옷을 갖춰 입었다. 비록 얼굴을 가리지 않았지만, 얼굴을 가린 사람들보다도 더욱 음침하고 괴상한 기색을 나타내고 있었다. 청년이 놀란 것은 그 사람의 공력이 심후한데다 초식이 괴이한 점이었다. 그가 비록 매우 주의하여 관찰하였지만 도리어 상대방이 시전하는 무공이 어느 파의 무공인지 알 수가 없었다.

무수無鬚 노인은 줄곧 몇 초를 공격하였고 백의 소녀는 비록 초식을 막아낼 수 있었지만 한 초 한 초 공격을 막아내기가 점점 힘들어졌다. 순식간에 낭패당한 모습을 드러내었으며 하마터면 상대방의 검에 큰 상처를 입을 뻔했다. 바로 이때 청년의 귓가에 급한 발걸음 소리가 들려왔다. 그 소리는 조금 전 자신이 온 방향 쪽에서 들려온 것이었다. 누군가 눈 깜짝할 사이에 거석 옆으로 나는 듯이 지나갔고 두 번 훌쩍 뛰더니 결투장에 이르렀다.

청년은 거석 뒤에서 그를 바라보고는 냉소했다. 그 사람은 대략 사십 세 좌우였는데 유생의 모습을 하고 있었다. 이 시각 그가 소처럼 거칠게 숨을 몰아쉬는 것이 힘을 다해 이곳까지 달려왔다는 것이 명확했다. 그가 결투장으로 뛰어내리며, 즉시 가쁜 숨을 몰아쉬면서 소리를 질렀다.

"이……이상하다!"

그 무수 노인은 검을 휘두르면서 한창 흰 옷을 입은 소녀를 공격하는데, 그 말을 듣고서 검을 거두며 상대방을 힐끗 쳐다보고는 냉랭하게 말했다.

"무엇이 이상하단 말인가?"

유생의 옷차림을 한 중년인이 말했다.

"나는 당신들이 심가 놈을 가로막고 있다고 여겼는데, 여자라니 생각지도 못했소."

무수 노인이 기색이 변하더니 큰소리로 말했다.

"심가 놈은 너희들이 상대하고 있지 않았느냐?"

유생 옷차림의 중년인은 어찌할 바를 몰라 쩔쩔매면서 얼버무렸다.

"우리는……, 우리는 그를 놓치고 말았습니다……."

무수 노인은 크게 놀라 저도 모르게 사방을 둘러보았는데 무엇을 찾는 것 같았다. 그리고는 가라앉은 소리로 그 선비 복색의 중년인을 향해 물었다.

"사람은?"

유생 옷차림의 중년인이 대답했다.

"우리보다 반 시진이나 먼저 산으로 올랐습니다."

무수 노인은 "흐흐"하고 웃더니 돌연 수중의 장검을 앞으로 찔렀다. 이 일초는 의외였고 두 사람의 거리가 가까워서 유생 옷차림의 중년인은 상대할 사이도 없이 장검에 가슴이 관통되었다. 그는 그 자리에서 어이없게 목숨을 잃고 말았다. 무수 노인은 재빨리 장검을 뽑아들고 얼굴을 가린 네 명의 대한에게 손을 저으면서 말했다.

"사로잡을 필요없이 재빨리 이년을 죽여 버리자. 빠르면 빠를수록 좋다."

말소리가 떨어지기가 무섭게 자기가 먼저 신형을 날려 백의 소녀를 향했고 수중의 장검을 흔들어 사람을 놀라게 하는 검화를 송이송이 꽃피우며 백의 소녀의 머리를 덮쳐갔다. 네 명의 몽면 대한도 제가끔 네 방위를 차지하고 검을 휘두르면서 사면팔방에서 백의 소녀를 향해 돌아가며 공격해 들어갔다. 다섯 사람이 동시에 공격하며, 지독한 살초를 시전하였다. 백의 소녀는 찰나 사람을 놀라게 하는 검기에 휩싸

이게 되었으며, 목숨이 경각에 달린 듯했다. 거석 뒤에 몸을 숨겼던 청년은 마음속으로 크게 놀라서 저도 모르게 몸을 솟구치며 허공에서 대갈일성했다.

"애림, 두려워 마시오. 내가 왔소."

이 일성대갈은 청천벽력과도 같아서 사람의 혼을 뒤흔들었다. 흰 옷 소녀를 덮고 있었던 놀랄만한 검세는 그 폭갈에 따라서 그 세력이 찰나지간에 큰 폭으로 줄어들었다. 눈 깜짝할 사이 그 청년이 허공에서 수중에 쥐고 있는 반 치도 안 되는 단검을 위에서 한 번 내려긋자 즉시 싸늘한 빛이 쏘아나가면서 무시무시한 검기가 몽면 흑의 대한 등 다섯 사람의 머리 위로 번개같이 쏘아져나가 그들로 하여금 모골송연하게 만들었다.

다섯 사람은 더 이상 백의 소녀를 공격할 수가 없어 약속이나 한 듯이 초식을 바꾸어 분분히 몸을 돌려 검을 들고 심우의 검세를 막았다. 한동안 쇠붙이가 부딪치는 소리만이 들렸다. 싸늘한 바람이 사방에서 일어났으며 청년의 신형은 어느 새 소녀의 신변에 내려 우뚝 서 있었다. 수중의 단검은 계속해서 싸늘한 빛을 내뿜고 있었다.

바로 이때 백의 소녀 수중의 은편이 뜻밖에도 그 틈을 타서 발출되었고 한 줄기 은빛이 번개같이 쏟아져 나가더니 갑자기 한 명의 몽면 흑의 대한의 목을 휘감았다. 이어서 쟁쟁하게 질타하는 소리에 그 몽면 대한의 신형은 실 끊어진 연처럼 몇 장 밖으로 뿌리쳐져 거석 위에 떨어지게 되었는데 처참한 소리를 지르고는 더 이상 움직이지 않았다. 이와 같은 갑작스러운 변화에 세 명의 흑의 대한이 연속적으로 뒤로 물러났다. 하지만 무수 노인은 침착하게 하늘에서 뛰어내려온 청년을 향해 큰소리로 외쳤다.

"너는 누구야?"

청년은 냉랭한 웃음을 짓고 말했다.

"당신이 잘 알고 있을 텐데?"

무수 노인은 싸늘하게 말했다.

"너와 말장난하고 싶지 않다. 너는 노부의 질문에 대답하는 것이 좋겠다. 너는 누구냐?"

청년은 비웃으면서 땅에 쓰러져 있는 유생 옷차림의 중년 시체를 가리키면서 말했다.

"이 사람이 몇 백리나 나의 뒤를 따랐는데 당신은 왜 그에게 묻지 않소?"

무수 노인은 무표정한 얼굴로 냉랭히 말했다.

"이 사람이 방금 너와 마찬가지로 물불을 가리지 않고 쓸데없는 일에 간섭하기 좋아했기 때문에 이와 같은 끝장을 봤다. 내가 보기에 너는 응당 이를 교훈으로 삼아 순순히 나의 물음에 대답하는 것이 좋을 것이다."

청년은 낯빛을 바꾸고 노기를 띠고서 큰소리로 말했다.

"당신들의 신분은 이 네 대의 횃불로 손바닥 보듯이 알아내었소. 오늘 당신들 모조리 내 손에 요절이 날 것이오."

말을 마치자 왼손으로 등 뒤의 장검을 맹렬히 뽑아들더니 큰 걸음으로 무수 노인을 향해 걸어갔다. 무수 노인은 상황을 보고 홀연 온화한 얼굴을 하고 웃음을 머금고 말했다.

"소협 잠깐만! 우리는 서로 알지 못하는 사람인데 하필 병기를 들고 싸울 것이 있소?"

청년은 상대방의 태도가 잠깐 사이에 이처럼 빨리 변하리라고는 생각하지 못해 저도 모르게 놀라움을 금할 수 없었다. 무수 노인은 이어서 또 말했다.

"노부는 확실히 소협을 알지 못하는데 소협이 병기를 들고 싸우려면 응당 이름이나 알려주어야 할 것이 아니오?"

청년은 한 번 냉랭하게 웃고는 말했다.

"좋소, 똑바로 들으시오. 나는 칠해도룡 심목영의 아들 심우요."

이 말이 나가자 무수 노인은 돌연 크게 웃었다. 청년은 크게 불쾌하여 아주 큰소리로 말했다.

"왜 웃는 거요?"

무수 노인은 웃음을 거두고 단정한 얼굴로 말했다.

"내가 웃는 것은 큰 물이 용왕묘에 가서 부딪친다고, 뜻밖에도 우리가 한집안 사람인데 못 알아본다는 것이오."

청년은 냉랭하게 말했다.

"당신 스스로 얼굴에 금칠하지 마시오. 하늘 아래 맹세코 내게는 당신과 같은 음험하고 간사하며 지독한 친구가 없소."

무수 노인의 단정한 얼굴에는 약간 불쾌한 기색이 노출되면서 말했다.

"당신, 정말 심우가 맞소?"

청년은 냉랭하게 말했다.

"대장부는 이름을 함부로 고치지 않소. 내가 심우라고 위장하는 줄 아시오?"

처분한 말투로 단정하며 말하자, 심우는 의아함을 금할 수 없어 참지 못하고 말했다.

"나 심우가 대체 당신들 같은 사람들과 어떤 관계가 있다는 거요?"

무수 노인이 말했다.

"먼저 내가 묻겠는데 당신 뒤에 있는 여자는 누구요?"

심우는 저도 모르게 머리를 돌려 백의 소녀를 보았다. 그녀는 지금 이 시각 눈을 감고 책상다리를 하고 앉아 있었으며 머리카락은 흐트러졌고 얼굴빛은 더없이 파리해 있었다. 아마도 장시간 그녀가 부상입고 결투한 뒤, 방금 또 있는 힘을 다하여 한 명의 흑의 몽면인을 죽였으므로 체력 소모가 지나쳤고 게다가 많은 곳을 부상당해서 이때는 이미 반 탈진 상태에 빠져 있었다. 한 줄기 영문도 모르는 아픔이 심우의 마음속에서 솟아올랐지만 이 시각 그는 양쪽을 모두 돌볼 겨를이 없어서 머리를 돌려 무수 노인을 바라보고 말했다.

"이 여인은 나의 의매 애림이오. 그런데 당신이 이것을 물어선 뭘 하겠다는 것이오?"

무수 노인이 말했다.

"내가 알고 있기에는 그녀가 애극공의 딸 애림이요, 당신이 비록 그녀를 의매로 여기지만 그녀는 도리어 당신을 줄곧 원수로 여겨 당신을 죽이지 않고는 달갑게 여긴 적이 없소."

심우는 안색이 변하며 대노해서 말했다.

"이것은 우리 집안의 일이니 당신이 참견할 필요가 없소."

무수 노인은 정색하며 말했다.

"물론 이것은 당신네 집안일이요. 하지만 애석하게도 이 일은 지금 이미 전체 무림의 앞날과 관계되니 다른 사람들이 관여하지 않으려

해도 이제는 안될 일이 되었소."

심우는 냉소하면서 말했다.

"우리 집안의 일이 무림의 앞날과 무슨 관계가 있소? 이거야말로 큰 웃음거리요."

무수 노인은 돌연 가볍게 탄식하고 온화한 목소리로 말했다.

"소협은 충동적으로 감정을 노출하지 마시오. 지금 이 태산 위에는 이미 살기로 충만되었고, 더욱이 점심 때 진행될 한 차례 결전은 이미 전체 무림의 생사존망에 마지막 고비가 될 것이오. 소협이 이 한 차례의 결전에서 보여주는 일거수일투족은 정말 중요한 영향을 미칠 것이며 무림의 앞날과 관계가 아주 지대하다고 할 수 있소. 따라서 우리는 명을 받고 남몰래 당신의 안전을 보호하여 왔소이다."

심우가 냉소하면서 말했다.

"터무니없는 말이요. 나 심우가 젊고 배운 것이 적으니 이 한 차례의 결전에서 어떤 중요한 위치를 차지하고 있는지 생각해 낼 수 없소."

그는 잠시 말을 멈추었다가 또다시 냉랭하게 말했다.

"또한 나 심모를 보호하려 한다면 가장 좋은 방법으로 당신들과 같은 인면수심의 짐승들을 죽여 버리고, 또다시 막후에서 지휘하고 조종하는 당신들의 괴수를 찾아내야 할 것이오."

심우는 매우 날카롭게 말하였지만 무수 노인은 오히려 조금도 화를 내지 않고 말했다.

"우리를 보낸 사람이 바로 신검 호일기 선배요. 소협도 그를 찾아 찢어죽일 셈이오?"

심우는 마음속으로 참을 수 없어 계속해서 냉소하였지만, 이 시각 좋은 생각이 떠올라 잠시 상대방의 가면을 벗겨버리지 않기로 결정했다. 무수 노인은 심우가 말이 없는 것을 보고 가볍게 탄식하고 또다시 말했다.

"려사의 마도가 이 두 달 동안 또 많이 정진했소. 그 혼자뿐이라도 우리는 승패를 겨루기 어렵다고 느끼는데 지금 도리어 난심옥간蘭心玉簡 진약람이 더해져 려사와 의기상통하였다고 하오. 그밖에 또 한 무리 신외화신身外化身의 전인이 있다고 들었는데 적군인지 아군인지를 가려낼 수 없기 때문에 우리 쪽에서 열세에 처해 있소. 지금은 상황이 복잡하고 매우 혼란스러워 신검 호일기는 소협의 도움을 받지 않으면 안 된다고 생각하고 있소."

심우는 냉소하면서 말했다.

"신검 호일기도 려사를 이길 자신이 없는데 나 심우가 어떻게 힘을 쓸 수 있겠소?"

무수 노인이 정색하며 말했다.

"소협은 겸손해 하지 마시오. 지금 무림에서는 소협은 이미 애한쌍선에게서 직접 그들의 절기를 전수받았다고 모두들 알고 있소. 애한쌍선은 무림 기인 등 일대 기인들로 그들의 유정검법은 바로 대도문 마도의 치명적인 극성이라 할 수 있소. 당신은 무림의 해악을 제거하기 위해 출수해야 하오. 그렇다면 려사가 반드시 패할 것이라는 것은 의심할 바 없지만……."

여기까지 말하고 그는 돌연 입을 다물고 말았다. 심우는 마음속에 계획이 있었으므로 물었다.

"다만 무엇이요?"

무수 노인은 검을 들고 심우 옆 애림을 가리키면서 말했다.

"이 여자를 하루 빨리 죽여 버리지 않는다면 우리의 한 가닥 희망은 허사가 될 것이요."

심우는 저도 모르게 머리를 숙여 옆에 앉아있는 애림을 바라보았다. 그녀는 계속해서 책상다리를 하고 앉아 있었지만, 얼굴색이 창백했고 두 눈을 꼭 감고 있는 것이 한 번 보고도 그녀가 한창 아픔을 애써 견뎌 내고 있음을 알 수 있었다. 그녀는 오랜 피로에다 큰 상처까지 입은 상태였다. 심우는 그녀를 안고 조용한 곳을 찾아 치료하여 주고 싶었지만 작은 일을 참지 못하면 큰 일을 망친다고 생각하고는 하는 수 없이 마음을 모질게 먹고 머리를 돌려 무수 노인을 바라보며 냉랭하게 말했다.

"당신의 뜻은 그녀가 아무 때건 나의 목숨을 빼앗아 갈 수 있단 말이요?"

무수 노인이 머리를 끄덕이면서 말했다.

"그렇소. 때문에 호 노선배는 그녀가 이곳에서 당신을 기다리고 있다는 소식을 접하고는 즉시 우리를 파견하여 방법을 일러주며 제지하라고 했고, 그녀를 설복하거나 연금하는 것이 가장 좋고 그렇지 않으면 할 수 없이 그녀를 죽이라고 했소."

심우는 한 번 냉소를 하고 말했다.

"웃기는 소리. 만약 당신들이 나의 무공이 이미 려사와 비할 수 있다고 여긴다면 애림이 어떻게 나의 목숨을 빼앗아 갈 수 있다고 생각한단 말이요?"

무수 노인은 가볍게 한 번 탄식하며 말했다.

"천하의 일은 직접 겪고 있는 당하고 있는 사람은 현혹되어 알 수 없으나, 그를 지켜보는 방관자들은 명확히 안다고 했소. 소협은 지금 비록 무공이 세상 제일이고 천군만마를 상대할 수 있지만 신검 호일기는 오히려 당신이 정에서 벗어나지 못하고, 그 정은 바로 이 여자가 자신의 손아귀에서 조종하고 있다고 했소. 그녀의 무공이 비록 당신에 비해 많이 약하지만 그녀가 오직 그 정을 이용한다면 그녀는 아무 때이건 간에 당신의 목숨을 앗아갈 수 있다고 했소."

심우는 마음속으로 저도 모르게 놀랐다. 그가 지적한 점은 틀리지 않았다. 애당초 애림이 자기를 지독히 핍박하였고, 그 일 때문에 그는 아득히 먼 곳으로 도망간 적이 있었다. 그 당시 애림의 무공이 그를 능가한다고 할 수 없었지만 그는 오히려 애림이 자기를 죽이려 할 때 자기가 출수하여 반항할 수 있을까라는 점을 그는 시종 생각해 본 적이 없었다. 애당초 그러하였으니 지금 또한 왜 같지 않겠는가?

생각이 여기에 미치자 그는 이 한 무리의 신비한 인물들이 더욱 간단하지 않다고 느꼈다. 그들은 사전에 여러가지 주도면밀한 안배를 하였다는 것이 뚜렷했으며, 생각도 섬세한 곳에까지 미치어 그 어떤 변화가 발생할지를 물론하고 모두 말을 그럴듯하게 꾸며대며 감추려 할 뿐만 아니라, 사람마다 모두 꾸며대는 말이 부자연스럽지 않게 조작할 수 있는 능력이 있었다.

만약 심우가 한발 먼저 오지 않았고 그가 출수하여 자기 도당을 죽이는 것을 직접 보지 않았다면 이 시각 상대방의 속임수에 걸려들지 않기는 어려울 것이다. 무수 노인은 심우가 말이 없는 것을 보고 그의 마음을 움직였다고 생각하고 가벼운 기침소리를 내고 또다시 말했다.

"소협은 대의를 깊이 고려하시어 천하 무림의 안정을 중히 여기셔야 하오. 응당 남녀지간의 사랑을 포기하여 잠시 동안의 아픔을 참아야 할 거요. 따라서 이 여자를 나의 처분에 맡기시오."

심우는 이미 그 간사함을 속속들이 알았지만 마음속에는 다른 계획이 있었으므로 조금 온화한 기색으로 말했다.

"원래는 호 노선배가 벌써 이런 사소한 일까지 보살필 계획이 있었군요. 나는 하마터면 오해할 뻔 했소."

무수 노인은 "픽" 웃으면서 말했다.

"나도 소협을 탓할 수 없소, 속담에 이르기를 싸움 끝에 정이 붙는다고 오늘 우리에게 이 말이 통하는 듯싶소."

말을 마치고는 즉시 한 옆에 서 있는 세 명의 몽면 흑의 대한에게 암호를 보냈다. 세 명의 몽면 대한은 즉시 검을 들고 밀려 들어왔는데 한창 눈을 감고 책상다리를 틀고 앉은 애림에게 접근하면서 번개같이 절초를 발출하여 애림의 목숨을 불시에 빼앗으려 하였다. 심우는 매우 기민하고 민첩했다. 그가 오른손을 한 번 쳐들자 기이한 단검은 즉시 신위를 발휘하여 한 줄기 막을 수 없는 날카로운 검기로 곧추 세 명의 몽면 대한에게 다가가며 핍박하였다. 세 사람은 동시에 놀랐고 하는 수 없이 분분히 신형을 솟구쳐 뒤로 물러났다. 무수 노인은 대경실색하여 말했다.

"소협! 무엇하는 거요?"

심우는 마음속으로 냉소하였지만 겉으로는 아무런 내색도 나타내지 않고 말했다.

"그녀는 이 시각 이미 반항할 능력이 없으므로 그녀를 죽이기는 여

반장과 같은데 우리가 왜 참지 못하고 서두르는 것이오?"

무수 노인은 낯빛을 바로 하더니 말을 이었다.

"소협은 마음속으로 아직도 사랑의 소용돌이에 빠져있단 말이요?"

심우는 머리를 쳐들고 낭랑하게 웃으면서 말했다.

"나 심우가 어떤 사람이요? 이 시각 무림의 중임을 짊어지고 있는데 사랑 때문에 일을 그르치겠소이까?"

말을 마치고는 일부러 수중의 장검을 검집에 넣으면서 말했다.

"이 여자는 내가 처리하겠소. 나는 이 여자가 오늘 결전을 방해하지 못한다는 것을 담보하겠소."

무수 노인이 말했다.

"말은 그렇지만 우리는 시름을 놓을 수가 없소."

심우는 가슴을 내밀고 말했다.

"대장부의 한마디 말은 중천금이오, 나 심우는 말하면 말한 대로 하는 사람이오."

무수 노인은 기회를 타서 심우에게 공수하면서 말했다.

"그렇다면 우리는 돌아가서 신검 호일기 노선배의 명을 따르겠소."

말을 마치고는 심우의 대답도 기다리지 않고 즉시 세 명의 흑의 대한을 손짓으로 불러 재빨리 몸을 돌려 갔다. 심우는 갑자기 뒤쫓아 가면서 소리쳤다.

"여러분, 잠깐만."

무수 노인은 하는 수 없이 몸을 돌려 물었다.

"소협은 어떤 분부가 있소?"

심우는 포권하고 말했다.

"귀하의 성함은?"

무수 노인도 포권하고 말했다.

"황송하오, 나는 장조외張朝桅라 하오."

심우는 강호에서 그 이름을 들어본 적이 없었지만 의연히 포권하며 말했다.

"장 선배였구려. 실례했소."

그리고는 잠깐 멈추었다가 또다시 말했다.

"나의 마음속에 있는 한 가지 일을 노선배한테 묻고 싶은데 노선배의 아낌없는 가르침을 바라오."

무수 노인은 잠깐 생각하더니 말했다.

"심소협의 문제가 나를 궁지에 빠뜨릴까봐 두렵소."

심우가 말했다.

"아니, 나의 문제는 매우 간단하오, 내가 알고 싶은 것은 단지 노선배가 시전한 검법이 어느 문파의 검법인가하는 것뿐이요."

무수 노인은 약간 흠칫했지만 즉시 큰 웃음을 터뜨리고 말했다.

"나는 또 무엇이라고."

그리고는 얼굴빛을 바로 하더니 바로 말했다.

"소협을 속이지 않고 말하지만 노부는 검을 되는 대로 놀렸고 높은 경지에 이르지 못했기에 어느 문파라고 말할 수 없소."

심우는 머리를 가로저으면서 말했다.

"그렇지 않소. 나는 일찍 왔기 때문에 선배의 검초를 주의하여 보았는데 초식마다 기이하고 맹렬하였소. 내가 배운 것도 검술이므로 약간은 알고 있지만 방금 선배가 시전한 검법에 대해서는 정말 본 적도 없거니와 들은 적이 없으므로 외람되게 가르침을 바라는 것이오."

무수 노인이 소리내어 웃고 말했다.

"소협의 말은 과찬이시오. 노부의 검초는 사실대로 말하자면 그냥 흉내낸 것에 불과하오. 만약 특별한 곳이 있다면 일반적인 초식을 약간 변화시켰을 뿐이오. 노부가 나이를 많이 먹었으며, 전문적으로 기의 운용에 있어 아래 위로 노력을 기울였기에 보기에 얼마간의 위력이 나타난 것이 아닌가 싶소."

심우는 단정한 기색으로 말했다.

"선배가 탓하지 않는다면 내가 좀 심한 말을 해도 좋을지 모르겠소."

무수 노인은 웃으면서 말했다.

"소협은 걱정하지 말고 말해도 괜찮소."

심우가 말했다.

"선배는 말끝마다 우리가 한집안 사람이라고 말하는데 사실상 여러 측면에서 나를 외인으로 여기고 있는 것 같소."

무수 노인은 약간 놀라면서 말했다.

"소협의 그 말이 어떤 근거가 있소?"

심우는 돌연 손으로 그 네 개의 횃불을 가리키면서 말했다.

"당신은 이것이 무엇인지 알고 있소?"

무수 노인은 웃으면서 말했다.

"이것은 당연히 조명에 쓰는 횃불이요."

심우는 머리를 가로저으면서 말했다.

"물론 횃불이 틀림없지만 조명에 쓰는 것이 아니요."

무수 노인의 기색이 조금 변했지만 바로 돌아오며 웃으면서 말했다.

"소협은 정말 사람을 놀라게 하는구려. 횃불을 조명에 쓰지 않으면 어디에 쓴단 말이오?"

심우는 단정한 기색으로 말했다.

"쓸모가 많소. 나의 의매 애림의 무공은 당금 세상에 적수가 흔치 않소. 어제 저녁 그녀가 당신의 동료 네 사람과 싸울 때 만약 당신들이 사전에 이 네 대의 횃불을 배치하지 않았다면 지금 쓰러져 일어나지 못하는 것은 아마 당신들이지 그녀가 아닐 것이오."

이 말이 튀어나오자 무수 노인은 당황한 기색을 더는 숨기지 못하고 말했다.

"소협은 허튼소리 하지 마시오."

심우는 손을 저으며 한편으로 웃으면서 말했다.

"서두르지 마시오. 내가 말하는 것을 듣고 이해한다면 당신은 우리가 진짜로 한집안 사람이라는 것을 깨닫게 될 것이오."

그는 잠시 멈추었다가 또다시 말했다.

"반년 전에 나는 오랫동안 은거하던 고인 한 분을 만난 적이 있소. 우리 두 사람은 촛불을 밝히고 긴 밤 이야기를 나누었고 막역한 친구가 되었는데 그가 미리화진迷離火陣을 나에게 전수하여 주었소……."

무수 노인은 심우의 말이 끝나기를 기다리지 않고 다급히 물었다.

"그 고인은 누구요?"

심우는 단정한 얼굴로 일부러 정색하며 말했다.

"죄송하지만 그 고인은 그의 이름이 다시는 강호에 나타내서는 안 된다고 거듭 부탁하였소. 그러나 당신이 미리화진을 사용하였는데 당연히 그가 누구라는 것을 짐작할 수 있지 않겠소?"

심우는 말하면서 앞을 향해 두 걸음 걸어갔고 무수 노인에게 접근하며 계속하여 말했다.

"미리화진은 비전에 속하기 때문에 동문 중 사람이 아니라면 알 수가 없소. 당신이 조금만 더 생각하면 나의 그 친구가 누구인지 알 수 있소."

무수 노인은 생각에 잠겼다. 심우는 그가 생각하는 기회를 타서 즉시 화살같은 빠른 걸음으로 번개같이 왼손을 내밀어 신룡탐조神龍探爪의 일초로 상대방의 완맥을 짚었다. 무수 노인은 경악했고, 위급한 가운데서 손목을 한 번 꺾어 장검을 들었는데 공교롭게도 바로 그 끝이 심우를 향했다. 그 일초에 대한 응변이 신속한 것은 심우의 생각 밖이었다. 따라서 심우는 즉시 사람을 잡으려던 것을 돌볼 사이 없이 진기를 끌어올려 스스로 앞으로 나아가려던 자세를 멈추고 말았다. 바로 이렇듯 짧은 시간 내에 무수 노인은 긴 웃음소리를 내고는 몇 장이나 뒤로 신형을 물렸다.

심우는 남몰래 상대방의 무공을 얕잡아 보았다고 스스로를 탓하며 무수 노인을 사로잡으려는 희망이 이미 사라졌음을 알았다. 그리하여 즉시 목표를 바꾸어 신형을 솟구쳐 세 명의 몽면 대한을 덮쳤다. 수중의 기이한 단검을 맹렬하게 그었는데 싸늘한 빛이 점점으로 동시에 세 사람을 습격하였다. 심우는 출수를 하는 동안 먼저 그 사람들에게 상처를 입혀 도망갈 기회를 사라지게 하려고 생각했기 때문에 애한쌍선 당수금의 기이하고도 독한 초식을 시전하였다. 가소롭게도 세 명의 흑의 몽면 대한은 그 무공의 강함을 생각지도 못하고는 냉소를 지으며 분분히 검을 들어 막았다.

심우는 갑자기 낮은 외침 소리를 내었는데 한광이 번뜩이더니 세 명의 대한은 동시에 연속 비명소리를 지르면서 장검을 떨어뜨렸다. 자세히 바라보니 원래 세 사람의 팔이 심우의 기이한 단검에 의해 잘려나간 것이었다. 심우의 신형은 멈추지 않고 나는 듯이 세 사람의 앞으로 가서 손을 휘둘러 세 사람의 혈도를 찍었다. 이것은 눈 깜짝할 사이의 일에 불과하였다. 무수 노인은 돌연 손을 한 번 쳐들어 갑자기 거위알만큼 큰 두 개의 구슬을 밖으로 튕기더니 하나는 심우를 향해 던졌고, 다른 하나는 눈을 감고 가부좌를 틀고 앉아 조식하는 애림을 습격하였다.

심우는 비록 한창 세 명의 흑의 대한을 공격하였지만 시종 무수 노인을 경계하였기 때문에 이때 무수 노인이 던지는 물건을 보고는 제아무리 무공이 강하고 담이 커도 마음이 들뛰는 것을 금할 수 없었다. 그는 즉시 대갈일성하면서 세 명의 흑의 대한을 버려두고 몸을 돌려 있는 힘을 다해 애림에게 몸을 날렸다. 그는 너무 다급하여 있는 힘을 다하여 번개같이 달려가서 대뜸 애림을 안고 앞으로 향하여 몇 장 밖으로 나아갔다.

그는 방금 애림을 안고 몸을 솟구쳐 뛰어 나가는 순간 귀청을 찢는 듯한 거대한 폭발 소리가 들렸다. 방금 애림이 가부좌를 틀고 앉아있던 자리에서 세찬 불길이 타올랐다. 뿐만 아니라 세 명의 대한은 벌써 전신에 불이 붙어 비명소리를 내며 땅위에서 뒹굴더니 죽어 버렸다. 심우가 정신을 차리고 보니 무수 노인은 이미 그림자도 보이지 않았다. 그의 품속에 안긴 애림이 갑자기 미약하게 몸부림치더니 귀여운 목소리로 말했다.

"빨리 날 내려놓아요."

목소리는 부드럽고 무력하였지만, 도리어 나무라는 뜻이 가득했다. 심우는 마음속으로 놀라 머리를 숙이고 보니 애림의 예쁜 눈이 노한 빛을 띠고 있었다. 언제 한 쌍의 맑은 두 눈을 크게 떴는지 약간 위엄 있게 심우를 바라보면서 말했다.

"나를 어서 내려놓으라니까요."

심우는 서두르지 않고 천천히 애림을 땅에 내려놓으면서 부드럽게 말했다.

"애림, 크게 다쳤소?"

애림은 두 눈을 꼭 감고 심우를 못 본 체하였다. 심우는 가볍게 탄식하고 말했다.

"당신은 지금도 나에게 고집을 부리는 것이오?"

애림은 계속해서 두 눈을 꼭 감고 있었으며 소리도 내지 않았다. 심우는 저도 모르게 발을 구르면서 말했다.

"방금 이미 그놈을 공연히 도망가게 하였는데 당신이 또 이 모양이니 내보기에는 우리 집의 피맺힌 원한을 영원히 갚을 방법이 없겠소."

이 한마디 말이 생각지 못한 효과를 발생했다. 애림은 두 눈을 뜨고 귀여운 소리로 "흥"하고 소리치더니 말했다.

"누가 당신에게 화를 낸다고 하나요."

심우는 마음속으로 기뻐서 말했다.

"만약 당신이 나에게 싸움을 걸지 않았다면 나는 벌써 그 녀석을 붙잡았을 것이요."

애림은 노기등등하여 말했다.

“허튼 소리 말아요. 그 녀석은 화구火球를 던질 때 이미 도망갔어요. 만약 당신이 축지술縮地術이 없다면 그를 따라잡으려고 생각도 말아요.”

심우는 웃고 난 다음 돌연 일부러 신비한 기색으로 말했다.

“당신은 그 자식이 누구인지 알고 있소?”

애림은 좋지 않은 기색으로 말했다.

“당연히 알고 있지요, 그는 장조외에요.”

심우는 머리를 가로저으면서 말했다.

“내가 묻는 것은 그의 신분이오. 그가 우리 두 사람과 어떤 관계가 있는지 말이요?”

애림은 일시 대답할 방법이 없었다. 심우는 단정한 기색으로 엄숙하게 말했다.

“믿고 안 믿고는 당신에게 달렸지만 그 사람은 우리의 피맺힌 원한과 관계가 있소. 그리고 그의 배후에서 그를 조종하고 있는 사람은 애당초 나의 부친을 음해하려고 획책한 인간 백정이라고 나는 말할 수 있소.”

이 몇 마디의 말은 애림의 가슴을 때렸다. 하지만 그녀는 될수록 마음속의 격동을 억제하고 말했다.

“당신은 어떻게 알았나요?”

심우는 가볍게 탄식하고 말했다.

“내가 당신에게 묻겠는데 조금 전 나와 그자가 나누었던 대화를 당신은 믿을 수 있소?”

애림은 생각하고 나서 말했다.

“믿고 안 믿는 것은 다른 일이지만, 그가 말한 일이 발생하지 않는다고 할 수 없어요."

심우는 웃고 나서 말했다.

"그의 말 중에서 어떤 것이 발생할 수 있다는 거요? 당신이 아무 때건 나를 죽일 수 있다는 일이 발생할 수 있소? 아니면 그들이 나를 보호하기 위하여 당신을 먼저 죽이려는 일이 발생할 수 있소?"

애림은 조금도 생각하지 않고 말했다.

"양자 모두 발생할 수 있어요."

심우는 저도 모르게 놀랐지만 즉시 쓴웃음을 짓고 나서 말했다.

"설마 우리가 우리의 원수가 누구라는 것을 안 다음에도 당신은 당신의 마음속에 있는 나에 대한 원한을 풀지 않고 나를 죽여야 속시원하겠소?"

애림은 일시에 고개를 숙이더니 아무말도 하지 않고 침묵만 지켰다. 심우는 돌연 강경한 어조로 말했다.

"나는 감히 말하지만, 나의 부친은 무고하고 나 또한 무고하며 흉수는 다른 사람이라고 말할 수 있소."

애림은 저도 모르게 머리를 쳐들고 심우를 보면서 말했다.

"당신은 려사의 말만 듣고 그것이 정말이라고 믿고 있군요."

심우는 속으로 말했다.

'그렇다면 그녀도 려사가 내 보낸 소문을 들었구나.'

이 말을 듣고는 바로 가볍게 탄식하고 말했다.

"그렇소. 나도 간접적으로 려사의 말을 들은 적 있소. 려사가 말한 것은 근거가 없이 나온 말은 아닐 것이오. 그 또한 그 도리가 있겠지만 솔직하게 말해 내가 그의 말을 모두 진짜라고 믿는 것이 아니오.

지금 나는 오히려 더 유력한 증거를 얻었소."

여기까지 말하자 그의 어조가 돌변했고 더욱 격동하는 분위기로 말을 이었다.

"나는 몇 년 동안 억울한 누명을 썼기 때문에 치욕을 참고 사처로 도망다니는 삶을 살았소. 심지어 남들 앞에서 머리를 쳐들 수 없었고 감히 남들 뒤에서 한마디 큰소리도 할 수 없었소. 나 스스로 내가 보잘 것 없고 능력이 없다고 느꼈소. 하지만 나는 지금 오히려 큰소리로 당신에게 말해줄 수 있소. 당신이 나를 너무 핍박하지 않는다면 나는 재빨리 우리 두 가문이 얽힌 원한의 억울한 누명을 이 세상에 밝힐 자신이 있소."

심우가 마지막 한마디를 말할 때 어쩐지는 몰라도 애림은 이미 고개를 숙이고 소리없이 눈물을 흘렸다. 그녀가 어찌 심우가 이 몇 년 사이 이름을 묻고 사처로 도망다니며 무수한 치욕과 고통을 받을 만큼 받았다는 것을 모르겠는가. 그리고 이 몇 년 동안 마음속 깊은 곳에 박힌 애림 자신의 고민과 고통을 또 누가 알 수 있겠는가? 부모 형제가 비참히 죽고 유일하게 의탁할 수 있는 애인을 자기가 부득불 사처로 뒤쫓아 다니며 죽이려고 했는데 또 얼마나 많은 나날 동안 이런 모순과 고통으로 인해서 정신적으로나 육체적으로 몹시 지쳤는지를 누가 알 수 있겠는가?

심우가 억울하게 고통을 받을 대로 받았지만, 이것이 애림이 원하던 일이란 말인가? 생각해 보면 이 몇 년 동안 애림 역시 외롭고 쓸쓸했고 가슴속에 가득한 모순과 고통을 하소연 할 곳이 없었다. 그래도 심우는 당당한 남자대장부였지만, 애림은 분명 의지할 데 없는 외롭고 나약한 여자였다. 생각이 여기까지 미치자 애림은 더는 자기의 감정을 절제하지 못하고 어깨를 들썩거리면서 얼굴을 가리고 흐느껴 울기 시작했다. 심우는 크게 놀랐고 당황하여 말했다.

"애림 누이, 애림 누이, 당신…, 무엇하는 거요?"

애림은 갑자기 머리를 쳐들고 눈물이 가득한 채 창백한 얼굴로 말했다.

"당신은 입만 열면 억울하다고 하는데, 좋아요. 내가 당신에게 누명을 씌웠나요? 지금 당신의 무공이 나를 능가하고 내가 부상을 입고 있으니 당신은 손을 써 나를 죽여 당신 마음속의 원한을 푸세요."

심우는 갑자기 어쩔 바를 몰라 다급히 말했다.

"무슨 말이요. 그것이 무슨 말이요? 나 심우가 비록 누명을 썼지만 종래대로 당신을 원망하지 않았음을 하늘이 알 것이오."

심우가 말하지 않았으면 좋았으련만 이렇게 말하자 애림은 이 몇 년 사이 억지로 참았던 시고 매운 눈물이 제방이 터진 것처럼 흘러내리더니 크게 목놓아 울기 시작했다. 심우는 애림이 이렇듯 상심하여 통곡하는 것을 보자 자신도 마음이 찢어지는 듯 아팠다. 더욱이 어려서부터 마음이 서로 맞는 애림이었다. 심우는 일시 나무로 조각하여 놓은 닭처럼 멍하니 서서 애림이 우는 것을 지켜볼 수밖에 없었다. 하지만 심우의 심경도 말이 아니었다.

바로 이때 심우가 몸을 숨기고 있었던 그 거석 뒤에서 돌연 한 사람이 걸어 나왔다. 그 사람은 젊은 소녀로 일신에 연녹색의 옷을 걸쳤고 등 뒤에는 장검을 메었는데 한 송이 도화 같은 얼굴에 어울려 얼굴 광채가 더욱 뚜렷하였으며, 매우 출중하여 탈속한 느낌까지 주는 듯했다. 그 소녀는 걸음마저도 산들거렸고, 줄곧 심우와 애림 두 사람이 머물고 있는 곳을 향하여 걸어왔다.

애림은 그냥 슬피 울고 있었고 심우는 벼락을 만난 듯했다. 두 사람은 모두 놀란 것 같지는 않았다. 그 녹색의 옷을 걸친 소녀는 산뜻산뜻 걸었고 보기에는 매우 느린 것 같았지만 실제로는 걸어오는 기세가 신속하여 순식간에 심우와 애림의 신변으로 다가왔다. 그녀는 심우의 넋 나간 기색을 보고 또 애림이 얼굴을 가리고 그냥 울고 있는 모양을 보고는 돌연 키득거리면서 말했다.

"이 망천문은 어떤 곳인가요? 지금이 어떤 때라고 이러고들 있지요? 당신들이 정신 차리지 않으면 아마 당신들의 머리통은 어디로 날라가고 말 것이지요?"

심우는 크게 놀랐고 수중의 기이한 단검을 고의로 쳐들었는데 한 줄기의 거센 도광이 즉시 번개처럼 녹의 소녀를 향해 바로 뻗어 나갔다. 녹의 소녀는 이미 경계한 듯하였지만 뜻밖으로 심우가 손을 쳐드는 순간 검세가 상식적이지 않고 대단한 위력을 발휘하는 것이 이전에는 본 적이 없는 것이었다. 녹의 소녀는 마음속으로 크게 놀랐고, 즉시 상대방의 검세를 피할 수가 없어 저도 모르게 꽃다운 얼굴이 새파랗게 질렸으며 멍청하게 서 있을 수밖에 없었다. 심우는 갑자기 한 번 큰 소리를 지르면서 발출하였던 검세를 거두어 들였다. 그것은 그 순간 그는 이미 그 소녀의 얼굴을 똑바로 보았기 때문이었다. 그는 즉시 서두르지 않고 공수하며 겸손하게 말했다.

"호옥진 낭자였군요."

녹의 소녀는 정신이 진정되자 화가 치밀어 새침하게 말했다.

"당신이 이렇듯 정신없고 경솔하니 애림 누이가 이렇게 울고 있지요. 만약 나라면 벌써 화가 나서 죽지 않았으면 이상한 일일 거예요."

심우는 일시에 얼굴이 붉어지고 더듬거리며 말을 하지 못하였다. 녹의 소녀는 "흥"하고 소리내더니 말했다.

"이전에 나는 얼떨결에 당신을 동정하였지만 오늘에서야 당신이라는 사람이 조금도 양심이 없다는 것을 알았어요."

이때 애림은 다른 사람이 온 것을 보고 이미 울음을 그쳤다. 호옥진은 다급히 허리를 구부리고 그녀의 어깨를 다독이면서 부드럽게 말했다.

"애림 누이, 상심하지 마세요. 남자들은 모두 저 모양이에요. 어떤 일이나 자기만 생각할 줄 알지 다른 사람 생각은 하지 않아요."

심우가 이해할 수 없는 것은 애림이 왜 저렇게 울며 상심하는가 하는 것이다. 혹시 내가 잘못한 것이라도 있나? 심우는 자책하기 시작했다. 애림이 더 이상 울지 않는 것을 보고는 심우가 부드러운 소리로 말했다.

"애림 누이, 내게 섭섭한 일이 있으면 솔직하게 말해주시오. 그래야 내가 고칠 수 있소."

애림은 손수건을 꺼내 고개를 숙이고 눈물을 닦고 아무 말도 없었다. 호옥진이 갑자기 일어서더니 두 손을 옆구리에 찌르고 말했다.

"정말 당신은 정신이 없군요. 맞아도 싸요."

호옥진의 기세는 사람을 압도하여 심우는 저도 모르게 뒤로 한 걸음 물러났다. 하지만 호옥진의 말에 심우는 어리둥절해서 말했다.

"제가 맞아야 하다니요?"

호옥진은 "흥"하더니 말했다.

"내가 묻겠어요. 이 몇 년 사이 당신은 치욕을 참고 사처로 도망치는 삶을 살았어요. 그리고 사람들 앞에서 머리를 들 수 없었고 감히 큰소리도 치지 못했죠. 그렇지 않나요?"

심우는 마음속으로 놀라면서 생각했다.

'그녀는 오래전에 와서 내가 한 말을 들었구나.'

그리하여 그는 할 수 없이 머리를 끄덕여 시인하면서 말했다.

"그렇소. 몇 년 동안 그렇게 살아왔소."

호옥진은 냉소하면서 말했다.

"그러나 당신은 애림이 그동안 어떤 나날들을 지내왔는지 생각해봤어요?"

심우는 놀라며 마음속으로 생각했다.

'아. 그랬구나. 내가 정말 죽일 놈이다. 이렇게 오랫동안 왜 이 일을 미처 생각하지 못했을까?'

호옥진은 돌연 가볍게 탄식하고 아주 낮은 소리로 말했다.

"당신은 단지 자신이 모진 고통과 억울함을 당한 것만 알았지 애림이 당신보다 더 고통스러운 나날을 보냈다는 것은 생각지도 않았어요. 그녀의 마음속의 상처는 당신보다 더 심해요. 그런데 당신은 말끝마다 그녀를 원망하지 않는다고 하여 그녀가 당신한테 많이 빚진 것처럼 말하더군요."

이 몇 마디 말로 심우는 귀뿌리까지 빨갛게 되였다. 심우는 어찌할 바를 몰라 더듬거리면서 말했다.

"그것은……, 그것은……."

호옥진이 또 말했다.

"솔직하게 말하면 애림은 몇 년 내 마음속으로 모순과 고통 때문에 울고 있는 것이 아니라 그녀의 마음속의 고통을 알아주는 사람이 하나도 없기 때문에 울고 있는 것이에요. 당신은 입만 벌리면 누명을 썼다고 하지만 그녀는 또 무엇을 말할 수 있겠어요? 그리고 또 누구에게 말할 수 있겠어요?"

이렇게 설명하자 심우는 꿈에서 깨어난 듯했으며 마음속은 밧줄에 꽁꽁 묶인 듯했다. 심우는 몸을 돌려 애림의 앞에 꿇어안고 흐느끼면서 말했다.

"애림, 이 몇 년 동안 당신을 고생시켰소. 나는……, 나는 정말 이런 것을 미처 생각하지 못했소……."

영웅이 눈물이 나려 해도 가볍게 흘리지 않는 것은 다만 그 마음이 가장 아픈 곳을 건드리지 않았기 때문이다. 이 몇 년 내 애림이 처한 상황과 입장은 자신보다 더욱 난처했을 것이고, 그녀의 내심의 모순과 고통은 자기가 지는 부담보다 더 무거웠을 것이다. 심우는 저도 모르게 영웅의 눈물을 몇 방울 흘렸다. 자기가 겪은 상황은 당당한 한 남자 대장부로서도 의연히 받아내기 어렵다고 느꼈었는데, 하물며 그녀는 나약한 여자였던 것이다. 호옥진이 바라보자 애림은 울음을 그쳤으나 오히려 심우가 눈물을 흘리는 것이 보이자 야단났다 싶어 다급히 말했다.

"됐습니다. 됐어요. 지금 해야 할 일이 쌓여있는데 여기서 남녀 간의 이야기를 더해서 무엇하겠어요? 지금 태산에는 밀정들이 도처에 깔렸으니 남들이 보고는 비웃지 않겠어요."

심우는 일어서더니 호옥진에게 공손하게 읍하면서 말했다.

"호낭자의 가르침에 감사드리오."

호옥진은 그를 아랑곳하지 않고 도리어 애림에게 말했다.

"애림, 당신의 상처는 어떤가요?"

그 한 마디는 꿈속을 헤매는 사람을 일깨운 듯했다. 심우는 저도 모르게 속으로 자기를 죽을 놈이라고 욕하면서 다급히 물었다.

"애림, 상처는 어떠하오?"

애림은 이미 얼굴의 눈물을 닦았다. 애림은 마음속이 후련하고 시원하다고 느꼈다. 그녀는 보통 여자와는 달랐다. 수줍어하는 기색을 보이지 않고 묻는 말에 대답했다.

"외상만 조금 입었을 뿐이에요. 그리고 밤사이의 피로가 쌓인 것 같습니다. 조금만 앉아 쉬면 괜찮아질 거예요."

말을 마치고 두 눈을 감고 책상다리를 틀고 앉아서 운공을 시작했다. 호옥진은 "픽" 웃고는 심우를 보면서 말했다.

"방금 당신들 두 사람이 나눈 이야기를 들었는데 당신은 이미 당신들 두 사람의 원수를 찾은 것 같던데요?"

심우는 호옥진이 줄곧 자기의 일을 걱정하여 온 것을 알았다. 더욱이 방금 그 말은 자기를 대신해서 몇 년 이래 애림과의 응어리진 마음을 풀어 주지 않았는가? 심우와 그녀 사이는 남녀 간의 애정과는 관계가 조금도 없는 친근한 친구라고 할 수 있었으므로 심우는 조금도 기만하지 않고 말했다.

"진정한 원수는 비록 찾지 못했지만 이미 신뢰할 수 있는 실마리를 찾았습니다."

호옥진이 말했다.

"말씀해 주세요. 나도 당신을 위해 돕겠어요. 물론 때가 이르지 않아 비밀을 지켜야 한다면 나도 호기심을 누를 수밖에 없지요."

심우는 담담하게 웃고 나서 말했다.

"호낭자. 제가 낭자의 배려에 감사드리고 있기에 솔직하게 드리지 않은 말은 없습니다."

말하면서 돌연 그 옆의 네 대의 횃불을 가리키면서 말했다.

"낭자는 이 물건들을 본 적이 있습니까?"

호옥진은 심우의 손길을 따라 보았는데 네 곳에서 네 대의 횃불이 타오르고 있었다. 비록 대낮이지만 꺼지지 않고 흔들거리는 횃불을 볼 수 있었다. 그리하여 머리를 돌려 웃으면서 말했다.

"이것은 그저 네 대의 횃불이잖아요."

심우가 말했다.

"그렇습니다. 저것은 네 대의 보통 횃불이지만 당신은 저 횃불이 저곳에 꽂혀서 어떤 작용을 하는지 알고 있습니까?"

호옥진은 기이해서 물었다.

"당신이 그렇게 물으니 저 횃불은 조명 외에도 오묘한 작용이 있다는 거예요?"

심우가 머리를 끄덕이면서 말했다.

"그렇소. 횃불을 저곳에 꽂아 놓고 어두운 밤에는 광선이 교차되어 사람으로 하여금 착각을 일으켜 방위를 잘못 파악하게 만듭니다."

호옥진은 기이해 하며 말했다.

"그런 일이 있어요?"

심우가 말했다.

"만약 그렇지 않다면 애림의 무공으로 상대방에게 패할 수 있다고 생각하지 않습니다."

여기까지 말했을 때 애림은 돌연 눈을 뜨고 말했다.

"아, 그랬구나. 그렇기에 어제 저녁 내가 장편으로 초식을 펼칠 때 틀림없이 상대방에게 나의 초식을 막아내거나 피할 수 있는 기회를 주지 않았지만 매 초식마다 허탕을 쳤고 도리어 상대방에게 기회를 모두 빼앗겨 버렸어요."

심우는 가볍게 탄식하고 말했다.

"애림 누이가 그들과 오랫동안 선회하며 싸운 것으로 보아 무공이 또 크게 진보하였소."

애림은 "흥"하고 소리치더니 냉랭하게 말했다.

"날 추켜세우는 방법도 여러 가지군요."

말을 마치고는 또다시 두 눈을 감았다. 심우는 머리를 돌려 호옥진에게 말했다.

"이것은 내가 일부러 그녀를 추켜올리는 것이 아니라 사실 나도 이런 미리화진의 강함에 가르침 받은 적이 있기 때문입니다. 생각하면 쌍방이 결투할 때 적의 위치와 공세를 잘못 본다면 그 결과는 능히 짐작할 수 있는 겁니다."

호옥진은 참지 못하고 탄식하면서 말했다.

"나라면 아마 삼오 초도 지나지 못하고 목숨을 잃었을 거예요."

그녀는 잠시 멈췄다가 또다시 말했다.

"그러나 이 미리화진이 당신들 원수하고 도대체 어떤 관계가 있는 건가요?"

심우가 말했다.

"지금 상대방은 미리화진을 썼고 나중에는 또 벽력독화를 던졌는데 이렇게 되니 나는 그들이 어떤 사람이라는 것을 알겠습니다."

호옥진은 참지 못하고 물었다.

"그들은 도대체 어떤 사람들인가요?"

심우는 생각하고 나서 말했다.

"내가 알려주려고 하지 않는 것이 아니라 사실 방금 호낭자가 말한 것처럼 이 태산에는 밀정들이 널려 있어 지금 말할 때가 아직 아닌 것 같습니다."

호옥진은 크게 실망을 느끼면서 말했다.

"그렇다면 억지로 말하게 하진 않겠어요. 다만 려사도 이 사람들의 내력을 알고 있다던데 진실인지 알 수 없군요."

심우는 정색하고는 말했다.

"틀림없습니다. 그는 나보다 먼저 알아냈습니다. 사실을 말한다면 이번에 우리가 원수의 종적을 발견할 수 있었던 것은 그의 도움이 컸습니다."

호옥진은 그 중의 미묘한 관계를 알 수 없었고, 그 말을 듣고는 이상하다고 느끼면서 말했다.

"그런 일이 있었나요?"

심우는 정색하며 말했다.

"나는 거짓으로 사람을 속인 적이 없습니다."

호옥진은 미안해하면서 말했다.

"당신이 나를 속인다는 것이 아니고 다만 당신과 려사는 원수지간이라고 알고 있는데, 그가 당신을 도우리라고는 생각지도 못해 하는 말인 겁니다."

심우가 말했다.

"나도 매우 이상하다고 생각합니다."

호옥진은 생각하고 말했다.

"나는 려사의 목적이 그 안에 있다고 생각해요."

심우가 말했다.

"그는 어떤 목적이 있을까요?"

호옥진은 머리를 숙이고 생각하더니 문득 깨닫고 말했다.

"그는 분명 정오에 있을 그 결투에 있어 그의 세력이 독단적이라 당신을 그의 조력자로 삼을 생각일 거예요."

여기까지 말하고는 돌연 얼굴에 온통 의문의 그림자를 드리웠다. 한 쌍의 맑고 큰 눈으로 심우를 주시하더니 낮은 소리로 말했다.

"정오의 그 결전에서 당신이 그를 도와 뭘 하지요?"

이 문제는 심우로 놓고 말할 때 대답하기 어려운 것이다. 조금도 의심할 나위 없이 심우가 이번에 원수의 종적을 발견한 것은 려사의 배려에 큰 공이 있다고 할 수 있다. 원수를 발견하고 부친의 억울함을 씻는 것은 심우에게는 제일 중요한 일이다. 심지어 그는 생명도 아끼지 않고 부친의 청백함을 찾아야 하기 때문에 려사의 이번 배려는 무형 중 심우를 소생시켜 준 은혜가 있어 인정과 도리로는 심우가 려사를 돕지 않을 수 없었다. 하지만 려사의 오늘 정오의 격전은 공공연히 천하 무림을 적으로 삼고 있을 뿐만 아니라 모든 사람의 마음속에는 모두 이 한 차례의 결전이 정과 사의 결전이라고 공인되어 있는데, 려사는 사의 쪽에 속하였다. 호옥진은 심우가 이맛살을 찌푸린 채 말이 없는 것을 보자 저도 모르게 더욱 긴장감이 드리워졌다. 호옥진은 다급히 물었다.

"당신 도대체 그를 도울 거예요? 말 거예요? 어떻게 할 거예요?"

심우는 길게 탄식하고 말했다.

"상황을 보아 결정하겠소."

호옥진은 정색하며 말했다.

"상황이라니요? 어떤 상황을 말하는 거죠?"

심우가 말했다.

"마음을 고쳐먹고 새 사람이 되어 려사가 살육 만행을 일삼으려 하지 않는다면 그를 도울 것이오."

심우의 말이 바야흐로 끝나려는데 멀지 않은 곳에서 돌연 음침한 웃음소리가 들려오더니 냉랭하게 말하는 사람이 있었다.

"웃기는 소리 마라. 내가 언제 살 길을 열어 달라고 한 적이 있던가?"

말소리와 함께 하나의 검은 그림자가 심우 등 세 사람의 앞에 와서 섰다. 그 남자의 신법은 기이했으며 번개와도 같이 빨랐다. 심우는 놀랐고 저도 모르게 훌쩍 옆으로 한 걸음 뛰며 책상다리를 하고 앉아 있는 애림을 막아주었다. 머리를 들고 보니 그 남자는 일신에 흑포를 걸쳤고 등에는 장도를 메고 머리에는 햇빛을 가리는 양립陽笠을 썼다. 양립은 얼굴을 가렸다. 심우는 재빨리 마음을 가라앉히고 담담하게 말했다.

"각하는 뉘시오?"

그 사람은 한동안 냉소하더니 말했다.

"당신은 뻔히 알면서도 묻는가?"

심우의 얼굴에는 한 줄기 불안한 기색이 스치면서 말했다.

"나는 여태까지 거짓으로 이야기한 적이 없소. 나는 확실히 당신이 어떤 사람인지를 모르고 있으니, 당신은 이름을 밝히시오!"

흑의 남자는 또다시 음산한 냉소를 하더니 말했다.

"심형의 지금 몸값이 이전보다 크게 달라졌기로 옛 친구도 잊어 버렸군. 본인의 성은 '려'고, 이름은 '사'요."

이 말이 튀어나오자 심우는 상대방이 몸을 나타내기 전에 전한 그 말을 생각하였다. 방금 전 상대방이 몸을 나타낼 때 그 신법은 너무 기이하고 신속하여 그는 마음속으로 매우 놀랐기 때문에 조금 전 스스로를 려사라고 드러낸 것을 잊고 만 것이다. 심우는 다시 한 번 흑의인을 찬찬히 뜯어보지 않을 수 없었다.

심우는 려사에 대해 인상이 매우 깊었지만 려사가 구려파 사람들의 암산을 당한 뒤 매우 오랫동안 만난 적이 없었다. 그래서 눈앞의 흑인인의 옷차림이나 형태 등을 보았을 때 모두 이전의 려사와 달라 강호에서 이야기되고 있는 가짜 려사와 같았다. 흑의인은 심우가 끊임없이 자기의 아래위를 훑어보는 것을 보고 양립을 조금 들어 보이더니 말했다.

"자. 어떤가? 오랫동안 만나지 못했는데 이 옛 친구의 모습이 어떤가?"

심우가 정색하며 말했다.

"당신은 려사가 아니오."

흑의인은 대경실색한 느낌이 있는 것 같았지만 즉시 냉랭하게 웃으면서 말했다.

"내가 려사가 아니면 누구란 말이오?"

심우는 조용하게 말했다.

"당신의 목소리는 려사의 목소리가 아니오."

흑의인은 저도 모르게 "하하"하고 웃더니 말했다.

"세상 만물은 원래 변화무쌍하여 검푸른 바다도 뽕나무 밭으로 변할 수 있는데 나 려사라고 어찌 변하지 않을 수가 있겠소? 노형 역시 많이 변했소."

심우는 참지 못하고 말했다.

"내가 어디가 변했단 말이오?"

흑의인이 말했다.

"너무 많이 변했소. 예를 들면 지금 당신의 신분과 지위가 변한 것은 이전과 크게 다르오. 이전에 당신은 한 마리 상가집 개와 같아 목숨은 초개와도 같았지만 지금은 오히려 스스로 비범하다고 인정하고 있으며, 전체 무림의 안위를 좌지우지 할 수 있다고 자처하고 있지 않소? 뿐만 아니라 또 감히 터무니없는 말을 해서 마치 려사의 살 길이 완전히 당신의 결정에 달려 있는 것처럼 말하고 있지 않소."

심우는 냉소하고는 말했다.

"이것은 나 스스로 비범하다고 인정하는 것이 아니고 만약 려사가 때가 되어도 잘못을 고집하고 깨닫지 못하면 내가 무림의 안위를 좌지우지 할 능력이 있든지 없든지 막론하고 나도 가진 능력을 다하여 끝가지 그의 주위를 돌며 싸울 것이오."

흑의인은 냉소하면서 큰소리로 말했다.

"아주 큰 소리를 치는군. 조금 있다 두고 보겠소. 그대가 얼마나 큰 능력이 있어 나와 한 번 겨룰 수 있는가를."

말을 마치고는 갑자기 뒤로 한 걸음 물러나서 숙연히 섰고, 한 쌍의 잔인한 빛이 번뜩이는 눈길이 양립 밑으로 심우를 뚫어지게 쏘아보았다. 심우는 즉시 한 줄기 자신을 압박하는 싸늘한 기가 몸으로 밀려옴을 느꼈다. 그는 마음속으로 놀라서 즉시 진기를 끌어올려 전신을 보호하면서 담담하게 말했다.

“잠깐. 우리는 지금 결투를 할 수는 없소.”

흑의인이 냉소하면서 말했다.

“방금 터무니없는 말을 하더니 지금은 두려운 거요?”

심우가 말했다.

“웃기는 소리, 나는 비록 상가집 개와 같은 생애를 산 적이 있지만 두려움 같은 것은 생각한 적이 없소.”

흑의인은 비아냥거리며 말했다.

“그럼 당신은 왜 나와 감히 싸우지 못하는 거요?”

심우가 말했다.

“그대는 잘못 생각했소. 내가 당신과 감히 싸우지 못하는 것이 아니오. 당신이 정말 려사라면 지금은 싸울 시기가 아니라고 생각하오. 그리고 만약 당신이 려사가 아니라면 우리가 왜 싸워야 하지요?”

흑의인은 돌연 머리를 쳐들고 크게 웃은 다음 굳어진 기색으로 냉랭하게 말했다.

“며칠 보지 않았더니 생각 밖으로 말 잘하는 무리가 되었소. 알려주겠소. 천하의 일은 절대 당신 생각대로 되지 않을 것이오. 내가 려사가 맞든 맞지 않든 막론하고 지금 우리 두 사람 사이에서 하나는 죽어야 하오.”

말을 마치고는 오른손을 약간 쳐들었고 “쩡”하는 소리가 들리더니 수중에 한 자루의 싸늘한 빛이 번쩍이는 장도를 들었다. 호옥진은 줄곧 수수방관만 하고 있었는데 이 시각 저도 모르게 크게 놀라지 않을 수 없었다. 흑의인이 칼을 뽑는 동작이 기이하게 빨랐기 때문에 자신도 이전에 이러한 장면을 본 적이 없었다. 상대방이 칼을 뽑은 이 동작만으로도 호옥진은 절대 상대방의 적수가 아님을 알았다.

흑의인이 장도를 한 번 뽑자 즉시 한 줄기의 싸늘한 기가 뒤따랐고 심우는 굳건히 서 있었지만 바람도 없는데도 그의 장포 옷자락이 뒤로 향하여 휘날리기 시작했다. 호옥진은 저도 모르게 옆으로 한 걸음 움직여 갔다. 심우의 표정은 고요하였지만 한 쌍의 눈길은 오히려 상대방의 표정을 주시하면서 높은 소리로 말했다.

"호낭자, 수고스러운 대로 애림을 옆으로 피하게 해 주시오……."

말이 끝나기도 전에 흑의인이 갑자기 큰소리를 지르면서 수중의 장도를 움직이더니 사람을 놀라게 하는 한 줄기 싸늘한 빛이 번개처럼 심우, 호옥진, 애림 세 사람을 향해 동시에 습격해 들어왔다. 호옥진은 한창 몸을 구부려 애림을 안고 뒤로 물러나려 하는데 돌연 한 줄기 날카로운 찬바람이 자신의 측면으로 습격해 옴을 느끼고는 놀라서 애림을 돌볼 겨를이 없이 위급한 가운데서 진기를 끌어올려 위치를 바꾸어 그림자를 스치는 듯한 신법으로 대뜸 옆으로 몇 장 움직여 갔다. 그녀는 몸을 움직여 가고는 도리어 크게 후회하며 마음속으로는 이렇게 가면 애림이 화를 입지 않을까 싶었다. 마음속으로 한창 후회하고 있을 때 귓가에는 "쨍쨍"거리는 소리가 들려왔고, 그 소리는 비록 크지 않았지만 오래도록 끊임없이 사람의 마음을 흔들었다.

호옥진은 마음속으로 또 한 번 놀랐다. 몸이 안정적으로 서자 급히 되돌아보았는데 흑의인은 이미 몇 장 뒤로 물러나 있었고 일신의 흑포가 흩날리는 것으로 보아 숨을 몰아쉬고 있는 것 같았다. 심우는 제자리에서 움직이지 않았지만 수중에는 이미 아무것도 없이 텅 비어있었다. 다만 원래 오른손에 잡았던 기이한 단검이 그의 앞에 떨어져 있었다. 심우의 오른손은 아직도 옆을 향해 비스듬히 쳐들려 검으로 가로 베는 자세를 취했지만 목석처럼 굳어져 조금도 움직이지 않았다.

다시 애림을 보니, 그녀는 이미 바닥에 쓰러져 조금도 움직이지 않았다. 호옥진은 놀라서 갑자기 몸을 날려 애림에게 뛰어갔다. 호옥진은 한손으로 애림을 안고는 또 맹렬하게 뛰었다. 그녀는 애림을 땅에 내려놓고 정신을 가다듬고 저도 모르게 긴 탄식을 하였다. 애림은 한 쌍의 맑고도 큰 눈을 크게 뜨며 심우와 흑의인을 주시해 보았다. 호옥진은 무거운 짐을 벗어 홀가분한 듯 말했다.

"애림 괜찮아요?"

애림은 가볍게 "쉬"하는 소리를 냈는데, 호옥진에게 큰 소리를 내지 말라는 뜻이었다. 그 다음에는 몸을 일으켜 앉더니 손으로 심우와 흑의인을 가리키면서 나직이 말했다.

"저 사람들을 보세요."

호옥진이 머리를 들고 바라보았는데 심우와 흑의인은 흙으로 빚은 것처럼 조금도 움직이지 않았다. 흑의인과 심우 두 사람은 이때 한 장 좌우의 거리에 있었고, 심우는 빈손이었지만 오른손은 옆으로 비스듬히 쳐들어 검을 들고 가로 베는 자세를 취하고 있었다. 흑의인은 숙연히 서 있었는데 흑포가 휘날렸고 장도를 들었는데 칼끝은 땅을 향하고 있었다.

만약 호옥진이 방금 그 두 사람의 대화와 동작을 직접 목격하지 않았다면 이때 그녀는 줄곧 굳어져 있는 두 사람이 살아있는 사람이라고는 믿기지 않았을 정도였다. 이상한 것은 심우의 단검이 이미 손에서 빠져나가 적수공권인 상태였고, 흑의인도 장도를 들고 있었지만 그 틈을 타서 공격하고 있지 않는 것이다. 호옥진은 참을 수 없어 일어나면서 나직이 말했다.

"애림 조심해요. 그를 돕겠소."

애림은 재빨리 호옥진의 옷을 잡아당기면서 말했다.

"안돼요."

호옥진은 이상해서 말했다.

"왜요? 심우가 이미 검을 떨어뜨려 상황이 위급한데 지금 돕지 않으면 상대방이 공세를 발동하면 도우려 해도 늦어요."

애림은 가볍게 탄식하고 말했다.

"이 시각 도우려 해도 이미 늦었어요. 당신은 심우의 몸에 있는 장도를 보지 못했나요. 그가 이 기회를 타서 칼을 뽑지 않는 것을 보면 꼭 원인이 있을 거예요."

그 말이 끝나기도 전에 흑의인은 약간 앞으로 움직이더니 심우를 향해 걸어갔다. 그의 동작은 느릿했고 걸음마다 앞이 막힌 듯 매우 무거웠고 힘든 모습이었다. 심우는 의연히 조금도 움직이지 않았지만, 옆으로 비스듬히 쳐든 오른손은 흑의인이 앞으로 움직임에 따라 천천히 거두어졌다. 흑의인이 힘겹게 앞으로 네 보 전진하자 심우의 오른손도 옆으로 쳐들었던 것을 방향을 바꾸어 앞으로 내밀었다.

흑의인이 갑자기 멈춰섰다. 줄곧 깜빡거리지도 않던 한 쌍의 눈을 연신 깜빡거리면서 어떤 중대한 일을 사색하고 고민하는 것 같았다. 그리고는 갑자기 한 줄기 사람을 두렵게 하는 흉광을 사출하면서 계속하여 천천히 심우를 향해 접근해갔다. 기이하게도 그와 심우 사이에 무형의 물건이 연결되어 있는 듯 그가 움직이지 않을 때 심우도 움직이지 않았고, 그가 움직이면 심우도 따라 움직여 원래 이미 거두었던 오른손을 움직였다. 그리고 흑의인이 앞으로 가는 동작에 따라 심우 역시 천천히 다리를 움직였다.

흑의인이 다시 한 걸음 내걸었을 때 심우도 다리를 들어 한 걸음 크게 앞으로 나갔고 발끝이 땅에 떨어질 때 그 기이한 단검과 두 촌 되는 거리가 되었다. 아울러 몸도 약간 앞으로 기울여 몸을 굽혀 검을 주울 준비를 하였다. 흑의인이 또 갑자기 멈춰 섰다. 심우도 그에 따라 움직이지 않았다.

흑의인은 사람을 놀라게 하는 안광으로 심우를 쏘아보았다. 심우의 눈길은 땅 위의 기이한 그 단검을 응시하고 있었다. 이때 두 사람의 거리는 불과 네 걸음 정도 밖에 되지 않았다. 애림과 호옥진은 뜻밖에 저도 모르게 입을 벌렸고 두 눈을 크게 뜨고 호흡을 멈추었다. 그녀 두 사람은 모두 당세에서 보기 드문 젊은 일류 고수들의 일촉즉발의 상태를 지켜보고 있었다.

만약 흑의인이 이 네 걸음 안에 심우가 검을 줍기 전에 초식을 발출한다면 심우가 죽을 것은 의심할 바 없었다. 반대로 만약 심우가 흑의인이 접근해 출수하기 전에 단검을 줍는다면 그가 지금 처한 위치와 각도로 보았을 때 단검이 아래로부터 위로 올라가며 바로 상대방의 마주 오는 요혈을 가리키고 있으므로 흑의인이라도 요행을 바랄 수 없는 상황이었다.

이 가운데는 시작에 차이가 조금이라도 나면 잘못이 천리가 되는 이치와 같이 완전히 자기의 속도를 가늠하고 또 상대방의 속도를 짐작해서 서로 간의 거리, 위치와 각도가 조금도 실수가 있어서는 안 되었다. 그렇기에 흑의인과 심우 두 사람의 동작이 그토록 완만하고 무거웠던 것이다. 원래 손을 들고 다리를 내딛는 순간에도 확실히 서로를 탐색하고, 가늠하고, 판단하고 있었다.

두 사람의 거리가 네 보 정도였을 때 흑의인은 더 앞으로 전진하지 않았다. 심우도 더는 허리를 굽히지 않았으며 서로 오랫동안 대치하였는데, 두 사람은 갑자기 동시에 일성을 폭갈하고 느리고 무겁던 동작을 바꾸어 번개같이 빠르게 도광검영刀光劍影을 내뿜으니 번쩍하고 섬광이 지나가는 듯했다.

흑의인은 올 때는 느릿했지만 물러설 때는 매우 빨라 단지 흑영이 흔들리는 것 같더니 눈 깜짝 할 사이에 원래 있던 곳으로 되돌아갔고, 전신의 흑포 만이 흔들리고 있었다. 심우는 검을 들고 가로 베려 가려던 모습을 회복하였지만 달라진 점은 이때 손에 이미 번쩍번쩍 빛나는 기이한 단검을 들고 있다는 것이었다. 흑의인은 길게 웃더니 말했다.

"좋은 검법이다. 이러니 당신이 전체 무림의 안위가 자기의 몸에 달렸다고 터무니없는 말을 하는 거군."

심우가 냉랭하게 말했다.

"도대체 당신은 누구요?"

흑의인은 웃음을 거두고 냉랭하게 말했다.

"필요 없는 말은 하지 마라."

말을 마치고는 신형을 움직이더니 심우를 향해 덮쳐왔다. 이번에는 조금 전 그 느릿하고 무거운 동작과는 천양지차로 눈 깜짝할 사이에 심우의 앞으로 다가가더니 한 줄기 거대한 은광으로 심우의 머리를 향해 덮쳐갔다. 심우는 일찍이 준비를 하고 있어 몸을 번개같이 옆으로 몇 치나 피하더니 단검으로 오강벌계吳剛伐桂의 일초를 시전하여 옆으로 상대방의 허리를 베어 나갔다.

이 일초는 무지막지한 패도로서 한선恨仙 당수금의 독문 절기였다. 게다가 기이한 단검 본신이 매우 날카로워 삽시간에 사나운 기세로 달려오던 흑의인은 순간 놀라면서 다급히 초식을 거두고 뒤로 물러나 숙연히 서서 형형한 눈길로 심우를 쏘아보면서 말을 하지 않고 움직이지 않았다.

바로 이때 돌연 한바탕 발걸음 소리가 들리더니 거석 뒤에서 흑색 가마 하나가 나타났다. 전신에 검은색 경장을 입은 기골이 장대한 대한 네 명이 가마를 들고 흑의인 바로 뒤에까지 와서 멈췄다. 흑의인은 전혀 깨닫지 못한 듯 두 눈으로 꾸준히 심우를 쏘아보고 있었다.

돌연 검은 휘장이 드리워진 가마 안에서 야수의 신음소리와도 같은 낮은 소리가 들려왔다. 그 소리는 사람의 마음을 움직이게 하였고, 흑의인의 양립 아래에서 흉악하게 번뜩이던 한 쌍의 눈이 그 소리에 따라 천천히 붉게 변해서 화염이 뿜어져 나올 것만 같이 변하였다. 심우는 마음이 움직이며 대갈일성했다.

"원래 신외화신의 요물이구나."

이 일성대갈이 봄에 우레가 처음 울려치듯이 퍼지자, 그 흑의인의 두 눈에서 뿜어져 나오던 사람을 놀라게 하는 화염이 어느 순간 크게 줄어들게 되었다. 심우는 또다시 냉랭하게 웃더니 큰소리로 말했다.

"가마 안에 앉은 사람은 어떤 사람인가?"

흑의인은 장소 일성하고는 신형을 갑자기 번개같이 쏘아 나가며 수중의 장도에서 한 줄기 놀라운 도기를 발출하였는데, 찰나의 순간에 심우를 향해 흉악한 공격을 감행하였다. 심우는 갑작스레 대노하여 더는 피하지 않고 수중의 단검을 쳐들고 완강하게 상대방의 도세를 맞받아 나갔다. 도세가 서로 부딪치자 한바탕 사람을 놀라게 하는 소리를 발출하였고, 심우와 흑의인은 동시에 뒤로 밀려났다.

심우는 마음속으로 크게 동요하면서 가마 안에서 흑의인을 조종하고 있는 사람의 내력이 이미 상당히 높은 경지에 이르렀다고 생각하였다. 그렇기 때문에 신검 호일기도 그의 손에 상처를 입었음을 알았고, 이 요물을 없애버리지 않는다면 향후 무림에는 후환이 끝없을 거라고 생각했다. 심우는 흑의인이 안정적으로 서기를 기다리지 않고 즉시 몸을 날리고는 수중의 기이한 단검을 들고는 영사靈蛇의 혀처럼 곧바로 상대방의 숨통을 향해 찔러 들어갔다.

제54장

毒如蠍殺媳又殺子

전갈처럼 독하여 며느리를 죽이고 또 아들도 죽이다

●

흑의인은 길게 휘파람을 불더니 두 눈이 모두 붉어졌는데 뜻밖에도 피하지 않고 심우의 검이 숨통을 찌를 때에서야 돌연 손목을 뒤집어 장도로 번개와 같이 심우의 아래를 베어 갔다. 심우는 상대방이 자신의 생사를 돌보지 않고 동귀어진同歸於盡하는 수법을 쓰리라고는 생각지도 못하였다. 물론 손을 한 번 들면 상대방의 숨통을 꿰뚫을 수 있었지만 자기의 두 다리도 상대방에게 잘릴 것 같았다.

바로 이렇게 크게 놀라고 있는 사이에 심우의 아래쪽은 흑의인의 도세에 공격을 받아 하는 수 없이 공격하던 초식을 거두고 자신을 보호하기 위하여 몸을 훌쩍 솟구쳐 상대방의 공격을 피할 수밖에 없었다. 이렇게 되자 흑의인은 즉시 선기를 잡게 되었고 도세가 일변하더니 심우의 신형이 땅에 닿기도 전에 장도로 아래로부터 위로 사람을 놀라게 하는 장홍관일長虹貫日의 일초를 전개하며 심우의 뒤를 따랐다.

심우는 허공에서 피할 수가 없어 위급한 가운데서 할 수 없이 검을 휘둘러 막았다. 심우는 몸이 허공에 있어서 힘을 발휘하기 힘들었고 이렇게 상대방의 도세를 받으면 꼭 손해본다는 것을 스스로 알았다. 과연 도검이 부딪치자 심우는 팔목이 저려옴을 느꼈고 하마터면 단검도 떨어뜨릴 뻔했다. 신형도 그 때문에 또다시 위로 튀어 올랐다.

흑의인은 심우에게 숨 돌릴 기회를 주지 않고 긴 휘파람을 불면서 장도를 급격히 춤을 추듯이 휘두르니 뜻밖에도 심우의 몸 아래가 온통 사람을 놀라게 하는 도기로 넘실거리는 바다와 같이 주위 몇 장 안이 도광만으로 넘쳐나며 삼엄하게 변했다. 심우가 위로 오르던 기세를 멈춘 뒤에는 가득한 도기 안으로 떨어질 것은 의심할 바 없었다.

옆의 호옥진과 애림은 이런 상황에 크게 놀랐지만 출수하여 도우려 해도 거리가 너무 떨어져 있어 이미 그럴 수 없었다. 심우는 그녀들이 흑의인에게 접근하기 전에 땅에 떨어질 것이다. 게다가 흑의인의 사람을 놀라게 하는 도기의 바다는 점차로 기세가 증가되어 그녀들이 그의 몸 가까이에 접근할 기회조차 허용하지 않았다.

심우의 몸은 떨어지기 시작했고 사람을 놀라게 하는 도광이 자신을 향해 오는 것을 보고는 저도 모르게 놀람을 금할 수 없었다. 이때는 더 방법이 없어 이를 악물고 수중의 기화단검을 아래로 향해 뿌렸다. 검을 뿌리는 힘을 빌려 심우의 몸이 아래로 떨어지는 기세가 약간 느릿해졌다. 손에서 뿌린 기화단검은 도리어 한 폭의 눈부신 폭포로 변하여 번개같이 도광의 바다로 쏘아나갔다.

한바탕 금철金鐵이 부딪치는 소리가 울렸고, 사람을 놀라게 하는 도광은 돌연 소실되었다. 흑의인이 괴상한 소리를 지르면서 갑자기 몸을 뒤로 물러섰다. 이 일은 눈 깜짝할 사이에 벌어졌다. 호옥진과 애림이 정신을 가다듬고 바라보니 흑의인 수중의 장도는 이미 삼분의 일이 끊어져 나갔고 그의 머리에 썼던 양립도 이미 절반으로 갈라져 땅 위로 떨어져 그의 긴 머리카락이 노출되어 있었다. 호옥진과 애림은 저도 모르게 경탄하는 소리를 질렀다.

"이 사람은 여자예요!"

심우는 재빨리 신형을 날려 땅에 내려섰고, 흑의인의 모습을 보았는데 저도 모르게 멍해지고 말았다. 흑의인은 마구 소리를 지르면서 두 눈을 동그랗게 뜨고 머리를 풀어헤친 채로 악귀와 같이 심우에게 덮쳐왔다. 심우는 출도 이래 무수한 시련을 겪었고, 사람을 놀라게 하는 기이한 일들을 적지 않게 겪었으나 이처럼 공포스러운 사람은 본 적이 없었다. 심우는 모골송연해졌는데 상대방이 자기를 향해 덮쳐오는 것을 보고 감히 그 기세에 반격하지 못하고 급급히 옆으로 몸을 날려 피했다.

흑의인은 공격이 수포로 돌아가자 한바탕 "껄껄"대는 괴소를 짓더니 몸을 풍차와 같이 한 바퀴 돌리면서 또다시 칼을 휘두르며 심우를 향해 덮쳐 갔다. 심우는 흐르듯이 몸을 돌리며 움직였다. 눈 깜짝할 사이에 흑의인은 연속적으로 덮쳐들면서 수중의 단도로 찔렀고, 심우를 에워싸며 돌았는데 연이어 위험한 상황에 맞닥뜨리며 몇 차례나 흑의인의 단도에 상처를 입을 뻔하였다. 호옥진은 참을 수 없어 큰소리로 외쳤다.

"심우, 빨리 검을 뽑아 막아요."

그 한마디가 심우를 꿈속에서 깨어나게 하는 듯했다. 심우는 아직 자기 몸에 장검이 있다는 것을 생각하고는 즉시 손을 뒤로 가져가더니 "쩽"하고 등에 있는 장검을 뽑아냈다. 그리고는 천잠망天蠶罔 일초를 시전했다. 이 일초는 유정검법 속의 절초였다. 초식이 펼쳐지자 검광이 그물망을 이루며 순간 흑의인을 향해 몰려갔다.

흑의인의 기세는 여전히 미친 듯 날뛰었으나 유정검법은 도리어 묘한 작용을 발휘하여 잘라버릴 수 없는 검세로 흑의인을 휘감아 상대방이 그 검세에서 벗어날 수 없게 만들었다. 이렇게 되자 흑의인은 막다른 골목에 이른 것처럼 더욱 미쳐 날뛰었다. 그의 수중의 장도는 이미 삼분의 일이 끊어졌지만 초식과 검세는 도리어 몇 배의 위력으로 불어났다.

심우는 마음속으로 더욱 크게 놀랐다. 상대방이 이렇듯 심오하고 흉맹한 공력을 갖추고 있을 줄 미처 생각하지 못했다. 심우는 이곳에서 시간을 더 지체할 수 없어 이 신외화신을 없애버리려 결심하였다. 하지만 이때 기화단검을 이미 떨어뜨렸기 때문에 수중의 장검으로 애한쌍선 중 한선 당수금의 한정장법恨情杖法을 시전할 방법이 없었다.

그러나 서문개의 유정화법柔情劃法이 독보천하獨步天下라 할 수 있는 것은 상대방을 얽매어 놓거나 수비하는 두 가지 점에서는 더없이 높은 상승의 무학이라 할 수 있었고 적과 대치했을 때 상대방의 공격이 흉맹하고 독랄할수록 누에와 같이 천만갈래의 검기를 내뿜어 감으면 감을수록 단단해지는 특징이 있었다.

흑의인이 빠른 동작으로 맹공을 가했다. 잠깐 사이에 심우는 유정검기에 끌어들려 실로 만든 그물과 같은 검광으로 끊임없이 흑의인의 전신을 감아 버렸다. 심우는 다만 유정검법만을 시전하였을 뿐 적의 목숨을 빼앗으려는 절초는 아직 시전하지 않았다. 흑의인은 심우의 목숨을 빼앗으려고 매 초가 지날수록 점점 간교하고 지독한 도법을 시전하고 있었다. 그들의 일도일검一刀一劍은 일강일유一剛一柔했고, 싸울수록 점점 빨라졌으며 눈 깜짝할 사이에 두 사람의 신형은 모두 도광검영刀光劍影 중에 파묻혀 버렸다.

호옥진과 애림은 그만 입을 딱 벌리고 말았다. 비록 그녀 두 사람의 견식이 넓다고 하지만 생각 밖으로 두 사람의 도법과 검법의 내력을 알아볼 수 없었다. 그 흑의인의 도법은 간교하고 지독하여 두 여인이 일찍이 견식한 바 있는 려사의 칠살마도와 매우 비슷했지만, 심우의 검법은 그녀들이 보지 못한 것은 물론이고 들어보지도 못한 것이었다.

호옥진은 매우 주도면밀하여 돌연 심우가 방금 떨어뜨린 그 단검을 생각하고 있었다. 그것은 드문 보물이어서 잃어버려서는 안 될 물건이었다. 이때 그 단검이 심우와 흑의인의 검광 밖에 위치해 있었다. 단검은 바닥에 떨어지며 바닥에 박혔는데 검자루만 땅 위로 돌출되어 있었고, 호옥진은 어떻게 흑의인과 심우의 검기를 피해 그 단검을 주워 올 것인가를 궁리하고 있었다.

하지만 그녀가 이런 생각을 하고 있을 때 맞은 편에서 가마를 들고 있던 네 명의 흑의 대한 중 한 사람이 벌써 그 단검으로 신형을 날렸다. 호옥진은 놀라 깊이 생각할 겨를이 없이 즉시 신형을 날려 더없이 빠른 신법으로 마주 나갔고 허공에서 그 흑의 장한이 그녀보다 먼저 그 검에 도달하려는 것을 보고는 너무 급하여 교성을 지르며 격산타우隔山打牛의 수법으로 일장을 격출하였다.

이 일장은 위력이 대단했고 제 때에 출수하였기에 흑의 장한은 비록 기세가 사나웠지만 한 줄기 강한 힘이 마주 밀려옴을 느끼고는 부득불 앞으로 나아가려던 자세를 멈추고 말았다. 호옥진도 일장을 격출하고는 그 기세의 방해를 받아 땅에 내려섰다. 두 사람은 서로 사오 보 거리에 대치했고, 그 기화단검은 바로 두 사람 가운데 있었다. 흑의 장한은 무표정한 얼굴로 호옥진을 쏘아보면서 냉랭하게 말했다.

"우리는 서로 알지도 못하는데 낭자는 왜 사람에게 출수하는가?"

호옥진이 담담하게 말했다.

"당신이 다른 사람의 물건을 훔치려 하니 그렇지요."

흑의 장한은 땅 위의 단검을 가리키면서 말했다.

"저 검이 낭자의 것인가?"

호옥진은 화를 내지 않고 말했다.

"본 낭자의 것은 아니지만 당신 것도 아니지요."

그 흑의 대한은 "아"하고 일성하며 말했다.

"알았다. 이 검은 낭자의 것이 아니고 나의 것도 아니면 그럼 누구의 것인가?"

뻔히 알면서도 일부러 묻는 것이지만 호옥진은 떳떳하게 말하기 위하여 손으로 한창 도광검영에 파묻혀 있는 심우를 가리키면서 말했다.

"저 분의 것이요."

흑의 장한은 말했다.

"저 사람은 누군가?"

호옥진은 울화가 치밀어 격앙된 목소리로 외쳤다.

"저 분이 누구인지를 당신과 같이 귀신도 사람도 아닌 것이 물을 자격이 없다."

흑의 장한은 조금도 개의치 않고 말했다.

"저 사람의 것이라면 왜 여기에 떨어뜨리고도 여기에 와서 주워가지 않는가?"

호옥진은 갑자기 대노했지만 돌연 마음을 바꾸었다. 상대방은 아마도 일부러 말썽을 일으키려 통할 듯 말 듯한 문제로 자기를 건드려 마음을 어지럽게 해서 화를 내도록 하려는 속셈이었다. 그녀는 즉시 마음속에 경계를 품었고 가까스로 울화를 참으며 냉랭하게 말했다.

"당신은 장님도 아닌데 그가 한창 다른 사람과 싸우고 있는 것을 보지 못하였나요?"

그 말소리가 막 끝날 때 얼핏 바라보니 또 다른 흑의 장한이 검은 가마 옆을 떠나 큰 걸음으로 그들 쪽으로 다가오고 있었다. 호옥진은 냉랭하게 웃으면서 말했다.

"원래 당신이 나에게 허튼 소리로 수작을 부리는 것이 바로 당신 혼자 안 되니까 시간을 끌어 너희들 잔당을 부르려는 속셈이었구나."

흑의 장한은 무표정한 얼굴로 머리를 가로저으면서 말했다.

"그는 당신을 도우러 오는 거요."

호옥진이 말할 사이가 없이 다른 한 명의 흑의 장한이 이미 가까이 다가와서 그의 말을 받았다.

"맞소. 나는 낭자를 도우려 왔소."

그리고는 한 무리의 도광검영을 가리키면서 말했다.

"당신이 금방 그가 다른 사람하고 싸우고 있다고 말했지만, 그가 지금 누구하고 싸우고 있는지를 당신은 알고 있소?"

호옥진은 속으로 생각했다.

'누구하고 싸우든지를 막론하고 나를 위협하려 생각지도 말아라.'

호옥진은 담담한 얼굴로 말했다.

"그는 당신들 도당으로 대단할 것 없지."

방금 온 흑의 장한은 담담하게 말했다.

"그가 우리의 벗과 싸우고 있다는 것을 당신은 이미 알았으니 그는 우리의 적이요. 이미 적인 바에야 우리가 왜 그의 물건을 가지지 못하겠소?"

다른 흑의 장한도 말했다.

"지금의 상황에서 낭자가 만약 우리를 적으로 삼는다고 생각한다면 그것은 아주 미련한 행동이요."

호옥진은 참을 수 없이 "흥"하고 소리치더니 말했다.

"본 낭자는 당신들이 함부로 지껄이는 것이 귀찮소. 당신들 마음대로 혀끝이 닳도록 말해도 이 단검을 가지려면 먼저 당신들이 이 낭자의 관문을 넘을 수 있어야 할 것이오."

그 중 한 대한이 무표정한 기색으로 담담하게 말했다.

"그렇다면 낭자는 우리와 적이 되겠단 말인가?"

호옥진이 오만하게 말했다.

"그렇다면 어쩔 테지?"

다른 한 명의 흑의 장한이 말했다.

"우리가 말한 바 있지만 낭자가 굳이 고집한다면 더는 우리를 탓하지 마시오."

이 흑의 대한이 한창 말하는데 다른 한 명의 흑의 장한이 이 기회를 빌어서 갑자기 어지럽게 했다. 그의 두 어깨가 조금 움직이더니 그 순간 전신이 밑도 끝도 없이 있는 힘을 다하여 호옥진을 향해 덮쳤다. 호옥진은 이미 일찍이 경계는 하였지만 마음속으로는 놀람을 금할 수 없었다. 난생 처음 이와 같은 수법을 보았는데 일시에 그 깊이를 헤아릴 수 없어 감히 공격하지 못하고 하는 수 없이 몸을 옆으로 움직여 두 걸음 피하였다.

그런데 흑의 장한은 괴상한 소리를 한바탕 발출하면서 앞으로 전진하는데 자석이 쇠붙이를 만난 듯이 몸을 돌리더니 호옥진을 향해 부딪쳐 왔다. 호옥진은 저도 모르게 이를 악물고 상대방에게 맹렬한 일장을 날렸다. 거대한 일성이 울렸고 이 일장은 단단히 흑의 대한의 몸을 때렸다. 하지만 그의 웅장한 몸은 뒤로 두 보나 비틀거린 다음 의연히 섰고, 조금도 이상이 없었다.

호옥진은 저도 모르게 크게 놀랐다. 자기가 비록 장법에 능하지는 않지만 그녀가 있는 내력을 다해 일장을 매우 힘있게 친 것인데 상대방은 두 보만 뒤로 물러섰을 뿐 전혀 상처를 입지 않은 것이다. 그런데 이때 다른 한 명의 흑의 장한이 벌써 화살같이 빠른 걸음으로 가서 땅의 그 단검을 뽑은 다음 몸을 훌쩍 솟구쳐 몇 번 뛰더니 그 검은 가마 옆으로 돌아갔다. 호옥진은 마음속으로 놀라지 않을 수 없었다. 이때 일장을 맞은 흑의 장한은 옆으로 한 보 뛰더니 그녀의 앞길을 가로막고 무표정한 기색으로 말했다.

"낭자는 돌아가시오!"

호옥진은 매우 후회했다. 반나절이나 빙빙 돌며 고생했지만 그녀는 다른 사람의 성동격서의 계책에 빠질 것이라는 것은 생각지도 못한 것이다. 기화보검은 끝내 다른 사람의 수중으로 들어갔다. 이렇게 되자 그녀는 부끄러운 나머지 화가 나서 갑자기 등 뒤의 보검을 뽑아내고 격앙된 소리를 지르고는 팔성의 공력으로 검법을 펼치면서 상대방의 중궁中宮 혈을 향해 찔러 들어갔다.

흑의 대한은 비록 표정이 굳어졌지만, 호옥진의 검세를 이미 경계를 하고 있던 것 같았다. 연속적으로 다급히 숨을 들어 쉬면서 뒤로 물러나며 호옥진의 날카로운 예봉을 피했다. 호옥진의 장검이 한 번 떨리더니 절초를 발출하여 상대방을 죽이려고 했다. 바로 이때 귓가에는 홀연히 사람을 놀라게 하는 소리가 허공을 가르며 들려왔다. 이 일성은 사람의 심맥을 뒤흔들었고 호옥진은 이 때문에 저도 몰래 흠칫해서 그 소리를 따라 바라보았다. 한 줄기 백색의 인영이 거대한 새처럼 허공을 가르면서 눈 깜짝할 사이에 심우와 흑의인이 싸우는 도광검영 속으로 뛰어들었다.

눈 깜짝할 사이에 사람을 놀라게 하는 도검이 교차하는 소리가 들리더니 허공에 가득찼던 도광검영이 순식간에 사라지고는 장 중에 세 사람의 신영이 드러났다. 세 사람은 서로 대립해서 삼각형으로 서 있었는데 그 중 하나는 심우이고, 다른 하나는 머리를 풀어헤쳐 버린 흑의인이었고, 또 다른 하나는 일신에 화려한 복장을 걸친 귀공자였다. 그 사람은 풍도가 의젓했지만 얼굴 기색은 오히려 매우 굳어있었는데 한 쌍의 밝은 별 같은 눈은 한 번도 깜빡하지 않고 산발한 흑의인을 주시하고 있었다. 흑의인은 그의 위엄어린 눈길의 압박을 받고는 저도 모르게 연신 두 걸음이나 뒤로 물러서면서 달아날 작정을 하였다. 화려한 복장의 공자는 돌연 길게 탄식하고 나서 말했다.

"못된 년."

그리고는 얼굴을 돌려 심우에게 손을 저으면서 냉랭하게 말했다.

"여기는 노제와 관계되는 일이 없으니 어서 가시오."

심우는 흠칫했고 속으로는 이 사람이 젊지만 무공은 도리어 기이하게 고강하다고 생각했다. 방금 자기와 흑의인의 도검이 서로 뒤엉킨 것을 풀어버린 그 한 수로 보았을 때 아마도 당금 무림에는 이 같은 고수가 몇 사람이 없을 것이라 보였다. 그런데 이렇게 젊은 고수를 자신은 일찍이 몰랐단 말인가? 화려한 복장의 공자는 심우가 조금도 움직이지 않고 말도 없자 노한 기색을 띠면서 귀찮은 듯이 말했다.

"빨리 가라고 하는데 왜 가지 않고 있는가?"

말투는 극히 무례했다. 심우는 듣기에 매우 거북하여 참지 못하고 말했다.

"어째서 나를 가라고 하는 거요?"

화려한 복장의 공자는 쌀쌀맞게 웃으며 수중의 장검을 치켜들면서 말했다.

"내 수중의 이 검이 말해줄 것이오."

심우는 혈기 왕성한 청년이므로 냉소 일성하고는 약한 모습을 드러내지 않으려는 듯이 말했다.

"그대의 수중에 검이 있는데 그래 소제의 수중에는 검이 없는 것 같소?"

화려한 복장의 공자는 돌연 얼굴색을 바꾸고 생각하는 것 같더니 가까스로 분을 참으며 냉랭하게 말했다.

"지금 내 심정이 좋지 않으니 내가 좋은 말로 권고할 때 조심하는 것이 좋겠소."

심우는 쌀쌀하게 비웃으면서 말했다.

"이런 것을 가리켜 고을 원님만 관사에 불을 놓고 백성은 등불마저 켜지 못하게 하는 꼴이군. 그대 역시 말할 때 조심하여야 한다고 생각하지 않소?"

화려한 복장의 공자는 일시에 말문이 막혔다. 그의 몸을 떠는 것으로 보아 이미 몹시 화가 난 것 같았다. 이때 돌연히 가벼운 발걸음 소리가 울리더니 거석 뒤에서 몸단장이 몹시 화려하고 아름다운 한 여인이 걸어 나왔다. 그 여인의 몸매는 풍만했으며 삼십이 되지 않은 나이에 행실이 경망스러운 모습을 하고 있었다. 그녀가 도착하기 전에 말소리가 먼저 들렸는데 아양을 떠는 소리였다.

"진가가, 당신이 왜 우리를 버리고 그리 빨리 가는가 했더니 원래 그들이 여기에 있었군요."

이 여인의 목소리는 매우 다정하여 호옥진이 듣고는 참을 수 없어 계속해서 냉소했다. 바로 이때 허공을 가르는 소리가 끊임없이 들려오더니 뚱뚱하고 커다란 귀를 가진 한 화상이 장 중으로 뛰어내렸다. 그 화상은 뛰어내리자마자 한 쌍의 맹렬한 눈길로 즉시 그 검은 가마를 주시해 보더니 우렁찬 목소리로 염불을 외우고는 말했다.

"발이 닳도록 다녀도 찾을 곳이 없었는데 헛수고는 아니었군. 우리가 정말 고생해서 한 달 남짓 뒤쫓았는데, 생각지 못하게 끝내는 이곳에서 만나게 되었군. 이것이 바로 부처님께서 자비를 베풀고 일부러 죄악에서 구원하시려는 것이 아니겠는가?"

그 화상의 뒤를 따라 또 두 사람이 내려왔는데 그 중 하나는 삼십 세 좌우로 키가 크고 영웅적인 기상이 흘러넘쳤고, 또 다른 하나는 농사꾼의 차림새였는데 그 얼굴이 환하지 못한 중년 남자였다. 키가 큰 그 청년은 심우를 한 번 얼핏 보고는 즉시 멀리로부터 한쪽 무릎을 꿇고 낭랑한 목소리로 말했다.

"제자 임봉이 사부님께 인사드립니다."

심우는 담담하게 웃더니 말했다.

"일어나게. 너무 정중할 필요가 없소."

화려한 복장의 공자는 이런 모습을 보더니 냉랭하게 웃으며 말했다.

"당신에게 이런 좋은 제자가 있었군. 그러니 감히 나를 안중에 두지 않지."

심우는 기색이 변하더니 말했다.

"사람은 스스로를 존경해야 후인들도 그를 존경하는 것이며, 사람은 스스로 후회할 줄 알아야 후인들도 스스로 뉘우칠 수 있게 되는 것이오. 그대가 먼저 나 심우를 안중에나 두었소?"

화려한 복장의 공자는 갑자기 대노했다.

"네가 어떻게 나하고 같이 논할 수 있느냐?"

심우는 빈정거리면서 말했다.

"심 모가 알 수 없는 것은 그대가 뭐가 잘나서 교만하게 구는가."

화려한 복장의 공자는 홀연히 안정을 되찾으며 천천히 한 걸음 뒤로 물러서더니 말했다.

"그렇다면 나는 먼저 너를 죽여 버리겠다. 내 초식을 받아라."

오른팔을 약간 들더니 장검에서 한 줄기 사람을 놀라게 하는 검기를 발출하여 심우의 선기璿璣, 거궐巨闕과 회음會陰 혈을 끊임없이 공격했다. 그가 한 번 출수하자 심우의 상, 중, 하 세 곳의 요혈을 동시에 위협한 것이다. 심우는 저도 모르게 소리를 질렀다.

"수라검법修羅劍法, 당신이 바로 수라밀수修羅密手 사진謝辰이었구만."

사진은 냉소하더니 중앙으로 갔고 장검을 갑자기 앞으로 내밀면서 냉랭하게 말했다.

"볼 줄은 아는군. 그러나 때는 이미 늦었다."

심우는 상대방의 검세가 강물이 비탈져 내리치듯이 거침이 없어 저도 모르게 암중으로 소리를 질렀다.

'수라밀수가 과연 명불허전이구나. 듣건대 이 사람이 자부심이 대단하다는데 오늘 보니 과연 그럴만하군.'

심우는 그의 검세에 맞닥뜨리자 감히 소홀할 수 없었다. 사진의 검법은 밀密한 곳에 소疏함이 있고, 또 소한 곳에 밀한 것이 있어 만약 검을 들고 억지로 막는다면 사진에게 승기의 기회를 줄 것이었다. 그리하여 몸을 옆으로 번개처럼 움직이며 상대방의 예봉을 피하고자 하였다. 그런데 몸을 움직이자 오히려 머리 뒤에서 바람이 이는 것을 느꼈고 한 줄기 사람을 놀라게 하는 음험하고 무시무시한 한기가 산을 무너뜨려 바다를 메우는 듯한 기세로 몰려들어왔다.

원래 산발한 그 흑의인은 사진이 출수하는 것을 보고, 즉각 심우가 피할 위치를 헤아리고 소리없이 때를 맞춰 칼을 휘둘러 공격한 것이다. 심우는 이런 한 수가 있을 줄은 꿈에도 생각 못했다. 두 명의 일류고수가 동시에 초식을 펼친 것으로 그것도 하나는 남몰래 공격 하는 것이었다. 이때 심우는 앞뒤로 공격을 받아 뒤로 돌아서 등으로 닥치는 위험을 벗어나려면 사진의 날카로운 공격을 피할 수 없었고, 검을 들어 사진의 검세를 막으면 흑의인의 공격에서 벗어나기 어려운 상황이었다.

이렇게 사람을 놀라게 하는 돌발적 변화에 비단 심우가 크게 놀랐을 뿐만 아니라 옆에서 보고 있던 임봉과 애림 두 사람마저도 역시 크게 놀람을 금할 수 없었다. 이때 두 사람은 도우려는 마음이 있었지만 그럴 사이가 없었다. 사진이 갑자기 일성대갈하였다.

"물불을 가리지 않는 나쁜 년."

검식이 돌연 일변하더니 검 끝이 심우의 옆을 스쳐 지나더니 한 줄기 눈부신 검광이 흑의인을 향했다. 심우는 무거운 짐을 벗어놓은 듯 신형을 돌려 검을 마구 휘두르면서 야전팔방夜戰八方의 일초로 흑의인의 도세를 맞닥뜨렸다. 흑의인은 소름끼치는 소리를 발출하였고 두 눈은 충혈되어 있었는데 끊어진 칼의 초식이 변하더니 뜻밖에도 사진과 심우 두 사람의 쌍검의 공격에도 물러서지 않고 공격하며 두 사람의 다리를 베어갔다.

사진과 심우 두 사람은 동시에 경악했고 모두 대갈일성하면서 몸을 위로 솟구쳤다. 허공에서 사진은 흑의인의 얼굴을 향해 발길을 날렸고 오른손의 장검은 돌연 초식을 펼치며 심우를 공격했다. 심우는 한 번 손해를 본 적이 있어 마음속으로 이미 경계하고 있었으므로 몸을 솟구쳐 흑의인의 도세를 피할 때 이미 사진의 이 한 수를 짐작하고 막을 수 있었다. 심우는 냉소하면서 장검을 한 번 떨치더니 사진의 검을 밀어버렸다.

두 검이 서로 부딪치자 심우의 하반신은 그 힘을 빌려 튀어 오르며 몸을 거꾸로 하고는 왼손으로 신룡현조神龍現爪 일초를 발출하여 흑의인의 등을 쳤다. 세 사람은 서로 공격하였는데 눈 깜짝할 사이에 한 덩어리가 된 것 같이 싸웠다. 이들 세 사람은 승부를 내기 어려운 듯했다. 이러한 변화는 그 장소에 있는 모든 사람들에게는 모두 뜻밖으로 다가왔다. 더욱이 세 사람은 모두 일류 고수들로 설사 세 사람 중 두 사람이 싸우는 것도 보기 어려운 상황인데, 지금은 세 사람이 서로 사정을 두지 않고 싸우고 있는 것으로 이것도 이제껏 볼 수 없었던 일이었다. 그곳에 있던 모든 사람들은 일시에 숨을 죽이고 전에 없던 이 한 차례의 결전을 정신없이 바라보고 있었다.

흑의인의 도법은 더없이 흉맹하여 그 기세가 맹호와 같았을 뿐만 아니라 공격하는 초식은 전혀 자신의 안위를 돌보지 않아 세 사람 가운데서 가장 얽매어 놓기 어려웠다. 하지만 흑의인의 공격은 대부분 심우의 몸에 집중되었고 사진에 대해서도 비록 쉽게 놓아주려 하지는 않았지만 초식을 펼쳐 공격할 때에 괴상하게도 심우를 공격할 때처럼 그렇게 흉맹하고 지독한 것 같지는 않았다.

이렇게 되자 사진이 득을 보았다. 사진은 집안 절학인 수라검법을 이미 최고봉의 경지에까지 연마하여 수비 면에서는 검기가 그물을 펼친 듯 밀도가 있었고, 공격에 있어서도 발출하는 초식마다 기이하기가 헤아릴 수 없을 정도였기에 우세를 차지하기 시작했다. 심우는 처음에 선기를 잃은 탓으로 수비만 하는 상황이었다. 게다가 흑의인이 심우와 사진을 대함에 불공평하게 대처함으로 위급한 상황을 맞이하게 되었는데 그때마다 돌연 기이한 초식을 발출하여 위험에서 벗어날 수 있었다.

심우의 기이한 초식은 밤을 새우며 애한쌍선과 싸운 한 차례의 격전에서 얻은 경험에서 비롯되었다. 흑의인의 날카로운 도법은 얼마간 당수금의 그 한정장법의 기세와 비슷했으며, 사진의 수라검법의 밀도있는 검기도 얼마간은 유정검법과 비슷하다고 느꼈다. 이 이치를 깨닫자 심우는 정신이 진작되었고 애한쌍선의 무공 화후에도 밤을 새우면서 격전할 수 있었는데 눈앞의 두 사람은 애한쌍선과는 비교할 수 없을 정도니 이들을 두려할 필요가 있겠는가 생각되었다.

심우의 담이 커지자 수중의 장검의 위력이 크게 증가되었다. 따라서 초식을 변화시켜 환군명주還君明珠의 일초로 진격할 듯하던 장검을 거두어 뜻밖에도 유정검법의 힘을 빌려 타격하는 절초를 발출하여 그 순간 흑의인이 공격해오던 날카로운 도세를 교묘하게 수라밀수 사진에게로 돌려 버렸다. 이렇게 되자 우세와 열세가 삽시간에 변화했다. 사진이 오히려 피동적인 위치에 처해지게 되었다. 다행히 사가謝家 수라밀수 검법의 특장이 엄밀한 수비였으므로 일시에 그의 몸을 보호하고도 남음이 있었다.

흑의인은 싸우면 싸울수록 흉맹해졌다. 반면에 심우는 싸우면 싸울수록 안정되었다. 나중에는 이일대로以逸待勞로 쉬면서 피로한 적을 맞이하듯이, 이정제도以靜制動로 정으로서 동을 제압하는 상태가 되었다. 안타까운 것은 그의 수중에는 한 자루의 장검 밖에 없었고, 애한쌍선과 결투할 때와 같이 오른손에 장검을 들고 왼손에 기화단검을 쥔 것과는 같지 않아 이 시각 이전과 같이 좌우 두 손으로 합공하는 기이한 초식을 발휘할 수 없었다.

세 사람의 연환해서 결투하는 장면은 그곳에 있는 모든 사람들이 손에 땀을 쥐고 보지 않은 사람이 하나도 없을 정도였다. 하지만 호옥진은 오히려 모든 사람들이 정신을 가다듬고 싸움을 보는 기회를 틈타서 남몰래 가마를 호위하고 있는 네 명의 흑의 대한에게 접근하였다. 원래 그녀는 그 두 명의 흑의 대한이 잔꾀로 기화단검을 빼앗아간 일을 시종 달갑지 않게 여기고 있었다. 호옥진은 치기어린 여인이었던 만큼 손해 보는 일은 참을 수가 없는 데다 또한 그녀는 특히 호승심이 강해 기어이 기화단검을 빼앗아오려고 작정한 것이다.

이때 그녀는 남몰래 검은 가마에 한 장 좌우밖에 안 되는 거리까지 다가갔다. 그녀는 묵묵히 몸을 솟구친 후 어떻게 단번에 흑의 대한에게서 보검을 빼앗겠는가를 헤아려 보았다. 그런데 그녀가 손쓰기 전에 오히려 다른 사람이 그녀보다 앞서서 손을 썼다. 그때 뚱뚱하고 큰 귀를 가진 화상이 낭랑하게 염불을 외우면서 말했다.

"아미타불. 이 빈승이 못된 놈들을 부처님께 인도하여야겠다!"

말소리와 함께 무거운 장추杖錘를 들고 검은 가마를 향해 덮쳐갔다. 호옥진은 크게 놀랐고 저도 모르게 속으로 욕했다.

'아니, 저 중놈이 지금 뭐하는 거야?'

과연 그 네 명의 흑의 대한 중 세 명이 그 순간 일자로 늘어서더니 화상의 앞길을 가로막고 대뜸 그 화상과 겨루기 시작했다. 남은 한 명의 흑의 대한이 바로 칼을 얻은 그 사람이었다. 이때 그가 재빨리 몸을 돌려 가마의 검은 휘장을 젖히고 기화단검을 넘겨주는 것이 보였다. 호옥진은 저도 모르게 그 화상에게 화가 나서 참을 수 없어 발을 구르면서 욕을 했다.

"료진 화상了塵和尙, 당신은 응당 십팔층 지옥에 떨어져야 해요."

그 화상은 한창 겨루고 있는 중에 그 말을 듣고 놀란 기색을 짓더니 장추를 휘둘러 세 명의 흑의 대한을 물리치고는 몸을 솟구쳐 뒤로 뛰어와서 호옥진을 바라보면서 미덥지 않아 물었다.

"방금 나에게 욕한 것이오?"

호옥진은 화를 내지 않고 말했다.

"여기에 또 다른 화상이 없는데 본 낭자가 당신을 욕하지 않고 누구를 욕하겠어요?"

"화상에게 무슨 욕할 가치가 있나요?"

호옥진이 말했다.

"화상에게는 욕하지 말아야 하지만, 당신은 욕을 먹어야 해요."

화상의 굳어졌던 기색이 느슨해졌고 무거운 짐은 벗어놓은 듯 가뿐해서 말했다.

"여시주는 나 한 사람에게만 욕한 것이군요."

호옥진은 참을 수 없이 화나기도 하고 우습기도 하여 말했다.

"그렇지요, 본 낭자는 료진 한 사람에게만 욕했어요."

료진대사가 어떤 신분의 사람인가. 하지만 이때 그는 조금도 화내지 않고 말했다.

"나는 오랫동안 욕을 먹어보지 못했는데. 허허, 왜 날 욕하는지 알 수가 없군."

호옥진이 생각해 보니 보도를 다시 찾을 수 있는 가능성이 이미 희박해진 것에 또다시 화가 나서 참을 수 없이 격앙된 목소리를 말했다.

"내가 묻겠는데 당신은 세상에서 보기 어려운 결전을 보지 않고 오히려 이유없이 소란을 피우려는 그 이유가 도대체 뭔가요?"

료진대사는 머리를 가로저으면서 말했다.

"낭자가 잘못 알았소. 응당 잘 보고 배울 사람은 낭자요. 나는 이미 많은 나이라 무엇이든 다 보았소."

이 말은 호옥진의 말문을 막아 버렸다. 당년에 이 화상도 홀로 막북삼괴漠北三怪를 소멸할 때 적극적으로 참여했던 사람이 아니었던가? 하지만 이렇게 상대방에게 면박을 당하자 호옥진은 달갑게 여기지 않고 냉랭하게 말했다.

"말은 틀림없지만 당신은 본 낭자의 대사를 그르쳤어요."

료진대사는 정색하고 말했다.

"내가 낭자의 어떤 대사를 그르쳤소?"

호옥진이 말했다.

"당신에게 알려 주지요. 심우의 보검 한 자루를 그 사람들이 빼앗아 갔어요. 내가 바로 빼앗아오려고 하는 차에 당신이 그들을 섣불리 건드렸지요. 지금은 일이 잘못되었어요. 그 보검이 그들 주인의 손에 들어갔으니 후과가 어떻다는 것을 당신은 나보다 더 잘 알 거예요."

료진대사는 놀라면서 말했다.

"아. 그런 일이 있었소? 낭자는 왜 일찍 내게 알려주지 않았소?"

호옥진이 말했다.

"보검은 오로지 그들이 생각지도 못할 때 빼앗아와야 하는데 당신에게 명백히 설명할 시간이 언제 있었겠어요."

료진대사가 말했다.

"그렇군."

그리고는 머리를 돌려 네 명의 흑의 장한을 바라보고 난 다음 머리를 돌려 계속하여 말했다.

"저 못된 놈들의 주인이 저 가마 안에 있을 것이오. 속담에도 도적을 잡으려면 먼저 우두머리부터 잡으라고 했다고 빈승이 될수록 빨리 그들을 부처님께 인도하기를 기다리면 되오."

말을 마치고는 수중의 무거운 장추를 들고 "후"하고 일성을 지르며 맞은편의 네 명의 흑의 장한을 향해 가로로 쓸어나갔다. 이 일초는 매우 강하였지만, 검은 그림자가 흔들리는 듯싶더니 네 명의 대한은 위맹한 장세를 피하며 사면으로 흩어졌다. 그리고는 순간 료진대사를 둘러쌌고 연합하여 공격하는 진세를 이루었다.

네 명의 흑의 대한은 각기 한 자루의 대도를 들었는데, 료진대사의 무거운 장추 공격이 더없이 날카로웠지만 흑의 장한 네 명이 공격하고 수비하는 대형에는 빈틈이 없었다. 장추와 대도가 부딪치자 불시에 금철이 부딪쳐 귀를 찢는 듯한 거대한 소리가 울리며 사람들의 귀를 진동하여 귀머리기가 되는 듯하였다.

심우 등 사람과 료진대사 등 사람들의 결투 소리는 아주 먼 곳까지 울려 퍼져서 임봉 등 사람들의 뒤를 이어 다른 사람들도 속속 모여들었다. 호옥진은 네 명의 흑의 대한이 모두 료진대사와 싸우고 검은 가마를 지키는 사람이 없는 것을 보고는 그 기회를 잃을 수 없다고 여겨 즉시 검으로 몸을 보호하면서 몸을 날려 그 검은 가마를 향해 덮쳐갔다. 임봉은 줄곧 옆에서 냉정한 눈길로 지켜보고 있다가 큰소리로 말했다.

"낭자는 서두르지 마십시오."

호옥진은 이미 그 가마 가까이에 덮쳐갔고 그 말을 듣고 저도 모르게 속도를 줄였는데 바로 이때 검은 가마 안에서 갑자기 한 줄기 은광이 휘장을 꿰뚫고 섬전보다도 더 빠르게 방출되었다. 호옥진은 운기하며 검으로 호신하였는데 이때 "쨍"하는 소리가 들리더니 수중의 장검이 뜻밖에도 둘로 끊어지면서 한 줄기 뼈를 에이는 듯한 한기가 몸을 꿰뚫고 지나갔다.

호옥진은 참지 못하고 비명을 질렀고 아름다운 몸은 줄이 끊어진 연과 같이 바닥을 향해 넘어졌다. 눈 깜짝할 사이에 어디에선가 작고 아름다운 인영이 질풍처럼 번개처럼 달려왔고, 돌연간 허공에서 호옥진을 받아 안고 검은 가마를 피한 다음 살짝 내려섰다. 임봉은 속으로 소리를 질렀다.

'야단났군.'

그리고는 정신을 가다듬고 보니 허공에서 호옥진은 받아 안은 사람은 선녀같이 아름답고 젊은 진약람이었다. 진약람은 호옥진을 가볍게 땅에 내려놓았다. 더없이 정결하고 수려한 진약람의 얼굴은 빗방울이 떨어지듯 눈물을 줄줄 흘리면서 통곡하였다.

"옥진언니, 옥진 언니!"

이 슬픈 울음소리에 두 곳에서 한창 싸우던 생사 결투가 순간적으로 멈춰졌으며, 잠시 동안 쥐죽은 듯 고요하였다. 수라밀수 사진은 돌연 모든 것을 잃은 듯 재빨리 심우와 흑의인을 내버려 두고 다급히 진약람과 호옥진을 향해 줄달음쳤다. 가까이에 가보았는데 호옥진은 땅위에 누워 있었고 두 눈을 감고 얼굴은 백지장처럼 새하얗게 되었으며 앞가슴의 명주옷은 이미 선혈로 물들어 있었다. 사진은 참지 못하고 떨리는 소리로 말했다.

"옥진…."

그리고는 땅에 꿇어앉아 호옥진을 가슴에 안고 계속해서 외쳤다.

"옥진, 옥진……."

호옥진은 갑자기 실성한 듯한 눈을 하고는 가느다란 소리로 말했다.

"당신…, 가서 그녀를 찾으세요. 그 구혼사자 윤……, 윤산을. 나를 관여, 관여해서 무엇할 거요?"

사진은 돌연 얼굴이 붉어지면서 말했다.

"옥진, 내가 감히 맹세를 하는데 이 몇 년 동안 나의 마음속에는 당신 한 사람밖에 없었소."

사진의 위인됨과 성격으로 이런 말을 한다는 것을 확실히 쉽지 않았다. 호옥진의 창백한 얼굴에는 처참한 웃음이 떠올랐고 입을 열고 무엇을 말하려 하였지만 전신에 경련을 일으키더니 잠잠해지고 말았다. 사진은 크게 놀라 그녀의 맥박을 짚어보았는데 이미 맥박이 멎은 상태였다. 그는 호옥진을 가볍게 땅에 내려놓은 다음 문득 일어서더니 얼굴빛이 새파랗게 질려 한 마디 말도 없이 죽일 것 같이 그 검은 가마를 쏘아보았다. 장 중 대부분의 사람들은 영문도 모른 채 사진을 보았다.

돌연 사진이 몸을 솟구쳤고 방금 호옥진과 같이 검으로 호신하면서 그 검은 가마로 덮쳐갔다. 사진의 검법의 조예는 호옥진이 비할 바가 아니었다. 한층 눈부신 검광이 전신을 휘감은 다음 폭포와도 같이 갑자기 검은 가마 안으로 쏘아 들어갔다. 이어서 검은 가마 안에서 한동안 거대한 검으로 내려치는 듯한 소리가 울리더니 가마 위로 재빨리 하나의 그림자가 튀어 올랐다.

튀어 나온 그림자는 허공에서 악을 쓰는 것 같더니 그 다음 재빨리 땅에 떨어져서는 움직이지 않았다. 그곳에 있는 모든 사람들은 일류고수가 아닌 사람이 없었고 안력이 모두 강하여 벌써 가마 안에서 튀어 나온 사람이 바로 수라밀수 사진이었을 뿐만 아니라 그가 검에 찍혀 죽었다는 것도 뚜렷하게 알 수 있었다.

모든 사람들이 모두 놀라고 있을 때 그 신비한 가마 안에서 화려하게 차려입은 중년 부인이 걸어 나왔다. 진약람은 호옥진과 사진이 선후하여 목숨을 잃은 것을 보았고 이 두 사람은 그녀에게 깊은 인정과 은혜가 있었으므로 가슴이 터지는 것처럼 슬펐다. 그녀는 가마에서 나온 중년 부인을 한 번 얼핏 보았는데 저도 모르게 소리를 질렀다.

"당신이었군요. 어떻게…, 어떻게, 당신인가요?"

중년 부인의 표정은 굳어졌고 진약람의 외침 소리를 못 듣는 척하는 것 같았다. 중년 부인은 기화단검을 손에 들고 사진의 시체 옆으로 가더니 머리를 숙이고 사진을 응시하였다. 사진은 죽었지만 가슴에서 선혈은 계속 흐르고 있었다. 물론 그가 몸을 솟구쳐 가마 안으로 들어갈 때 상대방의 검초식이 너무 지독하고 사나워 그의 가슴 급소를 찔렸던 것이다.

중년 부인은 사진의 시체를 응시하다가 갑자기 애간장이 타들어가는 듯한 사나운 울부짖음을 발출하더니 갑자기 몸을 돌려 불같이 붉은 한 쌍의 눈으로 여러 사람들을 한 번 쌀쌀하게 쓸어본 다음 갑자기 신형을 날려 료진대사를 덮쳤다. 수중의 기화단검은 한 줄기 기이한 한광을 일으키면서 료진대사의 앞가슴의 급소를 향했다. 료진대사는 크게 놀라 외쳤다.

"악독한 부인."

그리고는 수중의 장추를 치켜들고 상대방의 검광을 맞받아 나갔다. 료진대사는 눈앞의 부인을 매우 증오하는 것 같았으므로 출수하자 십성의 공력을 끌어올렸고 무거운 장추는 폭풍우와도 같은 소리를 내면서 단번에 상대방을 부셔버리려고 하는 듯했다. 그런데 어찌 알았으랴. 장추를 출수하자 그 힘이 닿지 않는 곳에서 홀연히 상대방의 검기가 자기의 위맹한 장추의 기세를 뚫고 들어와 곧추 앞가슴의 요혈을 압박해 들어왔다.

료진대사는 크게 놀랐고 이제서야 호옥진이 왜 위험도 아랑곳하지 않고 기화단검을 빼앗으려 했고, 또 왜 자기를 한 번 사납게 꾸짖었는가를 알았다. 위급한 중에 료진대사는 다급히 진기를 끌어올려 섬전같이 뒤로 물러났으며 겨우 상대방의 치명적인 검세를 피하였다. 중년 부인은 또다시 사납게 울부짖고는 검을 들고 미친 듯이 료진대사를 덮쳐갔다.

이번에는 료진대사가 심적으로 경계하고 있었고, 상대방의 검세를 똑바로 본 다음에야 장추를 들고 마주 반격하였다. 검과 장추가 부딪히자 "파"하는 소리를 발출하였고, 기화단검은 대뜸 료진대사의 장추를 잘라버렸는데 맹렬한 검세는 느릿해졌지만 계속하여 료진대사의 머리 위를 향하여 내리찍고 있었다. 료진대사는 크게 놀랐고 폭갈하며 몸을 가까스로 옆으로 한 걸음 피하였지만, 왼쪽 어깻죽지가 섬뜩해짐을 느꼈는데, 한쪽 팔을 중년 부인에게 잘리고 만 것이다.

그곳에 있던 모든 사람들은 대경실색하지 않은 사람이 없었다. 료진대사 수중의 장추는 순철으로 만들어졌고 팔뚝만큼 굵었는데, 몇 치밖에 안 되는 기화단검은 마른 풀을 베는 듯했기 때문이다. 료진대사의 신분과 무공 수위로 두 초 밖에 겨루지 못했는데 뜻밖에도 상대방에게 한쪽 팔을 잃고 말았던 것이다. 료진대사는 분명 보기 드문 고수로서 위험이 닥친 때에도 정신을 차렸고, 왼쪽 어깨의 극심한 통증을 느낀 뒤에는 즉시 내공으로 피를 막았다. 아울러 소림의 간선보법趕蟬步法을 발휘하여 순간적으로 몇 장이나 옆으로 피했다.

중년 부인은 흉성이 발작하자 거두어들일 수 없었고 사납게 울부짖으면서 료진대사를 내버려 두고 옆에서 구경하고 있는 사람들을 향해 덮쳐들었다. 심우는 크게 놀라 재빨리 가서 여러 사람들을 도우려고 했지만 가까이에 있는 긴 머리 그 흑의인이 도리어 칼로 심우를 공격해 들어왔다. 이때 가마를 호위하던 네 명의 흑의 장한들도 행동을 취하여 사면으로 흩어지면서 각기 살육할 대상을 찾았다.

작디작은 산 위 한 뙈기 평지에서 잠깐 사이에 살기가 일어났고, 그 중년 부인의 수중의 기화단검은 뇌전같이 질주하기 시작했다. 눈 깜짝할 사이에 연속적으로 비명 소리가 일어나면서 사방으로 피가 날렸다. 심우는 급하기도 하고 화가 나기도 하여 수중의 장검으로 기이한 초식을 번갈아 시전했다. 기이하게도 흑의인은 심우의 공격에 무공이 크게 감퇴된 듯하였으며, 싸운 지 얼마 되지 않아 즉시 심우의 공격을 견디지 못하고 허둥지둥하였다.

이때 네 명의 흑의 장한 중 한 명이 애림을 향해 덮쳤다. 애림은 방금 발생한 모든 일들을 모두 목격하였고, 마음속으로 이 한 무리의 사람들을 증오하였으므로 상대방이 가까이 오자 수중의 연편軟鞭을 날렸다. "파"하는 소리가 울리면서 날아간 채찍은 거세게 흑의 대한의 몸을 감았다. 채찍을 맞은 흑의 대한은 비틀거렸고 "흥"하는 소리도 내지 못했지만 칼을 들고 계속하여 애림을 향해 공격을 가했다.

애림의 체력이 아직 회복되지 않았으며, 격발한 편법鞭法은 기이하고 오묘하였지만 큰 힘은 없었다. 흑의 대한은 온 몸이 애림의 채찍에 맞아 잠시 마비되긴 했으나 이내 아무 일이 없었던 것처럼 애림을 향했다. 단지 그의 움직임이 이전과는 다르게 둔해졌을 뿐이었다. 애림은 한 차례의 채찍질로 상대방을 쓰러뜨리지 못한 것을 보자 연이어 두 번째 채찍을 휘둘렀다. 이번에는 상대방의 아래를 향해 공격하였는데 긴 채찍은 영사와 같이 신속하게 흑의 장한의 발목을 감았고, 힘을 주어 잡아당기자 흑의 대한은 맹렬하게 땅에 넘어졌다.

그러나 흑의 대한은 땅에 넘어지기 무섭게 또다시 훌쩍 일어나서는 계속하여 애림을 향해 접근했다. 임봉은 한창 다른 흑의 대한과 손을 쓰고 있었고, 그의 무공은 려사의 가르침을 받은 뒤 이미 큰 진보가 있어, 비록 일시에 상대방을 죽일 방법은 없었지만 우세를 점하고 있었다. 그는 한편으로 흑의 대한과 싸우면서 한 편으로는 주변의 상황을 살피고 있었다. 이때 애림의 위험한 상황을 목격하고는 즉시 칼을 휘둘러 상대방을 핍박하여 물러서게 한 다음 몸을 날려 애림의 앞을 다가가면서 흑의 대한을 막았다.

임봉은 자주 스승 심우가 애림의 여러 가지 일을 말했던 것을 들은 터였다. 그녀의 수중의 은편을 보고는 그녀가 바로 틀림없이 스승 마음속 애인임을 알았다. 하지만 애림은 임봉을 만나본 적 없었고 그가 어떤 사람인지는 더욱 몰랐다. 그녀는 타고 난 품성이 교만하여 한 남자가 이때 경솔하게 달려와서 자기를 돕는 것을 보고 저도 모르게 대노하여 격앙된 소리로 꾸짖으면서 말했다.

"당신은 누구죠?"

임봉은 그 물음에 흠칫했지만 일시에 대답할 겨를이 없었다. 흑의 대한이 검을 휘둘러 찔러 오는 것을 보고 즉시 칼을 들고 막으면서 황망히 대답했다.

"저는 스승의 제자입니다."

애림은 저도 모르게 키드득 웃었다. 이 사람이 올 때 심우한테 무릎을 끊고 절한 적이 있던 것이 떠올라서 마음속으로 생각했다.

'내가 오늘 왜 이리도 어리석은가?'

하지만 다시 생각해 보니 이 사람의 말이 자기보다 더욱 어리석은 것 같아 즉시 또 한 번 꾸짖으며 말했다.

"당신의 스승은 누구죠?"

임봉은 애림의 물음에 대답하는 것만 급급하다 보니 도리어 흑의 대한에게 기선을 빼앗기며 허둥지둥하였다. 임봉은 그 와중에서도 공손하게 대답했다.

"남경표국의 심우 총표두가 저의 스승입니다."

애림은 "아"하고 소리치고는 말했다.

"그가 당신의 스승이라. 그를 봐서 본 낭자는 잠시 당신을 한 번 용서하겠어요."

말을 마치고 임봉을 바라보니 그에게 위급한 상황이 계속 전개되는 것을 보고, 즉시 "파"하는 소리와 함께 채찍을 날려 흑의 대한의 발목을 감으려고 했다. 흑의 대한은 임봉이 장내에 있는 것을 알고 있는 듯했고, 다시 절대 상대방의 채찍에 감길 수 없어 다급히 몸을 솟구쳐 뒤로 물러났다. 임봉은 즉시 기회를 포착하고 초식을 펼쳐 선수를 쳤다.

그러나 심우는 흑의인과 결투하면서 줄곧 애림의 안전을 근심하고 있었다. 고수들이 초식을 겨룰 때 가장 금기시하는 것이 바로 분심하는 것이었는데, 다행히 흑의인의 예기가 점점 누그러들어 심우는 시종 우세를 점하고 있었다. 이때 애림 쪽에서 이미 임봉이 그녀를 보호하는 것을 보고 즉시 정신이 분발되어 마음속의 잡념이 사라졌다. 심우는 초식을 보다 엄밀하게 변경시키며 장검을 일으켜 사람을 놀라게 하는 검화를 일으켜 흑의인의 가슴을 향해 밀물과 같이 밀고 들어갔다.

이 일초의 검식은 무지개와 같아서 정상적인 상황으로 판단하면 흑의인은 좌우로 움직이면서 중궁中宮의 공격을 피하여야 함에도 불구하고 흑의인은 상식을 벗어나서 사납게 울부짖으면서 피하지도 않고 오히려 공격하면서 끊어진 칼로 심우의 머리를 향해 내리찍어 들어맞았다.

이것은 옥석구분玉石俱焚 수법으로 함께 파멸하자는 수법이었다. 만약 조금 전과 같은 형세라고 한다면 심우는 반드시 압박으로부터 먼저 자신을 구해야 했다. 하지만 이 시각 흑의인의 도법은 이미 크게 맹렬한 기세를 잃었으므로 심우는 냉소 일성하고는 장검으로 백광을 폭사하였다. 심우는 흑의인의 끊어진 칼이 찍어 내려오기 전에 한발 앞질러 상대방의 가슴을 꿰뚫었다.

흑의인은 비명소리를 지르면서 몸이 흔들렸고 맥없이 풀썩하고 땅에 넘어졌고 그 자리에서 숨이 끊어지고 말았다. 눈 깜짝할 사이에 그와 때를 같이 하여 흑의인의 비명소리에 이어 가까운 곳에서 연속적으로 비명 소리가 울렸는데 사람들로 하여금 모골송연한 느낌을 주었다. 심우는 놀라서 그 소리를 따라 보았는데 중년 부인의 잔인한 성미가 돌연 더 기세를 부리는 것 같았고 단검을 휘두르면서 옆에서 구경하는 사람들을 모조리 죽인 것이다. 다만 농사꾼 옷차림의 중년 남자만 남았는데 몸을 이리저리 빠르게 피하며 살아있었다. 그 농사꾼은 신법이 기이하였고 중년 부인이 비록 애써 그의 뒤를 쫓았지만 그는 시종 그녀의 검기를 피하여 상대방에게 상처를 입지 않았다.

애림과 임봉을 제외하고 이 시각 살아남은 자는 세 사람으로 바로 료진대사, 진약람과 요염한 여랑인 구혼사자 윤산이 있었다. 료진대사는 왼팔이 잘려 중상을 입고 멀찌감치 떨어져 앉아서 내공으로 상처를 치료하고 있었다. 요염한 여랑은 임봉처럼 가마를 호위하고 있던 두 명의 흑의 대한의 공격을 받았고 임봉이 적수를 내버려 두고 애림을 구원한 뒤 그 적수는 곧 가까이에 있는 윤산을 공격하여 삼대일의 국면으로 접어들었다. 진약람은 원망 가득히 사진과 호옥진의 시체를 지키고 있었다.

구혼사자 윤산은 원래 두 명의 흑의 대한과 싸울 때 이미 힘에 부친다고 느꼈는데 이 시각 한 명의 적수가 더 불어나니 더욱 위험한 처지가 되었다. 하지만 이것이 그녀에게 천우신조였다. 왜냐하면 중년 부인이 그녀를 찾지 않고 그 농사꾼만을 쫓아 다녔기 때문이었다. 농사꾼의 신법이 기이하여 중년 부인을 데리고 주위를 돌면서 달렸고 눈 깜짝할 사이에 쏜살같이 몇 바퀴나 돌게 되었다. 심우는 남몰래 생각했다.

'이 사람의 경공의 조예가 특히나 높아 그녀의 추격에서 벗어나 도망갈 수 있거나 살성을 떼어버릴 수 있지만 지금 왜 일부러 이 여살성을 데리고 이곳에서 난처하게 주위를 돌고 있는 것일까?'

생각이 끝나기도 전에 돌연 사납게 울부짖는 소리가 들려왔는데 그 중년 부인은 이미 놀림을 당하는 것 같아 흉악한 성미를 누를 길 없어 갑자기 농사꾼을 내버려 두고는 몸을 돌려 심우를 덮쳐 갔다. 심우는 감히 소홀히 하지 못하고 상대방의 맹렬한 검기가 자기를 향해 밀려는 것을 보고 즉시 유정검법의 천잠작견天蠶作繭 일초를 시전하여 천만 갈래의 검기로 중년 부인을 향해 쏘아나갔다.

이 일초는 유정검법 중 절초로 심우는 이미 여러 번이나 시전한 적이 있다. 손에 익으면 묘한 이치를 터득하게 된다고 마음속으로 매우 자신감을 가지고 상대방을 감싸려고 했다. 그러나 누가 알았을까, 검기가 쏘아나가자 마자 상대방의 기화단검은 돌연 사람을 놀라게 하는 거대한 뇌광을 번쩍거리면서 "쟁쟁"거리는 소리를 내더니 심우가 발출한 천만 갈래의 검기는 뜻밖에도 모두 잘려져 나가 흩어지는 것이었다. 심우는 손이 가벼워지는 느낌이 있었는데, 장검은 벌써 절반이나 끊어져 나가 버리고 없어진 상태였다.

기화단검은 재빨리 거대한 뇌광을 쏘아내더니 갑자기 사라졌다가도 갑자기 나타나면서 계속하여 심우의 가슴을 향해 쏘아져 들어갔다. 심우는 크게 놀랐다. 기화단검이 부인의 수중에서 이렇듯 거대한 위력을 나타낼 줄은 생각지도 못했다. 그는 폭갈 일성하면서 있는 능력을 모두 발휘하여 몸을 뒤로 날렸다. 비록 심우가 재빨리 뒤로 물러섰지만 가슴으로는 계속해서 섬뜩함을 느꼈고 이미 뇌광이 가볍게 가슴을 스쳐 지나갔다. 다만 가슴을 슬쩍 스쳤지만 적삼의 가슴 부분이 이미 기화단검에 찢어졌을 뿐만 아니라 앞가슴은 칼에 베여져 피가 나기 시작했다.

심우의 놀란 가슴이 아직 진정되지도 않았는데, 그 중년 부인의 몸이 번쩍하더니 요괴와도 같이 심우에게 접근하였다. 기화단검은 또다시 거대한 뇌광을 폭사하여 심우의 가슴을 공격하였다. 심우는 수중에 절반이나 끊어진 검을 들었지만 감히 검을 들어 막지 못하고 또한 가슴의 검상 때문에 일시에 진기를 끌어올리고는 몸을 날려 뒤로 물러날 수 없었다. 그의 목숨이 한창 경각에 달린 위기일발의 시각에 돌연 허리가 조여들더니 한 줄기의 힘이 작용하며 저도 모르게 뒤로 몸을 날리게 했다.

신형이 땅에 내려서자 그곳은 바로 애림의 앞이었다. 애림은 심우의 위험한 상황을 목격하고는 견딜 수 없어 긴 채찍을 날려 심우의 허리를 감고 돌연 잡아당겼던 것이었다. 애림은 다급히 물었다.

"상처는 어때요?"

심우는 감격과 안위가 가슴 가득하였지만 자세히 말할 겨를이 없어 몸이 땅에 내려서자 급급히 중년 부인의 동정을 주의하여 정신을 가다듬으며 보고는 그만 대경실색하고 말았다. 결전장은 이미 잠깐 사이에 매우 큰 변화가 일어났다. 이때 끝없이 미쳐 날뛰던 중년 부인이 돌연간 조용해졌고, 그녀의 앞에 언제 왔는지 엄숙한 기색의 세 사람이 서 있었다.

그 세 사람은 일자로 늘어섰는데 그 중 한 사람은 수중에 장검을 들었고 흰머리가 흩날렸으며 나이가 든 도사였다. 그 도사의 왼쪽에는 세봉細棒을 손에 든 얼굴이 누렇고 기골이 작은 노걸개老乞丐였고, 오른쪽에는 보통 용모에 일신이 장사꾼 차림을 한 중년인이었다.

장사꾼 차림의 그 중년인은 비록 보통 용모였지만 수중에 들고 있는 병기는 도리어 평범하지 않았다. 그것은 보기 드문 연검으로 검신이 돌연 늘어났다가도 돌연 줄어들었고 싸늘한 빛이 번쩍거리는 것이 종잡을 수 없었다.

세 사람은 바로 이번 중양절에 태산 입구 관봉觀峰 위에서 려사와 생사 결전을 약속한 주요 인물인 신검 호일기, 병개, 그리고 무명씨였다.

신검 호일기는 중년 부인을 주시하여 보더니 굳어진 표정을 지었다. 잠깐 지난 뒤에야 긴 탄식을 하면서 말했다.

"몇 년 동안 만나보지 못했더니 생각 밖에 사부인이 이 지경이 되다니, 애석하구만, 애석하구만!"

중년 부인은 붉은 두 눈으로 갑작스레 앞의 사람들을 쏘아보았지만 한마디 말도 하지 않았다. 병개는 수중의 세봉으로 사진의 시체를 가리키면서 사나운 소리로 질문했다.

"이 사람도 당신이 손을 쓴 건가?"

중년 부인의 피뜩 생각이 난 듯 몸을 부르르 떨더니 붉은 두 눈에서 눈물이 글썽하였지만 의연히 한마디 말도 하지 못했다. 멀리 한쪽에 가부좌를 틀고 앉아 치료하던 료진대사는 참을 수 없어 높은 소리로 염불을 외우고는 말했다.

"사진은 바로 그녀에게 죽었소. 이 부인의 마음이 지독하고 본성을 이미 잃었으니 이 세상에 남길 수 없소."

병개는 머리를 돌려 멀리에 있는 료진을 향해 말했다.

"노화상은 어떻게 된 것이요?"

료진대사가 탄식하고 말했다.

"나는 일시 소홀하여 사람들을 구하지 못했고, 호낭자와 사진을 해쳤을 뿐만 아니라 나도 한쪽 팔을 잃었소. 이것으로 이 늙은 것은 죄를 받아 마땅하리라 생각하오. 이 부인 수중의 단검은 세상에서 찾아보기 힘든 기이한 물건으로 여러분은 특별히 조심하기 바라오."

병개는 머리를 돌려 중년 부인을 향해 사나운 소리로 말했다.

"호랑이도 자기 새끼는 잡아먹지 않는다는데 당신은 친아들마저 죽였으니 그래 짐승보다도 못하단 말인가?”

중년 부인은 돌연 한동안 크게 웃었고 기색이 굳어지더니 흉악한 빛을 폭사하면서 싸늘하게 말했다.

“당신들은 내가 내 친아들마저 죽였는데 하물며 당신들쯤을 못 죽일 것 같은가?”

그녀는 말을 마치자마자 기화단검으로 한 줄기 거대한 검광을 폭사해 호일기를 향해 번개같이 쏘아갔다. 신검 호일기는 일대 검법 대가로 손색이 없었다. 그는 검광을 보자 그 강함을 알고 즉시 검을 들어 그 검공을 막지 않고 다급히 몸을 날려 뒤로 물러섰다. 그들 세 사람은 마도 려사를 대처할 수 있는 연수 합공의 수법을 연마하였는데, 먼저 신검 호일기는 뒤로 물러나 그녀를 유인했다. 좌우 양쪽의 병개와 무명씨가 즉시 동시에 출수하자 바로 좌우에서 협공하는 상황으로 변하게 되었다. 사부인은 좌우로 협공을 받자 이미 공격한 검광을 돌연 선으로 변하게 하면서 한 층의 거대한 광막을 이루자 한동안 “쟁쟁”거리는 소리가 울렸다.

병개와 무명씨는 연신 큰소리를 지르면서 동시에 몸을 날려 옆으로 피했다. 병개가 정신을 가다듬고 보았는데 자기 수중의 세봉은 이미 절반이나 끊겨 버렸다. 무명씨 수중의 연검은 비록 아무 탈이 없었지만 그는 놀란 나머지 일신에 식은 땀을 흘렸다. 만약 제때에 검신의 힘을 거두어들이지 않고 상대방의 검기와 부딪쳤다면 그 순간 부드러운 병기도 아마 상대방의 검기에 끊어졌을 것이다.

병개와 무명씨가 일단 압박을 받아 물러서자 신검 호일기는 홀로 적의 공격을 받게 되었다. 창졸지간의 일로 사전 배치에 어긋나게 되었다. 그는 상대방의 검광이 계속하여 번개같이 자기를 공격해오는 것을 보자 어찌하면 좋을지 몰랐다. 다행한 것은 분명 그가 일대의 검법 대가로서 위험이 닥친 때에 필생의 공력을 검신에 주입하여 잠룡출혼潛龍出渾의 일초를 시전하였다. 은광이 상대방의 검세를 맞받아치며 곧추 쏘아져 나갔다.

두 검이 부딪치자 거대한 불꽃이 사방으로 튕겨져 나갔고 신검 호일기와 사부인은 동시에 한 걸음씩 뒤로 물러섰다. 호일기의 장검은 기화단검에 끊어지지 않았는데 그것은 그의 공력을 검신에 주입한 까닭이었기 때문이지만, 이로 말미암아 혈기가 거꾸로 흐르는 것 같았고 호흡이 가빠졌으며 얼굴도 온통 벌겋게 상기되었다.

이것은 단지 눈 깜짝할 사이에 벌어진 일이었다. 사부인은 울부짖으면서 또다시 섬전과 같이 검을 휘두르며 호일기를 향해 찔러 들어갔다. 병개와 심우 등 사람들은 크게 놀라지 않은 사람이 하나도 없었다. 고수들은 한 번 보고도 모두 알 수 있었는데 방금 호일기가 자기의 진력으로 상대방의 보검과 한 번 맞붙었기 때문에 비록 그 일초를 막았지만 이미 더는 싸울 능력이 없는 것을 느꼈기 때문이다.

병개와 심우 등은 놀라기도 하고 급하기도 하였지만 거리상으로도 능력상으로도 출수하여 호일기를 도울 방법이 없었다. 이때 돌연 허공을 가르며 일성대갈이 터졌다.

"멈춰라!"

이 일성은 우레와도 같았고 비록 사람의 목소리였지만 그 어떤 사람도 모두 항거할 수 없는 무거운 힘이 내포되어 있다고 느꼈다. 사부인은 돌연 호신하면서 손을 멈췄으며 임봉, 윤산과 흑의 대한마저도 동시에 손을 멈췄다. 전장 내는 일시간 쥐 죽은 듯 고요해졌다. 한동안이 지나서도 그 어떤 동정도 보이지 않았으며 알 수 없는 것은 우레와도 같은 이 대갈일성이 도대체 어디에서 왔는가 하는 것이었다.

사부인은 이 대갈일성에 냉정해진 것 같았지만 얼굴에는 돌연 음흉하고 악랄한 냉소를 띠었는데 얼굴 모양이 찌그러들면서 방금 미쳐 날뛰던 기색보다 더욱 소름끼쳤다. 그녀는 조금도 움직이지 않았지만 악독한 두 눈을 빙글빙글 돌리며 그 일성을 발출한 사람을 찾고 있는 것이 분명했다. 사실 그녀만 찾고 있었던 것은 아니었다. 온 장내의 사람들이 그 사람을 찾았다. 주변은 두려울 정도로 고요했고 폭풍 전야처럼 조용하여 사람들을 압박했다. 이때 한 남자의 장엄한 목소리가 한 줄기의 산들 바람에 실려왔다.

"심우, 너의 허리에 차고 있는 그 칼은 어디에서 난 것인가?"

심우는 흠칫했고 귀를 기울였지만 그 소리가 어디서 오는지 알 수 없었다. 상대방이 자기 허리에 차고 있는 보도를 볼 수 있는 것으로 보아 그가 부근의 멀지 않은 곳에 숨어 있다는 것을 알았지만 심우는 그 소리가 나는 방향을 가려낼 수 없었다. 그 소리는 돌연 또다시 들려왔는데 매우 불쾌한 것 같았고 냉랭하게 말했다.

"심우, 내가 묻는 말을 너는 듣지 못했는가?"

심우가 말했다.

"들었소."

그 소리가 또 들려왔다.

"들었으면 왜 대답하지 않는가?"

심우가 말했다.

"당신은 누구요?"

그는 한편으로 말하면서 한편으로는 남몰래 주의하여 상대방이 숨어서 말하는 곳을 알아내려고 하였다. 그곳에 있던 사람들도 심우와 마찬가지로 정신을 가다듬지 않은 사람이 하나도 없었고 몸을 숨기고 말하는 사람을 찾으려고 하고 있었다. 누가 알았을까, 잠시 뒤에 즉각적인 회답이 없었고, 주변은 또다시 고요하여 사람을 더욱 압박했다. 돌연 또다시 소리가 들려왔다.

"심우, 그 칼은 도대체 어디서 난 것인가?"

심우가 말했다.

"당신은 아직 내게 누구라고 알려주지 않았소."

갑자기 노한 소리가 들렸다.

"먼저 물은 것은 나다."

심우는 생각해 보고 그것도 옳았으므로 할 수 없이 말했다.

"이 칼은 황금총이라는 곳에서 찾은 것이오."

또 소리가 또 들려왔다.

"과연 복이 있군."

잠깐 지나서 또다시 말했다.

"내게 잠시 빌려줄 수 있겠는가?"

심우가 말했다.

"나는 당신이 누구인지도 모르고 있는데 어떻게 함부로 빌려줄 수 있겠소?"

한동안 침묵이 흐른 뒤 그 소리는 귀찮다는 어조로 말했다.

"심우, 심우. 너는 오늘 왜 이다지도 어리석게 구는 거지?"

심우는 마음속으로 소리를 질렀다.

'그래, 그다.'

그가 바로 입을 열고 말하려는데 그 소리가 또다시 들려왔다.

"잠시 빌려 쓴 다음 돌려주겠다."

말소리가 막 끝나려는데 사부인은 돌연 괴상한 웃음을 발출하고 발을 한 번 구르더니 몸을 시위에서 벗어난 화살처럼 날리며 바로 그 거석 뒤로 쏘아갔다. 심우는 속으로 소리를 질렀다.

"야단났군!"

눈 깜짝할 사이에 사부인의 신형이 재빨리 거석 뒤로 간 이후 즉시 한 줄기의 싸늘한 빛이 뿜어져 나왔고 이어서 두 그림자가 튀어 올랐는데 앞뒤로 눈 깜짝할 사이에 장 중으로 내려섰다. 모든 사람들이 정신을 가다듬고 보았는데 뒤에서 따르고 있는 사람은 바로 얼굴이 괴상해진 사부인이었고 앞에 서 있는 사람이 일신에 흑포를 걸치고 양립을 걸쳐 쓴 진정한 칠살도의 전인 려사였다.

려사는 사부인을 등지고 섰다. 두 사람은 앞뒤로 거리가 서너 보도 되지 않았으며 려사 수중의 그 장도는 이때 이미 절반 밖에 남아있지 않았다. 그러나 기이하게도 려사가 비록 사부인을 등진데다 려사 수중의 칼도 이미 절반이나 없어졌지만 사부인은 일시간 감히 경솔하게 진격하지 않았고, 다만 한 쌍의 더없이 악독한 눈길로 눈을 부릅뜨고 려사의 등을 노려보고 있었다. 마치 려사의 등에 어떤 물건이 달려있어 그것이 무엇인지 반드시 알아야겠다는 듯 싶었다.

신검 호일기는 돌연 가볍게 탄식하고 몸을 돌리더니 맥없이 풀썩하고 땅에 주저앉고 말았다. 그러나 이 시각 그를 주의하는 사람은 없었고 모든 사람들의 눈길과 정신은 모두 사부인과 려사 두 사람에게 집중되었다. 려사는 느릿느릿하게 몸을 돌려 사부인을 마주한 다음 끊어진 칼을 치켜들더니 허공에서 초서를 써내려가는 듯 태연하게 제멋대로 그어댔다.

사부인은 조금도 움직이지 않았고 려사가 끊어진 칼로 무엇을 그어대는지도 보지 않았으며 눈길은 다만 려사의 눈짓만 보다가 려사가 절반쯤 그었을 때 기화단검으로 돌연 려사의 끊어진 칼을 향하여 한 줄기 한광을 쏘아내었다. 려사는 감히 병기를 한광과 부딪치려 하지 않고 칼을 거두고는 급히 뒤로 물러섰다. 이 물러섬이 무엇을 발동시켰는지 두 사람의 몸은 그 순간 느릿하던 것에서 점차로 빨라지기 시작했다. 한광이 번뜩이면서 주변에서 구경하는 사람들은 모두 저도 모르게 몇 걸음씩 뒤로 물러났으며 감히 두 사람의 싸움 안으로 들어가지 못했다.

려사의 장도는 이미 절반이나 끊어졌고 남은 절반의 칼도 상대방의 단검과 감히 부딪치지 못하자 싸움에 패할 것 같은 느낌이 뚜렷했다. 이 시각 위기가 더욱 가중되었다. 그러나 기화단검의 검광은 명주필과 같이 그를 에워싸고 선회하며 춤추었고, 수시로 려사에게 피를 흘리게 할 수 있을 것 같았다. 이 시각 싸움 밖의 신검 호일기는 이미 전신의 진력을 몽땅 소모한 것 같았고 한참을 가부좌를 틀고 앉아 있었는데 두 사람의 결투에 대해 전혀 관심이 없는 모습이었다.

병개는 병기가 끊어져서 마음이 심란했다. 그는 눈앞의 이 두 사람 모두 일대의 마성魔星이였지만, 저도 모르게 려사가 위험에서 벗어나 무사하기를 남몰래 바랐다. 그러나 정오에 있을 그 한 차례의 결투를 생각하고는 절대 그를 도울 수는 없었다. 만약 그를 돕지 않는다면 그는 즉시 사부인의 손에 죽을 것이고, 사부인이 일단 이긴다면 슬픔으로 미쳐 날뛰는 이 부인은 대처하기가 더욱 어렵지 않겠는가 싶었다. 이 두 가지 문제로 그의 마음속은 혼란스러웠던 것이다.

료진대사는 중상을 입었고 게다가 병기마저 끊어져 그가 어느 쪽을 도우려는 하는 마음이 있다 해도 어찌할 방법이 없었다. 무명씨, 농사꾼과 구혼사자 윤산은 한가롭고 편안하게 수수방관하고 있었는데, 마치 장 중 결전의 승패가 그들과는 아무런 관련이 없다는 듯한 모습이었다.

그러나 임봉은 비록 자기의 무예로 이 두 명의 일류 고수가 결투하는 가운데 어떤 도움도 줄 수 없다는 것을 스스로 알고 있었지만, 오히려 출수하여 려사를 돕고 싶어 마음이 들떠있었으나 자기의 스승 심우가 움직이지 않는 것을 보자 그도 감히 움직이지 못했다.

임봉도 급했지만 기실 심우는 그보다 더욱 급했다. 심우는 임봉과 나이는 비슷했지만 분명 무공은 그보다 더 높았다. 심우라고 왜 려사를 도울 생각을 하지 않았겠는가? 하지만 그는 임봉이 보지 못한 것을 알아차렸는데 이때 만약 경솔하게 출수하여 려사를 돕는다면 도리어 남에게 해를 줄 뿐만 아니라 자기도 해치게 될 것이며 려사의 죽음을 가속화시킬 수도 있다는 것이다. 그는 장검을 손에 들고 두 사람의 결투에 정신을 몰입하였으며 헛점을 찾아냄으로써 적당한 기회에 출수하려 하였다.

아주 어렵게 허점을 찾았다. 드디어 기회가 온 것이다. 려사가 방금 사부인의 일초를 피하였는데 이 틈을 타서 심우는 즉시 몸을 날려 사부인에게 덮쳐들었다. 그는 빨랐다. 하지만 그보다 더욱 빠른 사람이 있었다. 무명씨와 농사꾼은 동시에 폭갈일성하면서 몸을 귀신과 같이 움직여 심우의 앞길을 가로 막았다. 좋은 기회가 사라지게 되자 심우는 노함을 참을 수 없어 말했다.

"당신들은 무엇을 하는 것이오?"

무명씨가 냉랭하게 웃더니 말했다.

"당신은 어떻게 할 작정이요?"

심우는 노하여 말했다.

"려사가 병기에서 손해를 보고 있는데 그래 당신들은 보지 못했다는 것이오?"

농사꾼이 냉랭하게 웃더니 말했다.

"그렇다면 당신은 려사를 도울 작정이요?"

심우가 노하여 말했다.

"내가 려사를 돕지 않고 그래 친아들마저도 참혹하게 죽이는 악한 여자를 도와야 된단 말이요?"

무명씨는 냉랭하게 말했다.

"려사는 천하 무림의 공적이므로 사람마다 그를 죽여버리려 하는데 당신은 왜 그를 도우려 하오?"

심우는 쌀쌀하게 조소하면서 말했다.

"웃기는 소리, 방금 만약 려사가 오지 않았더라면 당신들은 아마 벌써 목이 잘렸을 것이오."

려사는 또 위험한 초식을 만나 목숨이 경각에 달렸다.

심우는 급하기도 하고 노하기도 하여 소리를 질렀다.

"당신들 재빨리 흩어지지 않는다면 내가 손을 쓰겠소."

무명씨는 냉소하면서 말했다.

"걱정마시오. 당신이 려사와 한 편에 선 이상 당신이 출수하지 않아도 우리가 출수하겠소."

심우는 그 말을 듣고 마음이 움직이면서 머릿속에는 무엇인가 생각이 스쳐지나가며 속으로 말했다.

'그렇지.'

그는 즉시 태연하게 어조를 바꾸어 온화하게 말했다.

"두 분은 오해하지 마시오. 내가 어떻게 려사하고 같은 편에 서겠소? 다만 저 악독한 여자가 려사보다 더욱 죽어 마땅한 자요. 우리는 먼저 저 악독한 여자를 죽인 다음 또다시 려사를 대처합시다."

무명씨는 머리를 가로저으면서 말했다.

"당신이 혓바닥이 닳도록 말해도 우리는 당신을 믿을 수 없소."

이렇게 말하자 심우는 마음속으로 더욱 확신하게 되었다. 임봉이 이때 몸을 날려 심우의 옆으로 와서 말했다.

"사부님, 이 두 사람을 절대 놓아 보내지 맙시다."

말이 막 끝나려 할 때 구혼사자 윤산이 돌연 교태로운 소리로 말했다.

"임봉, 당신이 이번의 시비에 참여하는 것을 나는 허락하지 않아요."

명령조의 말을 한 후 윤산은 자태를 나타내면서 걸어왔다. 임봉은 처음에는 자신을 부르는 소리에 흠칫했지만 즉시 냉랭하게 조소하면서 말했다.

"너는 어떤 물건이냐? 우리 행동을 간섭할 자격이 없다."

윤산이 교태롭게 말했다.

"아니, 양심이 없는 임봉. 하루 저녁 풋사랑이 백일 사랑이라고 당신은 우리의 빚을 헌신짝처럼 버릴 작정인가요?"

임봉은 목까지 빨개지면서 노하며 외쳤다.

"허튼 소리. 낯짝이 두꺼운 년, 누가 너하고 '하루 저녁 풋사랑이 백일 사랑'이라고 했느냐?"

윤산은 손으로 임봉을 가리키면서 무엇을 말하려고 하였다. 이때 줄곧 묵묵히 사진과 호옥진의 시체를 지키고 있던 진약람이 돌연 가볍게 탄식하였다. 가벼운 이 탄식은 소리가 매우 낮았지만 모든 사람들의 마음은 이로 인해 바싹 긴장하게 되었고, 모두들 약속이나 한 듯 진약람을 바라보았다. 진약람은 천천히 일어서더니 몇 걸음 앞으로 걸어갔고 정신을 가다듬고 사부인과 려사의 결투를 보다가 갑자기 소리를 질렀다.

"당신 두 사람은 싸움을 멈추고 나의 말을 들어 보세요."

검광은 갑자기 거두어졌고 사부인은 검을 의지하여 섰으며 붉은 두 눈으로 진약람을 주시해보면서 냉랭하게 말했다.

"너 이 계집애야. 무슨 할 말이 있는 거야?"

진약람은 가볍게 탄식하고 말했다.

"옥진 언니는 당신의 며느리감이에요. 당신은 그녀를 죽였는데도 슬프지 않나요?"

사부인이 냉랭하게 말했다.

"그년이 감히 나를 적으로 여기니 죽어도 싸다. 나는 그년의 고기를 먹고 그 년의 피를 마시지 못하는 것이 한스러울 뿐인데 무슨 슬플 것이 있겠느냐?"

진약람은 또다시 가볍게 탄식하고 말했다.

"그럼 사진 오빠는 당신의 골육인데 당신이 그를 죽였으니 어쨌든 슬프지 않나요?"

사부인은 짙붉은 눈이 돌연 연하게 변했지만 즉시 또다시 냉랭하게 말했다.

"사진은 극악무도하여 가마 안에 앉은 사람이 제 애미인 줄 뻔히 알면서도 감히 살수를 발출하여 나를 죽음으로 몰아넣었다. 이와 같이 갑작스럽게 부모를 죽이려고 하고, 윗사람을 범하는 행동은 벼락을 맞아 죽을 행동이라 할 수 있다. 나는 다만 하늘을 대신해서 도리를 행한 것인데 괴로울 것이 뭐가 있느냐?"

진약람은 길게 탄식하고는 몸을 비틀거리더니 끝내 주저앉고 말았다. 그녀는 일시에 땀으로 젖은 듯했는데, 갑자기 심우를 바라보면서 말했다.

"나는 무력하니 당신이 그 칼을 그에게 빌려 주세요."

진약람은 려사를 가리켰다. 심우는 매우 기민하여 진약람이 말을 다 하기도 전에 즉시 재빨리 허리의 칼을 풀고는 힘을 주어 번개같이 려사에게 던져 주었다. 려사는 오른손으로 그 칼을 받았다. "창"하는 소리가 들렸다. 려사가 보도를 손에 넣는 즉시 칼집에서 칼을 뽑아낸 것이다. 려사의 수중에 원래 있던 끊어진 칼은 심우가 번개같이 칼을 던진 찰나의 순간 버렸다. 려사가 수중의 칼을 버리고, 황금총에서 발견한 새 칼을 받았으며, 칼을 칼집에서 뽑는 세 가지 동작은 동시에 이루어져 사람들은 그가 어떻게 했는지 미쳐 볼 겨를이 없었다. 이 한 수만으로도 그가 이미 당세의 둘도 없는 도법 대가의 반열에 올랐다고 할 수 있었다.

제55장

真相白一擊刃元凶

진상이 밝혀지고 한칼에 원흉을 죽이다

려사가 왼손에 칼집을 잡고 오른손에 칼을 들자 기세는 순식간에 커다란 산악처럼 변했고, 얼굴에는 상상 외로 더없이 엄숙하고 경건한 기색이 떠올랐으며 미동도 않고 의연히 서 있었다. 사람을 압박하는 무성한 한기가 려사의 몸에서 발산되어 사방으로 퍼졌다. 사부인의 날뛰던 기염이 돌연 크게 줄어들며 저도 모르게 연신 몇 걸음 뒤로 물러났지만, 두 눈은 계속 붉게 불타올랐다. 하지만 그녀는 가슴을 두근거리며 경계를 늦추지 않고 눈 한 번 깜빡하지 않고 려사 수중의 장도를 주시했다.

려사는 홀연히 느릿하게 보도를 쳐들고 한 걸음 한 걸음 사부인을 향해 걷기 시작했다. 그가 걸음을 뗄 때마다 사람들은 보이지 않는 기운이 가슴에 압박하는 것을 느꼈다. 사람들로 거의 모두 그 자리에서 질식하는 것 같았다. 려사가 앞으로 서너 발걸음을 떼었을 때 돌연 뒤를 향해 몸을 젖혔는데 이어서 사람을 놀라게 하는 거대한 섬광만이 보였으며, 모든 사람들은 눈앞이 아찔하고 눈부시어 가슴이 떨리지 않은 사람이 하나도 없었다.

정말 눈 깜짝할 사이의 일이었다. 사람들이 정신을 차리고 보니 려사는 제 자리에 서 있었는데 보도는 벌써 칼집에 꽂혀 있었다. 다시 사부인을 보니 두 눈을 커다랗게 뜨고 려사를 눈여겨보면서 무엇을 말하려 하였지만 돌연간 쓰러졌고 몸뚱이가 처참하게 절반으로 나뉘었다. 려사는 이때에야 몸을 솟구쳐 사부인의 수중으로부터 한 자루의 기이한 단검을 주웠다.

"아미타불!"

료진대사는 돌연 낭랑하게 염불을 외우면서 적막을 깨뜨리면서 말했다.

"죄악이로다, 죄악이로다."

무명씨가 입을 벌리며 소리를 질렀다.

"너무 잔인하고 악독한 도법이다."

농사꾼도 따라 말했다.

"그렇지 않은가? 이런 잔인하고 악독한 도법은 정말 세상의 일대 화근이라 할 수 있는데, 심우는 보도를 그에게 빌려주어 일부러 나쁜 놈의 앞잡이가 되었으니 확실히 그 죄를 용서할 수 없다."

임봉은 냉소하면서 말했다.

"나의 스승이 려선생에게 칼을 빌려준 것은 그로 하여금 이미 인간성을 잃어버린 한 부인을 소멸시키고자 한 것인데, 그것이 뭐가 잘못되었소?"

무명씨는 냉소하고 말했다.

"려사 역시 인간성이라곤 조금도 없는 사람이오. 당신의 스승은 왜 사부인에게 칼을 빌려주어 그를 죽이게 하지 않았소?"

심우는 참을 수 없어 말했다.

"당신은 어떤 근거로 려사를 인간성이 조금도 없는 사람이라고 하는 것이오?"

무명씨가 말했다.

"그가 이르는 곳마다 함부로 사람을 죽이고 피비린내가 나지 않은 곳이 없으니 이것이 그가 인간성이 조금도 없다는 증거요."

심우는 쌀쌀하게 조소하면서 말했다.

"내가 아는 한 비록 려사가 사람을 죽였지만 그는 절대 무고한 사람을 죽이지 않았소. 만약 어떤 자가 그를 건드린다면 그것은 따로 이야기해야 할 것이오."

무명씨가 입을 열고 반박하려고 할 때 농사꾼이 오히려 손을 흔들면서 앞서 말했다.

"이런 사람하고 실랑이할 필요가 있겠소? 일관봉日觀峰의 결투에서 이 자도 함께 요절을 내면 될 것이오."

말을 마치고는 머리를 들고 하늘을 쳐다보았는데 태양은 이미 중천에 떠 있어 정오에 가까웠다. 려사는 줄곧 심우 등 사람들의 이야기에 주의를 돌리지 않았고 오른손에 무겁고도 매끌매끌한 보도를 들고 왼손에는 가볍고도 정교한 기화단검을 들고 있었는데 고개를 숙이고 한창 들여다보면서 놓기 아쉬워했다. 그는 돌연 가벼운 탄식을 하고 큰 걸음으로 심우에게 걸어오더니 그 두 칼을 동시에 심우에게 넘겨주면서 말했다.

"물건을 주인에게 돌려주리라."

심우는 놀라면서 말했다.

"이 칼로 더 쓸 곳이 있지 않소?"

려사는 머리를 가로저으면서 말했다.

"내 일은 이미 다 처리하였다. 이제 당신이 나설 차례다."

심우가 말하려는데 무명씨가 조소를 하며 말했다.

"려사. 당신 말투를 들어보니 일관봉의 약속을 일부러 그만두려 하는 것 같구만?"

려사가 말했다.

"나는 더는 일관봉에 가고 싶은 생각이 없소."

무명씨가 하늘을 향해 크게 웃었고 웃음 속에는 조롱하는 뜻이 넘쳐났다. 그가 웃음을 거둔 다음 거만하게 말했다.

"당신도 군중의 분노를 건드릴 수 없다는 것을 아는 모양이군."

려사의 얼굴은 돌연 한기로 가득했고 두 눈으로 무시무시하게 무명씨를 보았지만 얼굴을 심우에게 돌리고 두 칼을 함께 심우에게 넘겨주면서 말했다.

"어서 거두게."

심우는 잠깐 머뭇거리고 나서 말했다.

"이 보도를 좋아하지 않소이까."

려사가 말했다.

"말하기 힘들다. 아마도 좋아하는 것 같기도 하지만, 글쎄 꼭 그렇지만은 않은 것 같다."

심우는 알 수가 없어 말했다.

"어떤 뜻으로 하는 말이요?"

려사는 망연한 기색을 노출하면서 말했다.

"지금까지 많은 시간과 심혈을 기울여 돌아가신 스승의 도법 중의 마지막 일초를 깊이 연구하였지. 마지막 일초란 바로 이 칼이었어. 내가 지금 어떤 심정일 것 같은가?"

심우가 말했다.

"응당 기쁘겠지요."

려사가 말했다.

"그렇다. 나는 기쁘지만 이 몇 년 이래 쏟은 심혈이 다 뭐란 말이지?"

심우가 말했다.

"무슨 말씀이시오. 이 몇 년간 쏟은 심혈이 없다면 이 칼이 있다 해도 쓸모가 없는 것이오. 나는 비록 상당히 위맹한 살초를 알고 있지만 방금 내가 적과 싸울 때 시종 이 칼에 쓰지 않았소. 그것은 내가 이미 시험해 보았고, 그 칼이 나에게는 하나도 쓸모없고 오히려 방해가 되기 때문이오."

려사는 돌연 웃으며 말했다.

"틀린 말은 아니지만 물건이란 모두 주인이 있는 법. 이 칼은 분명나 려사의 것은 아니다."

심우도 웃으면서 말했다.

"군자는 다른 사람이 좋아하는 것을 빼앗지 않소. 어쨌든 이 칼은 내게 소용이 없소."

려사의 얼굴에는 희색이 스쳤다. 하지만 그 칼을 심우의 손에 쥐어주고는 정색하며 말했다.

"나 려사는 지금껏 아무 이유 없이 남의 물건을 받지 않았다."

심우가 말했다.

"만약 내가 이 칼을 받으면 나 심우 또한 이유 없이 다른 사람의 물건을 받게 되오."

려사는 약간 놀라면서 말했다.

"이 칼은 당신이 황금총에서 찾은 것인데 어찌 되어 이유 없이 다른 사람의 물건을 받는다고 할 수 있는가?"

심우는 정색해서 말했다.

"보도는 확실히 내가 황금총에서 찾은 것이지만……."

잠시 멈추고는 려사 수중의 기이한 단검을 가리키면서 말했다.

"이 검은 이미 나의 것이 아니요, 내가 이 보도와 이 단검을 서로 바꾸려하는데 어떻소?"

려사는 수중의 단검을 높이 들고 말했다.

"이 단검은 내가 서천에서 이미 당신이 차고 다니는 것을 보았는데 이것이 당신의 것이 아니면 누구의 것이겠는가?"

심우는 "픽" 웃더니 정색하며 말했다.

"그렇소, 이 단검은 원래 내가 주운 것이지만 방금 모든 사람들이 모두 보았듯이 내가 이미 땅에 떨어뜨린 것을 사부인이 가져갔고, 또 당신이 사부인의 손에서 가져왔으니 당신이 없었다면 이 칼은 계속 사부인의 손에 있을 것이고 그렇다면 끝없이 불길한 물건으로 되었을 것이기 때문에 응당 당신의 것이지 나의 것이 아닌 것이오."

려사는 놀랐지만 즉시 상쾌한 웃음을 지으며 말했다.

"그렇다면 우리가 물건을 바꾸었으니 서로 빚졌다 할 수 없겠군."

심우는 정색하며 말했다.

"바로 그것이요."

려사는 선뜻 말했다.

"좋다. 그럼 단검을 네게 주고 장도는 내가 갖겠다."

말을 마치고는 단검을 심우에게 넘겨주었고 장도를 쳐들고 또 한 번 자세히 들여다보았는데 쌀쌀하고 엄숙하던 그의 얼굴은 잠시 복잡한 표정이었다. 무명씨는 참을 수가 없어 사나운 소리로 심우를 질책했다.

"심우, 당신이 어찌 살인 흉기를 악명이 높은 살인 백정에게 줄 수 있는가?"

심우는 냉랭하게 일소하더니 말했다.

"당신은 벙어리도 아니고 장님도 아니요. 나와 려사는 다만 서로 물물교환을 했을 뿐이요. 그는 그의 단검으로 나의 보도를 바꾸었다고 말하는 것을 들었잖소. 만일 당신이 재능이 있어 먼저 사부인의 수중에서 이 단검을 빼앗아 왔더라면 나는 마찬가지로 당신과 바꾸었을 것이요."

무명씨는 일시에 말문이 막히고 말았다. 심우는 굳어진 기색으로 또 다시 말했다.

"또한 내가 주고 싶은 이에게 줄 뿐인데 당신이 무슨 상관이 있소?"

이 말에서 무명씨는 구실을 찾았다. 두 눈을 부릅뜨면서 큰소리로 말했다.

"이것이 어찌 나 한사람만 관계되겠는가. 전체 무림하고 관계가 있다."

심우는 냉랭하게 말했다.

"나는 어떤 관계가 있는지 모르겠소."

무명씨가 큰소리로 말했다.

"곧 전체 무림과 려사가 일관봉에서 생사존망의 한차례 결전이 있을 터인데 네가 보도를 려사에게 주어 호랑이에게 날개를 달아 준격이 되었다. 그러니 무림 동도들이 더욱 막대한 희생을 입지 않겠는가?"

려사는 돌연 "껄껄" 웃었고, 그 다음 굳어진 기색으로 칼로 무명씨를 가리키면서 냉랭하게 말했다.

"아까 말하지 않았나? 나는 일관봉에 가지 않을 것이다."

무명씨는 그 말을 듣고는 놀랐고 그의 옆의 농사꾼이 오히려 냉소하면서 삼엄하게 말했다.

"일이 여기까지 이른 이상 려사 당신 마음대로는 안 될 걸세?"

려사의 기색이 싸늘해지더니 말했다.

"그렇다면 당신 두 사람은 나를 핍박하여 데려가겠는가?"

농사꾼이 냉랭하게 말했다.

"중양절 약속은 누가 한 것이지?"

려사가 말했다.

"물론 내가 약속한 것이지만 너와 약속한 것이 아니다."

농사꾼이 말했다.

"어쨌든 당신이 약속했으니 지금 천하 무림의 각 문파 인물들이 모두일관봉에 모여 기다리고 있소. 만약 당신이 겁이 나서 가지 않겠다면 다만 한 가지 명백하게 당신이 처신해야 할 것이 있소."

려사는 냉소하면서 말했다.

"내가 처신해야 할 것이 뭐요?"

농사꾼이 말했다.

"이런 무림대사를 끝내야 할 것 아니오? 당연히 시비의 흑백을 가르는 것이 있어야 하오."

무명씨가 그 말을 받았다.

"그렇소, 칠살도의 전인이 천하 무림 동도의 비웃음을 달갑게 받아들이고 호두사미虎頭蛇尾의 신용을 지키지 않는 망나니가 되어야 하오."

농사꾼도 이어서 또 말했다.

"당신 대대손손 도법 대가 마도 문인으로 태산에서 소란을 피운 것을 알게 하고, 또 스스로도 인정해야 할 것이오."

두 사람이 서로 한마디 한마디씩을 주고받는 것이 앞사람은 입만 벌리고 뒤에 숨은 사람이 모두 말하는 것 같았다. 하지만 그들이 한 말은 도리가 없는 것은 아니었다. 군자가 명예를 아끼는 것은 옛날이나 지금이나 다름이 없었다. 지금 이 일은 려사 한 사람의 영예와 치욕에 관계될 뿐만 아니라 대도문의 명예가 훼멸되는 것과도 관계되어 있었다. 만약 두 사람이 말한 것처럼 무림 가운데 전해지며 세세대대 천고의 진리처럼 되어 버린다면 려사의 대도문에 대한 죄악은 매우 엄중한 것이다. 이 말을 들은 심우가 오히려 더 말할 수 없이 불편하였다. 려사는 두 사람의 말에 마음이 움직인 것 같았고 잠깐 생각하고 나서 느릿하게 말했다.

"내가 어떻게 해야 당신들 뜻에 따라 처신한다고 할 수 있소?"

무명씨가 말했다.

"지금 일관봉에 가 각 문파 벗들 앞에 가서 똑바로 말하시오."

려사는 갑자기 대노해서 말했다.

"내가 몇 번을 말해야 알아듣겠소? 나는 다시는 일관봉에 가지 않는다고 말했소."

무명씨가 냉랭하게 말했다.

"그럼 당신 스스로 알아서 하시오. 우리에게 물을 필요가 뭐 있소?"

려사는 생각하고 나서 말했다.

"만약 내가 일관봉에 가지 못할 이유를 말하면 처신한 것이라 할 수 있소?"

오랫동안 침묵을 지키고 있던 임봉이 앞서 말했다.

"그럼 처신하였다고 할 수 있습니다."

무명씨가 임봉을 쏘아보면서 냉랭하게 말했다.

"그렇게 할 수 없다. 그럼 당신이 말한 이유를 모든 사람들이 믿는가를 보아야 하지 않겠소?"

려사가 말했다.

"내가 말을 한다면 당신이 믿고 싶지 않아도 믿어야 하오."

무명씨와 농사꾼은 이구동성으로 말했다.

"말해보시오?"

려사는 굳어진 기색으로 무명씨를 주시하면서 천천히 말했다.

"천하에 떠도는 말 중에 애한쌍선을 제외하고는 무림 가운데 이미 나의 적수가 없다고 했소. 애당초 중양절 약속은 이미 나에게는 의미와 가치가 없어져 일관봉에 가지 않기로 결정했소."

무명씨는 "하하"하고 소리내어 크게 웃었다. 려사가 큰소리로 말했다.

"당신은 왜 웃는 거요?"

무명씨는 웃음을 거두고 말했다.

"내가 웃는 것은 노왕老王이 오이를 팔며 스스로 자화자찬 하는 것과 같기 때문이오. 당신은 우리하고 싸워보지도 않고 어떻게 우리가 당신 적수가 아님을 알 수 있소?"

려사의 얼굴에는 살기로 가득 찼다.

"당신이 못 믿겠으면 당장 출수하여 시험해보지 않고 일관봉에 갈 때까지 기다릴 필요가 있겠소?"

려사는 말을 마치고 앞으로 크게 한 걸음 내딛었다. 무명씨는 긴장하였다. 정신을 가다듬고 경계하였으나 겉으로는 도리어 온화하게 말했다.

"우리 몇 사람으로는 물론 당신 적수가 될 수 없으나 일관봉에는 지금 고수가 구름처럼 모였으니 많은 사람들의 힘을 모으면 칠살도 려사 한 사람을 대처하지 못하겠소?"

려사는 냉소하면서 말했다.

"우물 안의 개구리가 무얼 알겠는가? 당신들이 비록 사람이 많아 세력이 크지만, 의연히 호일기를 가장 우러러 보는데, 그렇다면 왜 당신들의 수령 호일기에게 물어보지 않는가?"

그리고는 돌연 목청을 높여 큰소리 말했다.

"호일기, 당신 생각에는 어떻게 할 작정인가?"

무명씨는 그 부름 소리에 놀라 저도 모르게 머리를 돌려 호일기를 바라보았다. 호일기가 원래 한참 동안 운기조식을 하고 얼굴이 붉어진 것을 보면 그의 몸은 완전히 회복되어 정상인 것 같았다. 그는 언제 일어났는지 유령처럼 한마디도 하지 않았고 서리발같은 한 쌍의 눈길로 무명씨와 농사꾼을 지켜보았다. 이때 려사의 큰 외침에 그의 기색은 더욱 엄숙하게 변했고 느릿하게 말했다.

"그의 말은 틀리지 않소. 우리 세 사람은 힘을 집중하여 오랫동안 훈련하였는데 사부인의 한 초식도 견뎌내지 못했음을 보았지 않소. 려사는 사부인을 쉽게 격파했소. 이것은 그가 이미 칠살도 중 최고의 경지인 마지막 일초를 얻었기 때문이요."

여기까지 말하고는 눈길을 돌려 심우에게 말했다.

"이 세상에는 애한쌍선을 제외하고는 려사와 겨룰 수 있는 사람은 없소."

무명씨가 다급히 말했다.

"도장이 어떻게 이런 자의 사기를 돋우고 자신의 위풍을 깎는 말을 할 수 있단 말이오? 속담에 이르기를 정의를 위해 목숨을 바칠지언정 대의를 훼손시키면서 살 수는 없다 했소. 우리가 설사 려사를 이기지 못한다 하더라도 응당 힘을 기울여 시험해 봐야 하지 않소."

호일기가 머리를 가로저으면서 말했다.

"당신의 말이 그르오, 그와는 반대로 우리가 그와 싸워 이길 수 있다 해도 지금은 이미 그 의의를 잃었소."

무명씨가 망연히 말했다.

"도장의 말을 이해할 수 없소."

호일기가 말했다.

"나도 마찬가지로 풀지 못할 의문이 있소."

무명씨가 의아해 하며 말했다.

"도장이 풀지 못할 의문이 어떤 것이오?"

호일기는 무명씨의 물음에 즉시 대답하지 않고 도리어 아무런 생각도 없는 눈으로 장내를 한 번 쓸어보았다. 이때 사부인이 데리고 온 가마를 호위하던 남은 세 명의 대한은 모두 몹시 놀란 기색이었고, 자기들이 어디에 있는지 모르는 모습이었다. 료진대사는 비록 상처의 피가 멎었으나 멀리 앉아 있었고 진약람은 어느 사이에 사부인, 사진, 호옥진과 검은 옷을 입은 여인의 시체를 한 곳에 옮겨 놓았다. 진약람은 네 구의 시체를 마주하고는 멍하게 넋을 놓고 있었다. 애림도 어느 사이에 살그머니 일어나서 줄곧 신검 호일기와 마찬가지로 시종 한마디도 않았지만 정신을 가다듬고 무명씨와 농사꾼을 주시하여 보았다.

신검 호일기는 장 중의 널려 있는 시체를 보고 죽은 사람이 산 사람보다 더 많은 것을 발견하였다. 살아 있는 사람 중에 료진과 진약람은 망연자실하여 어찌할 바를 몰랐고 세 명의 흑의 대한을 제외하고는 려사, 심우, 임봉, 애림, 병개 그리고 자기까지 합하여 사전에 약속이나 한 듯이 무명씨, 농사꾼과 구혼사자 윤산 세 사람을 천의무봉天衣無縫과 같이 빈틈없이 에워싸고 있었다. 그는 남몰래 탄복하면서 중얼거렸다.

"무림의 기재들이 모두 이곳에 있군."

마음속으로는 태연하였지만 겉으로는 그런 기색을 노출하지 않고 담담하게 무명씨에게 말했다.

"내가 이해할 수 없는 것은 당신은 왜 줄곧 여러 사람이 힘을 합쳐 려사와 싸워야한다는 것이요?"

무명씨는 의아해서 말했다.

"려사와 결투를 하는 것은 무림의 공의가 아니오? 그리고 중양절 일관봉의 약속도 분명 려 모가 직접 정한 것이 아니오?"

줄곧 침묵을 지키고 있던 병개가 큰 신음소리를 내더니 냉랭하게 말했다.

"그렇소, 애당초 초안을 작성하고 합력하여 칠살도를 소멸하려 한 것은 대중의 의사로부터 나온 것이고 중양절의 약속도 려사 본인이 직접 한 것이지만 그때는 그때고 지금은 지금이요. 만약 방금 려모가 제 때에 나타나지 않았다면 우리 모두가 지금 목숨이 붙어 있겠소?"

무명씨가 말했다.

"당신의 이 말은 분별없이 남의 말에 맞장구를 치는 것이오. 물론 려사가 오지 않았다면 우리는 모두 사부인의 손에 목숨을 잃었을 것이오. 하지만 속담에 이르기를 원수는 원수진 놈을 찾아 갚고 빚은 빚진 사람을 찾아 묻다고 했소. 만약 오늘 우리가 상대방의 무공이 높기 때문에 그냥 앉아 있는다면 온 몸에 피비린내를 풍기는 위험한 사람을 아무런 구속도 받지 않게 그냥 내버려두는 것과 마찬가지요. 그럼 향후 무림의 공정한 도가 어디에 서겠소? 인간의 정의는 또 어디에 있겠소? 먼 것은 말하지 말고 설가薛家의 삼사십 명의 목숨을 말할 때 우리가 무엇으로 그렇게 많은 억울한 영혼을 위로하겠소?"

병개는 냉랭하게 웃더니 말했다.

"이번에는 당신이 옳은 말을 했소. 원수는 원수 진 놈을 찾아 갚고 빚은 빚진 사람을 찾아 묻다지만 설가의 억울한 원한 사건을 말하자면 노걸개 나는 필연코 물어볼 것이 있소. 그 참살안을 나는 처음부터 시작하여 지금까지 줄곧 도대체 누가 한 일인지 의심하고 있는데 당신은 그리도 자신있게 그것이 려사가 한 일이라고 생각하고 있소?"

무명씨가 말했다.

"당신의 말은 내가 일부러 려 모를 모함한다는 것이오? 생각해 보시오. 애당초 우리가 설가장에 들어갔을 때 유일하게 살아남은 사람이 사람들에게 어떻게 말했소?"

병개는 냉소하면서 말했다.

"나는 그가 한 말을 당연히 기억하고 있소. 그는 흑포를 걸치고 양립을 쓰고 장도를 든 사람을 보았다고 말했지만, 당신이 보시오……."

돌연 수중의 끊어진 세봉으로 진약람의 옆에 있는 시체를 가리키면서 계속하여 말했다.

"저곳에도 흑포를 걸치고 양립을 쓰고 수중에 장도를 든 사람이 있지 않소? 당신은 왜 그녀가 한 일이라고는 생각지 않소?"

무명씨가 말했다.

"그 사람은 사부인의 신외화신으로 려사로 가장할 수 있지만 그 당시 그녀는 당신의 봉을 맞고 중상을 입어 한창 지칠 대로 지쳤으므로 그녀라 할 수 없소."

병개는 일부러 흔연히 말했다.

"옳은 말이요. 그것은 사부인이 한 일도 아니고 또 나는 려사가 한 일도 아니라고 보오. 그렇다면 누가 음흉하고 악독하게 삼사십 명이나 도살하고 나약한 노인과 여자들마저 놓아주지 않았겠소?"

무명씨는 갑작스레 말했다.

"당신은 려사가 하지 않았다는 어떤 근거가 있소?"

병개가 반문했다.

"당신은 또 어떤 근거로 려사가 했다고 하오?"

무명씨가 말했다.

"왕곤이 직접 보았다지 않소?"

병개는 냉소하면서 말했다.

"왕곤이 본 것은 다만 려사와 비슷한 사람일 뿐. 그러나 사부인이 려사로 가장한 일이 먼저 있었으니 그 뒤에 려사로 가장할 수 있는 사람이 없다고 담보하기 어렵지 않소? 흑포를 걸치고 삿갓을 쓴 사람을 모두 려사라고 단정할 수 없소."

무명씨가 말했다.

"하지만 그가 절대로 려사가 아니라고 말할 수는 없소."

병개는 냉소하고 계속하여 말했다.

"그러나 당신은 한사코 려사라고 딱 잡아떼고 있지 않소?"

신검 호일기가 돌연 입을 열고 조용하게 말했다.

"려사가 설가장의 참살안과 관계가 없다는 것을 내가 설명할 수 있소."

이 말이 나오자 온 장내의 사람들은 놀라지 않은 사람이 없었다. 병개와 무명씨가 반나절이나 논쟁하여도 려사가 그 참살안과 관계가 있다고는 할 수 없음을 설명할 뿐이었고 또 절대 관계가 없다고는 할 수 없었는데 호일기가 앞으로 나서서 려사를 위해 말하는 것이 아닌가. 부득불 호일기가 말한다면 그것은 이후 결정적인 작용을 할 것이므로 사람들의 눈길이 모두 호일기에게 집중될 수밖에 없었다. 무명씨가 참지 못해 말했다.

"도장이 어떤 고견이 있는지 저희들은 세이공청洗耳恭聽하겠소."

호일기는 느릿하게 말했다.

"두 달 전 여관 앞에서의 그 결투를 기억하고 있소. 진약람 낭자가 제 때에 난심옥간의 무상 심법으로 나와 려선생이 함께 동귀어진하는 것을 제지하였소. 그 당시 려선생은 비록 무인지경으로 도망간다고는 말할 수 없지만, 그와 진낭자 두 사람이 부랴부랴 길을 떠난 건 사실이요. 그 당시 려선생의 행동은 저도 모르게 줄곧 진낭자의 난심옥간

심법의 영향을 받았다고도 말할 수 있소. 진낭자는 일부러 우리를 멀리하려는 생각이 있었는데 려대협은 물론 동감하였을 것이오. 그러나 우리가 설가장에 이른 뒤 려대협과 진낭자가 동시에 나타난 상황에 근거하면 우리가 객잔에서부터 뒤쫓아 나왔고 도중에 신외화신의 가짜 려사를 만났으며 줄곧 우리가 설가장에 이를 사이의 시간에 그들 두 사람이 시종 함께 동행했다는 것을 믿을 수 있소."

심우 등 사람들은 머리를 끄덕였지만 무명씨는 인정하지 않고 도리어 말했다.

"이것이 또 어떻게 려사가 설가장의 참살안을 빚어내지 않았다는 증명이 될 수 있단 말이오?"

호일기가 말했다.

"진약람 낭자가 닦은 무공은 불가의 무상심법 난심옥간이고 이미 대단한 성과를 거두었소. 이런 심법은 순결무사純潔無邪를 근본으로 하고, 자비인애慈悲仁愛를 표리로 하오. 려사가 정말로 사람을 죽일 생각이 있다 해도 진낭자는 절대 가만히 앉아 보고만 있지 않았을 것이오. 설사 관계하지 않는다 해도 화를 내고 갔을 것이고 절대로 참을 수 없어 려사의 피비린내 나는 악행과는 계속하여 동행하지 않았을 것이요."

여기까지 말했을 때 진약람은 돌연 들릴락 말락하는 소리로 말했다.

"당신 말이 옳아요. 나와 그는 줄곧 당신들의 뒤를 따라 설가장까지 갔고 당신들이 도중에서 싸우는 것도 우리가 모두 뚜렷하게 보았어요."

무명씨가 재빨리 말했다.

"그렇다면 려대협은 정말 무고하단 말이요?"

농사꾼이 그 말을 받았다.

"무고하건 말건 관계치 말고 우리가 의견을 내놓아 대도문을 소멸하려 한 것도 아니지 않소. 이미 모든 사람들이 그 책임을 추궁하려 하지 않는 이상 우리가 또 시끄러움을 야기시킬 필요 없으니 그만 두는 것이 좋겠소."

무명씨가 말했다.

"옳소. 모든 사람들이 관계하지 않는 이상 이만 갑시다."

려사는 냉랭하게 "흥"하고 소리치더니 방금 무명씨의 말투를 따라하며 말했다.

"일이 이 지경에 이르렀는데 당신들 마음대로 이렇게 끝낼 수는 없을 것이요!"

무명씨가 놀라면서 말했다.

"무슨 뜻이요?"

려사는 냉랭하게 말했다.

"사부인의 신외화신이 나 려사로 가장하여 사처에서 살육하여 나의 악명을 사처에 퍼뜨려져 아무리 해도 변명할 수 없게 되었소. 그녀가 이렇게 한 원인은 순수히 그녀 본인이 주화입마를 입었기 때문이오. 그런데 설가장에서 나 려사로 가장하여 무고한 사람을 도살한 사람은 누구요? 대체 그의 목적이 무엇이오?"

무명씨가 불쾌하게 말했다.

"웃기는 소리. 당신이 나한테 묻는다면 나는 또 누구한테 물어야 하오?"

려사가 냉랭하게 말했다.

"당신들이 말하지 않아도 손금 보듯이 뻔하오. 그래도 당신들 스스로 솔직하게 말하기를 기다릴 뿐이오."

무명씨는 이미 상황이 좋지 않음을 파악하였다. 그들은 사면으로 포위되었으며 그들을 포위하고 있는 사람들 모두 당세에 보기 드문 고수들이었다. 무명씨는 두려웠지만 겉으로는 진정하면서 말했다.

“방금 나의 지적을 받고 마음에 원한을 품어서 이러는 게요?”

려사는 담담하게 웃더니 손을 펴 보이면서 말했다.

“당신이 이렇게 말하니 더는 관계하기 불편하오. 이곳에 있는 사람 가운데 한 사람이라도 당신들을 놓아 보내자는 사람이 있으면 나 려사는 절대 간섭하지 않겠소.”

무명씨와 농사꾼과 윤산 세 사람은 모두 저도 모르게 신검 호일기, 병개, 애림, 임봉과 심우 등을 보았다. 세 사람은 얼굴에 서릿발같은 냉기를 가득 담고 호시탐탐 그들의 동향을 주시했다. 병개는 냉랭하게 웃더니 말했다.

“지금 이 시각 각하는 분명 솔직해져야 하지 않겠소?”

무명씨는 일부러 아무렇지도 않은 체 하면서 말했다.

“내가 진실하든 말든 이 일과는 어떠한 상관도 없소.”

병개는 화를 내면서 말했다.

“우리를 얕잡아보는군. 솔직하게 알려주지. 당신이 스스로 망친 것은 당신이 신분을 나타낸 적 없다는 것이오. 우리들은 당신에 대해 의심이 가득했소. 나는 줄곧 당신의 허점을 찾았는데, 당신 스스로 저도 모르게 객잔에서 나타낸 무관심한 태도하며 방금 려사와 격투를 하지 않으면 안 된다는 그런 결정으로부터 앞뒤가 지나치게 모순된다는 것을 느끼지 않소?”

무명씨가 입을 열고 말하려는데 려사가 돌연 소리를 질렀다.

"야단났군."

모든 사람들이 놀랐다. 병개는 참지 못하고 말했다.

"려형. 왜 그러시오?"

려사는 머리를 쳐들고 하늘을 바라보면서 말했다.

"정오가 이미 되었는데 일관봉에는 아마 즉시 거대한 변화가 발생할 것이요."

신검 호일기가 엄숙하게 말했다.

"려시주는 할 말이 있으면 빨리 설명하시오."

려사가 말했다.

"이 일은 말하자면 길기 때문에 우리는 즉시 한 사람을 파견하여 재빨리 일관봉에 가서 그 한무리의 멍청이들을 빨리 일관봉에서 내려오게 해야 하오."

신검 호일기는 불쾌하게 말했다.

"시주는 이미 마음속에 계획에 있었던 것 같은데 왜 일찍 설명하지 않았소?"

려사는 냉랭하게 말했다.

"시기가 되지 않았으니 말해도 아마 믿는 사람이 없었을 것이오."

신검 호일기는 가볍게 탄식하고 말했다.

"시주는 일부러 우리를 시험했군요. 만약 우리들이 계속하여 려시주와 적이 되었다면 시주는 그 거대한 변화를 일으키고 말았을 것이오."

려사는 호일기의 말에 아랑곳하지 않고 말했다.

"당신 마음대로 생각하시오."

그리고는 얼굴을 돌려 임봉에게 말했다.

"임봉, 빨리 일관봉에 갔다 와야겠소. 그럴 시간이 있겠는지?"

임봉은 저도 모르게 심우를 바라보았는데 심우가 말했다.

"빨리 가보시오."

임봉은 대답하고 신형을 날려 거석을 스쳐 지났는데 눈 깜짝할 사이에 그림자도 보이지 않았다. 임봉이 떠나자 심우와 애림 두 사람은 약속이나 한 듯이 신형을 옆으로 반걸음 움직여 임봉이 섰던 자리를 메웠다. 무명씨 등 세 사람은 천의무봉과 같이 빈틈없는 포위 속에 들어 있었다. 려사는 머리를 쳐들고 하늘을 바라보고는 말했다.

"그들의 운을 빌 수밖에."

병개는 참을 수 없어 말했다.

"려사, 무슨 생각이 있는지, 왜 단도직입적으로 설명하지 않소?"

려사는 담담하게 웃더니 말했다.

"내가 알려주겠는데 그것도 내가 일관봉에 다시 가지 않으려는 원인 중의 하나요. 그 외의 일을 내가 말하면 아마 다른 사람의 성과를 가로채게 되오."

그리고는 심우를 보았다. 려사가 가볍게 심우를 보자 심우는 즉시 그 뜻을 알아차렸다. 려사가 한편으로 자기를 고려하였다는 것을 알았다. 이것은 려사가 심우의 체면을 세우기 위함이었다. 심우는 즉시 그의 말을 받았다.

"려 형은 남의 성과를 가로챈다고 할 수 없소. 이 일은 처음부터 마지막까지 모두 려 형이 생각한 것이오. 소제는 돌아가신 부친의 영혼이 도와준 덕분으로 려 형의 안배를 저버리지 않았을 뿐이요."

신검 호일기와 병개 두 사람은 매우 영리한 인물로 이 말을 듣자 즉시 이구동성으로 물었다.

“무엇이? 이 일이 영존 심목영 형의 그 사건과 관계가 있단 말이요?”

심우는 장엄한 기색으로 머리를 끄덕이면서 말했다.

“그렇습니다. 후배가 이번에 태산에 온 목적의 절반은 이 일 때문이라고 말할 수 있습니다.”

신검 호일기는 늘 침착하고 정중하던 거동과는 달리 다급히 물었다.

“도대체 어찌 된 일인가? 현질은 모든 사람이 듣게 빨리 말하시오.”

심우가 대답했다.

“선배는 미리비궁迷離秘宫이 훼멸된 일을 기억하고 있습니까?”

호일기가 다급히 말했다.

“당연히 기억하고 있지, 그런데 그게 왜?”

심우는 단검으로 무명씨 등을 가리키면서 말했다.

“만약 후배의 짐작이 틀림없다면 이 사람들이 설사 미리비궁의 남은 요물들이 아니라고 하더라도 미리비궁과 큰 관계가 있습니다.”

호일기는 “아”하더니 말했다.

“알겠소. 당년에 미리비궁이 훼멸된 것이 바로 심목영 형의 대작이 아니오?”

심우는 엄숙한 기색으로 말했다.

“후배는 돌아가신 부친께서 미리비궁을 훼멸시켰다고는 감히 인정할 수 없지만 돌아가신 부친과 애백부가 해를 당하신 일은 이 사람들이 남몰래 수작을 피운 것이었습니다.”

무명씨가 다급히 말했다.

“심소협은 어떻게 이미 오랜 일을 꺼내 우리를 혼란스럽게 만드는 것이요?"

심우는 냉랭하게 한 번 웃고는 말했다.

"려사가 고의로 현안의 내막을 안다는 소문을 내 보낸 뒤부터 당신들은 천방백계로 도발하고, 심지어는 려사의 이름으로 무고한 사람을 죽여 무림의 공분을 일으켜 합력하여 려사를 죽이려 했소. 이것이 당신들의 비밀을 아는 사람을 죽여 입을 막는 첫 번째 절차였소. 또 한편으로 당신들은 고수를 파견하여 나와 애림을 암살하려 시도했소. 이것은 당신들이 준비한 화근을 뿌리 뽑으려는 두 번째 절차였소. 그리고 가장 용서할 수 없는 것은 당신들이 중양절 약속을 알고는 일관봉에 무림의 뛰어난 지사들을 모두 모이게 했을 뿐만 아니라 사전에 일관봉에 배치를 해놓아 단번에 온 장내에 있는 사람들을 모조리 소멸하려고 준비했기 때문에 당신들은 방금 려사의 도법의 깊이를 헤아릴 수 없다는 것을 확실히 보았지만 계속 그를 도발하여 일관봉에 가게 하려 했소. 하지만 려사는 이미 그 간계를 밑바닥까지 알았기 때문에 줄곧 구실을 대어 가지 않았던 것이오."

여기까지 말했을 때 구혼사자 윤산은 참지 못하고 말했다.

"이 일은 나하고 관계가 없으니 당신들은 까닭 없이 나를 억울하게 할 수 없소."

려사는 한 번 냉랭하게 웃고 말했다.

"너는 책임지고 사람을 모집하여 나를 대처하려 하였지, 그렇지 않은가?"

윤산이 다급히 말했다.

"아니, 아니. 그들이 나를 핍박했어요……."

여기까지 말하고는 갑자기 "흑"하고 소리를 내더니 입에서 선혈을 흘리며 두어 번 흔들거리더니 땅 위로 쓰러졌다. 심우는 농사꾼을 향해 벌컥 화를 내면서 말했다.

"일이 이 지경에 이르렀는데도 당신은 비밀을 지키려고 사람을 죽이는가?"

농사꾼은 조용하게 말했다.

"이 여인은 입에서 나오는 대로 마구 무고한 무리를 비난하므로 나는 참을 수 없어 그녀를 혼내주었을 뿐이요."

려사는 "하하"하고 웃더니 몸을 돌려 진약람에게 말했다.

"약람, 수고스럽지만 당신이 가서 우리가 방금 붙잡은 그 녀석을 여기에 데려오면 어떻겠소?"

진약람은 이때 마음이 진정된 것 같더니 그 소리에 대답하고는 신형을 날려 거석을 지나 눈 깜짝할 사이에 그림자가 사라졌다. 려사는 머리를 돌려 말했다.

"이 두 사람 중 하나는 미리비궁의 금동金童으로 우리는 금방 알 수 있을 것이요."

말소리가 막 끝나려는 때 진약람이 재빨리 되돌아왔는데 손에는 전신에 흑의를 입은 남자를 들고 있었다. 그녀는 재빨리 다가와서는 그 사람을 땅에 내려놓았다. 심우와 애림 두 사람은 그를 보고는 암중으로 참담하다고 소리쳤다. 원래 려사와 진약람이 붙잡은 사람은 얼마 전에 무수 노인으로 스스로 장조외라고 했던 녀석이였다. 약람은 무수 노인을 땅에 내려놓은 뒤 맑은 두 눈으로 그를 한참 바라본 다음 부드럽게 말했다.

"당신이 방금 우리에게 한 말을 다시 한 번 해 주실 수 있나요?"

무수 노인이 말했다.

"금동은 심목영이 미리비궁을 훼멸하여 그를 몹시 증오하였기 때문에 남몰래 약물로 심목영의 정신을 상실하게 하여 형과 형수를 시살하게 한 뒤 스스로 목숨을 끊게 하였습니다."

진약람이 부드럽게 말했다.

"그밖에 또 무엇이 있는가?"

무수 노인은 입으로 무명씨를 가리키며 말했다.

"당신이 저 사람한테 물어보면 나에게 묻기보다 더 뚜렷이 알 것입니다."

진약람은 가볍게 탄식하고 말했다.

"저 사람은 누구인가?"

무수 노인이 말했다.

"금동입니다."

말소리가 막 끝나려 할 때 돌연 천지를 흔드는 듯한 거대한 소리가 온 산을 뒤흔들었고 산이 무너지고 땅이 갈라지는 듯하여 경악하지 않은 사람이 하나도 없었다. 바로 모든 사람들이 근심할 때 무명씨는 왼손을 한 번 쳐들었는데 매우 작고 둥근 진주 하나가 무수 노인을 향해 번개같이 쏘아져 나갔다. 심우는 대갈일성했다.

"진낭자, 피하시오."

말소리가 끝나기도 전에 또 한 번 거대한 소리가 울리더니 가까이에서 한 줄기 거대한 불길이 솟아오르기 시작했다. 진약람은 제 때에 몸을 피했으나 무수 노인의 전신은 이미 세찬 불길에 타올랐다. 무명씨와 농사꾼은 이 기회를 틈타서 애림을 향해 덮쳤다. 그들은 사면을 포위하고 있는 상황에서 오직 애림의 고리가 가장 실력이 약하다고 여겨 생각지도 못하는 사이에 애림을 공격하여 포위를 뚫고 나가려 했다. 그런데 그들이 움직이자 애림은 냉소하였고, 은광이 번뜩이더니 장편을 휘둘러 두 사람으로 하여금 제자리로 돌아가게 하였다. 병개는 냉랭하게 말했다.

"명을 재촉하는구나."

무명씨와 농사꾼의 얼굴은 새파랗게 질렸다. 바로 이때 돌연 거석 뒤에서 낭랑한 소리로 말하는 사람이 있었다.

"정말 무서운 오뢰화진五雷火陣이다."

그 말소리를 따라 임봉과 오십이 좀 넘은 듯한 한 노인을 필두로 하여 한 무리의 사람들이 새까맣게 뒤따르면서 총총히 이곳을 향해 달려왔다. 무명씨는 돌연 앙천대소하였고 온 장내에 크게 놀라 걸음을 멈추지 않은 사람이 하나도 없었다. 그는 돌연 웃음을 거두었다. 순간 두 눈에서는 사람을 두렵게 하는 광망이 방출되면서 냉랭히 주의의 모든 사람들을 둘러보고는 말했다.

"원래는 오늘 무림 동도들이 협력하여 성대한 행사를 거행하고 합력하여 대도문의 전인을 죽인다고 여겼는데 생각 밖으로 포위 공격을 받는 사람이 오히려 나로 변하였군."

농사꾼은 "하하"하고 웃으며 말했다.

"이것을 가리켜 자승자박이라 하지 않소. 나도 원망하지 않는데 당신이 무얼 원망하시오?"

무명씨가 말했다.

"내가 언제 원망했소. 오늘 무림의 뛰어난 지사들이 전부 이곳에 모였는데 당신과 나 두 사람이 려사를 대신해서 전체 무림에 대항하고 비록 죽는다 해도 유감이 없소."

심우는 무명씨의 말뜻을 알아듣고는 냉랭하게 말했다.

"이것은 우리 심, 애 두 집의 피맺힌 사사로운 원한이니 다른 사람들은 수고할 필요 없소."

그리고는 얼굴을 돌려 호일기 등 사람들에게 말했다.

"선배 여러분, 이것은 후배 심우의 여러 해 동안의 염원이므로 이 기회를 돌봐주기를 바랍니다."

병개가 다급히 말했다.

"너 어린애는 다른 사람의 간계에 빠지지 말라. 그 놈이 실력을 감추고 나타내지 않았기 때문에 너는 적수가 못 될 것이야."

심우는 엄숙하게 말했다.

"후배가 만약 그의 적수가 아니라면 그것은 실력이 다른 사람보다 못한 것이니 돌아가신 백부와 부친의 원수를 갚을 자격이 없는데 무슨 면목으로 이 세상에 살아남겠습니까? 한 번 목숨 걸고 싸워보는 것보다 못합니다."

말을 마치고는 얼굴을 돌려 애림에게 말했다.

"애림, 내가 싸울 때 당신이 책임지고 감시하고 이 두 사람이 기회를 타서 도망가게 해서는 안될 것이오. 만일 내가 패하여 죽기 전에는 누구도 출수하여 돕는 것을 허락하지 마시오. 여러분은 즉시 뒤로 물러나고 이 일에 참견하지 마십시오."

그의 어조는 강경했고 눈빛은 사람을 압박할 정도여서 사람들은 놀라며 저도 모르게 분분히 뒤로 물러섰다. 그 순간 그곳에 남아있던 무명씨와 농사꾼 두 사람은 심우와 마주해 섰다. 무명씨와 농사꾼 두 사람은 서로 눈길을 나누었고, 약속이나 한 듯 얼굴에 한 줄기 음험한 웃음을 노출함과 동시에 옆으로 한 걸음 뛰더니 심우를 향해 포위하는 자세를 취했다.

두 사람의 수중에는 모양이 꼭 같은 한 자루의 검이 들려 있었다. 이때 그 검신의 돌연 줄었다 펴졌다 하는 것이 보였고 번개처럼 움직이더니 두 마리의 은색 영사와 같이 사람을 물려는 자세를 취하였다. 옆에서 그들을 둘러싸고 구경하고 있던 군웅들은 크게 놀람을 금할 수 없었다. 두 자루의 단검이 늘어났다 줄어들었다 하며 움직이는 사이에 사람들은 눈이 어른거리고 가슴이 두근거렸으며, 그냥 주시해 보다가는 어지러워 쓰러질 것 같았다.

심우의 눈길은 싸늘했지만 그와 생사 결투를 하려고 하는 두 사람을 보지 않았다. 그의 눈길은 약간 위로 향해 먼 하늘을 보면서 머릿속으로는 이 몇 년 간 참았던 모든 고통이 섬전같이 스쳐 지나가는 듯했다. 부친의 비참한 죽음에 다른 사람들의 양해와 조문도 받지 못했고 오히려 세인들의 버림과 모욕을 받았을 뿐만 아니라 자기도 죄를 대신한 희생양으로 거의 모든 사람들에게 압박 받았다.

생각이 여기에 미치자 참을 수 없는 화가 불타올라 벽력과도 같은 대갈일성을 했다. 이 대갈일성에 주위에서 구경하던 군웅들은 저도 모르게 분분히 뒤로 물러났다. 그 소리와 함께 군웅들은 한동안 거대한 한광이 얼굴을 스치고 지났다고 느끼지 못한 사람은 아무도 없었다. 그리고 그들이 정신을 차렸을 때에는 심우가 자리를 바꾸어 서 있었다. 그는 오른손으로 싸늘한 빛이 하늘을 찌를 듯이 기화단검을 높이 쳐들고 있었는데 두 눈은 의연히도 먼 하늘을 바라보고 있었고, 그의 등 뒤 두 걸음도 채 되지 않는 곳에는 목을 잘리우고 쓰러져 있는 두 시체가 있었다. 그 시체는 바로 무명씨와 농사꾼이었다.

온 장내는 날아다니는 새들의 소리도 들리지 않는 듯 고요하였다. 경천동지한 이 일격에 많은 사람들이 놀랐다. 다만 극소수의 사람들만은 이 일검과 조금 전 려사의 그 일도가 도대체 어떤 다른 점이 있는가 남몰래 헤아려보았을 뿐이었다.

–끝.

무도연지겁 6

무공지극(武功之極)

1판 1쇄 펴낸날 2017년 5월 30일

지은이 사마령
옮긴이 중국무협소설동호회 중무출판추진회

펴낸이 서채윤 펴낸곳 채륜서
책만듦이 김승민 책꾸밈이 이한희

등록 2011년 9월 5일(제2011-43호)
주소 서울시 광진구 자양로 214, 2층(구의동)
대표전화 02-465-4650 팩스 02-6080-0707
E-mail book@chaeryun.com Homepage www.chaeryun.com

책값은 뒤표지에 있습니다.
ISBN 979-11-85401-27-0 04820
ISBN 978-89-967201-3-3 (세트)

이 도서의 국립중앙도서관 출판예정도서목록(CIP)은 서지정보유통지원시스템 홈페이지(http://seoji.nl.go.kr)와 국가자료공동목록시스템(http://www.nl.go.kr/kolisnet)에서 이용하실 수 있습니다. (CIP제어번호 : CIP2017010908)

채륜서(인문), 앤길(사회), 띠움(예술)은 채륜(학술)에 뿌리를 두고 자란 가지입니다.
물과 햇빛이 되어주시면 편하게 쉴 수 있는 그늘을 만들어 드리겠습니다.